村支书

吴春富◎著

中国言实出版社

图书在版编目(CIP)数据

村支书 / 吴春富著. -- 北京：中国言实出版社，
2023.3
ISBN 978-7-5171-4401-4

Ⅰ.①村… Ⅱ.①吴… Ⅲ.①长篇小说—中国—当代
Ⅳ.①I247.5

中国国家版本馆CIP数据核字（2023）第042517号

村支书

责任编辑：张馨睿
责任校对：郭江妮

出版发行：中国言实出版社
　　　　　地　　址：北京市朝阳区北苑路180号加利大厦5号楼105室
　　　　　邮　　编：100101
　　　　　编辑部：北京市海淀区花园路6号院B座6层
　　　　　邮　　编：100088
　　　　　电　　话：010-64924853（总编室）　010-64924716（发行部）
　　　　　网　　址：www.zgyscbs.cn　　电子邮箱：zgyscbs@263.net

经　　销：新华书店
印　　刷：北京铭传印刷有限公司
版　　次：2023年3月第1版　　2023年3月第1次印刷
规　　格：710毫米×1000毫米　　1/16　　17.75印张
字　　数：280千字

定　　价：59.80元
书　　号：ISBN 978-7-5171-4401-4

浸润灵魂的乡土暖流

洪　放

　　春富的作品，尤其是小说，我在他的另外两部长篇小说《生产队长》和《老街》的序中都说过了。一个作家，坚持现实主义传统，扎根在他热爱与不断回望的生活中，他的文字，自然就有深厚的底气，深沉的情感，深刻的反思。现在的这部《村支书》，是沿着他创作的河水一路流淌下来的。气息是贯通的，情感是相连的，故事是互相观照的。就连那些人物，那些场景，那些语言，也都是分不开的水流。即使因为各种各样的原因，而分道流淌。但它们的源头是同一个，它们的归宿也是同一个。

　　这是春富为文最大的特点，也是他最大的成功。他有他紧紧依靠着的广袤的乡土，有他时时依偎着的朴素的乡亲，还有他不断走出来又走回去的绵延的传统与文化……

　　《村支书》的内容更贴近春富的生活与生存状况。春富从前是老师，后来是镇上的宣传干部。他的工作主要就是面向基层，面向乡村；因此，他写起基层来，写起乡土来，得心应手。而春富这个人，有一段时间，我听说他要从桐城飞地鲟鱼调回孔城，我很替他高兴。一个作家，终其一生能够写好故乡那个邮票大的地方，已经是了不得的事情。春富回到孔城，就是一次回溯。他的感觉应该更新鲜，更丰富。果然，一系列的作品，散发着热气，涌动出来。孔城本来就是个文脉潜蕴的地方，春富这些贴近乡土的作品，无疑是给这文脉增添

1

了闪亮的水滴。

回到春富其人。我时常想起春富憨厚的笑容，和他站在人群后面的那种谦逊，以及他在介绍老街文化时的那种虔诚。这些年来，孔城因为春富的笔，走到了很多大报小刊；春富因为孔城，变得更加有底气、有风度、有趣味。春富跟我一样，论相貌，中等而已，混在人群中，常被忽略；论处事，往往偏方，偏执着，甚至有些执拗；但论为人，他是真挚、内守、坦诚的。他也许更适合在文字之中，构筑心中的所思、所梦、所皈依。如果从这点来讲，一个人能够找到构筑自己之思、之梦、之皈依的所在，那么，他是幸福、有趣、有意义的了。

（洪放，当代作家，安徽省作家协会副主席、合肥市作家协会主席）

目　录

瓦窑村隶属平山乡。

以往平山乡党委会都在下午召开，这天打破惯例在上午八点就召开。

往常都是乡党委成员到齐了，然后组委王新历说一声，我去喊书记，起身到乡书记办公室，告知乡书记人到齐了。乡书记抬起头，然后端起外壁厚实的瓷茶杯往出走。

乡里大小领导开会都喜欢拎着玻璃茶杯，唯有乡书记喜欢端着瓷茶杯子——这瓷茶杯子也因此成了乡书记的一个标记。

这天，乡书记不等组委王新历喊，就端着瓷茶杯子面色严峻地往小会议室方向走，脚步声听出来很沉闷。王新历正好从小会议室里出来，看见了，急忙回头告知大家，书记来了！

他们都清楚为什么上午召开这个会！书记为什么不用喊就来了！

瓦窑村的问题到了亟待解决的地步。

第一章

一

连阴雨已经下了一个星期，听天气预报，天把日子还收不住。

这样的天烦死人了！

瓦窑村的村部坐落的位置很有趣。

一条南北向的公路从南边山缝钻进来，在穿完瓦窑村，即将从北边山缝钻出去抵达邻县时，调皮地往东一拐。拐的地方有一条小路通往北边，瓦窑村村部就在这拐点的西边不远，像是在农具杨叉头的下方。一排直溜溜的平房子，房屋下面是黑砖，上方是土坯，未粉刷，相当的粗糙。

公路与小路包抄着一个大土岗子。这个大土岗子东高西低，足足高过村部地基一米。

土岗子上有不少的人家。恰逢雨天，这些人家门前屋后的雨水仿佛约好了似的向西边流淌，汇聚成粗壮的水流，然后瀑布一样从西边土岗子的上方披挂下来，再顺着小路淌到村部前面的场子上。好在村部屋子的底部是砖，假如全部是土坯的话，恐怕早就轰隆一声倒塌了。

村部的这排房子一共有五间。南面两间被穿通成为了会议室，里面胡乱地摆着几张条桌；屋顶有好几处烂油毡掉挂着，雨水顺着油毡滴到条桌与地上；地高矮不平，水流淌着，形成了若干条小的溪流。会议室隔壁是集体办公

1

室，也是两小间穿通了的。集体办公室外檐下一根黑椽子因为腐烂耷拉着，随时都有掉下来砸着人的可能。

集体办公室里面摆放着四张破旧的办公桌，其他三张办公桌都空着，只有一张办公桌旁坐着一个书生模样的年轻人，这个年轻人像是无所事事，望着照样漏雨的屋顶锁着眉。

这个年轻人就是进村才半年的小张文书。小张文书时运不佳，连考三年大学均未上榜，在家闲着。现在对村文书的要求高了，老文书不适应形势，村里想招个年轻人进来搞文书，于是小张文书便进了村。

一群村民呼啦啦地进了办公室，收伞跺脚，又弄得一屋子雨水。

小张文书眉头锁得更粗。

六喜？六喜呢？窑厂欠我们大把的工资，试问我们还要不要过日子呀？！再说我老婆还等着钱吃药呢！一个身坯子高大蛮实的村民睃着办公室，粗着大嗓门子叫喊。

六喜是这个村的村支书。他头顶光秃；脑袋四周的毛发浓黑，像套了个黑箍；四方脸，番茄样红；笑起来喜欢眯着眼。

这个村民叫大虎。他说话就像虎吼！

大虎家难，他老婆得了类风湿，一年中有大部分时间都困在床上，不仅做不了田地里的活儿，就连烧饭都不行；此外一年四季被药包了，是个药罐子。

大虎有些虎威，小张文书带怯地望着他，不知道如何应付。

六喜呢？六喜这狗日的呢？！大虎见小张文书不说话，骂起了脏话。

他……他……他没有……来。小张文书被大虎吓住了，话接不上。

上班时间都不在村部！什么鸟村干部！一个平头、看上去很油滑的村民发着牢骚。这个村民自小到大喜欢玩狗——养狗、套狗、杀狗、烹狗，不做正经事儿，因而村民都叫他"油子"。

尽在我小店赊账，拖着不给钱，一拖四五年，快把我小店拖倒了！一个不停眨着眼睛的村民同样义愤填膺。他姓程，人称程瞎子，其实眼睛看得见，就是常年眯着眼，同时不停地眨着眼。

改革开放，农村有了大变化，其中最显著的变化就是几乎所有村部边私人都开起小店，这样村民买个东西方便，村干部买个东西也方便。当然不少村子都是先赊欠，等过年的时候再结账，听程瞎子的语气，瓦窑村赊欠了程瞎子不少钱。

我与先泽要承包窑厂，六喜找由子不让我们包，他就是想损公肥私，谁不知道！一个瘦精精的中年人摊开手。这个村民是窑工尹发明。他口中的先泽是先前与他在一起干活的窑工李先泽，现在到皖北以修伞、补锅谋生。

里债外债欠四五十万！败家子！尹发明摇着头。

一天到晚就知道吃！喝！嫖！就知道往二憨家跑！像什么干部！大虎瞪着眼。

大虎嘴中的二憨是瓦窑村的一个残疾村民，他小时候得过小儿麻痹症，走路有点摇摆，干不了大活。他老婆叫翠萍，人模子不错，特喜欢描眉，就是懒得干活。

瓦窑村是山抱着山，山连着山。

村东边有一大片山，山里像是个盆地，底部是沙土地。从一条坡度四五十度的砂石路进山，到达底部，望东北坡，就见中间一块平地上立着三间很有些年代的房屋——林场。山里有林木，为了防止偷伐，就派老弱村民看护。六喜照顾，让二憨看，二憨一家就常年住在山里——二憨能看林场，并不是六喜发善心，而是看在翠萍的面子上。

六喜与翠萍有一腿，这是公开的事情。

按常理，二憨难娶到老婆，然而二憨就像武大郎一样不仅娶到了老婆，而且还娶到了俊模样的翠萍，这是什么缘由呢？

换亲的缘故！

翠萍的弟弟腿脚也有点不好，人又太老实，快四十了还说不上亲，父母急白了头。二憨的妹妹也像翠萍一样模子俏，二憨难说到亲，父母便把主意打到了他妹妹身上，于是两家换亲。

翠萍就像潘金莲嫁给武大郎一样的不情不愿，听说二憨的妹妹也不情不愿。换亲的两家日子过得都别扭。

二

这死雨天！李先泽望着廊檐外的雨丝，手使劲地做了一个"掐"的动作，他想把雨丝给掐了，让天尽快地晴起来。

他已经被困一个星期了！

李先泽矮壮，胳膊粗，嗓门大。

他现在窝在皖北村庄一个废弃瓦屋的廊檐下，这个瓦屋看样子是过去年代生产队的队屋，墙壁的下半部是石头片，上半部是土坯，队屋门锁着，进不去。好在廊檐较阔，一头堆放着稻草，挡着那边的风雨。

李先泽扯下些稻草，顺势在草堆旁搭了个地铺，把被褥铺在上面，然后身子缩在被筒里，头枕在稻草堆上，烦躁地瞅着廊檐外扯不断的雨丝。

好在现在是秋天，不太冷，窝在廊檐能对付。

李先泽是在"双抢"后来皖北谋生的。

"补锅——修伞——哦！"个头矮壮的他一头挑着被褥、一头挑着炉灶与鼓鼓囊囊的帆布包在皖北村庄里吆喝。帆布包里装着修补的工具与配件。

我家伞坏了！你是不是能修好？一个身体圆滚的胖女人从低矮的屋里探出头。

你拿来看看！李先泽停住脚。

胖女人进屋。

李先泽歇下担子。

胖女人拿了一把半旧的黑布伞走了出来，边走还边试撑着。伞面不能完全撑开，有两处凹下，仿佛瘪嘴的老奶奶。

天气还有些热的原因，这个胖女人只穿了件单褂子，走的时候两个肥奶在突突地晃悠。

胖女人把伞递给李先泽，他撑开，发现断了两根伞骨，还有一根伞骨在前面滑脱了头，便告诉胖女人能修好！

多少钱？胖女人问。

我先修修看！李先泽不说钱。

你不会诈我吧！胖女人不放心地问。

到时候你认可了再付钱！李先泽憨厚地说。

你这样说行！胖女人心里有了底。

李先泽接过伞。

胖女人不看李先泽修伞，而是饶有兴趣地打量着李先泽的脸。这是张方形的脸，上面的肌肉、眼睛以及眉毛都像煎饼似的平摊开，给人信赖感。

师傅，你是哪里的人？

本省！南边的！

离我们这可有多少路？

三百多公里！

胖女人望了望李先泽塑料布包着的被褥，好奇心极强地问：你自带被褥，晚上在哪里歇呢？

遇到哪儿在哪儿歇！李先泽答。

不会……胖女人想说——不会歇廊檐吧，怕说了伤师傅自尊，停住了嘴。

……

李先泽把伞撑开，四下望望，收起来，再撑开，再收起来。好了！

女人接过伞，撑开，收起，再撑开，然后收起，露出满意的神情。

女人付了钱，李先泽挑起担子，补锅——修伞——哦！又吆喝开了。

这是一个星期前的事情，那天他在那个胖女人的村庄还修了另外两家的伞，补了一家的锅。天擦黑的时候，他到了另外的一个村庄，就在现在的廊檐上摊开了被褥。

……

躺久了，屁股头子胀痛，他把屁股往两边挪挪，胀痛稍轻点。不一会他又感觉尿胀，于是他掀开被子站起来，对着廊檐外就飙起尿来。大概是憋久了的原因，尿柱就像水枪，冲断了廊檐外下挂的雨丝。

飚完了尿，他感到浑身轻松，准备再窝被笼，这时又感觉口有些渴，于是他再次把被褥掀开，套上黄球鞋，打上一把颜色已十分陈旧的黑布伞，拎着一个白铁锅，深一脚浅一脚踏入泥水中。

塘就在队屋的后面，雨水在塘的上方挂起了无数张透明的帘子，塘岸上的雨水顺着沟沟壑壑争先恐后地流入塘中，岸边的塘水被搅得一片浑浊。

两股浊水中间部分的水稍微清些，李先泽舀了点这水，放在廊檐下沉淀，然后开始引火起炉灶，烧开水。

炉火烧起来，火苗红红的，他呆呆地盯着炉火，盯着的时间长了，视觉模糊，炉火里似乎映出了两个人。

三

窑厂这么不死不活的，不如我们俩把它承包下来，村子里划算！我们也多少能挣点！与李先泽一起在窑厂做工的尹发明提议。

把窑厂承包下来，李先泽也想过，盘算着找个机会对六喜说。现在尹发明提出，正合李先泽意，于是他略微想了想说，好！我们俩找六喜说。

就是不清楚村里承包费要多少？尹发明心里无底地望着李先泽。尹发明满脑瓜主意，就是缺少决断，而李先泽在部队当过兵，立过三等功，平时说话硬气，有分量，因而尹发明喜欢靠近李先泽，让李先泽拿决断。

窑厂现在倒闭，这关节我们承包应该要不了多少钱！李先泽很自信。

那我们过天把去找六喜！

好！

村部里只有小张文书，李先泽询问小张文书，支书六喜在哪里。小张文书犹豫了下未说。尹发明接口说，我知道六喜在哪里！

其实李先泽也能猜到六喜在哪里。六喜十有八九在林场二憨家，六喜有事无事就喜欢往二憨家跑，明里是去林场检查，暗里是找吃喝找翠萍揩油。

四

窑厂离林场入口不远，是"大跃进"年代开办的，大约有五亩，窑厂效益不错，村子里的一切开销都是从窑厂里出。前些年瓦窑村人提到窑厂都很自豪，毕竟其他村鲜少有村办企业。

不过自从六喜舅老爷（妻弟）当上窑厂厂长后，窑厂就开始走下坡路，砖一车车地拉出去，可是钱一个子儿不见收回来——也有人说，是被六喜舅老爷给贪污了，还有人说被六喜给贪污了；此外六喜舅老爷手大脚大，办起了食堂，沙河王酒整箱整箱地批发回来。乡里分管瓦窑村的钱进朝前些年参加招聘考试被录取到了乡里的民政办，现在成了副乡长。钱进朝也喜欢喝酒，与六喜很对路子，他一来，六喜就把他带到窑厂，然后一个个喝得像关公。

六喜另外一个常去的地方就是二憨家了。翠萍能烧出几个拿手的菜；更重要的是还能与翠萍挤挤眼，有时还能趁二憨不留神，对翠萍伸伸手、探探脚。

给窑厂烧饭的是王二姑。窑厂在她家西面里把路的地方。她家的北面是一座水清得能当镜子的水库；南面不远是进林场的坡道。

东面是古时的清风寨。靠水库方向笔陡悬崖，石壁上终年流淌着清亮亮的水滴。崖上有个被荒草遮蔽的洞口，里面的洞穴很大，罩着神秘的色彩。因为是悬崖峭壁的原因，直接到达洞口显然不可能，只能绕着靠近它。先从西边山脚攀爬到与它同一海拔的位置，然后拨开荒草，小心翼翼地向洞口接近，好在洞口偏西方向豁了一块，让洞口偏离了悬崖，要不然纵使胆再大也不敢贸然接近洞口。

村庄里孩子们好奇，想瞧瞧里面的究竟，战战兢兢地摸进去。入口处有半方大土墙，进去后发现崖顶竟有二层楼高，像个倒过来的大锅底，里面有很多的蝙蝠，下面铺着很多黑漆漆的蝙蝠屎。

进去大约七八米，靠东方有一个高大的天然石椅，上面能同时躺两个人，这石椅有点像电影《林海雪原》中座山雕坐的那个靠椅。继续往里面摸索，光线开始变黑，到前头有个分岔，每端都很窄，需要拧开手电筒，摸爬几步便冷汗飕飕。大人们说，一端通往十里外的一个山口，另一端通往大海。早年瓦窑村这一带生土匪，土匪就倚靠这山洞与官方捉迷藏。

油子好奇心更强了，他进去过多次，有一次偷拿了家里锅灶的火柴，独自一人摸进分岔的一端，蹩着头往前摸走了一段，发现前面是个不知深浅的黑谷，他擦着火柴想照黑谷底下，刚点着就被一股阴风给吹熄了；他连着擦了几根火柴，都被阴风吹熄灭了；他准备再次擦火柴时，谷底传来一声毛骨悚然地惨叫，他吓着屁滚尿流地退出……

烧饭不仅能拿到工资，而且还能像干部一样地打牙祭，这是份不错的活儿，王二姑自然听六喜支书的话。王二姑家养有四十对鸽子，一对鸽子现时能卖五十元大钞，一年就能卖到两千元大钞，这在瓦窑村算得上富裕人家。二憨在林场闲着，见王二姑家养鸽子发财，他也想养鸽子，一次六喜到二憨家喝酒，翠萍灌了支书半斤高炉双轮池酒后，提出让六喜给讨一对鸽种，六喜一口答应。

二憨在屋头埂搭了个披屋，在乡里集市上买了一个铁笼子用来装鸽种，里面放上两个破盆子，一个盆子里装鸽食，一个盆子里装清水，几年下来繁殖下了二十对鸽子了。

六喜喜欢去二憨家，过去以巡查林场为由子，现在以看鸽子为由。六喜来了，翠萍眉开眼笑，赶忙到鸡窝里掏蛋，到地里掐韭菜，然后韭菜炒鸡蛋，陪六喜喝高炉双轮池酒。

六喜、翠萍、二憨各坐一方。开始时三个人步调一致——一同举杯，一同放下杯子，一同夹菜；六喜与翠萍二人话语与眼神都比较规矩。几杯酒落下去，六喜与翠萍二人就开始挤眉弄眼了。二憨清楚二人的举动，他开始低着头，自顾自抿酒，偶尔夹菜。

翠萍熟悉二憨的秉性，她清楚二憨嘴不说，心里在生闷气。她不理会二憨，甚至挑战二憨，喝！喝！大声地嚷着，并不停地向六喜举起酒盅。六喜瞄瞄二憨，然后对翠萍挤眼。

喝！翠萍再次向六喜举起酒盅，意思不要理会二憨，他翻不掉船。

六喜本来就肆无忌惮，现在翠萍发了话，他说话开始放肆。

二憨低着头，紧抿着嘴唇，脸色发乌，发黑，颧骨部位在轻微地跳动。

六喜腿子伸向翠萍，翠萍眼神挑逗地对六喜斜剜了一下。六喜腿子愈发地放肆。

一次六喜离开后，二憨捏着拳头要揍翠萍，翠萍手点着二憨：你一个大男人，也就这本事！你敢动老娘我一下，老娘我立马与你离婚！

二憨一听离婚二字，尿了。

五

李先泽与尹发明上林场去找六喜，可以从王二姑她们村庄南面的山缝里走，还可以从湘绣她们村庄边上一座叫茅草尖的山翻过去，两种走法相比较，第二种走法近。

茅草尖这山很有意思，底部矮墩墩的，山顶却是尖尖的，遍山长满了那种手抚摸着柔顺的茅草。

两个人蹚草上山，心情自是很激动，很兴奋。快到山尖时听见那边有人在快活地哼着小调：

小妹妹送情郎啊，

送到那十字坡。

头上的那个金钗丢了一个，

我无心回去把金钗找啊。

宁舍得那个金钗，

也舍不得亲哥哥。

……

六喜！尹发明很惊喜地对李先泽说。李先泽皱起眉头。尹发明不解，这么快就能碰见六喜应该很开心，不明白他为什么不高兴。

李先泽反感一个村支书这样的浪荡行为，他认为支书就应该有支书的样子，支书就应该给群众树立正派形象。

双方几乎同时到达山尖，六喜一见李先泽与尹发明，先是一愣，接着迅速转换表情，眯着眼睛笑开了：在这茅草尖上遇见你二人，真是稀罕事！

李先泽有些厌恶地望着六喜没有说话，尹发明急忙说明来意：支书，我们找你有件事。

六喜收敛住了笑容，瞅着尹发明的脸，又瞅着李先泽的脸，想从二人的脸上看出来意。

李先泽咳嗽了一声对六喜说明来意：支书，现在窑厂不景气，我和发明商议了，想把窑厂包下来，这样对村子也有好处！他边说边留意着六喜的表情，想看看六喜是什么反应——六喜脸上的肉跳动了一下。

你们俩怎么有这想法？六喜有些吃惊地问。他心里琢磨开了，这事情肯定是李先泽拿的主意，他们两个人想吃独食。

我们……我们……尹发明嘴笨拙，答不上来。

窑厂这样子，我们有这想法很正常！李先泽坦然地说。他一向堂堂正正，不怕六喜，相反六喜倒有些敬畏他。

这个……这个……等回去说。六喜打起了官腔。

我们等着支书决断！李先泽清楚这事情无论谁当支书，都不是一时能答复的。

这次找六喜没有结果，后来二人又找了六喜几次，每次六喜都递烟，假模假样地笑，就是不答复。

这之后，六喜带着副乡长钱进朝来过窑厂，钱进朝官至副乡长，尹发明有些怕他。李先泽不怕，堵住了钱进朝，把意思说了。钱进朝打着官腔说，这是村子里事，现在讲究村民自治，乡里不好表态。六喜又留钱进朝在窑厂里喝酒，李先泽性子直，他几次想冲进去质问他们，但几次都克制住了，承包的事情不了了之。

过去大约有八九天时间，一天，不苟言笑的纪委女书记带队，个子高大、身材魁梧的组委王新历、乡财政所所长、还有钱进朝等一帮人神情严肃地来到了瓦窑村。就连平时一向喜说喜笑，不在乎身份与年龄的钱进朝也板着面孔。

纪委女书记带队加重了瓦窑村的紧张气氛，六喜平日里嬉笑的神色也跑得无影踪，他不再快活地哼小调。

纪委女书记板着脸对六喜交代：你让窑厂把所有账目都搬出来，让财政所检查！

六喜清楚这回来者不善，他心里噗噗地跳，不时地瞟着钱进朝，希望钱进朝能暗示他点什么。然而钱进朝不朝六喜看，六喜六神无主。但六喜毕竟在村支书位子上蹲了这么多年，他明白越是这个时候，越不能慌乱。于是他表情僵硬地对着来的领导笑，带着小心地对财政所所长笑。财政所所长平时对六喜还比较客气，这会一脸的表情严肃。

假如财政所所长对六喜瞟瞟，也算是对六喜打了招呼，然而不为所动，这加剧了六喜紧张的心情，他脸庞上的肌肉不受控制地跳动了起来。

直觉与经验都告诉他，这回乡领导要对他动真格！他恐怕要倒霉了。

查账了！查账了！这回六喜与他舅老爷要倒霉了！尹发明兴奋无比地告诉李先泽。

李先泽表情平淡，只轻轻地哦了一声。

六喜老辣，即使是这种情况，他也未乱方寸。他示意舅老爷，让王二姑弄两只鸽子，中午招待乡里领导。王二姑杀鸽、拔毛、烧鸽，等忙好了，乡里领导说，不打扰了，我们回去吃中饭。

领导不在这里吃中饭，说明领导不想与自己有瓜葛，这间接说明自己的问题很严重，六喜心再次一沉。他保持镇定，把目光投向钱进朝，看他什么意思。

钱进朝目光表示，不要挽留。

窑厂被清查的消息像风一样地刮开了，大家胡猜一气。有的说，是有人向乡里写了举报信，举报村干部瞎吃瞎喝，贪污，窑厂财务混乱。还有的神神秘秘地说，你们可知道，这次是实名举报……

接下来大家纷纷猜测举报者。有人猜测是尹发明举报的，说尹发明一直想承包窑厂，六喜未答应，他就举报了；有人猜测是油子举报的，说油子闲着没事干，尽做戳烂事；大部分人猜测是李先泽举报的，理由是尹发明没有决断，油子是嘴巴说着快活，真干事不行，而李先泽心里有杠杠，人又刚，像是他所为。

乡里领导走后，六喜舅老爷放话：谁做缺德事，害老子！老子绝饶不了他！等着瞧！

李先泽有些不屑地望着六喜舅老爷。只见他梳着油亮的大背头，习惯性地舔着嘴唇。

六喜这回肯定要栽！尹发明兴高采烈地对李先泽说。李先泽淡定。

乡里调查组走了一个月，没有任何消息，一天六喜舅老爷反背着手晃到李先泽面前，宣布：李先泽！我这庙小容不下你！你另谋高就！

你算什么东西！李先泽蔑视地望了一眼六喜舅老爷，随即把砖担子一撂，迈着大步走了……

六

小妹妹送情郎啊，
送到那大门外。
手拉着那个手儿，
问郎你多咱回来。
回不回来我定会，
捎上封信儿哪。
怎舍得让小妹妹，
时常挂心怀。
……

六喜打着伞，穿着胶靴，哼着小调，从岗上晃悠下来。乡里领导前阵子来查账，他当时受了点惊吓，瘪了不少；现在未见动静，他又活过来了。

在村部等了好一会儿未见六喜冒头，六喜这狗日的百分百在二憨家快活！程瞎子眨巴着瞎眼点拨。程瞎子一般只在背后出出主意，真要行动他躲得远远的。

走！我们上二憨家去找六喜！尹发明捶了一下桌子！他捶得并不重，没有什么响动。

走！找六喜这狗日的去！砰！大虎力气大，下手重，桌上笔筒子弹跳了一下然后卧倒。

六喜哼着小调从砂石路走过来，他耳朵尖，听村部里面在吵闹，脸上的笑容瞬间收住。他清楚他们是来要钱的，一旦被缠住就麻烦了，于是掉头就走。

那不是六喜！屋里闷，油子站在门口，他瞄见六喜想溜，急忙嚷。

你跑什么跑！跑到天边也把你追到！大虎撑开伞就追。

可能大虎的吼起了作用，六喜停住了脚步，他转过身，眯笑着对急赶来的大虎说：这雨天，你不在家歇着，到村部来有什么事？

支书你知道的！尹发明大着声说。尹发明这会也赶上来。他与六喜说话，把伞往后仰，雨水大，淌得他后背全湿了。

我们来要钱！大虎直奔主题，他认为没有必要与六喜这样的皮条绕弯子。

要钱也不需要这样急嘛！走！我们到村部去！六喜虽然眯笑着，但笑得已不自然。假笑是六喜的一个特色，他常常假笑来应付村民，糊弄村民。

来！来！坐！坐！到村部，六喜脸上堆着笑，假装热情地招呼大家坐。在乡村，应该说绝大部分的村干部对待群众是热情的，是为群众办实事的；但也有极少数的村干部对待群众霸道，脸黑漆漆的；而六喜精明，他表面一套，内子里一套，属笑面虎型。

大家都清楚六喜这虚情假意的一招，他们不为所动。油子干脆，一屁股落了下来；程瞎子与尹发明犹豫要不要坐；大虎不理会，他硬着喉咙说：我们今天来就要你一句话！什么时候发工资！

这个嘛！……这个嘛！……六喜支吾着。

什么这个！这个的！说痛快话！大虎瞪圆眼。

迟早会发的……六喜耍起拖延战术，他掏出平皖烟递给大虎。大虎用手一挡。

六喜把手缩回来，转递给油子，油子大咧咧地接过来，掏出打火机点上，吧了一口。六喜递给尹发明，尹发明犹豫要不要接，大虎目光扫着尹发明，尹发明急忙摆手。

啦！你抽……六喜转而将烟递给程瞎子。对于贪财的程瞎子来说不要白不要，他接了过去，然后瞅烟，眨巴了下眼。

这话你说过多少回了！今天我再问你一句！你说拖欠我们的工资哪天发？大虎眼里蹿出火苗，像是要把六喜烧掉他才解恨。他实在着急。外人不知，他患类风湿的老婆这几天病厉害了，得去医院抓药，可家里一点钱都没有了。

这个……这个……六喜继续支吾。

你跟我打官腔是不是？六喜的话彻底激怒了大虎。出人意料的，大虎上前双手捏住六喜的领子。

你……你……你大虎敢行凶！六喜料想不到大虎会来这手，先前堆笑的脸霎时变得万分惊恐，他死命地想拽开大虎的手。

其他的人未想到大虎会来武力，一时不知所措。

你说什么时候发工资？

你把手松开！

你不表态，我就不松开！

你知道你……这……这是什……什么行……行为！你这……这是侵……侵犯公……公民人身权……权利的行为！六喜脖子被掐住，难说出话，脸色像猪肝色。

我就侵犯人身权利了怎么的？大虎攒住六喜的领子，把六喜晃悠了下。领子被收紧，出不来气，六喜脸憋得通红。

两个人僵持着。六喜被勒得难受，他趁大虎不留神，抽出一只手，快速地伸向大虎裆部。六喜老奸巨猾，他清楚，论力气他拼不过大虎，要想解脱，只有采取乡村里最下三滥的也是最为管用的办法。

哎哟！大虎惨叫了一声。

大虎被激怒，松开手，嘭！对准六喜的面门就是一拳头。

七

由于大虎出手太快，加上六喜没有一点思想准备，他被大虎的拳头击打得脑部震荡，眼前一片漆黑。过了一阵他才有意识，眨眨眼睛，前面是破碎的人影。

六喜晃悠了一下身子，继而站定。周围的尹发明、程瞎子、还有油子未料到大虎会来这么一下，都愣住了。

大虎初始愤怒，当拳头打出去再收回来后，他呆住了，不清楚刚才自己是怎么出手的。

大虎的莽撞行为，以及社会上偶尔发生的一些莽撞行为，都是人在极其恼怒的情况下一瞬间发生的，这时人的大脑仿佛不受控制，事后他们又迅速后悔，可是这时已经没有后悔药吃。冷观激烈的场合，发现有的人能够控制这个一瞬间，而有的人不行，这就要看个体的性格以及修为了。修为好的人，捏紧拳头忍忍就过去了，这也就是那句古语，忍一忍风平浪静。

大虎性格急躁易怒，本来有利的事情，就因为这一拳头，反变成了违法。

一个小时后，乡派出所的三轮摩托车就开到了村部，摩托车上坐着两个民警，另外还有钱进朝副乡长。

村干部平时难得集中，这会都集中在村部里，这里面包括长得端庄、平时说话也稳重的妇联主任湘绣。

六喜脸色苍白地靠在椅子上——先前大虎那一拳头击得太重，另外他当支书以来未曾受过如此大的惊吓。他不停地揉着受伤的部位，那里由于被击得太重，有些淤紫。

湘绣急忙招呼小张文书搬椅子让钱进朝与民警坐。

哟！打得这么严重！钱进朝对民警提示说。

怎么回事，你把刚才的事情复述一遍！民警开始记录。

随后村干部引路，民警到了大虎家。村民好奇，都聚集在大虎家门口，叽叽喳喳的。

民警威严地对大虎说：我们要带你到派出所做个笔录。

大虎想，我只是打了他一拳头就收手，没有什么大不了的，做完笔录就回来。未料到，到派出所做完笔录就被送往县看守所行政拘留五天。

老百姓还有活路吗？

我们到乡里去！

我们到公安局去！

大虎做笔录被拘留，激怒了瓦窑村村民，他们三五成群地聚集在一起，一个个眼珠子圆睁，脸涨得通红，有的还撸起袖子，表示要为大虎翻出去。

程瞎子眨巴着两下眼睛，出主意道：干脆把大虎那类风湿的老婆抬到村部里、乡政府去！看他们办个鸟公！

这倒是个好主意！一向好热闹的油子不怕把事情闹大，他跷起大拇指。于是义愤填膺的村民们真的被油子鼓动，把大虎那患类风湿的老婆抬到了村部。他们考虑周全，还抱来了被子。

你们这是做什么事情？六喜见把大虎老婆抬来，慌了。

被激怒的村民不再顾及这样做得罪支书，一拥而上，拖起办公室桌子。小张文书吓得躲到一旁。

湘绣平时贤淑中道，与乡亲们关系都不错，这会六喜没了辙，他只好对湘绣使眼色。湘绣虽有些踌躇，但出于息事宁人的考虑，还是上前劝说：有话好好说！这样做似乎……

你们村干部不要老百姓活！还要我们老百姓好好说，什么道理！一个脾气一向暴躁的村民大声地嚷，他不顾及规劝的人是湘绣。

湘绣理解村民的心情，她不生气，只是无奈地望着六喜，意思是，你让我劝说，我按照你要求，劝说了！

村民们呼隆呼隆地把几张办公桌子拖到了一起，把被子铺在了上面，然后把大虎老婆抱到被子上。

大虎老婆仰面躺着。

瓦窑村村民占领村部的消息一阵风地传遍了整个平山乡，自然也传到了平山乡政府，传到了乡书记耳朵里。乡书记闻听大为诧异：好好的一个瓦窑村怎么搞成了这样？！干群关系怎么搞成这样的对立？！

乡书记调来平山乡才四个月，他对平山乡的人事还不是很熟稔。他之前在一个水乡，那里有一个小湖泊，他在那里做了一番功绩。具体说来就是因地制宜，利用湖泊养殖珍珠，获得了不错的效益，得到了县里嘉奖。像他这种情况，以往要么调到县局当局长，要么调到县城边的乡镇当书记，可是县里却把他安排到这个山区乡当书记，这很让人费解，乡书记本人也不理解县里为何这样安排。

你们说说这是怎么回事？乡书记坐下，把瓷茶杯在桌子上放稳，然后目光锐利地睃着每个党委成员的脸。他虽漏说了"瓦窑村"三字，但大家都清楚他说的是"瓦窑村"的事情。

乡书记目光一遍睃过来，无人应声。

乡长你说说！乡书记目光温和地投向乡长。

在乡书记未调来平山乡之前，班子成员都恭维乡长说：我们这山里谁愿意来？谁都不愿意来的！乡长你当书记当定了！

不要瞎说！不要瞎说！乡长急忙制止。他嘴巴虽这样说，但心里乐乐的，他也认为自己当乡书记希望很大。乡书记刚调来时，他心里一时难以接受，对乡书记冷着脸有小一个月。

乡书记很能体谅乡长的心情。他主动找乡长交心说：你想想，我可愿意到你们这山里来？组织上让来，我就来了！然后他什么话也不说，对乡长笑笑，表示自己很无奈。

乡长认为乡书记说的是大实话，自己没能接到乡书记的位子与现在的乡书记无关，因而情绪慢慢抚平。

不好说！乡长略加思索开口说话，意思很含糊。

组委王新历在心里说，等轮到我说话的时候，我就说，六喜胡搞，把村子搞得一塌糊涂，要想解决瓦窑村的问题，只有把六喜换掉，现在见乡长这样表态，他就觉得不好说了，于是机灵地说：书记，你还是到瓦窑村去实地调研一下！

王新历的话很合党委成员们的心思，也为大家解了围，大家不需要一个一个地表态。于是除乡长忙政务走不开外，其他的党委成员都随乡书记集体走访了一趟瓦窑村。

乡书记亲自来走访，群众感觉亲切。他们信赖乡书记，围着乡书记，把村子里的事情一股脑儿地倒了出来。

乡书记感到：唯有免掉六喜的村支书职务，才能平息民愤，才能解决瓦窑村的问题。

八

天一放晴，李先泽就急不可待地在皖北村庄里吆喝开来。

一天他在村庄里吆喝的时候，就听村庄的另一头也传来吆喝声，而且是乡音。出来时间久了，听到乡音，觉得分外的亲切。

李先泽迎着声音方向急促地过去，很有意思的是，那个人也仿佛想尽快见到他这个同乡，也迎着声音的方向急促地过来，声音相撞在一棵两人合抱粗的古银杏树下，然后顺着伞状的枝丫消散。古树是村庄的根，在皖南这样粗的古银杏树不少见，而在皖北，这样粗的古银杏树就比较稀罕了。

两个人站住望着对方，李先泽先开了口：在这里能碰到老乡，难得！

那个人也友好地说：与你一样！

你是哪个乡的？当那个人说了他所在的乡后，哈哈！李先泽笑起来，他介绍自己说：我们隔壁！我是平山乡的！

那我们是家门口人了！那个人也笑起来。

然后两人屁股落在鼓起的树根上，你一言我一语十分投缘地闲扯起来。

你出来多长时间了！李先泽问。

"双抢"后出来的！那个人答。你呢！那个人问。

也是！李先泽答，接着问：你干这一行多长时间了！

有六个年头了！你呢？

就今年才出来！

……

这次相遇后，两人补锅修伞不离伴，皖北村庄里弯弯绕绕，两个人进去后分开来吆喝，各补各的锅，各修各的伞，忙完了再碰头，一同进入下一个村庄。

天擦黑的时候，两个人找一户宽点的廊檐歇下担子，把捆被褥的塑料薄膜铺在廊檐下，然后两床被子，下一床，上一床。

一天下半夜两点时分，一弯镰月嵌在天幕上，廊檐就像蒙上了一层薄纱。

李先泽气息匀称地睡着……

他像玩村小里吊环一样吊在了镰月的上方，他使劲地想着，自己是怎么吊在那上面的。他绞尽脑汁地想，就是想不出个名堂，就在他脑子一片混沌的时候，这时刮来了一阵轻柔的风，然后他不由得手一松，就脱离了那吊环……从月亮上掉下来肯定会摔死的，他吓坏了，张大了嘴巴，想叫喊，可是未等他叫喊，发现自己已经平稳地落到了地面上。这时奇异的事情发生了，只见落下的地方有一排瓦房子，一个瘦瘦的女人从里面走出来，见到他，惊喜万分地喊。他揉揉眼睛细看，发现这个瘦瘦的女人正是他的老婆兰花。于是他一把搂住兰花……

乡书记从瓦窑村调研回来不几天又开了一次党委会。会议的主要议题是定瓦窑村的新支书。

六喜知道这回自己的支书位子难保，他就像落水要死的人一样，还想寻根稻草，在乡书记调研那天的天擦黑溜进了钱进朝在平山街上的家，可怜巴巴地求钱进朝为他说话。

钱进朝想为六喜说话，无奈自己不是党委成员，参加不了党委会，说不上话。找乡书记为六喜求情吧，乡书记新调来，不清楚他脾性，搞不好把自己裹进去，划不来！于是他便在六喜走后跑到乡长家，拜托乡长在党委会上帮六喜说句把话，保住六喜的支书位子。

乡长对六喜的感情五味杂陈，平山乡是山区乡，村子基本上没有企业，唯瓦窑村有个窑厂。七年前，他还是专职党委副书记的时候分工瓦窑村，六喜那时候像个支书的样子，把窑厂经营得红红火火，在县里名声很响，他也因此当上了乡长。要说六喜变坏，也就是在自己当上乡长、钱进朝分工瓦窑村之后的事情。一来六喜居功自傲，胆大妄为；二来钱进朝管不住那张嘴，至于是钱进朝把六喜拖下水，还是六喜把钱进朝拖下水，一时还真理不清。

因而这次党委会一开始，乡长念在过去的情分上，想尽可能地保一保六喜，建议给予六喜党纪处分。然而会议一开始，乡书记就定了调子：就瓦窑村的情况来看，六喜已不适合再担任村支书的职务，下面大家讨论谁接村支书合适！

一阵气息很闷的沉默。

乡长开始拿捏会议流程肯定是这样的，首先讨论六喜可适合继续任职，大家一个个发言，他是乡长，应该第一个发言，他先把六喜狠批一顿，接着再把六喜早年的功劳摆出，这样客观评价，六喜的位子或许能保住。可是新书记强制主导议程，一开始就提出六喜不适合再任支书，这样他就不好在这种氛围下强行帮六喜说话了。

从乡长的退却看，乡书记的策略是对头的。

乡书记像是猜到乡长心思似的，他没有客气地请乡长先发言，而且把目光睃向副书记，征询道：你是平山乡的老同志，又分管组织工作，你说说看，谁担任瓦窑村的支书合适？

副书记本来是低着头的，见书记问自己，于是抬起头，犹豫了下说：让村主任接任支书可适合？

他与六喜混在一起，名声也坏了，不适合接！乡书记直截了当地把副书记的建议给否决了。

副书记低头不再说话。

大家不知道轮到自己时该如何表态，一局促，呼吸就急促。党委会的气氛变得紧张。

妇联主任湘绣还比较正派，群众关系也好！让她担任村支书可适合？纪委女书记试探着说。

这回乡书记未直接否决，而是征求起乡长意见：乡长，你说说看，谁担任瓦窑村的村支书比较合适？

六喜的村支书肯定是保不住的了，退而求其次，乡长提出了自己心目中的人选，他说：钱副乡长这些年分工瓦窑村工作，对瓦窑村的民情熟悉，不妨让他短时间代理村支书，以后寻到适合的人选再说。

乡长说这番话的时候，党委成员们都抬起头望着乡长，心里都在说：他去了，瓦窑村不是老样子才怪！

乡书记未表态钱进朝下去适合不适合。只见他端起瓷茶杯，掀开盖子，抿了一口。党委成员们目光齐盯着乡书记，想听他对乡长意见的看法。

乡书记心里其实已经有了人选，这个人选是他咨询王新历的。

那天从瓦窑村回来后，他私下把王新历叫到办公室，信赖地问：要从根子上解决瓦窑村问题，你认为如何做？

王新历犹豫了下说：必须把六喜换掉！

乡书记接着问：那你认为，谁接任合适？

王新历说了一个人选，乡书记略思索了下说：党委会议上你说说你的看法！

王新历点点头。

这时乡书记目光朝向组委，他对组委说：王组委，你说说看，谁担任瓦窑村支书合适！

李先泽！王新历抛出了人选。语气干净利落。

所有的党委成员目光都朝向组委，他们惊诧，他是怎么想到了李先泽的？然而在短暂的思考后，目光碰撞，一致认为这个人选妙。

你说说看，李先泽的长处！乡书记温和地问。乡书记就像个导演，他为了让党委委员，主要是乡长能平静地接受李先泽，他设定程序，一步一步往他导演的方向走。

李先泽当过兵，在部队时就入了党，立过三等功，他为人正派，群众基础好，在窑厂干活时，能吃苦耐劳，对搞活窑厂也很有想法，想承包上交村里，六喜未同意……王新历不急不慢地道来。

王新历介绍完，乡书记目光睃向其他党委成员：你们对李先泽担任村支书可有意见？

纪委女书记望了望乡长，又望了望副书记，乡书记留意到纪委女书记目光，于是询问纪委女书记意见，纪委女书记答：没有意见！

乡书记又把目光投向副书记，副书记望着书记说：我没有意见！接着其他的几个党委委员都表态没有意见。在大局已定的情况下，乡书记这时才将目光朝向乡长，装出很尊重地问：乡长，你看李先泽接可适合？

合适！乡长毫不犹豫地答。乡长清楚，这时即使自己反对，也不起任何作用，相反影响双方的默契；另外维护一个名声不好的人也不值得，于是精明地点头。

听说李先泽在皖北打工！王新历告知乡书记。

派人把他找回！乡书记语气断然地说。他站了起来，端起瓷茶杯径直往会场外走。

第二章

一

李先泽上任第一把火就是对村部的房屋进行整修，村子还欠群众三十万元，拿什么钱来整修房屋呢？李先泽自己垫钱，他把在皖北补锅修伞挣的七千元钱全掏了出来，把屋顶整个掀了，全烂、半烂的椽子全部换成新的，油毛毡全部换成新的，另外把屋顶补了瓦。这样一来，雨天在里面办公也安然了。

当然，他在掏这些辛苦挣来的钱时内心也舍不得，倒不是他怕掏出去的钱收不回来，而是有些心疼这七千元钱的利息。另外兰花强烈反对他从自家掏钱，她胆子小，生怕掏出去填了无底洞。

在整修村部房屋的同时，他谋划把多年亏损的窑厂给租出去。有了租金就能安定村民，还能保证村子运转。他对把窑厂租出去非常有信心。因为他清楚，现在砖瓦行情好，另外前期在窑厂干活时就与尹发明一起盘算过，窑厂经营得好，一个月至少能赚一万元，退一步，一个月赚八千，一年也能赚个十万。能赚这么多钱，每年对半收租金，也能收个五万元，这对于张着大嘴喊气的瓦窑村来说，无疑是接了气。

那天乡书记交代王新历把李先泽找回来，王新历愁着如何找，李先泽在外"流窜"，又无手机，要想把他找到并非易事。

钱进朝分工瓦窑村，王新历依靠钱进朝找李先泽，他喊钱进朝带自己上李先泽家。

李先泽家在村子西南边的一个村庄，离河大约两里远。房子坐西朝东，前面是三底两层的楼房，后面是过去建的三间大瓦房，两侧砌了围墙——等于箍了一个院子。院子左边有一个竹园。

一条从山上淌下来流到田畈的溪水从村庄前经过，也经过李先泽家门前。

王新历与钱进朝到的时候，李先泽正在门前屋场子上补锅——他自家的锅因为烟熏火燎也破漏了。李先泽坐在一个小板凳上，右手拎了个小锤子，对着破漏处的补丁轻轻敲打。几只鸡在边上啄食，一只毛色乌黑的狗卧在李先泽脚旁，眼睛望着李先泽补锅。

李先泽这家伙在家！王新历喜出望外，他开心地对着钱进朝笑了一下。钱进朝脸上有些不自在。

钱进朝的心理是复杂的。王新历喊他相陪，他是分工村干部，不陪显然不适合，陪吧，心里十分的不情愿。他心里在想，找不到李先泽最好，其他人要么不适合，要么不愿意干，最后乡里万般无奈，还得让六喜干。现在李先泽就像神算自己能当村支书一样，回来了，他心里自然别扭。

乡书记是个稳妥人，他让王新历把李先泽带到乡里，过了目才放心——一个人的品行与能力如何，往往第一眼就能确定。李先泽见了乡书记一点不怯场，落落大方地坐下。乡书记对李先泽的第一印象还不错。

你是个党员！又在部队大熔炉锤炼过！乡党委把瓦窑村的重担交给你，你有没有信心把瓦窑村工作做好？乡书记目光炯炯地望着李先泽。

有！书记！李先泽像军人一样十分利落地回答。

乡书记满意地点了点头。

瓦窑村现在是个烂摊子，你认为怎样才能让瓦窑村起死回生？乡书记审视着李先泽。

我认为首先村班子要正！村班子正才能让群众服气，配合工作！李先泽端正了一下自己的身体。其次要发展！发展才能让瓦窑村起死回生！李先泽抬了一下头颈，表示信心。

脑瓜清晰！乡书记满意地望着李先泽，又问了句：你说说看，如何发展？

先把窑厂租出去！有了租金就能还债，就能平息群众怨气！

那下一步呢？乡书记追问。

……李先泽之前未多思考，现在乡书记的问题很尖锐，他一时答不上来，卡住了，有些难堪！血瞬间充盈整个面部与颈脖。李先泽有个特点，遇到急难问题，面部与颈脖都赤红得像关公。

乡书记见此，缓和语气说：你先喝口水！

再把水库租出去！再把山里林场盘活！再……李先泽脑瓜子转过来了！

让瓦窑村起死回生，你要多动脑筋！乡书记给他打气。

书记您"老人"放心！李先泽挺了挺腰板。本来他应该说，书记您放心，但由于在皖北补锅时尊人"老人"惯口了，现在尊称乡书记照样"老人"字！

乡书记才四十出头，并不老，甚至可以说很年轻，王新历怕乡书记不高兴，对李先泽剜了一眼，意思你怎么能如此称呼书记。

好好干！尽快让瓦窑村起死回生！乡书记对李先泽伸出手。

李先泽双手握住乡书记的手。

李先泽要出租窑厂，最开心的要数尹发明。他早前就盘算着要与李先泽合伙承包窑厂，当时六喜不同意，现在李先泽当了村支书，自己想承包窑厂，他肯定会支持；要是他也想赚钱，就合伙承包，自己出头，他在后面运作，这样承包费肯定会少些，不出门一年就能赚个几万元钱，划算！

晚上，尹发明喝了三两粮食酒，乐滋滋地往李先泽家去。李先泽楼房堂屋里亮着灯，李先泽本人正拿着支笔在本子上划拉，见尹发明进来，猜着来意，停住笔。

在算账啊！尹发明问。

划拉着好玩！李先泽笑着说。你去给发明泡茶！李先泽交代兰花。兰花在木条几上拿茶杯。

不喝！不喝！晚上喝茶睡不着！尹发明摆着手。

兰花迟疑了下。

你去泡！发明说不喝，你就不泡啊？李先泽责怪起兰花，意思是兰花太实诚。

你来问承包窑厂的事情吧？

嗯嗯！尹发明有些得意地答。

承包窑厂，村子打算拿个方案，到时按照方案来！当然你有意愿可以积极报名！

尹发明一听李先泽这话，心一沉，他原以为李先泽会对他夸奖一番，然后说个数目字。他说高了，李先泽体恤地说，你说高，那就降点！现在听李先泽这样说，感觉心里虚空了。

李先泽肯定也想搭一脚！在情绪灰暗秒把钟后尹发明猜想。看来得带李先泽发财，不然自己发不了财！尹发明转而说：还是我们两个合伙包好！

我是村支书，不参与承包！李先泽言语干脆地说。

那……

我支持你积极参与承包！李先泽信任地望着尹发明。

二

六喜家在岗头子的东边，这个地方地势高，朝阳，不被邻居间遮挡。他家三底二层小楼，楼顶盖了大红瓦，气派显眼；后面是三间披屋；两侧砌了砖墙，院子里栽种着栀子树与石榴树。

六喜还是有一定情调的。

六喜家气派楼房的砖瓦全来自村窑厂，至于他买砖瓦是掏了钱还是分文未掏钱，大概只有他舅老爷一个人知道。

很多地方村集体的财产是一本糊涂账。瓦窑村以前能建得起小楼的只有很少的几户人家。六喜是一户，六喜舅老爷是一户，还有程瞎子是一户。六喜与他舅老爷就不说了。程瞎子建的是二底二层小楼，与村部并排，气势超过了村部。他家之前是四间瓦房，虽说他一天到晚嚷着村里欠了他小店钱，但之前几年他赚了村里不少钱，另外整个村子就他家开了这么一个小店，村民买东西基本都到他这儿，他家日积月累攒了不少钱。

姐夫！姐夫！吃中饭的时分，六喜舅老爷急抓抓地来到姐夫家，走进楼房堂屋里，见空无一人，便喊开了。

他魂在家啊！喊什么喊！后院里姐姐语中带气地嚷。

六喜舅老爷走进后院子里，咯咯！咯咯！只见姐姐正在猪圈里喂食。

姐夫不在家啊？到哪里去了？他问。

他还能到哪里去！姐姐暂停喂食，带有怒气地望着他。

细发丝像被风吹得胡乱的柳枝，盖住了姐姐的脸。姐姐的衣裳上沾着猪食，手上也沾着猪食，六喜舅老爷皱起眉头提醒道：你也把自己打扮好点！

我打扮好点管屁用！能骚过那妖精？！再说，不要饭吃啊？姐姐说完这话，便不再搭理弟弟。她厌烦一天到晚把头发搞得油亮亮的弟弟，清楚他与自己的丈夫都是一路货色。

村子里人都说，六喜舅老爷在县城里有相好的，他经常趁着运砖瓦到县城里去和那相好的鬼混，窑厂里的钱有一多半都花在了那相好的身上了。

你也就这个命！六喜舅老爷本来心里火烧火燎，现在又被姐姐呛话，不痛快，顶撞起姐姐。

姐姐像没有听到他话一样，咯咯！咯咯！继续给猪喂食。

六喜舅老爷急着往林场二憨家去。

二憨在屋场子上劈柴，他面无表情地坐在一张小板凳上，把一块硬柴用石块固定了，然后拿柴刀。

喝酒！喝酒！不就是不当那破支书！有什么大不了！屋子里传来翠萍的劝酒声。二憨唇部的肌肉扯动着，他举起柴刀猛劲地朝硬柴劈下去——像是要把六喜劈成两半。

吱呀！硬柴被劈开了。

二憨兄弟劈柴啊！六喜舅老爷满头大汗地来到二憨家屋场子上，敷衍地与二憨打招呼。

二憨抬头，面无表情地望了六喜舅老爷一眼，算是打招呼。

喝酒！再斟一杯！屋子里继续传出翠萍劝酒的声音。

姐夫果然在！六喜舅老爷先前的不快迅速散去。他朝里面望去，只见姐夫六喜与翠萍坐在小木桌子的两端，翠萍神态很好，脸上漾着笑容，正在往姐夫酒盅里倒酒。姐夫不像平时开朗，神态有些倦怠，舞动着手，表示不能再喝了。

大厂长来了啊！正好！陪你姐夫喝一杯！翠萍起身拿酒盅。

不喝！不喝！我找我姐夫有要紧事情！六喜舅老爷摆手。

喝酒又不影响谈事情！翠萍照旧去拿酒盅。

你……怎……么来了？六喜口齿有些不清地问。

窑厂承包的事情啊！六喜舅老爷迫不及待地说出来由。

啦！喝一杯！翠萍喜滋滋地拿来了酒盅。六喜舅老爷不理会翠萍，他紧盯着六喜的脸，等待姐夫表态。

回去……说！六喜泛着眼珠子。他虽然酒有些多，但是不糊涂。

哟！还避着我啊！把我当外人！那我出去！出去！翠萍装着起身，其实脚并未挪动。

嘭！二憨应该气极，把一块硬柴劈飞了。

哪……哪……把你当外人，你多……多心了。六喜泛着眼珠子示意舅老爷道：说！你说！

我想参与窑厂承包！舅老爷观察姐夫神色。

你承包就承包呗！问我干吗！六喜端起酒盅，往嘴巴里灌，酒多了的缘故，有一半酒漫出嘴唇，往下巴流。

我想与姐夫你一起承包！

你也参与承包不错啊！翠萍瞳孔放大地盯着六喜，她听到六喜舅老爷的话很惊喜，在翠萍看来，六喜承包了窑厂的话，靠山不倒，因而她赶忙撺掇六喜。

嘭！二憨把硬柴又劈飞了。

你说参与不错？六喜坐直身子，盯着翠萍的脸。

那当然不错了，还要多想！翠萍娇嗔地往六喜酒盅里斟酒。

就是！六喜舅老爷很佩服地望着翠萍。他留意到这时候的翠萍虽然已经四十出头了，但面色就像二八少女一样的红艳，而且无论眼眸，还是眉眼都透着男人难以忍受的娇媚。

怪不得姐夫被迷住了！六喜舅老爷心里暗想。

不过听说好几个人想承包！就我现在知道的，就有尹发明，尹发明说不定与李先泽合伙，李先泽精明，不出面，让尹发明出面。停顿了下，六喜舅老爷继续说：还有，听说外面也有人想过来承包！

还这么复杂啊！他们想包就能包得了！翠萍望望六喜舅老爷，又望望六喜，期待他们说否定的话，这样她心里才踏实。

事情复杂，回去容我细想想！六喜起身。他不愧当过村支书，虽然现在脑子有些摇晃，但能分得清大小事，想回去理理。

不吃口饭再走啊？翠萍想挽留六喜。

不吃了！六喜话语干脆。他抬脚就往外走，身体摇晃了一下。

姐夫我扶着你，别跌了！六喜舅老爷急忙挽住姐夫胳膊。

二憨未抬头，他重新捡起边上一根硬柴，用石头固定了，举起柴刀，用力地劈下去。

三

窑厂发包，能生钱了，这下好了，村子能活起来了，不会再像放瘟的鸡一样蔫了！油子手拎着个玻璃茶杯，与一帮村民亢奋地交谈着往村部走。

李先泽是做事踏实的人，他心思放在做事上。在村部屋顶翻盖时，他就特地交代土砖匠在上面多加了几块亮瓦，这样无论是会议室还是办公室里面都亮堂堂的。

现在窑厂发包，亮堂堂的会议室派上了用场，昭示着他李先泽做事亮亮堂堂。

尹发明早早地来了，他坐在第一排靠门口的位置，第一次参与这样的场合，加上太想承包了，他表情看上去特别的紧张，一只手插在裤腰里，时不时地捏捏裤腰底，然后抽出来，张开手，只见手心里满是细密的汗珠子。

尹发明是个勤劳的也是个精明的农民，他的脑瓜子无时不在思谋着如何利用自己的特长与勤劳赚钱，过好日子。现在村子发包窑厂，尹发明认为这是他施展拳脚的大好机会，他在脑子里把窑厂与他的好日子紧紧地捆扎在一起，他甚至在幻想窑厂发达后儿子孙子的幸福生活。

六喜舅老爷也参与承包，他比尹发明的表情轻松很多。他夹了只包走进来，头发事前特地又收拾了，光亮得能当电灯泡。他扫视了会场一眼，然后在第一排中间位子坐下。然后掏出一根烟，点着，悠然地看着前面主席台。

主席台很简单。两张长条桌子横着连在一起。鉴于瓦窑村情况很复杂，担心发包流产，乡里一下来了五个干部——一个是王新历，一个是钱进朝，另外还有三个相关部门的干部。他们交头接耳，说着话。

这不是乡里街上的琚三瓢吗？他怎么来了？当一个瓢着牙齿的矮胖子拎着个公文包，神气十足地步进会议室的时候，村民们因为过分惊讶而一个个圆瞪着眼珠子互相对望。

尹发明与六喜舅老爷见琚三瓢进来，也都吃了一惊。尹发明心一沉，六喜舅老爷先前得意的神情像被一阵大风刮走。两个人都清楚琚三瓢是乡里街上的混混，哪里有事情他都要插一脚，有他参与事情就复杂了。

琚三瓢来的确是参与窑厂承包的。琚三瓢听说瓦窑村窑厂发包的消息，他在一天晚上摸进了钱进朝家，关了门就直截了当地说明来意：钱乡长，瓦窑村窑厂承包，算我一个！

这个嘛！你是外人……钱进朝在呆愣了一下后为难地说。

我是公平竞争，不带你麻烦！

这个……这个……资格……你不是瓦窑村人，恐怕……恐怕不行……钱进朝吞吐着说。

只要能上交钱，还怕多了我！琚三瓢自信地把包提了提。

钱进朝犹豫了一下说：我明天替你去问问行不行？

那谢谢钱乡长了！琚三瓢对钱进朝拱着手。

第二天，钱进朝到乡长办公室探风，询问外人可不可以参与窑厂承包，乡长望了他一眼，然后答：你去问问书记比较妥当。乡长技巧地把问题推给书记，是不想卷到这里面来，避免书记认为自己与瓦窑村有利益关系。

乡长让问书记，钱进朝犹豫了，之前六喜把自己裹进去了，他怕问书记，书记误认为自己得了人家好处，以后对自己印象不好，也就没有去询问。

对于琚三瓢参与窑厂承包的事情，尹发明不清楚，李先泽是清楚的。就李先泽来说，他是真心希望尹发明承包的，他了解尹发明是实在人，又在窑厂干活多年，会经营，会把窑厂带上正路子的。换上六喜舅老爷这样油滑的人继续经营窑厂，以后又不知把窑厂搞成什么样子？可是那天钱进朝要了一招来村子游说李先泽，说不妨允许外人也来承包，假如能多收些承包金，这对于瓦窑这样一个穷村来说是好事！

钱进朝说得在理，他没有理由反对。他心想，不管怎样，把窑厂搞活是首要事情，只有窑厂活了，手头有钱了，村子才能缓过气来，村民们的欠债也才能一点点还上。

见琚三瓢坐定，王新历与钱进朝咬了咬耳朵，然后对忙着招呼村民安静下来的李先泽招招手。李先泽急忙来到他面前。王新历对他说，现在可以开始了！你在台上坐下来！

李先泽作为村支书，像招标这样的大事，他理所应当在主席台就座，这样同时可以体现村支书的威风。但李先泽刚当上村支书，他一时半会还不适应在主席台就座，另外他认为村支书就是做事的，这会就是把下面的事情安排好。

李先泽未考虑自己在上面坐，他只安排了五张椅子，现在上去没有椅子坐，他急忙往门外跑。坐在外头的乡农经部门干部边喊李先泽回来，边把自己屁股往里头挪了挪，示意李先泽与他同坐一张椅子。

李先泽笑着摆着手道：哪能让乡领导坐半边椅子，那样对乡领导不尊重！他继续跑出去，搬来一张椅子靠在农经部门干部边上。

从搬椅子这件小事可以看出，李先泽作为一个村支书亲力亲为，不拿架子指派村干部与群众，因而他虽然辛苦，但这样更贴近群众，更容易受到群众拥戴。

王新历又与钱进朝咬了咬耳朵，然后与农经部门的干部交流了一下。农经部门的干部是具体负责发包的，他提示李先泽说，你先对村民们说说发包的事。

李先泽做大工做惯了，他不习惯中规中矩地说话，他站起来红着脸说：我们瓦窑村村集体的情况大家都一清二楚，我们瓦窑村窑厂的情况大家也都一清二楚，大家都期盼尽快把窑厂盘活，今天大家的这个愿望终于可以实现了！

李先泽说到这里的时候，停住了，目光睃了一下下面，他这样的一个举止是有用意的：一来表达他激动的心情；二来希望能引起下面村民的共鸣，能把今天发包的事情顺利办成。

底下的村民们因为激动，一个个都涨红了脸；开始时面孔紧绷着的大虎这时表情也松弛了下来。

琚三瓢仍然洋洋得意，他架着二郎腿，歪坐着。大不了把标底数字写大点！他对今天的事情蛮有信心。

六喜舅老爷听李先泽提到窑厂的现状，脸色略微有些不自在，他为了掩饰难堪，急忙往腰里掏烟。

四

六喜未来会场。但村民们都知道六舅老爷其实是代表六喜来的。六喜清楚在当今的形势下窑厂能赚钱，他还清楚失去了村支书的位子，日后能让他有个立足的平台只有窑厂了，因而当李先泽提出发包窑厂，他就想着承包窑厂，不过他不想自己出头。又想承包，又不想自己出头，只好让舅老爷代出头。舅老爷沉不住气，那天寻到林场，六喜支吾着说回头再说，其实他内心早定了。

六喜开始时很得意，他把村子有实力的几户人家都掂了掂：程瞎子家有两个小钱，不过程瞎子不敢冒这个风险；尹发明想承包，可是他家底子不厚实；油子就一张寡嘴，心思在耍狗上。他认为村子发包，他郎舅二人十拿九稳可以夺到手。这会儿他什么地方都未去，就躺在自家卧室的竹椅子上在看电视，嘴里照样哼着那个小调：

　　小妹妹送情郎啊，
　　送到那石头桥。
　　手扶着那个栏杆，
　　眼望水长流，
　　水流千载归大海呀。

　　从小的那个夫妻，
　　恩爱到白头；
　　从小的那个夫妻，
　　恩爱到白头。
　　……

六喜暗地里操盘，他不曾料到现场猛不丁地杀出个琚三瓢来；他假如料到，是没有心情哼唱这样的小调的。

尹发明目光热切地望着李先泽，他底气不足，希望通过李先泽能获得力量。

李先泽在说上述话的时候，有意把目光在尹发明的脸上略微停留了一下，他这样做有他的精明之处：一来让底下的村民们从心理上支持尹发明；二来也暗示自己的支持对象。

不像钱进朝，瓦窑村村民都认识；王新历到瓦窑村来得少，村民们大都不认识。王新历在说话的时候，村民们都屏声静气，望着他，想听听他说些什么话。

王新历只说了一句话，就是期盼在大家的共同努力下，让窑厂重新活起来，让瓦窑村重新活起来。他这句话很朴实，很合村民口味，一说完，村民们即热烈地鼓起掌来。

王新历说完，该轮到钱进朝了，这时底下响起很大的嗡嗡声，钱进朝清楚村民们不欢迎他，他知趣地对王新历笑笑说，我就不说了。

王新历干脆利落地对农经部门干部下达指令：多话不说，现在开始发包吧！

王新历话毕，村民们热烈地嚷嚷起来。

李先泽急忙站起来控场：大家静静！大家静静！

农经部门干部扫视了一眼前面，先咳嗽了两声然后宣布：现在开始发包！愿意承包的，请先交一万元押金！没有夺到标的随后退还！

整个会议室里人目光都扫向了尹发明、六喜舅老爷与琚三瓢三个人。尹发明感觉少有的胸闷，他像浮着头的鱼一样大口地喘着气。

三个人先后上台，湘绣数钱，小张文书开票，李先泽在边上监督。

翠萍也来了，在六喜舅老爷交钱的时候，翠萍的两只眼珠子放光，她羡慕六喜舅老爷有钱，她希望六喜舅老爷能夺到标。她在心里琢磨过：等六喜舅老爷把窑厂包下来，自己就可以把窑厂食堂的活儿接过来，到那时与六喜来往就更顺利了。

你们看看！你们看看！尹发明头上汗珠子哦！程瞎子嘴快，手指着尹发明嚷。

紧张呗！

他想包！哪能搞得过人家！除非李支书在后面撑腰！油子接话。

说不定李先泽有股份在里面哩！天知道的事情！程瞎子在后面瞎戳。

即使李支书有股份在里面也比他们夺到强！大虎瓮声瓮气地回了一句。

也许大虎的话起了作用，村民们歇住了嘴。

最紧张的时刻到来了！

农经部门干部站起来指着尹发明、六喜舅老爷与琚三瓢高声宣布：现在你们三家上来亮底！

哗！……会议室里在片刻喧哗后静寂下来，连一根针落下都能听见。

琚三瓢自信满满，他首先出列，在交了材料后，得意地扫了一眼六喜舅老爷与尹发明，然后以胜利者的姿态对村民们招招手，走回座位。

琚三瓢的这个动作对六喜舅老爷的心理起了摧毁作用。六喜舅老爷起初也像琚三瓢一样地想，无非把数目字写大点，这会儿见琚三瓢自信爆棚，他心理崩溃了。不过这种状态只持续了片刻，他像突然反应过来，往起一站，高声质疑起琚三瓢的资格：他不是瓦窑村人，有什么资格参加我们瓦窑村发包？！

哗！会议室里一时乱了起来，村民们都好奇出现了这种情况。

李先泽未经历过此类事情，心一沉，想：坏了！事先自己猜想六喜舅老爷到时会倒坏水，现在果然出现了！这怎么办呢？

钱进朝嘴角滑出一丝不易察觉的笑意，他心里还是希望六喜舅老爷能承包上，毕竟以前吃了人家那么多的饭。

王新历面色沉稳，他像是早料到似的，告诉李先泽，让村民们静静！于是李先泽走上台前，按手说：大家静一静！听组委说！

王新历指了指坐在自己左边的一个乡干部介绍：这位大家不认识吧，他是我们乡司法所的张所长，现在一切依法办事，关于外人能不能参与瓦窑村窑厂的承包，由张所长依据法律规定界定！

组委的这一招出乎六喜舅老爷意料，也出乎李先泽意料，他心归于原位。

司法所长照本宣科了一番法律规定。我不参与鸟承包了！六喜舅老爷有些气恼地把包往胳膊窝一夹，就往门外走。

村民们开心了，对着六喜舅老爷后背点戳着说：他走得好！走得好！巴不得他不参与承包了！

五

村子里的资产能发包都把它发包出去，不管怎样，多少能收点钱！总比搁在那里好！尝到了窑厂发包的甜头，李先泽走马上任的第二个动作便是发包水库。

水库发包波澜不惊。窑厂经营多年，能赚大钱，大家都眼红，参加承包的人多。而水库多年来一直荒废，山里人又不太会养鱼，对于承包水库心里没底，因而水库发包尽管有几个人参与夺标，但竞争场面并不激烈。

六喜舅老爷未夺到窑厂，一时无事做，再加上他认为承包水库多少能赚到几个钱，因而也就把水库包下了。

他懒散惯了，又从未养过鱼，包了水库，搞不好又荒养！程瞎子不看好六喜舅老爷，在六喜舅老爷签了协议交了承包金后，说起了风凉话。

他有钱，可以雇人！只要鱼养得好，还是能赚钱的！李先泽见程瞎子说这样的话，他有些不高兴，急忙打断程瞎子。

支书怎么好坏不分，帮着六喜舅老爷说话？小店还要靠村子照应着，程瞎子精明，他未明着反驳李先泽，不过在心里嘟哝。他认为，李先泽是极其反感六喜与六喜舅老爷的，自己不看好六喜舅老爷，支书应该赞赏自己才是。

程瞎子不清楚李先泽这会的态度。在李先泽看来，不论六喜舅老爷以前怎样，现在他参与水库承包，交钱给村里，都是受欢迎的。还有他看待一个人与湘绣的观点一样，从来都把人往好处看，再说他现在是村支书，处在这样的位置上，对待六喜舅老爷必须公正，要不就成了第二个六喜，那么瓦窑村怎么能有脱胎换骨的变化。他期盼六喜舅老爷承包水库能赚钱，最好能赚大钱，这样下次水库发包时村子才能多收些钱。

心胸不同，站位不同，决定着处理问题的态度与方法都不同。李先泽为了把瓦窑村集体经济搞活，对待六喜舅老爷的态度是值得充分肯定的，这件事也验证了平山乡党委在选人用人问题上做对了！

程瞎子本来想支书讨厌六喜舅老爷，自己趁机冷嘲热讽几句六喜舅老爷会讨得支书高兴，未想到支书是另外一个调子，于是他急忙转换语调附和说：支书说得对，他也许能赚钱的！

程瞎子现在是任何人都能得罪，唯一不能得罪支书李先泽，因为自家的小店还靠着村子里关照。

收到琚三瓢的窑厂承包金，手头有钱了，李先泽自然开心，但随之而来各路讨债的人马挤破了村部的门。僧多粥少，村子里留多少？然后付多少？先付谁？李先泽心里有个谱子。正常开支钱必须留下，这是李先泽定的第一个谱子；窑厂工人工资是血汗钱，必须全部付清，否则隐患像定时炸弹一样随时爆炸，他这个支书当得也不安心，这是他定的第二个谱子。至于赊欠程瞎子小店的钱，李先泽表示先付一部分，剩下的部分等村子条件好了再付，程瞎子虽然嘟哝，但不便多坚持，怕闹僵了，村子自此不再照顾他家小店生意。

六喜舅老爷是场面上混的人，按照他争强好胜的个性，那天是不应该离开发包现场的，承包窑厂肯定能赚钱，想承包上，大不了把数目字写大点就是！可是六喜舅老爷分明感受到当时现场的气氛对自己极端不利，上上下下都希望自己承包不上，他被这种气氛压抑着；另外他又担心承包不上自己尴尬，于是一怒之下就离开了发包现场。

赶紧向姐夫汇报！他也许有办法！六喜舅老爷急急忙忙往姐夫家赶。

小妹妹送情郎啊，
送到了大门东。
尊一声老天爷，
下雨别刮风。
刮风不如下点，
那小雨好呀。
下小雨能留住，
我的郎多待几分钟。
……

六喜今天这个调调与往常略有点不同，他有时候变着法儿唱，目的是让自己开心。

在大门外就能听见姐夫在哼小调，他知道姐夫在等自己好消息。现在自己带来了丧气的消息，说不定姐夫要对自己瞪眼，六喜舅老爷犹豫要不要进屋。

回来啊！怎么样？六喜在里屋心情很好地喊。

六喜舅老爷苦着脸进去。

怎么了？六喜收敛笑容问。

六喜舅老爷把整个过程描述了一遍。

六喜瞅着舅老爷的脸问：那尹发明呢？

尹发明还坐在位子上！

尹发明什么反应？

他没有反应！

哦！那李先泽什么反应？六喜一句接一句地追问，看来他心境也乱了。

李先泽自始至终都像办喜事一样兴奋！六喜舅老爷如实回答。

哦——舅老爷的回答显然让六喜很失望。在六喜看来，李先泽应该不开心才是。他认为李先泽内心里想承包瓦窑村的窑厂，只是他担任村支书，不适宜自己出面承包，因而选择在后面坐镇，让尹发明出头。一旦尹发明把包拿到，就等于自己拿到了包，这样既当支书又数钱，美事情一个人包了；现在半路上杀出个程咬金，琚三瓢坏了李先泽好事，李先泽肯定气恼。

六喜急于知道李先泽开心与否，就他内心来说，他是不希望李先泽开心的，假如李先泽不开心就说明窑厂发包不符合李先泽的期望，那么以后李先泽肯定与琚三瓢扭不到一起，自己可以冷观李先泽的笑话。

六喜坐在家里揣摩李先泽的心理，其实他是以己之心度君子之腹，完全想错了——李先泽发包窑厂是站在全村的利益上，是想把村子工作搞好。

尹发明把李先泽当作心里的靠山，在发包现场眼睛渴盼地望着李先泽，期盼李先泽给他支持，李先泽眼睛也的确朝向尹发明给他支持。不过在琚三瓢已经占据优势的气势下，李先泽用眼神示意尹发明坦然接受发包结果，尹发明就是在李先泽的目光示意下接受了结果，没有闹事。

发包会后，琚三瓢与尹发明私下达成合伙经营窑厂的协议，琚三瓢占两股，尹发明占一股，窑厂由尹发明管理。

事实上是尹发明承包了！不过琚三瓢参与分成。六喜弄清承包的全部情况后，心里暗骂李先泽耍了"阴谋"——李先泽清楚尹发明竞争不过自己舅老爷，就暗助琚三瓢，然后串通琚三瓢与尹发明，目的是他想沾窑厂的好处，不让自己再沾窑厂的边。

他想到乡里去找钱进朝，揭穿窑厂发包的"阴谋"。

六

发包的两板斧砍过后，瓦窑村的陈年旧账得到了一定程度的化解，村子也有了生机，李先泽松了一口气。

两个月后的一天上午，他想上窑厂看看，到窑厂走圩心要经过一个叫老屋的村民组。这个村民组有十一户人家，屋背都倚着一个山坡。靠东头的一户人家建了红砖墙的二层楼房，墙面未粉刷，砖缝里能看到青黑色的泥浆子，楼顶呈锥形立起，上盖大黑瓦。其他的人家都是平房，楼顶也都呈锥形立起，上面盖的是老式的小黑瓦。老屋村民组的房屋因为高矮不一，又依山而建，从远处看，层层叠叠，有点类似少数民族的村寨。

靠西头的几户人家门前有一口猪腰形的塘，塘的前面是水田，已经插下秧，天光照着，水田里像亮起一颗颗的星星。一条自高至低的条石路从塘口弯弯曲曲地通往水田。

建了红砖墙楼房的是尹发明家，尹发明能吃苦，除了在窑厂做大工外，每年早晚稻成熟的时候，他都与老婆拉着辆大板车到周围村庄收稻，然后倒卖给粮食贩子，能赚一笔可观的钱，因而他家率先建起了楼房。

李先泽望了望尹发明家楼房，又望了望绿莹莹的水田，心里特别地舒畅。

李先泽走得快，他往南穿过一片田畈，再往东穿过几个村庄，只见一条南北走向的山脉横在了东边。山脚底下是一大片平场子，北边有一排黑瓦房；南边堆码着新脱出来交错摆放着模样像花窗一样的砖坯子。窑在东边，也就是在山脚根处，两孔。窑口停放着两辆重五吨的卡车，尹发明正在指挥工人们往车子上装砖。

尹发明穿了一套已经磨损了的劳动布工作服，这衣裳耐磨损，是他的一个在铜矿工作的表哥早些年送给他的，他只要干重活都穿着这套工作服。

这些年村支书的地位已有些下降，不过在山村，山里人淳朴的原因，村支书还是有一定的身份与地位的——六喜除外，他招村民讨厌是因为他把瓦窑村搞乱了。李先泽起先与窑厂的工人们在一起干活，工人们都亲切地喊他先泽，现在他当了村支书，地位自然抬升了，在他走到干活的大虎身边时，大虎有点惊讶地称呼他：李支书，来窑厂看看啊！

来看看大家！你老婆现在身体怎么样？李先泽清楚大虎老婆身体不可能好转，他问话是显示一下关心。

就那个样！不过多亏了李支书，现在不愁钱买药了！

那就好！李先泽放心地点头。

李支书来啦！尹发明看到了李先泽，他边往李先泽这边过来边喊。

发明，最近村子里事情多，一直想来，一直没有能来，今天才抽空过来。李先泽对尹发明解释。

你现在当支书！忙！我晓得的！尹发明说。

出窑还好吧？

还好！还好！

看现在车子在装，销售应该还好！

销售三瓢负责，这个不成问题。砖出来，马上就拉到工地。尹发明介绍。

琚三瓢姐夫就是乡建筑公司经理，也就是窑厂的下家，对于销售李先泽是清楚的。

还是支书有眼光，发包，把窑厂搞活了！尹发明夸赞。

李先泽清楚尹发明的话里有恭维的成分，但是他还是喜欢听这样的话。尹发明的话让他内心里涌起一股热流，窑厂搞活，说明他上任以来心没有白操；同时尹发明的话也让他增强了做好瓦窑村工作的信心。

于是他显得很有胸怀地对尹发明说：窑厂需要村子支持的，尽管说！

尹发明显然也受到了李先泽情绪的影响，他献策道：支书，村部上边那条路，一到雨天湿湿答答，无法走路，窑厂碎砖头子堆着碍事，我做主了，村子可以装去铺路！

你好心！李先泽忍不住夸赞。李先泽也为这条烂路犯愁，不过他上任时间不长，精力还未转移到路上面来。

那支书你天把叫人来装！尹发明催说。

好的！好的！李先泽连声答。不愧是老友，心里想着自己，李先泽心里有些感激。

几天后，村部边的那条烂路铺上了宽一米的砖头。春上雨水多，岗子上的村民下到村部，再不需要像往常那样穿胶靴，只需要穿球鞋就行了。村民们又说，李支书做了一件大好的事。

先前六喜当支书的时候，钱进朝分工，三天两头到瓦窑村来，现在李先泽当支书，钱进朝很少伸头，村子里有什么事情都是李先泽上乡里去汇报。

这天李先泽上乡里开完会，他就到钱进朝办公室把近期的工作汇报了，包括他了解的窑厂盈利情况，还有铺砖头路的事情。

你可清楚，窑厂发包的事情有些村民很有意见？钱进朝冷不丁冒出这句话。

窑厂发包有意见？我怎么没有听说？李先泽吃惊地望着钱进朝。

嘿！钱进朝脸上的皮肤往中间略挤，露出高深莫测的笑意，接着说：有村民反映，让琚三瓢一个外人参与窑厂承包不妥当。

钱乡长你清楚这事啊！李先泽急忙申述。

我清楚是清楚！可是有村民这样认为啊！钱进朝继续故弄玄虚。

哪些村民呢？钱乡长你说说看！李先泽清楚钱进朝的为人处世，本不要把钱进朝的话当一回事，但他憨厚，还是认真对待钱进朝的话。

就是有些村民反映！反映也正常！你不需要当回事！钱进朝装作无所谓地摆摆手。

钱进朝口中的村民无疑就是六喜了！在窑厂发包后几天，六喜不好意思到乡里，他摸到钱进朝家，倒了肚子里的坏水，诉说让琚三瓢参与不公。

琚三瓢参与其实是钱进朝认可的，但他不能告诉六喜，钱进朝把发包决策这事情全推到乡书记身上。是乡书记决定的事，六喜听了不再言语。

现在钱进朝对李先泽说这事，目的是给风头正劲的李先泽泼冷水，他不愿看到李先泽做事顺利。

钱乡长我找你有件事！急事……这时与瓦窑村相邻的瓦岗村支书郑三群冲了进来！他没有注意到李先泽在。

先泽支书在啊！郑三群瞄见李先泽，脸色有变，止住话语。

钱进朝望着郑三群，等着他说。

没事！没事！我走了！郑三群抬脚就走。

他有什么事情？李先泽心里嘀咕。

第三章

一

立夏季节，天气还未热起来，李先泽五点就起床。他爱干净，先把堂屋里的地扫了，把条几上的灰抹了，接着挑了一担稀粪水把屋边菜地里的辣椒浇了。辣椒秸子已长到六七寸高，上面已经开了不少的小白花，待白花落下尖细的小辣椒就会出来。

做惯了事情的人都有这样的体验，做了事情，筋骨感觉特别地舒畅、活络。

做完这些事情回到家，兰花已经把稀饭煮好了，李先泽不讲究，他呼噜呼噜地喝上两蓝边碗粥，然后对兰花说：你给我找一件白衬衫！

要白衬衫干吗？兰花望着丈夫，觉得他今天有点奇怪，她清楚李先泽穿着从不讲究，他怕裹着，平时一般不穿白衬衫的。

今天要见大领导，穿着正规点！李先泽解释。兰花明白了，赶紧去拿白衬衫。

李先泽系扣子与众不同，他不是自上而下系，而是自下而上系。在系好第四粒扣子后，他停顿了一下，是否要系最上面的一粒扣子，他略微思考了一下，然后把最上面的一粒扣子系了起来。

有点勒颈脖子。他捉住上方衣裳往外拉了拉，然后放下，感觉照样难受，这样不行！他把最上面一粒扣子还是解开了。然后他急急忙忙地往村部赶，到了村部开了办公室与会议室的门锁，然后拿了块抹布就擦起办公桌子来。

在他来后估摸一刻钟，湘绣也来了，今天湘绣与往常不同，她上身着了一件浅紫色的褂子，下身着了一件墨绿色的长裙，浅紫色的褂子扎在长裙里，显得既端庄又时尚。湘绣一来就烧开水，然后擦洗起茶杯子。接着小张文书也来了。

八点出点头，一切准备就绪。忙累了，三个人坐在位子上嘘气，脸上都显露出既紧张又兴奋的表情。

那天到钱进朝办公室汇报工作，闲聊中，李先泽意外得知有能耐的村支书还可以到县里讨到钱，他很诧异，回来就把这事当新闻对湘绣与小张文书说了。

你不清楚啊！郑三群与县财政局负责民生部门的徐主任是高中同学，他就靠着与徐主任的这层关系讨钱的！听说他每年都去讨回把钱，有时讨一万，有时讨两万，还有时讨得更多，所以他们村开销不成问题！湘绣一本全知地告诉了李先泽其中的奥妙，然后补充道：他钱讨多了，也为群众做点事，所以他们村群众都说支书有本事！

哦！原来是这么回事啊！李先泽恍然大悟。

徐主任与我们漂亮主任也是同班同学，支书，你还不知道吧？早先的时候，村子歪歪倒，小张文书无精打采，懒得说话，现在李先泽上任，村子恢复了元气，小张文书也有了精神气，人变得开朗了。

就是一般的同学！湘绣在强调的时候，一朵红霞缀到了脸上，平时就好看的她这时候显得愈发得好看。

外人不知，湘绣在当年，对于徐主任来说那可是心中的女神。当年的湘绣端庄文静，吸引了很多男同学，有些男同学爱慕湘绣，有贼心无贼胆；郑三群也爱慕湘绣，他胆子大，但他既矮又瘦还黑，自知湘绣绝对瞧不上他，因而未展开追求；徐主任父亲是平山乡的老乡长，他本人又高高大大，有底气，因而敢追求。

湘绣除了端庄秀气外，还是班上的文艺女，喜欢看张爱玲的散文与林徽因的诗，徐主任把湘绣的这一爱好摸清楚了。

这是张爱玲的散文集，送给你！在一天中午湘绣单独上街买生活用品时，徐主任堵住了湘绣，把夹有求爱信的书递给湘绣。

这是当时求爱的老套方式，同学们都清楚，湘绣自然也清楚，而且她之前也遇到过类似情况。我不要！我不要！湘绣很窘地摆手，然后抬脚疾走。

湘绣愈矜持、愈含蓄、愈拒绝，愈显示出漂亮乡村女学生的典雅，就愈赢得更多的男学生爱慕。徐主任追她也就愈来劲，攻势一个接着一个，然而湘绣就是攻不破的堡垒，最后徐主任只得作罢，但他心里一直装着湘绣。

湘绣与徐主任是同班同学！李先泽为得到这个意外信息而分外惊喜。一般同学也是同学啊！很难得的！一向嘴拙的李先泽笑着恭维。

这会的李先泽未琢磨湘绣与徐主任有这层关系的好处，到晚上，他躺在床上，把被子掀在一边，一只手枕在脑后，一只脚架在另一只脚上，放松地点着脚丫，脑子里突然想到了这点。这层关系可以利用啊！他很快慰，于是对兰花说：湘绣与县里财政局的徐主任是同学，财政局的干部你不知道吧？那可是财神爷，我过天把去县里跑一趟，看看能否讨点钱，把村部那条砖头路给铺上水泥！这样也算我在位子上干了点事！

在乡村，有些村干部只满足于收钱、发钱，不惹事、不出事，村子多年没有变化。而有的村干部想有所作为，穷尽心思改变村子面貌，李先泽就属于后一种类型的村干部。

兰花说：好是好！不清楚人家可搭理你！

李先泽说：我把湘绣拽着，也可能人家会搭理我！

第二天，李先泽提出让湘绣陪自己到县里，湘绣未细想就拒绝了，强调自己与徐主任真的是一般同学关系。李先泽情急之下学着开起了玩笑，说：同学多年未见面，不想啊？

湘绣脸又红了，嗔怪支书道：支书，你瞎说什么哩！

李先泽见湘绣认真，便不再勉强，不过他未放弃，他想湘绣不去，我可以自己去，利用湘绣这层关系去碰碰运气，也许徐主任看在与湘绣同学的面子上给瓦窑村点钱。

去县里总不能寡手，李先泽让兰花把家里的鸡蛋数数，看有多少个。兰花数了数说，有三十个，李先泽嗒了一下嘴巴说，少了，你去人家借二十个！

兰花问：你这是公家事，又是拿家里鸡蛋，又是让我借，怎么算？

李先泽白了兰花一眼说：量小！

兰花到底是大气的女人，她斜了丈夫一眼就出门去了。

二

山区的自然村庄一般都很小，王二姑所在的自然村庄住着四五户人家；山区村庄林木茂盛，这几户人家的房屋全被林木所遮蔽，远望村庄是看不见人家的，这也就是所谓的世外小桃源了。

王二姑的村庄在水库边上，村庄里有桃李杏梨树，风景优美。边上的水库风景也优美，在这样的村庄住家是一种享受。

窑厂被琚三瓢承包后，未再用王二姑，她就在家喂鸽子，鸽子养得多、养得好，也是一笔进项。这天上午她喂过鸽子后，跑到与田畈搭界的菜地里扭了两根莴笋，摘了两个辣椒，然后到水库里去洗，就见一辆蓝壳子的卡车突突地开到西边的大坝上。水库来卡车没什么稀奇的，王二姑随意地瞄了一眼后，照旧低着头撕洗起莴笋叶子。

猛烈的哐当声响起，紧接着响起了一阵很畅的流体倾入水库的声音，又往水库里放鱼啊？王二姑抬头观看，这一看把她吓了一跳，只见蓝壳子卡车的车厢成70度翘起，一摊摊的黑色流体争先恐后地滑向水中，随后那个地方的水面出现一个巨大的蘑菇云一样的黑团。

闻到了臭味。不会是牛屎吧？水库养鱼怎么倒牛屎？王二姑到近前一看，发现真的是牛屎！很是恼怒的她顾不上细想牛屎倒进水库能起什么作用，她着急牛屎污染了水库还怎么洗菜洗衣裳？

六喜与舅老爷也在大坝上，他们在车子的另一头。车子倒牛屎的时候，二人避到距车子七八米远的地方，用手遮捂住鼻子。

牛屎的臭味散发开来，让王二姑胃肠一阵翻搅，她比先前更加的气愤，你们这样做可考虑我们这些住家？换了其他人，王二姑一定会面色铁青地骂，现在倒牛屎的是六喜郎舅，考虑到以前的关系，她按压着心中的愤怒，对着车那头的六喜郎舅喊：你们怎么能往水库里倒牛屎啊？

考虑到以前雇用过王二姑，六喜郎舅未把王二姑当回事，见她问，便轻描淡写地回应：不要着急，等一会儿鱼就吃掉了，不碍事的！

王二姑搞不清楚他们话的真假，只觉得水面已经被污染一团糟了，污染了的水面是不可能一下子变清的，于是她皱着眉头嘟哝：这以后还怎么洗菜？

还怎么洗衣？

六喜郎舅断定王二姑碍不了事，便不再搭理王二姑。王二姑悻悻地离开了。

三

跑县门楼子，对于郑三群来说就像是串门，可对于当村支书不久的李先泽来说是两眼一抹黑，不过这不要紧，他喊了村子里的油子陪他。油子的一个老表发达，在县里的文化局当副局长，油子上县城喜欢到老表那闹闹脚，去了就赖着不走，接老表吃饭的单位多，到饭点时老表把他捎上。他在饭桌上与人家套近乎，把人家单位在东南西北搞了个一清二楚。

油子生来不怕人，究其原因，村子里有些人说是因为他游荡惯了，什么人都见过，自然不怕人；还有人分析说，是因为他仗着老表的官职，所以不怕人。

李先泽到县财政局找徐主任，心里很是紧张。湘绣假如陪他去，他的紧张程度也许会好些，可是湘绣矜持，不愿意陪他去，他不好勉强。为了减轻紧张程度，他想到让油子陪自己去，油子见世面广，不怕人，能给自己壮胆。油子一听支书找自己上县城，认为有面子，乐坏了，一口应承下来。

兰花给李先泽凑齐了五十个鸡蛋，李先泽在程瞎子店里要了个装酒的纸箱子，把鸡蛋放在里头，用细索捆了，然后自己拎着。

支书！哪能你拎！你拎有失身份！我来！油子机灵，抢过箱子拎在了手上。李先泽平时觉得油子有点不靠谱，现在见油子这样的懂人情世故，觉得自己对油子的看法偏了。

油子是个大大咧咧的人，对于村子里人不恭敬地喊他，一点也不计较，相反乐呵呵的。

油子喜欢玩的确不假，他未上学前心思都在玩狗上，到哪里都牵着一条狗；上小学时，心思转到逮黄鳝逮泥鳅逮鳖上，不专心读书，因而小学四年级就被学校勒令停学了。逮了两年黄鳝泥鳅鳖后，他复玩起狗来，不过不是牵着狗，而是到处转着套狗，一般在夜深人静的时候出去套，跑上七八里路，套到狗剥了皮烧了吃。他烧狗肉拿手，把八角、桂皮、花椒、白酒、生姜，还有萝卜、黄豆放锅里面，至于放哪样进去的用处，他都能说出个一二三。"闻到狗肉香，神仙也跳墙！"他烧出来的狗肉味道完全可以用电影《少林寺》里的这句台词来形容。

爱一行，钻一行，专一行，这是自古以来的道理，多少人谙熟此道，成功在此，出名在此。油子在这方面就很有成就感。

到了县城，油子一手拎着鸡蛋箱子，一手舞动着，卖弄地提示着李先泽：支书，等下到财政局，我们要不卑不亢，特别是不能低声下气，低声下气人家会瞧不起，事情反而办不成，我们进去就像走亲戚一样。

李先泽欣赏地望着油子，他认为找油子来陪自己算是找对了人。他心虚，走路腰一直是弯着的，现在受到提醒，把腰直了直。

油子在村子里人印象中就是玩，包括会烧狗肉在李先泽看来也是玩，现在听油子卖弄，李先泽彻底改变了对油子的印象。

油子像是突然想起来，他又提示李先泽说：财政局是财神爷！他们都吃中华烟！支书你也买一包中华烟装裤腰里！

我在程瞎子店里买了一包平皖烟，这在我们村子算好烟了！我就递皖烟！李先泽刚当支书不久，连买玉溪烟都舍不得，更舍不得买中华烟了！

支书你跟不上形势！你不买中华烟难办得成事！油子不怕支书不高兴，继续提示。

李先泽性格中有倔强的成分，该坚持就得坚持。他对于油子的这个建议无动于衷。油子见支书不为所动，便不再提示。

二人是从东面进城的，财政局在城的南面，门口挂了一块"某某县财政局"的很显眼的牌子。油子进去，见一间办公室开着门，便大大咧咧地问：请问徐主任在哪个办公室？

里面人瞅了油子手里拎着的鸡蛋箱子，他们大概见多了这类并不精明的送礼者，于是鄙夷地答：在三楼。油子不在乎里面人的态度，转身抢在李先泽前面噔噔噔地上楼。

四

那天牛屎倒进水库后，水一直是阴色的，就像要下雨的天色。

王二姑以前在水库里挑水吃，现在水库被污染成这样，她只好跑田畈中的一口塘里挑水吃。路远，洗菜还在水库里洗，不过她一到水库边就起疑心，生怕牛屎沾到菜叶上。

那次六喜郎舅倒了一车牛屎后，未再倒，王二姑紧张的心情有所缓解。她自个安慰自己，夏日暴雨多，雨水猛，等过段时日，山洪涌到水库，水混搭了，水质也就清了。

小暑节气的第二天上午，很烈的日头斜挂在水库的上空，上次那辆蓝色的卡车又轰隆隆地开到了大坝上，接着又往水库里倾倒牛屎。王二姑正在给鸽子喂饲料，她一听车子响，清楚六喜郎舅又开始倒牛屎了，立马在庄子里喊开了：六喜又在倒牛屎了！大家赶快拦住他，不然又要吃牛屎水了！庄子里人家听见喊声，全都出来，男男女女、老老少少十几号人全都往大坝上小跑。

停止！停止！你们怎么能往水库里倒臭牛屎！王二姑虽然年纪已经五十有二，但由于她专心这事，因而跑得比谁都快。她腰两边扭动，就像水蛇在游动。她最先来到车子旁，喘着粗气，对司机做着停倒的动作。司机不理会她，照旧把车子里剩下的牛屎倒完。

这下可气坏了王二姑！她吁着气，手往驾驶室车窗上搭，要爬驾驶室。司机未料到王二姑会来这一手，急忙喊，危险！危险！王二姑不管三七二十一，一手搭上车窗，一手去抓方向盘。司机赶忙摇车窗，已经迟了，王二姑的手搭在了方向盘上。怕王二姑摇动方向盘，致使车子滑下大坝，司机赶忙将车子熄了火，然后求饶：我下来总行了吧？

你怎么能把牛屎往水库里倒？司机像乡村小偷一样被村庄的十几号人围在中央指指戳戳，十分的狼狈！他无奈地一只手高举起来解释：你们不能把气往我身上撒！我只管装运！他心里在焦急地想：这个村庄的老百姓太凶了，六喜郎舅赶快出来给我解围！

谁往水库里倒牛屎我们就找谁！王二姑认定司机有责任。

好！好！下回我再也不接这生意了！司机高举双手讨饶。

王二姑，倒牛屎没有关系哦！过几天就被鱼吃掉，放心！放心！水库里水照样是清的！六喜舅老爷不知道从哪里冒出来，安抚领头的王二姑。只见他头发仍旧梳得光亮亮的，说话的时候仍旧不忘舔下嘴唇，不同的是今天他穿了件旧衣裳，恐怕是装运牛屎来，怕弄脏了衣裳。

老老少少一时没有了话语，王二姑是头，他们在看王二姑如何应对。

六喜舅老爷以为以前雇用过王二姑，给了她好处，王二姑会消停，未想到王二姑不给他情面，手指着水面呛他：谁说过几天就好了！你自己看看现在这水色，阴得可怕！

糊弄不过去，六喜舅老爷一时没了话语。

你还往这里面倒牛屎，让不让我们过日子？王二姑质问。

这句话点燃了六喜舅老爷的火，他先舔了一下嘴唇，然后呸地吐了一口口水，狠起来：这座水库是我承包的！我可是掏了银子给村子里的！你们要找也是找村子！不是找我！

好！既然你这样说！那我们就去找李支书！我不相信李支书支持你往水库倒牛屎！不要我们老百姓生活！王二姑不再与六喜舅老爷饶舌，她对着跟来的一大帮人发号施令：走！我们一起去村子里！

五

徐主任开会去了！一个办公室里有三张办公桌子，里面一张，外面两张，里面的一张无人坐，外面的两张坐着两个年轻人，一男一女，看来是办事员。油子探头询问，徐主任可在这个办公室？两个办事员几乎同时抬起头，他们瞅瞅油子的脸，又瞅瞅油子拎着的蛋箱，冷冰冰地应了句，然后忙各自的事。

两位办事员的冷落让李先泽心里很有些失落，他轻轻地嗒了一下嘴巴。心中说，我起了好大的势子来这里，看来白跑了一趟！

徐主任开会可要多长时间回来？油子把鸡蛋箱提了提。男办事员没有应声，女办事员态度好点，她瞄了瞄油子的鸡蛋箱，眼珠子朝上翻了翻后说：领导的事情，我们搞不清楚！

答话简洁而又冷漠。李先泽心里懊恼地想，这趟白来了！白来了！办公室里中间位置有一对皮沙发，油子不管三七二十一，屁股往其中一只沙发上一落，顺手把鸡蛋盒放在地上，然后主人似的做了个请的手势让李先泽坐另一只沙发：支书不急！我们坐会儿，等徐主任回来！

老八八的语气很让两个办事员诧异，二人几乎同时抬起头，瞄着油子，意思这人怎么这样的自以为是。李先泽不同于油子，他显得相当的局促。

其间不断地有人进办公室，也有人询问徐主任的去处，两个人都冷漠地回答。李先泽性子一向急，这么干等着不是事，他不时地望着油子，意思下一步怎么办？油子把屁股往李先泽那头磨了磨，卷着手轻声安慰说：支书！别急！

油子走出屋，咳咳！咳咳！咳嗽了几声，然后进屋来，站在两位办事员桌前自我介绍：我与你们徐主任熟悉！我老表在县文化局当局长（副局长），上次你们徐主任到我老表办公室，后来我老表留你们徐主任吃饭，你们徐主任还客气邀我来你们这里玩，今天我就来了！

油子的这番带卖弄的话起了一点效果，那个女办事员温和地对二人说：徐主任办事，等会就回来，你们先坐会。然后问二人，你们可带杯子了？

油子以及李先泽都没有出门带杯子的习惯，因而油子对女办事员的问话感到诧异，油子摇着头说：我……我们没带杯子！

那我给你们倒杯水！女办事员给每人倒了一杯开水。李先泽正好口渴，他端起杯子，猛喝了两口，开水烫得他伸缩了好几下舌头。

门外响起脚步声，女办事员提示说：徐主任回来了！

油子得意坏了，他卖弄地对李先泽说：怎么样，支书！我说等等吧！现在等到了！李先泽带感激地对油子笑了笑。

油子以为徐主任还记得自己，他想在支书面前嘚瑟一下，于是大大咧咧地与徐主任打招呼：徐主任，你上次客气邀我来，我今天就来了！

徐主任木然地望了油子一眼，然后生硬地问了句：你可有什么事情？徐主任态度一百八十度反转出乎油子意料，他没有丝毫思想准备，笑容凝滞，就像一个快速上行的电梯因某种突发原因猛地刹住。

财政局是财神庙，徐主任是财神爷，每天到财神庙来求钱的人不计其数，徐主任冷漠了；况且他每天接触不知道多少人，记不住那么多的人与事。这就好比医生与病人，病人去看一次医生，就记住了医生的姓名与面孔，而医生是很少能记住病人的。

徐……主任，我们来……想……想……李先泽见油子失语，急忙上前想说明来意，他本来就有些怯场，现在见徐主任态度冷漠，话说起来更不利索。

噢！徐主任，你不认识我啦！那天在文化局，在我老表办公室，我们见过面，后来还一起吃饭……油子不怯场，他在片刻呆愣过后恢复正常，介绍起与徐主任的渊源，为了唤起徐主任的记忆，他在介绍时夸张地张大着嘴巴，凸着眼睛珠子。

油子的介绍起了作用，徐主任在仔细地瞅了他脸后回想起来。哦！哦！你是他老表！来……可有什么事情？徐主任表情趋向热情。

徐主任，这是我们村的李支书。油子把手指向李先泽。李先泽礼貌地弓腰，说明来意。他在说的时候，由于紧张，脸色涨得紫红，额上渗出细密的汗珠。

修路是好事！现在下面都来要钱，我们财政局又不能印钞票，哪有那么多的钱哦！徐主任笑着说。

油子见徐主任未把自己当回事，知道再套近乎无用，便不再说话了。李先泽见徐主任的话无回旋的余地，一时又想不到什么话好说，便尴尬地站在徐主任办公桌边。

短暂的静寂后，李先泽突然想起来了湘绣，他于是说：我们村的湘绣主任说与徐主任您是高中同学，她让我特地问候您！

湘绣在你们村？还当主任？什么主任？是村委会主任还是妇联主任？徐主任听李先泽介绍湘绣，他来了精神，倾着身子问。

在我们村！当妇联主任！她有事不能来，让我问候徐主任！李先泽见徐主任变得热情，他放松多了，也懂得转着话说了。

湘绣主任本来想来的，前几天走砖头路不小心把脚崴了，不能来！油子从蒙中转过来，开始胡诌。

她脚崴就是因为这条路？徐主任关切地问。

就是因为这条路！千真万确！千真万确！油子抢话。李先泽很欣赏地望着油子，心里在说：这家伙还真机智！他本来是一五一十的人，这会被油子的谎话带着，也红着脸说起了谎话：湘绣主任让我带话给徐主任：说老同学多年未见面，挺想念的！想邀请徐主任到我们瓦窑村去转转！

油子瞅着李先泽，心里说，支书不错，也学会随机应变了！

真是湘绣主任邀我去？徐主任眼睛里闪着亮光。男女办事员瞟着徐主任，相视一笑。

当然是了！不仅湘绣主任热烈期盼她的老同学到我们瓦窑村去指导，而且我们也热切地期盼徐主任到瓦窑村去指导！李先泽初次出征，被油子带着，小试锋芒，也能在官场上敷衍应酬了。

好！哪天我抽空专程到你们瓦窑村去走一趟！徐主任忘情地站了起来。

六

王二姑现在神态有些异样，她耳朵一天到晚对着大坝方向，稍微有点声音，都神经质地跑去看看。

一天夜里十二点半钟，王二姑还未睡着，她侧着身子，竖着耳朵，在听大坝方向有无声音。丈夫醒来见她还未睡，便劝她：这么一晚上不会有车子来了，赶紧睡！

王二姑打算不再听了，她躺平了身子，可是脑子始终轰隆轰隆的。她把头摆了摆，想摆脱掉阴影纠缠尽快睡去，可是她头无论怎样的摆，就是摆脱不了阴影纠缠。她懊恼地睁开眼睛，望着黑漆的瓦屋顶。

轰隆隆！轰轰隆！一阵卡车声响起。王二姑疑似幻觉，她晃了晃脑子，然而声音确切，而且越来越逼近，王二姑确定不是幻觉了。这畜生！偷着深夜倒牛屎！想瞒过姑奶奶！她把丈夫往起一拽，接着套上衣裳，不问路黑，凭着感觉就往大坝上赶。

她出村庄就瞄见了大坝上有一团很重的黑，她确定这是运牛屎的卡车。畜生想瞒过你姑奶奶！车灯都不敢开！王二姑在心里骂。紧走到车边，一个人上前，对她阴阳怪气地说：是王二姑吧！真是好心人！这么一晚上不睡，来陪着我们！

王二姑一听是六喜的声音。换上六喜舅老爷她肯定会毫不客气地反呛，可是现在是六喜，他毕竟当过多年的村支书，现在虽然下台了，但在王二姑心中仍残留着威势，因而王二姑强忍着怒气质问：怎么又往水库里倒牛屎？

那天王二姑领着村庄十几口人一路嚷嚷着到村部，李先泽听到嚷嚷声，诧异：先前村子出现这种情况已经习以为常，自从自己当支书再也没有出现这种情况，现在怎么又出现了？到底为什么事情？他正在琢磨，王二姑嚷嚷着就进了办公室。

用牛屎养鱼李先泽从未听说过，往透透亮的水库里倒牛屎李先泽也觉得不能接受。他性子急，在听了王二姑的控告后决然地对湘绣说：走！我们一起到水库去看看！

两个人随村庄里群众来到大坝。

支书你看看！我说的话不假吧！李先泽看到早前清澈能看见里面游鱼的水库，现在乌黑乌黑的，不忍看。李先泽不由得皱着眉头。

六喜不在。六喜舅老爷油光粉面，他凑上前，明知李先泽不抽烟，还是假惺惺地掏出已拆了封的中华烟，递向李先泽。我不抽！李先泽很生气地用手一挡，然后嗫着嘴巴说：你这影响环境了，以后再不能往里倒牛屎了！

六喜舅老爷向李先泽解释这是生态养鱼，外面都这样养，牛屎存不下来，都被鱼吃掉了！王二姑见六喜舅老爷辩驳，怕影响支书处理事情，急忙嚷：我们不懂那么多！水库水变坏了总是事实！

与你说不清……六喜舅老爷摇头。

水黑了是事实，六喜舅老爷说的似乎也有道理，为了平息事态，李先泽以商议的语气对六喜舅老爷说：庄子里吃用都靠这水库，现在这水库里的水的确无法吃用，将心比心，你看看能否用别的法子养鱼？

……六喜舅老爷沉默。

这次调解似乎起了作用，六喜郎舅不再往水库里倒牛屎。可是过了一段时间，二人我行我素照旧倒牛屎。李先泽又来调解。六喜与他舅老爷不同，他老谋深算，善于玩花招，嬉笑着与李先泽周旋：李支书！我是下台干部不假，可是这水库我可是交了银子的，当初合同上并没有规定不准我生态养鱼，现在你这样，是否违反合同？

六喜抓住了合同瑕疵，还将牛屎养鱼美化为生态养鱼。李先泽无法反驳，他是实诚人，只好涨红着脸劝解：不能说你的话没有道理，可是你也干过村支书，养鱼也要兼顾村庄里人生活，你说是吧！

可是我们郎舅交了钱，养鱼没有收益，到时候村子里可减免承包金？六喜狡猾，以守为攻。

这个……这个……李先泽为人厚道，他在略微思忖后答复六喜：你先不用牛屎养鱼，到时候村子里再酌情考虑，你看如何？

嘿嘿！到时候怕你李支书说话不算数！六喜讪笑着。

我李先泽在村子里为人大家都清楚。我说话算数！李先泽郑重表态。

这次调解后，六喜郎舅白天再没有往水库里倒过一次牛屎。一次王二姑在坝脚发现有新鲜牛屎迹巴，她估计是夜晚偷着倒的，因而她夜晚产生了精神障碍，夜夜竖着耳朵听。

谁往水库里倒牛屎了？你王二姑也不细看看，车厢里装的是到底是牛屎还是别的！

车子未开灯，王二姑朝车厢里瞄，见里面的东西不像牛屎，至于是什么，她一时判断不出来。

嘿嘿！嘿嘿！王二姑，你用手抓抓！抓抓！没事的！没事的！看是不是牛屎？黑暗里王二姑虽看不清六喜阴险狡诈的脸，但她还是能听出话语中的怪味道。她试着摸了一把车厢里的东西，发现是青草。

这是青草！在浮漂圩装来的，这下你把心放肚子里了吧！黑暗中六喜显得非常的得意。

王二姑与丈夫往回走，丈夫有些怨她多管闲事。王二姑不说话。回到家，丈夫呼呼大睡，她被这事弄兴奋了，一时睡不着。装草料怎么不白天装，非要深更半夜装，她觉得有些蹊跷，然后迷糊地想着……

半小时后，王二姑已经混沌的脑子又摇起了隆隆声。是幻觉？还是又来了一车草料？王二姑迷糊地想。想着想着她猛然一惊：莫非六喜用第一车草料打掩护，现在这第二车装的是牛屎？这么一想，她脑子瞬间清醒过来。

不能确定一定是牛屎，为了不再挨丈夫怨气，她下床披衣，跌跌撞撞地往大坝方向而去……

七

上午十点多，徐主任的车子到了瓦窑村部。李先泽、湘绣、小张文书像迎接贵宾似的迎上去。

车门开了。欢迎徐主任来我们瓦窑村！李先泽急忙上前，略弓着身，热情地向徐主任伸出手。徐主任目光在湘绣身上，他手搭了李先泽手一下便迅速放开，接着迫不及待地走向湘绣。

李先泽显得有些尴尬。

来的是领导，而且是同学，湘绣虽然矜持，但她不失礼节，略微上前，脸上挂着浅笑。李先泽反应快，急忙紧走几步上前介绍：徐主任！这就是你的老同学——我们村的湘绣主任！

啊！老同学多年不见！还是当年那样的漂亮！徐主任眯笑着伸出手；湘绣大方地把手伸出来，徐主任急忙握住。他在握湘绣手的时候，有意搓了一下湘绣的手掌。湘绣冰雪聪明，察觉到徐主任这一轻微的举动，心里微微地不自在，不过未表露于色。而对于徐主任来说，通过这种不易察觉的动作，来体验一下多年来日思夜想的美妙感受。

"眉梢眼角显秀气，皓齿浅笑露温柔。"徐主任握着湘绣的手，眼睛放肆地盯着湘绣的脸，文绉绉地赞美起湘绣来。徐主任在文学上没有什么造诣，现在两句极佳的诗顺嘴而出，说明两点：一点是，这两句诗是徐主任有心，平时根据湘绣的品貌琢磨出来的；还有一点是，来时做功课，在诗书上翻找的，现在现场表现一下。无论是哪点，都只说明一个问题，就是这么多年，徐主任心里仍然装着湘绣。

湘绣想抽出手，徐主任没有放，他在又搓了一下湘绣的手掌后，不好意思再握了，放开。徐主任放湘绣手掌的时候，有意瞄了一下湘绣的脸，他发现湘绣的脸因为羞赧微微地红了。

湘绣还是原来的样！徐主任心里想。他希望这种效果出现，假如湘绣经历社会磨炼，性格大变，待人接物大大咧咧，他反而不乐见，心目中的女神对他不再有吸引力。

他很满意湘绣的表现，于是快意地对李先泽说：走！进村部里！

啊！徐主任来了！欢迎！欢迎！就在徐主任走到办公室门口时，油子不知道从哪儿冒了出来，他伸出手，紧握住徐主任的手，还激动得摆了摆。徐主任因为湘绣心情高兴，对油子的举动未表示厌恶，相反倒觉得油子这人挺有意思。

你来了正好！陪陪徐主任！李先泽事先想到了油子，但考虑油子说话与举动比较随意，怕坏了接待的事情；另外李先泽清楚，徐主任是冲着湘绣来的，他怕油子废话特多，以致喧宾夺主——土生土长，李先泽了解油子，他的考虑是对的。

徐主任面相有些难看，他眼睛贪婪地盯着湘绣的脸，目光里闪着火焰，舌条时不时还舔一下，仿佛湘绣是一道美味的菜肴。湘绣被徐主任盯着有些不好意思，她低了头。油子未留意，不过李先泽留意了，本来李先泽最反感这种干部了，现在他为了能办成事，竟也市侩了，不仅不反感，相反快意地想：看来讨钱的事能办下来！能讨到钱的话，这条路就能修成，也算是我上任为村民做的一件事！

徐主任瞄了一眼村部房子，以同情的口气说：你们这村部也太破旧了！

不等李先泽搭话，油子已经抢着说了：这屋子现在已经很不错了，在李支书上任前，屋顶开天窗，一到下雨天，里面没有办法办公！

哦！徐主任像是见多了基层村部的情况，他机械地哼了一声。

走进办公室，徐主任仍然盯着湘绣。湘绣泡茶，油子上前要端茶，李先泽高声制止住油子：让湘绣主任端给徐主任！

油子愣怔了一下，然后恍然大悟似的说：对！对！让湘绣主任端给徐主任！

湘绣在把茶端给徐主任的时候，徐主任的贪婪相又出来了。湘绣偏过脸。徐主任在接茶的时候，湘绣像是猜到徐主任又要故技重演，她快速地放开手，然而徐主任的动作比湘绣来得快，在接过的时候顺势快速地捏了一下湘绣的手背。

茶杯晃悠了一下，同样油子还是未留意，李先泽又留意到了。他心里说：这家伙是个大色鬼！

喝了一会儿茶，徐主任心情敞开地说：走！我们出去转转！徐主任的话正中李先泽的下怀，于是他"就汤下面"说：走！我们陪徐主任转转！

出门油子又要上前，李先泽拽了一下油子的衣裳，然后对油子使了一下眼色，油子诧异地退到李先泽的后面。

湘绣主任！你与徐主任是老同学！你给徐主任介绍介绍我们这条路！湘绣是个识大体的女人，她清楚，李先泽是个正派的村支书，想为村子里做点事，自己应该尽可能地支持他，于是顺着李先泽的话办，与徐主任并排走在前面。

多少回梦中，徐主任想摸湘绣的手，今天愿望终于成真；多少回梦中，徐主任想与湘绣并排走，卿卿我我，现在虽然当着另外两个人的面，不能卿卿我我，但毕竟并排走了，愿望也算是成真了！两个多年的愿望都实现了，徐主任就像喝了五粮液一样的快慰。

出门就是砖头路，湘绣明白李先泽想办的事，她边走边向徐主任介绍这条砖头路之前的路况，砖头路的由来，以及现在村子的想法。

醉翁之意不在酒，徐主任虽然在听湘绣的介绍，但是他的目光还是在湘绣的脸上，偶尔时候他也瞄一下湘绣的胸部。读书的时候，湘绣的面模子好看，胸并不起眼，如今他发现湘绣的胸部有些鼓胀。

徐主任吞咽了一下口水。

中饭安排在湘绣家，湘绣下厨。让徐主任尝尝老同学的手艺！李先泽高嗓门嚷。

徐主任你不清楚，你老同学——我们湘绣主任人长得清丝，烧出来的菜也清丝，味道好极了！等一下上桌你就知道！油子憋了好长时间没有说话，现在忍不住插话。

是嘛！等一下我尝尝我老同学烧菜的味道！徐主任欣赏地看着油子，他觉得这个人很特别，至于怎么特别，他一时想不出合适的语言来描述。

湘绣家在村部到窑厂路上的一个村庄，屋子就在庄口。

门前一棵粗大的桦树上吊满了一串串如锯齿般的叶片，场子被扫得清爽爽的，像湘绣人一样。

湘绣家前面一个院子，院子前排是披屋，其中一间是厨房，锅台贴了瓷砖，日光从木窗子射到瓷砖上，亮光光的。院子两侧墙沿都用砖码了宽一尺的花池，里面开着紫红色的花朵，徐主任认识，他家院子里也有，是蔷薇。

后面是二底二层的小楼，不像瓦窑村其他建楼房的人家都未粉刷，她家的楼房全都粉刷了，这又有点像湘绣的人一样清爽。

李先泽陪着徐主任在湘绣家门前屋后逛。徐主任听说湘绣丈夫在外打工，心里嘀咕：湘绣这样一个心性高洁的女人，怎么也要找个单位上工作的人嫁了才相称。此时，他不免有些后悔了：当初要是知道她回乡嫁农民，自己苦追就好了！

八

硿隆！硿隆！王二姑刚上大坝埂，就听见闷重的东西持续滑入水库的声音。

这绝不是草料！百分百是牛屎！六喜郎舅二人合起伙来骗我！王二姑气

坏了，她开始疯了似的往响声的方向跑，到近处，闻到牛屎的浓烈的腥臭味，她更确定是牛屎了！

见一个矮胖的黑影一路摇摆着跑来，肯定是王二姑这老奶奶了！六喜舅老爷生气地骂道——夜深了，六喜熬不住，换上他舅老爷在等候。六喜舅老爷清楚王二姑肯定要撒泼爬驾驶室，于是他急忙出来，试图挡住王二姑。

王二姑见一个高大粗壮的影子在眼前，就知道一定是六喜舅老爷了。这时牛屎已经倒完，司机在打方向盘，王二姑不想与六喜舅老爷理论——她明白理论再多无用处，就想绕过去抢方向盘，这种情况极容易出事，王二姑气疯了，她不管那么多。

王二姑怒瞪着眼，阴黑着脸——夜色里看不见，但能闻到她气呼呼咬牙切齿的声音。她先绕到大坝里侧，想穿过去，六喜舅老爷见状快速移动身体挡住了她；王二姑也不骂，她又小跑到大坝外侧，六喜舅老爷又快速地移动身体挡住了她；王二姑接着又往大坝里侧小跑，六喜舅老爷又快速地跑动到大坝里侧。六喜舅老爷就像篮球运动员一样不断地转换位置防堵。

欺人太甚！妈的！王二姑开骂！跑不过六喜舅老爷，她改变策略，不跑了。只见她往六喜舅老爷身边一贴，然后快速地伸出右手，往六喜舅老爷裤裆里一伸，就听六喜舅老爷"哎哟"了一声，随后捂着裤裆，身子蹲下去……

司机已经将车子掉头，准备离去，听见六喜舅老爷惨叫，急忙熄火，赶了过来。

哎哟！哎哟！痛死我了！夜色里看不见，就见六喜舅老爷蹲在地上，蜷缩着身体。

怎么了？怎么了？司机不明就里，蹲下身询问。

这老奶奶捏了我哦！痛死了！六喜舅老爷叫唤。

司机明白六喜舅老爷的卵子被王二姑捏了。他转头找王二姑，王二姑已经没有了影子。

六喜舅老爷当夜被车子紧急送往乡里医院。乡里医生在检查了一番后认为问题不太严重，让住下来，让护士给吊水，另外开了些外搽的药膏。

按照王二姑的手劲，可以直接断了六喜舅老爷的命根子，让他永远不能再做那方面的事情。王二姑尽管气恼，可是她不糊涂，在捏的时候留了些劲，让六喜舅老爷既长记性又不碍那事。

王二姑也太毒了！差点要人命！自从掉了村支书的帽子后，六喜怕丢脸，从不进村部，这天上午他气势汹汹地进了村部，颇有"兴师问罪"的架势。

老支书！你坐！李先泽双手端椅子让六喜坐。李先泽称呼自己为老支书，六喜之前未想到，自从他丢下村支书的帽子后，村子里再也无人喊他支书了，更无人尊敬地喊他老支书了，很多人碰到面都避过脸，对他点点头就算很不错了。他在来村部的时候，还在考虑李先泽会如何地称呼他，会不会直接喊六喜羞辱他，现在李先泽大度地喊他老支书，无论是不是因为自己舅老爷被捏伤的缘故，都让他深受触动。

他脸色缓和下来。

湘绣主任，你给老支书泡茶！李先泽对湘绣使了个眼色。湘绣聪敏，明白李先泽不让小张文书泡，而让自己泡，是便于六喜接受，同时让六喜感到被尊重。

以上做法体现了李先泽作为支书处理纠纷的技巧，同时也体现了他以诚待人的态度。

李支书！这件——事情你要处理！六喜拉长了声调，可以看出他怒气仍未消。

王二姑做得是出格！你放心！我一定处理好！李先泽涨红着脸表态。

李支书这么表态我就放心了！六喜站起来朝向湘绣。六喜很精明，他对着湘绣说，是想告诉李先泽：你在湘绣面前表态了，得算数，到时候有人证在，你滑不掉！

湘绣在六喜手底下工作多年，对于六喜的小伎俩自然一清二楚。

送走了六喜，李先泽让湘绣守家，他与小张文书一起去乡卫生院看望六喜舅老爷。作为支书，不论这个村民先前做了什么不好的事情，现在他受伤了，都应该及时地去看望，这也有利于后续问题处理。

两周后，六喜舅老爷出了院。又过了一周，乡水产站的两个技术员来到水库，就不用牛屎如何增加水的肥度向六喜面授机宜，并表示以后将每个月下来进行一次技术指导，并且强调不收费。养鱼不仅喂料，还有防病，事情一大堆，有了技术员，以后再不犯愁了，六喜郎舅二人非常的开心。

王二姑拎着桂圆、猪排骨、一篮子鸡蛋去六喜舅老爷家赔礼。乡里乡亲的，这事情算了结了。

乡水产站技术员来水库以及王二姑上门赔礼都是李先泽幕后奔走游说的结果。从这件事情上可以看出李先泽已经具备一定的村级工作技巧。

九

支书！支书！你家老婆来了！油子双眼放光，他像发现新大陆似的，指着右手边的窄路兴冲冲地向李先泽报告。

来了！好！李先泽见到身子细瘦的兰花怀里抱了个瓷罐急急地走来，极其满意地说。

兰花迈步的时候身子微弯，头微向前俯着，徐主任感觉她走路的姿势有点像少数民族妇女。他好奇李先泽老婆瓷罐里装的是什么，疑惑地望着李先泽。李先泽想让徐主任多好奇一会，没有解释。

兰花到了众人面前，见有生人在，猜到这人就是丈夫说的县里徐主任，她礼貌地朝徐主任浅笑了下，然后把瓷罐递给李先泽说：你让送！我就给送过来了！

这是县里徐主任！李先泽向兰花介绍。

徐主任好！兰花羞涩地与徐主任打招呼。

山村里女人怕见人！李先泽打圆场。

没有关系！没有关系！徐主任连声说。他留意到李先泽老婆眼睛部位明白凹陷，面部有些微黄，像是缺乏营养。

你可以回去了！李先泽对兰花摆手。

兰花捧来的是个黄釉色的瓷罐，表面被擦拭得亮光光的，假如贴近面部能照见上面的麻点。油子猜不到里面装着什么东西，他好奇地问李先泽：支书，这里面装着是？

李先泽把瓷罐往上提了提，有些得意地告诉徐主任：徐主任，这是我老婆兰花酿的糯米酒，味道甜香，徐主任是县里大领导，平时喝瓶子酒多，喝自酿的酒少，所以我琢磨着把自家酿的糯米酒拿来让徐主任开开胃！

你夫人还有酿糯米酒这好手艺！不简单！不简单！徐主任有些吃惊地赞叹。

她这手艺是从娘家带过来的——她祖上曾在县城东街的曹家酒坊里做伙

计酿酒，早些年大集体的时候粮食不够吃，很少酿酒，这些年粮食富余了，秋末的时候，她都煮两大"二锅"糯米饭，掺上酒曲酿几罐糯米酒待逢年过节时喝。李先泽见徐主任高兴，他来了兴致，滔滔不绝地介绍。

等下我尝尝你这糯米酒味道。好的话，过年的时候向你李支书讨两罐！徐主任被李先泽说动了心。

不成问题！不成问题！见拿糯米酒来对了路子，千载难逢的好机会，李先泽赶忙表态。用自家酿的糯米酒来招待客人，这既体现李先泽的好客与诚意，同时也体现李先泽为了瓦窑村的良苦用心。讨得领导欢心对于领导表态来说至关重要，李先泽尽管没有学过心理学，也不通公关方面的任何秘诀，但他凭着山村人的善良与真诚，努力地打动上级来的领导。

几个人谈糯米酒在兴头上，这时候湘绣在门口对着李先泽喊：支书！菜烧好了！快进院吃饭。

几个人走进厅里，只见桌子上摆了七八个菜，大都是青花瓷的盘子装着。每个菜都清爽爽的，像湘绣人一样。徐主任瞄了一眼就有好感。徐主任见到了鸽子，还见到了野猪肉，他天天在酒桌上泡，吃过这些。桌子上还有一盘被火熏得黑黄的肉块他没有认出来，这时候油子有些卖弄地考问起徐主任来：领导，你猜猜这是什么肉？

徐主任想了一下，未作声。油子怕考问引起徐主任不高兴，急忙兜出肉块名称：徐主任，这是熏狗肉！

狗肉也可以熏？徐主任有些吃惊！

什么肉都可以熏！熏了吃香！油子嗒了一下嘴巴——他这动作一出于本能；二有意撩拨徐主任；三借此向李先泽显示，他有能耐。

这盘狗肉是油子为了讨好湘绣主任送的，他也送给了李先泽。油子在烹制狗肉方面有一番研究。

湘绣要从柜子里拎酒，李先泽摆手制止说：下次你老同学——徐主任来你再拿，今天徐主任就喝我这糯米酒，看到底是不是甜香！说着，李先泽就抱起了亮闪闪的瓷罐，他嘴巴一扯动，手一使劲，盖子拧开，他再揭开封口的红布条……

一股糯香味散发出来。

好香！徐主任准备赞叹，油子抢在徐主任前出了口。徐主任没有生气，他望了一下油子，觉得油子是个很有意思的人，对油子笑了一下。

见徐主任对自己笑，油子赶忙对徐主任笑了一下。

湘绣准备摆小酒盅子，李先泽嚷：你老同学——徐主任来，你拿什么酒盅子！去！去！去！拿茶盏子来！

糯米酒的甜香味吸引住徐主任，他对于李先泽的提议不反对。

湘绣迟疑地望了李先泽一眼，李先泽对湘绣眨了眨眼睛，湘绣明白支书的意思，她将酒盅子换成茶盏子。李先泽抱着像他身材一样的瓷罐，离开座位，来到徐主任身边，拿起茶盏子就往里面倒糯米酒。

不能倒许多！不能倒许多！徐主任假意地摆手。

没有事的！没有事的！我保证徐主任喝了还想喝！李先泽笑着说。

茶盏子里的糯米酒不像徐主任平时常喝的瓶装酒清薄，酒之间有粘连，醇厚。

李先泽给徐主任倒的时候，油子的喉结就开始耸动，他受不了甜香的诱惑，把茶盏子往前伸了伸，指望李先泽给自己倒。谁知李先泽未理会他，往湘绣身边走，油子有些诧异地望着李先泽。

他心里在说：我能喝，你不给我倒，湘绣主任一个女的，不能喝，你反而给她倒，有点分不清主次。

油子人有时精明有时糊涂，现在他就糊涂了，搞不清主次，这就是他被村子里人轻视的主要原因。

李先泽把湘绣的茶盏子拿到桌边，准备倒。湘绣急忙夺在手上说：我不能喝！我不能喝！

不能喝！今天你老同学——徐主任来，你再不能喝，也要喝！李先泽把茶盏子拖过来，倒得波波漫带动。其间湘绣不停地嚷，好了！好了！李先泽不理会，照样倒。

徐主任眼珠子不停地从湘绣的脸移到茶盏子，再从茶盏子移到湘绣的脸。湘绣在嚷好了好了的时候，已有了些娇羞；徐主任当初瞄上湘绣，除了喜欢湘绣的脸模子，还喜欢湘绣的娇羞，现在湘绣又娇羞，徐主任心里感到特别的快慰。

他目光火热地望着湘绣。

李先泽给自己的茶盏子也倒得波波漫的，他不失礼节地先敬徐主任，徐主任应付着。在李先泽敬了他之后，徐主任目光冒火地转向湘绣，期盼湘绣能敬自己。湘绣留意到徐主任眼神，她端了端茶盏子准备敬徐主任，这时候油子急吼吼地端起茶盏子献媚地说：我来敬徐主任大领导！

湘绣见此准备放下茶盏子，李先泽急忙制止住油子：你等下敬徐主任，让湘绣主任先敬！然后对油子瞪了一下眼，这时油子明白，自己敬徐主任不是时候，他尴尬地端着茶盏子。

湘绣主任，快敬你老同学——徐主任啊！李先泽对湘绣提示。湘绣懂得支书的意思，她急忙举起茶盏子伸向徐主任面前。

徐主任品着糯米酒，眼睛痴痴地望着湘绣的脸，连声地说着：香！香！香！他这话有双重含义，一是夸糯米酒甜香；二是夸湘绣甜香，有韵味。

十

在喝了几个轮回过后，有酒的因素也有气氛的因素，几个人的脸上都有点泛红，这时候李先泽改变了策略，他用目光示意湘绣不失时机地敬徐主任。

我不能再喝了！不能再喝了！这时候的湘绣脸上已有了七分桃色，她像电影《庐山恋》里张瑜偷吻郭凯敏时那样羞怯。

就是好看！徐主任瞄着湘绣的脸，春心荡漾。英雄难过美人关，先前徐主任还有点端着，想给湘绣一个得体的印象，现在酒喝到这个程度，他彻底放开了，要在湘绣面前逞英豪。只见他站了起来，挽起袖子，对着湘绣大声地喊：老同学！这样！我喝一盏子！你喝半盏子！这总行了吧？

徐主任！我真不能喝了！真不能喝了！湘绣双手掌朝外，连续摆着，表示自己已有醉意。

就这样，拉她喝才够劲！徐主任心里暗想着，他气势很强地举起茶盏子，做出一饮而尽的英雄姿势。

湘绣怯战，不停地摆手。

湘绣主任你站起来，意思下！李先泽怕驳了徐主任面子，他不高兴，不开金口，事情办不成，急了，赶忙劝。

我真不能喝哦！支书！湘绣显得很为难地端起茶盏子，又显得很艰难地抿了一口酒。

不行！不行！老同学这样，就是看不起我！徐主任酒劲与旧情都涌上头，铆上湘绣了！

在酒桌上，女性在场，除非女性不端盅子，一旦端了酒盅子，定律是这女性百分百是场上的主角，几乎所有的男性都会像苍蝇叮有缝的蛋一样死死地围绕着这女性。何况湘绣是徐主任爱慕多年的女人，他自然要死死地缠着湘绣。

我真不能喝哦！徐主任！湘绣双手成讨饶状。

这样！拿酒盅来！我喝五酒盅子，你喝一酒盅子！这总行吧？假如再不行的话，看在你们村干部真想为瓦窑村做事的份上，湘绣主任——我老同学，你喝一盅子下去，我就给你们瓦窑村加拨一点款！

徐主任的嘴开始在酒桌上跑火车了。

刚才被压制情绪受影响，身子有些弯曲的油子现在立马坐直，他在心里说：还有这好事！假如徐主任让我这样喝我就可以充英雄了！

李先泽清楚，徐主任当初想方设法也得不到湘绣的高看，现在他在用拨款来诱惑湘绣顺从自己的意愿；李先泽还清楚，按照湘绣一向的脾性是决然不会答应徐主任提出的条件的。就在他焦急地想着这事如何转圜时候，未料到湘绣凛然地站了起来，整了整衣襟，然后郑重又不失礼貌地对徐主任说：老同学，你说话可当真？假如当真！我今天舍命陪老同学——领导！

湘绣一向持重，她之所以满足徐主任的要求，并非酒多乱性，或是有了一把年纪轻率，而是她有大局观，想为村子多争取点钱、办点事。

徐主任以为激将法起了作用，他兴奋异常地端起酒盅子连喝了五盅，然后馋态十足地盯着湘绣的脸。

湘绣端起酒盅子一饮而尽，显示不甘下风的姿势。

这么矜持的女人现在任由自己调动，徐主任的虚荣心得到空前满足，他得意自己的成功，想趁热打铁继续调动湘绣，让虚荣心得到进一步的满足。

湘绣又喝下了四盅。这时候湘绣脸上已经有了七分桃色，这对于一向馋湘绣的徐主任来说是相当的诱惑。

徐主任兴奋异常地嚷：再喝！再喝！

李先泽有些激动又有些担忧地望着湘绣，他怕湘绣为了村子真把自己喝醉了，那样自己有愧于湘绣。

湘绣留意到李先泽的目光，她浅笑了下。

徐主任不善罢甘休，继续与湘绣比拼。

不一会，徐主任团着舌条摇晃着身体开始投降了：不……不……我……不……不能喝了……

支书，我卖力吧！湘绣面如桃花，对李先泽浅笑了下。

李先泽感到异常地惊讶！他第一次见识了湘绣的酒力，湘绣原来如此能喝。

有人说过，女人除非不端酒盅，一旦端了酒盅，十个男人有九个得在她面前趴下！湘绣的英雄气概验证了有人说的话。

第四章

一

　　湘绣家屋后有一条向上的黄土坡路，两边岗子上长着稀稀拉拉不值钱的松树。上面是平坡，往左拐一下，再往右拐一下，接着下坡。坡下有一个不大的屋基，东头一家便是大虎家。

　　门前屋场子不大，前面是田畈，大部分田里种着小麦与油菜，少部分田里种着红花草，放眼望去，一片春色。

　　屋场子前方两个破火钵子里面开着小而红艳的太阳花——遇到阳光就开花。在山区的瓦窑村，除了湘绣家外，很少有人家养花，大虎家养花属于稀罕的事情。大虎是粗人，他不懂得欣赏花的，这几盆太阳花是大虎患类风湿的老婆养的，花种不清楚从哪儿弄来的。天气晴暖的时候，太阳花开着红艳艳的小朵朵，大虎老婆蹭出屋子，来到太阳花前先站着观赏一会儿，眼里现出很难见到的明亮，然后蹲下身用蜷曲的手指把上面枯黄的叶片摘掉。没有杂色，两个火钵子里面的太阳花更加的艳丽。

　　这世界上人与人的生存状态不一样，有些人能生存下来靠的是精神支撑，靠的是温暖。有时候，一个微小的鼓励与温暖都能让一个意志接近崩溃的人坚强起来，顽强地生存下去。已故著名作家史铁生说"写作是为了活着"，他就是靠母亲的温暖活着，靠写作延续了生命。大虎老婆骨骼常年因类风湿剧痛，体态走样，她能够活着，应该说这两钵子太阳花像两颗小太阳给了她精神上的慰藉与温暖。

然而这两钵子太阳花终究不是真正的太阳，大虎老婆还是从这个世界"走"了。在仲春的一个凌晨四点的时刻断了气，结束了短暂的却分秒煎熬的生命，她被屋基前来帮忙的人安置在堂屋右侧的一块门板上，脸上蒙着块黑布，她再也看不见那两颗能给她温暖的"小太阳"了。

一阵急促的鞭炮声响，七八样吹打家伙受启发似的一起鸣响起来——现在瓦窑村"老"（死）了人也作兴在外头请吹打班子了。

亲戚们不停地在几间屋间穿梭，他们在忙碌地料理大虎老婆的后事；大虎则面容板结地站在屋门口，听到鞭炮响声，然后急促地到屋场子上，向前来悼念的乡邻磕头谢礼。

这回来的是一溜村干部，李先泽脚步厚实地走在前面，他面容肃穆，后面紧跟着湘绣、油子与小张文书。油子手里托着一挂万响的鞭炮——这是瓦窑村的规矩，来的时候必须带一挂鞭炮给"老"了人的人家。这鞭炮本来是让小张文书托着的，油子抢过来托着，李先泽没有异议。

支书带队前来悼念，这是给大虎家甚至大虎家族最大的面子。别的乡邻前来悼念，大虎做出一只腿子下跪的姿势，随即被搀扶起；支书来了，大虎感动，他双膝落地，在李先泽面前跪下了！人已死了！不要太悲伤！需要帮忙的话对村子说一声！大虎诚意十足，同样李先泽也诚意十足，他双手将大虎扶起，对大虎叮嘱道。

以前六喜当支书的时候，村子里有人家"老"了人，六喜是见人下菜碟，有点实力有点背景与他有来往的人家他就去一下或者委托湘绣与小张文书去一下。李先泽当了支书后，只要村子里人家"老"了人，他都带队前往悼念。他认为，别小看跑这么一趟，这么一跑，就是把对群众的关怀体现在"情分"上，群众也因此记住村干部的"情分"，从而拉近村干部与群众的距离，村子决策就多了群众拥护。

感谢支书对我家关照！有需要帮忙的话我一定找支书！大虎激动得抖了一下李先泽的手。

朴素的想法与朴素的做法产生朴素而敦实的干群关系。

李先泽进屋，在死人面前跪下，虔诚地磕了三个头，然后从腰里掏出一把钱，走到记账的人面前说：这是我们几个人的！你把记下！

负责记账的接过钱，然后记名字。油子望着。记账的人准备落笔"油子"二字时觉得不对头，略微犹豫了下，油子猜到是怎么回事，急忙报出自己的大名。

离开的时候，屋场子上人议论：油子也是村干部呀？什么时候成为村干部的？

声音虽小，油子还是听到了，他似乎想向大家证实自己现在的确是村干部了，特地挺了一下身子，似乎又觉得挺得不够直，接着又挺了一次。

李先泽当上村支书后，王新历来过瓦窑村一次，他与李先泽商议班子事情。他认为，现在班子中的几个人素质都不错，就是人手不够，建议李先泽摸摸，最好能进个把人。

李先泽对组委袒露心迹，他想让尹发明进村领导班子，理由是：他与尹发明在窑厂共过事，了解尹发明人耿直、实在，没有花花肠子，特别勤劳。王新历的意见最好能找小张文书那样有文化的年轻人。李先泽向王新历解释：现在村子里无论是有文化的年轻人，还是没有文化的年轻人，都一窝蜂地跑出去打工挣钱去了，要找年轻人还真难！李先泽说的是大实话；同时由于文化程度的制约，决定了他选人的视野不可能太宽，对有文化的年轻人并不是十分的看重，他内心看重的还是踏实干活又能协助他的尹发明这类在家的中年人。

尹发明不适宜进村领导班子！王新历认为尹发明不适宜的原因除了文化程度外，还有尹发明现在正在忙窑厂，不能专职村子事务。李先泽起初认为只要尹发明来村子里开开会，给他出出主意就行，在组委王新历否决后，他不再坚持。

一直找不到合适的人，加上与湘绣、小张文书合作得很好，李先泽什么事情都能扛，这件事情就暂时搁置了下来。

徐主任尽兴而归，回去后拨给了瓦窑村一万五千元——一是看湘绣的面子，显示他现在有权；二是感受到了瓦窑村干部想办事的迫切心情。李先泽用这笔钱把砖头路铺成了水泥路。瓦窑村历史上第一次有了水泥路，村民们都夸李先泽有能耐。

王新历再次来到瓦窑村，夸李先泽：你上任就为瓦窑村修了水泥路，不错嘛！走！带我去看看！李先泽不清楚王新历这趟来意，他还以为王新历是专来看水泥路的，有点自鸣得意，在前带路。

转回村部的路上，王新历探话：你觉得油子这人怎么样？李先泽不清楚组委问的是油子哪方面，抬起头起疑地望着王新历。

我就随便问问，他这人怎么样？王新历打消李先泽的疑心。

组委这么问，当然是各个方面了，于是李先泽先拣好的说起来：他这人呀，大大咧咧的！不拘小节！为人义气！

还有呢？

没有大脑子！什么事情都不过大脑子！说话随嘴巴下来……另外玩心大！大人了，整天还像小孩子一样喜欢玩！

哦——王新历长拖着音。

李先泽仍然不明白组委问话的意思。

王新历改换角度问：他对村子工作支持不支持？热心不热心？

支持倒是支持！热心嘛——李先泽不清楚组委"热心"的话意，他留了心眼，顿住不说了。

热心？还是不热心？组委追问。

这个……这个……李先泽在略微思索后脱口而出：热心倒是很热心！

热心就好！热心就好！他还是有长处的嘛！支持并热心村子工作的！接着补充说：他人又活络！又有人脉！能很好地协助你工作！

对于组委王新历前面的话，李先泽倒没有觉察出有什么特别的用意，当组委道出"协助你工作"时，李先泽似乎听出了组委话意。

二

五月初的一个晚上，九点多钟，山村家家户户都忙好歇息了。田野里蛙声不断。禾苗的青涩味从并不严实的窗缝、门缝钻入家里。

六喜老婆一个人坐在床上看电视。

嘭嘭！大门响起两声，声音很清脆，能听出是手指弓起敲的。六喜老婆清楚这不是丈夫敲门，六喜敲门的声音不像这样，他在外喝了酒，粗野暴力，五指平直拍：啪啪啪！显示他当过干部与一家之主的双重霸气。

六喜老婆清楚不是丈夫敲门，还因为她知道今天晚上轮到六喜在水库值班。

六喜老婆没有理会这斯文的敲门声，继续看电视。

嘭嘭！大门又被敲了两下，这回六喜老婆侧起耳朵听，她想这人假如接着敲，说明有事，自己就得起来。她侧耳听了一会，没有了声音，于是她又朝向电视。

大约过了一刻钟，门又嘭嘭的响了两声。

有人找！看来不开还不行！六喜老婆哧溜下床，她把单衣整了整，然后拉亮了堂屋里的日光灯，接着抽开了铁门闩——这年头瓦窑村一般村民家都还是木门闩。

吱呀！六喜老婆拉开了一扇门，她探头朝外望，就见一个影子畏缩地往壁边一闪。这个举动，让六喜老婆判断出他不是个坏人，于是温和地问：哪个啊？有什么事情？出来！

影子沿着墙壁往后退，有要溜走的迹象。六喜老婆于是走出门，往影子方向走了几步。出来吧！我知道你找我一定有事！

影子停在原地，六喜老婆走近一瞅，发现是二憨。她明白了，二憨这么一晚上找她，一定是家里那色鬼与翠萍又勾搭上了。

你进屋来说！按常理，丈夫不在家，夜晚让外人进家门，应有所顾忌；现在她大致猜出二憨来意，异常的生气，便不再顾忌被外人看见。

二憨怯怯地进了屋子，身子抖得厉害。六喜老婆倒了杯开水递给他。二憨蜷曲的手本就不方便接，现在抖动得厉害，把开水弄泼了不少。

现在六喜老婆已经确定，是家里那色鬼惹了翠萍才让老实巴交的二憨如此的愤怒。她尽管也很生气，但还是压抑住火气招呼二憨：你坐着说！一定是我家那无耻的东西又与你家那骚货勾搭在一块？

二憨心里乱得很，他非常希望六喜老婆知道，让六喜老婆管住六喜；同时又怕一旦六喜老婆真的知道了，去大闹，到时翠萍饶不了自己，弄得不好，六喜乱搅和，把自己看林场的饭碗给砸掉。

因为在窑厂与水库相继被承包后，村子里就在谣传，说不需要人看林场了，他一直担心丢了饭碗。

想到此，二憨端茶杯的手比先前抖得更厉害了。

人家把你老婆都睡了，你还这样胆小怕事！真没有出息！六喜老婆生气地把二憨手里的茶杯子夺过来，往桌子上一蹾。

丈夫六喜与翠萍勾搭的事情六喜老婆是知道的，嫁鸡随鸡，嫁狗随狗，她想自己已一把年纪了，丈夫六喜又是家里的房梁，自己得靠着他，因而她心里尽管愤怒，但还是强忍着不在外场发作。现在无能的二憨哀求到她门上，就像给放置多年的炸药包送来了火柴，炸药包立即被点燃。

他们是不是在桃园里面？六喜老婆厉声地问。

二憨低垂着头不回答。

你个窝囊废！六喜老婆走进里院。二憨胆怯地望她过去，不清楚她干吗。过了片刻，只见六喜老婆手拎了一把菜刀出来，眼睛冒火，牙齿紧咬着。

二憨怕事情闹大，哭丧着脸对六喜老婆摆手：求求你！求求你！千万别说是我找你的！

出去吧！六喜老婆一声断喝！

水库北面有一片荒地，郎舅二人请小工平了场子，种了桃树苗，便有了桃园。起初看水库的棚子搭在西北边，有了桃园后，六喜便在桃园的边上用石棉瓦做顶搭起了三间房子。

房子搭起来后，六喜在外围转着，他觉得这房子还不错，从前当村支书的派头又出来了，他想效仿之前的窑厂建个食堂，请个把人烧中饭，这样中午就不需要回去。

六喜想建食堂还有一个小九九，他在对舅老爷提人选的时候，舅老爷虽然不喜欢多动脑子，但还是能猜到。

他要请的这个人绝对不是王二姑，王二姑即使没有捏他舅老爷的卵子，六喜也不会请她的，六喜请的这个人大家都能猜到是翠萍。

小妹妹送情郎啊，
送到了大门南。
顺腰中掏出来，
一呀么一串钱。
这串钱留给，
情郎路上用啊。

情郎哥，

你渴了饿了，

用它好打打尖啊。

……

　　六喜一想到翠萍，心里就像猫抓着痒痒，嘴里就情不自禁地哼了起来。自从支书职务被罢免后，他心里像坠了块大石头一样的压抑，已经好几年未哼过这小曲子了。现在他心里头快活，哼的时候，嘴巴大开着，整张脸舒展得就像刚蒸的馍馍。

　　试想，六喜以往与翠萍飞个眼，或摸翠萍一把，得进山才行，而且还要顾忌二憨；现在假借办食堂把翠萍请来，天天在自己身边，没了顾忌，多好！

　　好呗！好呗！翠萍一听请她到六喜的食堂烧饭，不与那个憨憨的人整天在一起憋闷，开心得身子颤动。

　　翠萍在水库烧饭，除了坐锅笼外，即使切菜，六喜也将手伸到翠萍胸脯上抚摸。翠萍媚笑着小声提醒：你舅老爷在外面，他看到对你老婆说，你不怕？

　　没有关系！没有关系！他不会说！即使说了我也不怕！六喜忍不住又摸一下翠萍的胸脯，他手感热热的、滑溜溜的。

　　我在切菜！你再动手动脚我把刀子剁你了！翠萍娇嗔着发起警告。

　　好！好！我等一下再摸！六喜十分不舍地退后。

　　烧了两个月中饭后，轮到六喜晚上值班，他在中午时就提要求了，摸着脑袋假装与翠萍商量：我给你加工资，轮到我值班，你晚上也给我烧饭！

　　山路黑，晚上回去怕！我不干！不干！翠萍嗲着说。

　　我送你回家！怕什么！六喜试探着说这话的时候，情欲又起来，目光火辣辣的。

　　你天天晚上送我回家呀？天天晚上送，我就干！否则我不干！翠萍娇滴滴地说。

　　你那不能让你家二憨来接啊！六喜出主意。

　　你给我加工资我就干！翠萍心有点活，借此提要求。

　　好吧！就当我少挣了钱，给你加三股一的钱，这总可以了吧？六喜妥协。

这还差不多！加了工资，还能与六喜在一起云雨，翠萍自是满意，她娇媚地对六喜飞了一下眼。

哎哟！把我捏疼了！六喜手趁势伸进翠萍上衣里。

六喜支书办了食堂请我烧锅！有时候晚上也要烧！翠萍一向开着笑脸，不过在回家向二憨通报这件事情时，她故作庄重，收敛住脸上笑容。

不能不给他烧锅啊？还晚上也去？你回来不怕啊？二憨带着哭腔，眼神里带着受到伤害的悲戚。

不给他烧锅你能挣钱啊？翠萍有点生气地质问。

日子能过就行了！二憨无力地说。

就你这样日子还能过？你不会不知道鸽子是谁讨要给我们家的吧！你不会不知道是谁让你看林场的吧？翠萍一个劲地质问。

……二憨不再说话了。

三

油子是在财政局徐主任到瓦窑村的时候，动了要当村干部的心思。

徐主任从车子下来，李先泽与湘绣上前迎接，油子冷不丁冒出来，李先泽诧异了一下。这不经意的举动伤了油子的自尊心——在支书心里，我没有资格接待徐主任，他在心里暗暗发誓：我也要当村干部！当上了村干部就有了身份！

村子人都说油子心思在玩上，无大脑子，其实油子有时候很有大脑子，譬如到财政局他点拨李先泽买中华烟就证明他有大脑子；现在他想当村干部其实也在用大脑子，他明白在底下找关系找死了也不管用，越往上找越起作用，于是他动起了在县里找人的心机。

油子机缘赶得巧，这时候他老表正好调到国土局任副局长。而此时县里正刮起了一股大兴乡镇工业的风潮，对于工业发展势头猛的、财税贡献大的乡镇干部一律提拔重用，这样即使在发展乡镇工业方面难有作为的平山乡也绞尽脑汁地想搞工业企业，这样就需要划拨土地。

平山乡书记从工作出发答应了油子进村的请求。在油子进村的问题上，乡长尽管觉得有点荒唐，但出于自己是行政负责人发展工业经济是主责的考虑，默认了这件事。组委王新历心里有点拗，他认为这关系到村班子的战斗力，过去瓦窑村班子战斗力弱，就是少数村干部配备不当，现在不能重蹈覆辙。他来到乡书记办公室，忧心地说明自己对这件事的看法：书记！油子不适合当村干部！前期把六喜换掉，瓦窑村刚有点起色，假若油子进了村，怕干扰李先泽工作！

组委王新历与乡书记的个性差不多，都属于持重务实、考虑问题比较周到型的干部。乡书记对王新历是信赖的，王新历在组织人事方面很好地协助书记，他有什么意见也可以直截了当对书记说。

你这考虑不是没有道理！但我们考虑问题要从大局出发！什么是大局？当前发展工业经济就是大局，大兴工业企业就是大局！乡书记手按在搪瓷茶杯上和蔼地对王新历解释。

那……也……不能……不纯洁！组委思想未通，话语有点梗了。

油子进瓦窑村就不纯洁啦！他只是村委成员，又不是支委成员！不存在纯洁不纯洁的问题！乡书记见王新历梗劲上来，他开始生气。

那……那……组委见书记这样，不好再说。

你的用心是好的！乡书记和缓语气。

那书记你忙，我……出去了！王新历忧郁地出了乡支书的办公室门。

油子尽管关系硬，但是进村子还是走了考察的程序。王新历来到瓦窑村，告知李先泽让油子进村委班子。李先泽一点思想准备没有，他听了，情绪相当地激动，梗着脖子说：他……组委你又不是没有听说，游天大神，他进村子做不了具体事情，还会把村子事情搞乱！

他……他也……也有长处……王新历料到李先泽会有这样的反应，他赶忙宽解李先泽，不过脸上照样挂着忧虑，他与李先泽想到了一块儿。

是不是他找了钱进朝？钱进朝找了乡长与书记？李先泽思维定式：副乡长钱进朝搞歪门邪道，不像乡干部，油子进村一定是用泥鳅黄鳝贿赂了钱进朝，然后钱进朝帮他说了好话。

只能说，李先泽当村干部不久，心地比较单纯，再者到乡里走动少，对乡里政治生态不了解，对组织上任用干部的程序也不了解，因而做出了幼稚的判断。

这个是组织上的事情，你不要过问！王新历板着脸道。在组织工作方面，王新历严格按照组织原则与组织规矩办事，不因个人情绪披露组织上安排与考虑的内幕。

四

汹涌的冲击之后，六喜从翠萍身上翻滚下来，到底不比年轻时候，他平躺在床上喘着粗气。

舒服吧！翠萍侧过身来，手抚弄着六喜的胸脯。

舒服！六喜捏着翠萍的手，在自己的胸脯上摩挲。

舒服的话再来一次！看你行不行！嘻嘻！翠萍清楚六喜不行了，她故意挑逗，手移了下去。

屋里漆黑，之前六喜拉翠萍到床沿边的时候，可能考虑到这事情不正大光明，他顺手把灯关了。灯关掉后，两个人并没有就势倒到床上。我的小心肝！我今天终于得到你了！六喜仿佛久旱逢甘霖，他喘着粗气，猛劲地抱住了翠萍，嘴巴像猪拱菜一样对着翠萍的嘴巴拱。翠萍也如六喜一样，也是久旱逢甘霖，她嘴巴迎合着六喜，也喘着粗气。

平素说的干柴遇烈火就是这个情形。至于谁是干柴，谁是烈火，已经分不清。火狂野地燃烧起来，似乎要把两个人的肌肤与血液都燃烧掉，把鱼棚子燃烧掉，把这片桃树林也同时燃烧掉。

平时六喜到二憨家喝酒，碍着二憨在家，两个人除了眉目含情，在桌底下勾勾脚，或者趁二憨转背捏一下对方的肌肤外，并没有更进一步的动作，欲望的火焰只能痛苦地自燃自灭，十分的受煎熬。有一次，两个人喝到七八成的程度，彼此眼睛里都冒着欲火，似乎都要把对方化掉。

二憨坐在桌边，早不耐他们的彼此挑逗，黑着脸，鼓着嘴到屋外。六喜朝门外瞟了一眼，弯腰咬紧嘴唇做难受状。翠萍嬉笑，朝他吊了一下眉梢，然后朝门外歪了歪嘴。

意思：不行！

六喜手禁不住伸到自己的下面，猛劲地捏了一下，然后乞求地望着翠萍。

翠萍摇摇头。表示还是不行！

没劲！六喜身体十分的难受，他眼睛生气地望着翠萍。

……

你在想什么？翠萍的手往上移，这会六喜没有再按住她的手，任她从胸部抚摸到颈部再抚摸到脑袋上。

六喜此时的确在想问题，起初他回味刚才火一般的销魂滋味，在回味了几十秒钟后，先前的美妙滋味在逐渐地消逝，这时他想，二憨现在会不会在外面？一想到二憨可能在外面，他觉得有些败兴。

他未曾料到一向憨厚的二憨，竟然愤怒到往他家跑。

他脑子停顿在二憨这个点上，对于翠萍的问话没有知觉。翠萍见他不说话，又挑逗地将手滑到了他的下面。他受到刺激，身体再一次强烈地亢奋起来，他侧过了身，再次把翠萍压住……

两个人再一次陷入疯狂之中。一进入状态双方都忘记了周围的环境，快活的呻吟声从一点也不严密的窗户传了出去，夜晚静谧，在西边大坝上都能隐约听见。

六喜老婆举着菜刀在山路上小跑，有几次掉入路边的沟槽里，她爬起来跌跌撞撞地继续奔跑。

二憨被六喜老婆拖在了后面。他心里害怕极了。一来怕事情发生后，翠萍百分百要与自己离婚；二来怕六喜老婆莽撞，刀子随便砍着了哪个人，到时候六喜老婆坐牢，自己受牵连恐怕也要坐牢。

其实六喜老婆在气冲冲地跑了一段路后，被风一吹，脑子冷静下来，她想：他不就是与那个骚女的睡个觉嘛，就当自己稀里糊涂地不知道；再说自己也这么大年纪了，对那个事情也不上心了，他要与翠萍睡觉随他去……这样想着，她举刀子的手有些松垮，脚步也放慢了下来。但她没有台阶下，她想既然来了，就到水库去看一看，看看是不是如二憨说的那样。

她希望二憨说得不确实，她甚至还希望，自己家男人与那翠萍那骚货早完了事情，翠萍已经回了家。

晚风从水面轻拂到大坝上，夜晚的水库显得分外的宁静，这氛围放大了六喜与翠萍的叫声。六喜老婆刚上大坝，翠萍的浪笑声像从桃园里射出的箭直入她耳朵，她脑子受到了强烈的刺激。

这不要脸的！我把你切了！夜色遮蔽了六喜老婆愤怒至极的表情，她牙齿咬得嘎嘣响，手抖动着菜刀。

二憨断定，翠萍与六喜正在干那件令他羞辱无比的事情。由于担心出事，剧烈的恐惧感占据了他的整个脑子，羞耻感暂时退让到一边。

危险已经逼近，屋里两个人丝毫没有察觉，继续调着情。

嘭！砰！哗啦！鱼棚的门本来就薄，加上六喜老婆由于愤怒脚用足了劲，门朝一边倒去。

切了你这不要脸的，看你还骚不骚！六喜老婆直奔里屋。

两个人由于欢愉对于外面越来越近的脚步声没有丝毫察觉，当听到外屋门倒的声音时，两个人就像遇到地震，条件反射地各抓衣裳。黑灯瞎火，摸摸索索，六喜抢抓到一个裤头准备往身上套，翠萍在床上摸索，没有摸索到自己的裤头，急忙拽六喜手上的。

两个人都以为这裤头是自己的，双方拉拽了两下。这时六喜老婆已经举着刀子来到了床前，她疯了，不管三七二十一，抢起刀子就砍。床里边有空当，两个人往里退的时候，几乎同时掉到了床下，一张凳子被碰到了，发出了猛劲的哐当声。

六喜老婆连砍几刀子都砍到了被子上，没有伤及他们二人毛发，但是还是把二人吓个不轻——万一砍到腿子与脚上，肯定都会严重残废。

六喜老婆绕着床沿，试图再砍时，这时六喜已经缓过劲来，他用板凳挡住了菜刀。六喜老婆一刀子下去，哐当，刀子被弹掉到地上。

你这个死女的！你敢拿刀子砍老子！六喜一把揪住他老婆的头发，啪！一巴掌就扇了过去。

你与这女人睡觉还有理打我！六喜老婆把头往他胸脯上撞。

边上影子一晃，翠萍想趁着空当溜出去。六喜老婆见状伸出脚踹了翠萍一下。翠萍从里边绕出来以后，胡乱抓起一件衣裳就往外跑。

那是我的衣裳！虽然暗黑，六喜还是能感觉到翠萍抓走的是自己的衣裳。

听六喜叫喊，他老婆放开他，往外追。

翠萍往外跑的时候被二憨挡了一下，她能感觉到是自己的憨男人，对着二憨叫喊：你这死东西，回家奶奶要找你算账！

五

李先泽一行从大虎家回来的路上，油子不知道什么时候落在后面，丢了。

在大家回到村部一个小时后，他才叉着腿子回来。只见他裤子湿漉漉的，上面还糊了些泥巴。

李先泽瞅着油子的下身未作声，脸上露出"你还是那玩性"的鄙夷神情；小张文书露出惊讶的神色，没有说话；湘绣问道：你这是怎么搞的？

油子手上也糊了泥巴，他搓着手满不在乎地说：走路没留意，滑到塘坎子下面了，没事！没事！等下衣裳就干了！油子生怕湘绣不相信他说的话，拍了拍裤子，示意给她看。

还不快回家去换衣裳，等下感冒了！李先泽瞅瞅油子的下身，又瞅瞅油子滑稽的表情，嘱咐道。李先泽就是这样的一个人，他虽然对包括油子在内的一些村民陋习看不惯，但对他们还是关心的，这一是出于他善良的本性；二是出于他是村支书。在他看来，作为一个村支书，就有关心村民的责任的义务。基于这两点，说明当初乡党委拉下六喜时挑选他算是有眼光的——品德最重要；其次要有带领乡亲过上好日子的本领。

不急着回去！不急着回去！油子摆着手，眼珠子放光：支书，你听我说，我有一个重大收获——

三人尽管清楚油子平时说话有些故弄玄虚，但现在见他这样神秘兮兮，还是认真地听他往下讲。

离开大虎家，李先泽一行回到村部，他没有留意油子有没有跟回来。小张文书吐了一声道：诶……意思是油子没有回来。这时李先泽才知道油子被丢在了路上。他在哪里被丢的？李先泽问湘绣。湘绣摇摇头，表示不清楚。

人魂！李先泽不满地骂道。油子玩性大，三十五六岁的人了，还像小孩子一样满足于玩。平时村子里人托付他的事他常常给弄忘记了；与他一同走，他先是落在后面，遇到一个人就与人家闲扯上，然后就不见了踪影。这是油子的一个毛病，村子里人都喜欢像李先泽这样骂他。

这回油子的魂又丢在了路上。

他在翻过山头到达湘绣庄子时，已经落了李先泽他们三人一段路了，这时候他遇到了前来大虎家悼念的一位亲戚，于是站住与人家闲聊了起来。油子表现自己，向人家介绍自己刚与支书一同前往大虎家悼念，于是大虎家亲戚对他恭敬起来。油子得意，大咧咧地询问人家在哪里高就。大虎家亲戚说：我现在搞苗木……

假如说搞树木，油子懂。说搞苗木，油子不懂。换上其他人，不懂的东西，不好意思问；油子不在乎，他充满好奇地问：什么是苗木？

苗木就是城里街道两边的风景树，还有公园里的风景树……你可到过公园？那人像想起来地问。

公园到过。省城逍乐池公园我小时候就去过，那里面有好多风景树，还有一蓬一蓬像倒过来的稻草把子一样的植物。

对了！对了！那些都是苗木！这——说明你见过世面啊！大虎家亲戚见油子说到要点，夸起油子。

你就搞苗木？油子验证地问。其实他没有搞清楚大虎家亲戚是种苗木还是运输苗木，于是含糊其词地问。

是种苗木！大虎家亲戚解释。

种苗木赚钱啊？油子有些不相信地问。

现在种苗木可赚钱了！有些贵重的苗木一棵运到城里能赚一两千！大虎家亲戚神气地介绍。

能赚那么多啊？

能！

那我们这山头能不能种苗木？

能啊！

油子像获知金库的地点，然后迫切想得到金库钥匙一样，急切地询问如何种苗木赚钱。大虎家亲戚对他摆摆手说：今天有事！今天有事！改日再细聊！便背过身子朝大虎家方向走去。

油子有些不甘！转而他想，今天落在后面还是大有所获的！他像捡到了贵重物品一样的得意，摇头晃脑地往回走，他不看路，在路过一段塘埂时，一脚踩偏，身子一歪斜，滑到了塘里。

裤子湿淋淋的，紧贴着裆部，裆部凸出的部分就显得格外的显眼，走的时候一嗒一嗒的。油子不介意，再说他也无法介意，只好将就着。

经过窑厂时，正好遇见带客商来买砖的琚三瓢。琚三瓢习惯性地夹着公文包，眼睛瞅着油子的裆部，对油子开起了玩笑：你看看！你看看！你二爷都出来了！

油子低头朝裆部瞄了瞄，不走动时并不明显，于是辩解道：没有出来呀!

还没有出来?你走走看看!琚三瓢提示油子。

油子有点傻了,琚三瓢逗弄他,他真按照琚三瓢的提示走起来!然后低头朝下瞄,发现果如琚三瓢所说,二爷现形了。不过他无所谓地说:只看到外形,又看不到里面。

看到外形就能想象里面二爷的样子!可是?哈哈!琚三瓢忍不住大笑了起来。

油子不在乎琚三瓢逗弄他,他没有回家换裤子,径直朝村部走去。

……

油子神气十足地向三人描述来钱路子,临了为了突出自己的功绩,他还点拨起李先泽:支书,我们村有得是山头,我们也可以把山头利用起来种苗木,这样不也可以赚钱?

李先泽是有头脑的人,他闲着无事就琢磨来钱的路子,现在受油子点拨,脑海像闪电在天空划了一下。

李先泽沉浸在思考之中。油子见支书没有反应,急着催问:支书,你说这是不是一条来钱的路子?

六

上午八点半,阳光从清风寨顶斜切过来,照在水库与坝下的稻田里。派出所的三轮摩托迎着反光很厉害的太阳,左歪右斜,上突下落,一路颠簸着开到了水库大坝上。车子还未停稳,派出所所长就一手撑着车子往下跳。慢点!坐在摩托车上的李先泽提醒道。

李先泽外表看上去有些粗,但熟悉他的人都清楚,他做事一贯粗中有细,而且待人真诚,为他人考虑得多。

站在大坝上有些懊恼的六喜与舅老爷见派出所所长到来,像见到救星似的迎了上来。

怎么回事?说说看!六喜当过多年的支书,所长与他透熟,见面就问。

所长你来看看,这坝上现在还是湿湿的,渔网还是湿的……下半夜我值班睡得死,鱼被偷了。你看看……还胆大包天撒了网,起码捞了两三网鱼走了！六喜指着停靠小渔船的地方让所长看，他尽管懊恼，还不忘从腰里掏出烟递给所长。

早晨不吸！所长轻轻摆摆手。随即迈开大步走向渔船。

六喜对所长说值班的话是假话。他昨天晚上没有值班，在家睡的。自从发生与翠萍在鱼棚偷情的事情后，他老婆吵死吵活非要他把翠萍辞退了，不然就什么事情不干到水库上来看着，六喜万般无奈只好把翠萍给打发了。现在他不当村支书了，没有了权也就失去了势，他老婆不再把他当回事，在他辞了翠萍后，他老婆信不过，轮他值班不怕走黑路来水库查岗。他心烦，想瓦窑村人都淳朴，过去一直没有发生偷盗的事情，因而对值班的事情也就松了心，轮到他值班的时候，九点一过就往回转。

早晨七点他来到水库一看，大惊失色，只见渔网散乱地堆在船上，堤坝脚草皮湿印子有两条渔船块头大。这贼他妈的胆也太大了，敢划船在老子水库撒网捕鱼，说明他把老子情况摸得一清二楚。

李先泽一贯来得早，他见六喜神色慌张地赶来，忙问出了什么事情，听六喜介绍后，忙拨通派出所电话。

昨天晚上水库鱼被偷了！派出所来人调查，看是谁偷的！山村人不像平畈地方的人见识多，他们见到派出所的车子感到稀奇，一个个像看把戏似的聚到坝上，指指戳戳。王二姑也在人群里，她不多话，生怕六喜与舅老爷怀疑上自家，因为大家都清楚，他们双方有过节。

出了这个事情，六喜舅老爷同样懊恼。他没有了心情，头发不像先前光溜溜的，相反倒像个鸡窠。他眼睛机警地睃着，想找寻点蛛丝马迹。他见王二姑在里面，有些不悦，不过他清楚，拿网撒鱼这事情王二姑是做不了的。

什么新闻场面都少不了油子。在瓦窑村，少了油子的场面肯定不是新闻场面。油子是在到村部上班的路上远远地瞟见派出所摩托车的，他还瞟见支书李先泽坐在摩托车后座上。他想喊支书，你急着到哪里去？只是车子开得太快，他来不及喊，车子就从主干道噔噔地往水库方向去了。

一定出了大事！大事！不然派出所的车子不会大清早就来我们瓦窑村！油子对新鲜事特别来劲，他身上的细胞瞬间全都亢奋起来。他瞄着摩托车的方向快步走起来，村庄挡住了摩托车，他暂时失去了目标；在摩托车出了村庄后，他又找回了目标。就这样，他瞄着摩托车到了坝上。

他一到，就赶紧到渔船边，像猫见到腥伸着头不停地嗅着。他大大咧咧的，不注意。六喜见他这样，就怀疑上他了，瞄着油子的脸，想从他脸上寻找到蛛丝马迹。

什么时辰鱼被偷的？油子迟钝，凑到六喜身边问。

六喜不说话，紧盯着油子的脸。你老盯我干吗？像是怀疑我偷的一样。油子被盯着不舒服，自嘲地说道。油子就是这样大大咧咧的人，换了其他人，要么回避，要么会生气，他心情好得很。

六喜怪异地反问道：你猜是什么时辰？然后嘴角冷笑了下，目光转向众人。他之所以对油子这样肆意，缘由主要是：一来心情糟，对于油子来凑热闹特别不开心；二来他清楚油子平时喜欢摸泥鳅捉黄鳝，对捕鱼这行通，鱼被偷了，在不能确定偷鱼人的情况下，他怀疑这事与油子有关联。

六喜的问话尤其怪异表情对村民似乎有暗示作用，他们开始以审视的目光瞅着油子的脸上、身上，看他有没有在说谎话。六喜盯着油子的衣裳看，村民们也都盯着油子的衣裳看，看他的衣裳是不是湿的，上面有没有鱼鳞。

你们认为是我偷的鱼？！荒唐！荒唐！我一个堂堂的村干部会偷鱼？！油子意识到大家错误地把目标对准了他，急忙把双手一摊，申辩。

所长开始还在搜寻证据，现在见大家都围着油子，他不知道出于什么考虑，也走到油子面前问道：你昨天晚上在做什么？

所长，你千万——千万别把搞成是我！油子尽管平时一向不在乎，这会他竟紧张起来，面色有些煞白。

他，我晓得！绝对与这事情无关！在事情未调查清楚之前，任何人都不能被撇清，任何人都不能为他人担保，何况神色还有些让人起疑的油子，更不能为他担保了。李先泽作为村支书不该说出"绝对"这有问题的话，说了把自己弄被动。但李先泽清楚油子的根深底子，怕把油子牵连进去，因而脱口而出为油子解围，这事情侧面也说明了李先泽对油子的爱护，尽管他反感油子喜欢凑热闹的品行。

例行问问。所长说道。

我……我……油子答不上来了。他有些心虚，额头上冒出了些细密的汗。

外人不知，油子昨天晚上还真来过大坝，他是在大概十一点半钟的时候来大坝的。他喝了点酒，睡不着，他听说前一段子六喜与翠萍在鱼棚里偷情，他想我到大坝去瞄瞄，说不定正好看到他们在偷情，也好过过眼瘾。

油子对世间的好多事情都好稀奇，包括塘里的鱼虾，田沟的黄鳝泥鳅……庄稼的收成，家事纷扰，乡间奇闻，偷窃，甚至偷情。

他摇晃着到了水库大坝上。见鱼棚漆黑的，油子猜想，六喜可能正在摸着翠萍……于是他弯着腰，踮着脚，屏着呼吸，慢慢移动到鱼棚边上，把耳朵贴到墙壁子上。他忍住呼吸，听了多一会，发现一点声音也没有。难道他们一番云雨后睡了？还是翠萍不在？

他有些失望地来到船边，坐在了船沿……

七

下午开民兵营长会！部署今年的征兵工作！乡武装部长在电话里交代。

好的！我通知村民兵营长去！

在油子进村之前，村子就三个人。湘绣是女同志，当民兵营长显然不适合；小张文书文弱，身体又单薄，当民兵营长也不适合。他们两个人都不适合，李先泽只好把民兵营长职务兼了。油子进村，李先泽清楚他性子是搋的，做不了内里的事，像民兵营长这外勤多的职务对他的路子，于是就卸下民兵营长的职务给了油子。

你们换一个人来！他不适合！油子当村民兵营长，本来这样的会就应该他参加，现在乡武装部长不让他去，部长应该是听说了最近发生的事情。

那件事情与他无关！部长！李先泽解释道。

你怎么知道与他无关？部长反问。

我根据对他的了解！多年的了解！李先泽为油子担保。

征兵可是政治性很强的工作，把这个政治性很强的工作交给一个不可靠的人来做，出了问题你能负责？！部长在电话里责问。

出了事情我负责！李先泽提高了音调。李先泽不像有的干部一遇到牵扯到自身的事情，就畏首畏尾，不敢担责任，他认定了无误的事情就一口承担下来，不怕丢乌纱帽。

那好吧！既然你愿承担责任！那你就让他来参加！部长见李先泽语气坚

定，作了妥协。

支书与乡武装部长通话，油子就在边上。开始听到通知民兵营长到乡里去开会的消息，他瘪了几日的神情立马活泛了起来；当听到武装部长不让他去的话时，又立马瘪了。李先泽高声为他说好话，他瘪了的神情又鼓了点，又恢复了信心，眼睛焦渴地望着支书，希望支书说话能管用；当听到部长答应让他去开会，他感到受到极大信任，像蹦到岸上又落回水里的鱼重新活泛了起来。

在李先泽接电话的过程中，湘绣与小张文书也都带着好奇的心理侧耳听着，不时地瞅着油子，观察他的神情变化。李先泽虽然在接电话，但他的身体是转动的，油子神情的几次起伏都入了他的眼，所以他放下电话后忠告油子说：以后做事要长点心！不能乱跑！更不能乱说！

我听支书的！油子感激万分地表白。在油子的几十年人生中，他由于轻率随性做错了很多的事情，但无论做错了什么事情，他都嘴硬，从不承认，现在迫于情势同时也出于对李先泽的感激。李先泽尽管有些瞧不起他，尽管时常批评他，但还是看主流，抱善意。

那天在水库，派出所所长在现场没有发现线索，正准备启动三轮摩托离开现场。王二姑神眼，瞄到了地上有一粒特殊的扣子。这是粒灰色带微红有些时尚的扣子，瓦窑村的人衣裳上很少有这种扣子，因而这粒扣子的发现成为重要线索。

王二姑不是多话的人，她捡起来的时候，只是好奇地看看。六喜舅老爷与王二姑不对付，目光一直盯着她，即使人群要散的时候也一样。他见王二姑在看扣子，立马凑上前，他也发现了这粒扣子的不同之处，于是大喜过望地喊：所长！所长！你看看这粒扣子！

有重大发现，所长当然高兴，立马回头。群众都有猎奇心理，一齐向王二姑围拢过来。油子大脑迟钝，这时候他没有意识到这件事与他有牵扯，也抱着猎奇心理围过来。

所长接过扣子端详着。

这扣子是要……一个村民口快，油子绰号的第一个字就出了口。不清楚这个村民是意识到油子在场喊他绰号不好，还是意识到这涉及油子的个人声誉，立马收住了口。

尽管这个村民只吐出了一个字，但是大家都意识到是说油子，于是众人的目光都朝向了油子，所长与李先泽的目光也都朝向了油子。

油子穿了一件半新的灰色西服，他是个懒散的人，不喜欢扣扣子，西服敞着，上方几粒灰色带微红的扣子在，下方一粒扣子没有看到，只有线头在翘着。

油子大脑的确迟钝，在大家围上去看扣子的时候，他就应该意识到事情的严重性，然而他一点没有意识到，还与其他人一起好奇。不过在有人喊"耍"字的时候，他大脑似乎转过来，开始意识到自己麻烦到了。

他在清晨起来穿西服的时候发觉少了一粒扣子，左右转转，没有找到，也就没有放心上。现在听见有人喊"耍"字，他清楚扣子掉在了大坝上。怎么这地不丢，那地不丢，偏偏丢在了水库大坝上？！油子很懊恼，在心里责怪起自己。随即脑子晕蒙了起来。

是油子的！是油子的！人群中有些人出于"水落石出"的惊喜大声嚷嚷起来。

李先泽凭直觉认为偷鱼的事情与油子无关，但王二姑在现场捡到了油子西服上的扣子让他一时也晕蒙了起来，他有些失望地望着油子，然后目光转向派出所所长。

你解释一下这是怎么回事？所长尽管知道油子现在已是村干部，但现在油子身上有重大疑点，他自然不能放过。

我……我……油子不知道如何解释才好。解释说自己昨天晚上到过水库大坝，那将百分百与偷鱼的事情牵扯上，有口说不清；不解释吧，又说不过去，自己的西服扣子怎么好好掉在了水库大坝上？

围观的群众都凸着眼珠子，想听油子解释。

你把这事情说清楚！所长语气开始变得严厉。

我……我……

我……我……

油子脸呈土灰色，像极了一条已经死去的鱼。

所长！你看这样行不行！我们到村部里细细地问，把事情的来龙去脉搞清楚？李先泽见油子没有了自救能力，开始帮他转圜。

那好吧！我们到村部里查问。

我们也一起去！看他还有什么话说！六喜提示舅老爷……从六喜的话语

可以判断出，他认定了鱼是油子偷的。

八

民兵营长会在乡三楼的小会议室召开，油子到的时候，各村的民兵营长都已经围着椭圆形的办公桌子坐好了。应该是油子"偷鱼"的事情大家都风闻了，因而在他进会议室的时候，大家的目光齐刷刷地朝向了他，眼睛瞄着他的脸与他的衣裳。

油子太大大咧咧的了，来的时候照旧穿着那件丢了扣子的西服。

他怎么来了？参会的派出所所长头歪向身边的武装部长 —— 征兵工作重要会议派出所都参与，派出所参与能保证兵员质量。

所长的这句问话虽然声音不大，但会场上人几乎都听到了。油子也听到了，他意识到现在自己是有"污点"的人，低着头，双手不自在地绞着。

会场开始骚动，民兵营长们交头接耳起来：

可能水库里的鱼真是他偷的！不然所长不会这样说他。

他还好意思来！

这回他的民兵营长职务要被撤了！

岂止民兵营长被撤，村干部也当不成了！

……

这些杂乱无序的话灌进了油子的耳朵，像针一样地扎着他难受。他想起身离开会场，可是身体僵硬麻木，像被谁按住了似的动不了。他只好像犯人似的低垂着头，任大家议论。

……

那天李先泽打转圈让油子到村部里解释。六喜与舅老爷也一同撺到村部里。跟着来的群众要进村部里被李先泽制止了。

你说说扣子怎么掉大坝上？所长板着脸问。

我也不知道怎么掉大坝上了！油子苦着脸说。

你说不知道，恐怕说不过去……六喜见油子不说，急忙施压，同时转向所长，狡猾地给所长也施压。

明明扣子掉大坝上，你说不知道这交代不过去！所长被六喜所激，开始生气。

你说筛！把事情的前因后果说清楚，要不然，你脱不了箍！李先泽一来想把事情搞清楚，二来他见事情已如此，油子假如不说是绝对不行的，于是带善意地劝起了油子。在李先泽看来，即使油子扣子丢在了大坝上，他也绝对不相信油子会偷鱼。李先泽读书不多，但他思维方式朴素。在他看来，偷窃的人都是有前科的，在小的时候手脚就不干净；而他了解，油子从穿开裆裤到现在从没有偷窃过，现在更不可能偷窃。

那……我……说……油子依赖地望着李先泽，他希望能从李先泽的眼神中得到相助——他清楚李先泽的为人，会诚心帮助自己的。

这就对了嘛！六喜开始生怕油子不说，现在见油子态度松动，急忙引导，脸色也由刚才的不满转为窃喜。

说！所长语气严厉地催促。另外一个开摩托车的警员准备记录。

油子从到水库的动机说起，他说动机无形中揭了六喜的疮疤。观察六喜的反应，李先泽悄悄地将眼角瞟向六喜，他瞄见六喜不自在地将脸朝下方低着；所长似乎也想观察一下六喜的表情，不过他不像李先泽，无任何的顾忌，目光直视着六喜，六喜受不了所长逼视，脸色通红，然后将脸偏向一方。

油子实在，开始不说，到说的时候把那天晚上整个过程像竹筒倒豆子一般全都倒了出来，这一倒，把自己陷得更深。他说那天晚上喝多了酒，酒烧得脑子、身子难受，水面上风大，他后来还跳到了船上，并且还划了几下桨……

六喜一听油子跳到了船上的话，先前的难堪一扫而光，他双眼放光，在他看来，山重水复，偷鱼的事情有了重大眉目，然后急等着油子继续说下去。

李先泽一听说油子跳到了船上，他的心一凛，为油子担忧起来。从他的固有思想来看，他还是不希望这事情与油子有关，因而他在心里说：油子，你完了！彻底地完了！

然而油子只承认在船上坐了一会，吹吹冷风，在脑子与身子发热好点时，就下船回家了。

所长没有表态。六喜没有得到想要的结果，他有些气恼，质疑起油子来：你说你就这么回去了，鬼相信！

就是！鬼相信！六喜舅老爷附和。

油子开始赌咒：我拿全家发誓，我的确回家了！假如没有回家，偷了鱼的话，全家都死光光！临了他还补了句：我这样发誓可照？

嘿嘿！你赌咒管什么劲？六喜冷笑着说，他转向所长：所长，你说是不是这个道理，假如他不用劲，扣子是不会随便掉下的！六喜认为逮住了油子的短处，很得意，向所长发起了攻势。

这个的确不好解释！不能说在大坝上飘飘走扣子就掉下吧？六喜的确高明，所长在被他引导后，也顺了他的话意在说。

我也不清楚！油子被六喜问蒙了，不知道如何回答，他表情很痛苦地收缩着面部，把眼神往一起聚，极力回想扣子掉大坝上的情形，可就是回想不出来……

事情僵住了。这时李先泽也没有办法。所长站起来对李先泽抱歉地说：他要跟我们到派出所去录一下口供。

油子一听录口供三字，认为自己被初步定了性质，他这回真怕了，急忙向李先泽求救：支书，那天晚上我真的就那么回家了！这事情与我绝对无关！

油子被精明的六喜套住了，李先泽尽管这时仍认定偷鱼的事情不是油子所为，但他也不好说什么，只好求救地望着所长。所长无商量余地地说：他必须跟我们到所里走一趟！

六喜这时开心无比了，他眯着笑眼说：所长费心，这事情全指望你了！

油子不承认偷了鱼，又没有其他证据证明他偷了鱼，派出所在给油子录了口供后就让他回村子了。偷鱼的案子继续侦破……

会议开始了，大家注意力从油子身上转移，都在认真听部长与所长关于今年征兵工作部署，记着笔记。油子脸火烧火燎的，他没有心思听会议，部长与所长说了什么，他一点也没有入脑。尽管油子平时一向大大咧咧的，对事情一向不上心，不计较，但当一个人受到十分明显的刺激时，他只要是一个人——即使是动物，都会感受到这种刺激带来的痛苦。他脑子一刻不停地回放着刚才大家笑自己的那些尖刻无比的话。他懊恼自己不该来乡里开会，不然也不会受今天这样的奇耻大辱。

第五章

一

上午，李先泽去山里盆底转了转，看了看土质。他刚回到村部，小张文书对他说：支书，刚才乡纪委领导来电话，让你现在就去一趟！

可问有什么事情？李先泽望着小张文书，心里起着疑心。

没有说，只让你赶紧去一趟！小张文书答。

那些年六喜当支书的时候，纪委女书记三天两头来瓦窑村，主要是处理群众反映问题；这些年自己当支书，村里相对平静，纪委女书记几乎一次也未来过瓦窑村。现在纪委女书记急着让自己去？难道出了什么事情？他脑子像车轴在转：应该没有什么事情啊？这几年窑厂发包了，水库也发包了，风平浪静了……更不会是林场的问题，刚牵上线，八字还没有一撇……也不存在招待费用的问题，现在村子很少来人……

不是这些问题，那就是村"两委"的问题了，村"两委"成员他琢磨了下：湘绣没有问题，小张文书没有问题，即使油子受偷鱼的事情牵连，可这事到现在派出所也没有下结论啊！

那到底是什么问题呢！非急着让自己去跑一趟！李先泽苦着张脸。纪委管违纪的，纪委找自己，而且是急着找自己，李先泽虽然想不出自己哪里出了差错，但心里还是很忐忑的。

他急驶着摩托车来到乡里。他准备先到钱进朝办公室去探探口风，好心里有个准备。他虽然讨厌钱进朝，但觉得钱进朝人还随和，能套出点话。他也想到组委王新历办公室去，王新历人实诚，不过他转而想，组委人规矩，严格按章办事，去他那问这方面的事情不妥。他在犹豫，正好与纪检干事迎头相撞，纪检干事对他说：快去！书记在等着你！

女书记在等着自己，得马上去，去钱进朝那儿探口风不行了！李先泽只好硬着头皮来到纪委女书记办公室。

纪委女书记确实是在等着李先泽，在他进去的时候，纪委女书记什么事情也没有做，两只手放在桌子上，眼睛望着门口。

书记！李先泽进门恭敬地喊了一声。李先泽几乎未到过纪委领导的办公室。一来纪委书记是女的，一般情况下他不轻易上女领导的办公室；二米纪委在他的心目中是严肃的部门，除非出了问题才上纪委办公室，因而不仅他，而且大多数的村支书都避之而不及。李先泽到其他领导办公室，领导们一般都客气地招呼：你来了，好！坐！可是纪委女书记见他到了，只指了指边上的一把椅子，生硬地说了一个字：坐！

李先泽感受到了纪委女书记的语气不太客气，甚至是很不客气。他瞟了一眼纪委女书记的脸色，发现女书记脸铁板的。出事了！可能还是出大事了！他心骤然一沉。之前李先泽寻思，我进去时瞟瞟女书记的脸色，假如书记开着笑脸或者脸色和缓，说明没有什么大问题；假如女书记铁板着脸，那百分百说明要么自己，要么村子出了大问题。

你可清楚我找你来是什么事情？纪委女书记望了李先泽一眼，然后拿起两张信纸瞟了瞟，再把信纸放在桌子上按了按，继而目光像两把利剑逼向李先泽。

李先泽身体本能地颤了一下。

可清楚找你来是什么事情？纪委女书记加重语气问。

不清楚！李先泽目光盯着那两张信纸，心里在嘀咕：这上面不知道写了什么厉害的事。

你好好想想！纪委女书记的目光在李先泽的脸上打转。李先泽抬起头，与纪委女书记的目光相撞，他感觉纪委女书记的目光像两把寒剑刺向自己。

李先泽本来就喜欢淌汗，这会额上滚动起很明显的汗珠子。

二

大虎牵线，李先泽首次出门找发财的路子，就是想把外面能人引到瓦窑村来种植苗木。就像上次去县里财政局让油子陪着，这次出门他仍然让油子陪着。在李先泽看来，油子不怯场，让他陪着一来可以给自己壮胆，二来借他的寡嘴与人家套近乎，这也算是知人善任。

油子这阵子在村子里灰头土脸的，就想离开村子到外面去透口气，一听李先泽说带他出去，又精神起来。

李先泽、油子以及大虎坐了七八个小时的车子来到外县一个叫狮子岭的地方，岭头的形状很像狮子的头。

湘绣给人稳重聪慧的印象。那天油子对李先泽说了引进大户种植苗木的点子后，在油子不在场的时候，李先泽征询湘绣意见道：你说说看，我们瓦窑村山头能否搞苗木种植？

搞是能搞！可是要人家愿意进来！湘绣语气平缓地说道。

可以让大虎那个亲戚来搞！反正林场闲着也是闲着！不如把它租出去！每年多少还能进几个钱！李先泽说出心中小九九。

就是不知道大虎亲戚可愿意进来搞！假如愿意进来当然更好！湘绣道出疑虑。湘绣是有主见的人，她不因为李先泽是支书就顺着他的话说。正是因为这样，李先泽才觉得湘绣的话可靠。他作为一村支书，也就是一村家长，谋划任何一件事情，都得深思熟虑，不能凭一时脑袋发热。

我就是想听你这话！李先泽憋着的脸露出开心的笑。李先泽这时还没有把村子的前景考虑得多么的远、多么的风光，他只想着村子能多少有些发展，集体能多些活钱，这样村子为老百姓做些事情手头宽裕些。

我们去找大虎亲戚好不好？看他可有意愿？湘绣沉稳，有主见，李先泽想湘绣陪自己一起去。

大虎亲戚离这里远，我就不去了！你让营长陪着你去！湘绣尊重每一个人，包括被大家不当回事的油子，她称呼油子郑重地喊"官名"。

他玩性大！话随嘴巴下……李先泽道出不愿意让油子去的缘由。

他自来熟，你引导他，用他的长处……湘绣对李先泽提示道。

李先泽想想湘绣说的话在理，于是他去找大虎亲戚带上了油子。

狮子岭下面有一个面积估计有四五百亩大的园林，里面长着各种各样未曾见过的苗木，散发出清逸的香味。

开眼界了！开眼界了！油子嚷了起来。他这样嚷，一来是因为激动，二来是想在李先泽面前表功：是因为他，支书才看到这样大的园林。

大虎亲戚迎接李先泽。通过一番交谈才得知，他并不是园林的老板，他只是负责园林管理。真正的老板是一家建筑工程公司的董事长，老板这些年在建筑行业挣了钱，转而投资园林。大虎亲戚打电话给老板，说明李先泽一行来意，老板说你带他们来。于是一行坐着一辆雇用的面包车来到老板公司。

老板高高的个子，瓷门牙，身着深灰色的披风，气质非凡。李先泽向老板说明来意，恳求他能到瓦窑村投资苗木种植。老板人很和气，连声说好好好，然后说我有空过去看看！接着就对手下一个人交代说：我还有事情，你好好招待他们！

老板客气，李先泽自然非常的高兴。手下人陪着李先泽吃了饭，然后对大虎亲戚耳语。

明白！大虎亲戚会意地一笑。

一路上辛苦！走！我带你们去泡个澡！大虎亲戚在前面大步走。

李先泽在皖北的时候曾在一个镇上的澡堂里泡过澡。一个大池子，水雾缭绕，他脱得光光净净地泡在大池子里骨头松软。那种美妙的感觉至今记在心头，因而他对大虎亲戚说要带他去泡澡乐意接受，紧跟在后面走。

油子在省城里泡过澡。一次他误入一家洗浴场所，了解到那里面有些名堂，现在他一听大虎亲戚说带他去泡澡，身体瞬间骚动了起来。

三

半个月后，大虎亲戚带来口信，说狮子岭园林老板要来瓦窑村考察。李先泽矮胖，这消息不仅激动得他合不拢嘴，而且激动得他两只短粗的臂膀摆动起来格外的有力。

李先泽尽管一向低调，但这回他难免有些自鸣得意。因为这次是他把外面人招进来，掏外面人的腰包，与之前窑厂、水库发包不同，那都是自家人在玩，掏自家人腰包。

请钱副乡长来作陪！他接手村支书以来，很少想到钱进朝，他讨厌钱进朝油嘴滑舌贪吃爱喝的毛病，怕他沾上了自己甩不了，因而对钱进朝敬而远之；李先泽是这个态度，钱进朝大小也是个副乡长，有身份有地位，不请自然不好意思往瓦窑村跑，因而脚步金贵了。李先泽现在想到请钱进朝来，他这厚道人也有点实用主义了，他想，钱进朝来了代表乡里对这件事情的支持，接待的规格高了，客人一高兴，说不定就拍板来我们瓦窑村了。

钱乡长，领导哈，向你汇报一件事情！上午上班，钱进朝刚进办公桌，准备泡茶，这时候李先泽喘着粗气进来了。钱进朝绷着脸瞟了李先泽一眼，意思是这刚上班，我茶还未泡，你跑来干吗？

钱乡长，是这么回事，今天有一个园林老板要来我们村考察！他有可能来我们村搞苗木种植，乡长你说这可是好事？李先泽尽管兴奋，尽管想钱进朝到村作陪，但他说话还留有分寸，只说"有可能"，不像郑三群泡得没有谱子，没有影子的事情都能说得活灵活现。

有这事？钱进朝对李先泽的话感起兴趣，他抓起一把茶叶子，并未急着放进杯子。钱进朝尽管有不良嗜好，但作为副乡长，他对工作还是比较上心的，能力也得到大家肯定。

嗯！李先泽见钱副乡长表情有变化，心情变得比先前好，先前见钱进朝呱嗒着张脸，他心往底下掉，想，看来请他这事情黄了。

哪里的老板？钱进朝把茶叶放进杯子里，然后拎起水瓶问。

狮子岭的。钱乡长，领导应该知道这里！李先泽恭维钱进朝。

李先泽说的这个园林老板，钱进朝不仅知道，而且还去他那儿玩过。那还是前年郑三群邀他去的。郑三群路子广，与这个园林老板熟悉，他想巴结钱副乡长，便讨好地邀请钱进朝去考察，实际上就是过去玩玩。那次去，钱进朝看到了那个园林的规模，因而他在听了李先泽的介绍后想，假如这个老板真能来瓦窑村转转，不管他投资不投资，从声誉上来说，对于分工瓦窑村的他来说都是件稳赚不赔的好事。

可向书记、乡长汇报了？钱进朝尽管官至副乡长，但涉及大事，他还是知道轻重的，必须向主要领导汇报，当然现在这事情难免有居功的考虑。

还没有，我首先来向钱乡长您汇报。李先泽老实地回答。

这样，我带你去向书记、乡长汇报。钱进朝起身。他觉得自己与乡长走得近，说话无拘束，还是先向乡长汇报，然后再去向书记汇报。不过他在两头汇报的时候都撇去了李先泽，把功劳揽到了自己身上。李先泽清楚钱副乡长这德性，他不问那么多，只要乡里领导知道这事情就行了，给予支持当然更好。

离开书记办公室，来到走廊上，钱进朝把李先泽的胳膊拽了一下说：嘿！老李！我问你，伙食是如何安排的？兵马未动，粮草先行，吃的方面钱进朝往往最先考虑，他有句口头禅：吃都吃不好，哪有劲头干工作！与他一起下村的乡干部对他这一点都非常的熟悉。

吃得好，印象好，吃饭的事情李先泽早考虑到了，他把吃饭的事情安排在自家，主要考虑兰花烧菜的手艺还不错。钱进朝与李先泽都考虑到招待的问题，不过钱进朝与李先泽考虑的动机不同，钱进朝一向对吃的事情很上心，在这个事情上正好显示出他的喜好；而李先泽是惯常的热情，他在窑厂干活的时候，与尹发明几个人打平伙，也往往把他们带到自己家，让兰花给烧吃，倒贴人工外，还倒贴柴米油盐。

这个嘛！钱进朝出人意料地嗒了一下嘴巴。

……李先泽不解地望着钱进朝，不明白他为什么不满意。

钱进朝的意思是李先泽家兰花名字虽然好听，但没有看相，招待客人不太合适。按他的想法，要找一个上眼的，能说会道的，又能做一桌好菜的妇女，这样看着舒服，吃着也舒服，这样就能钓住了这园林老板。

钱进朝犹豫了一下没有说。李先泽从钱进朝的表情揣摩出了他的心思，于是改口道：那安排在翠萍家如何？

你这脑瓜子还不错！钱进朝笑了起来。

那天大虎亲戚按照园林老板的授意，把李先泽与油子带到了一个叫"天仙洲浴场"，浴场的楼顶上一字排开的五个钢筋焊接大字，李先泽没有太在意。"浴场"这名称相对于澡堂子来说，虽然文绉，但还是能揣摩出它的经营内容。与澡堂子一个名堂，就是好听一点，在平山乡洗澡堂子，到城里洗浴场，换汤不换药。

油子留意了，他望着楼顶，拖长音地念着：浴——场——他这样念，仿佛是垂涎已久，又仿佛是在提示李先泽。

进去就知道，浴场为什么起名"天仙洲"了——从外面厅堂到里面衣帽间的壁子上都挂着大小不一的仙女出浴的彩绘，半遮半掩的仙女仿佛要从画面上走下来陪伴每一位浴客，很是撩人。

大虎亲戚付钱，拿牌号，牌号上还有钥匙，李先泽不明白，油子明白，他告诉支书等下开衣橱用。

洗好，李先泽急于穿衣裳，大虎亲戚招呼李先泽：不急，我们去二楼大厅躺一会！躺一下未尝不好，客从主便，李先泽便跟从大虎亲戚走进了二楼大厅。

李先泽进去，发现里面光线暗淡，前面大屏幕上播放着节目，沙发上躺着的人有的打着盹，有的在看电视。

厅里女服务员不停地跑来跑去，忙着倒茶水。男人穿着短裤腰的厅里居然有女人，这也太开放了！李先泽觉得奇异。

大虎亲戚对女服务员招招手，过了片刻，进来了四名身着短裙的年轻妖媚女子。

油子上次在省城有这经历，大虎似乎也有这经历，二人都处事不惊；只有李先泽，在女子在他的躺椅边坐下时，吃惊地问：你做什么？

李先泽听说过如今城里一些娱乐场所很开放，他没有想到他今天在"天仙洲浴场"碰上了，女子问他需要什么服务，他以为是提供色情服务，于是连忙摆手：我不要！我不要！

支书，没有什么！就是按摩按摩！放松放松！你不要紧张！就像我这样！大虎亲戚指着自己说。

李先泽朝大虎亲戚瞟过去，只见一个女子侧坐在大虎亲戚躺椅边，一手捉着大虎亲戚的手臂，另一只手在大虎亲戚的手臂上捏着。

谢谢啊！我不要！真的不要！李先泽涨红着脸对大虎亲戚摆手。

捏捏嘛！有什么要紧！大虎亲戚热情地说。

我这手臂好得很！我真的不要！李先泽语气近乎请求。

另一个女子已经捉起油子的一只手臂在捏，油子听李先泽说不要，他极其失望地望着李先泽，因为支书不捏，他不好再捏，将不能再享受美女的肌肤相触。

支书，你真不要算了！大虎亲戚对服务李先泽的那名女子挥了一下手。

捏捏吧！你这老板！女子不舍得失去这挣钱的机会。

不捏！不捏！李先泽涨红着脸。

四

想不出来吧！我提示你一下，你近期是不是到哪个娱乐场所去了！好好对组织上说明白！纪委女书记可能觉得李先泽人朴实，不想过度地折磨他，说出了找他来的缘由。

听到"娱乐场所"四个字！李先泽反应还算灵敏，他马上联想到了上次洗澡的事情。坏了！他心里一颤，他清楚这事情弄出去的严重性。尽管当时自己行得正，但是自己作为一个村支书压根就不该进去。

李先泽是个实诚人，他把整个过程向纪委女书记如实地描述了一遍。李先泽描述过程中，虽然有纪检干事在记录，纪委女书记也在本子上记着。书记虽然是女性，但她在听李先泽描述女招待按摩的情节时脸色没有任何的不适，这应该是纪检干部的练达。

你真的没有让女招待按摩？纪委女书记"剑锋"的寒气已经有所减弱。

我真的没有让女招待按摩，这个当时还有另外三个人可以作证。李先泽回了点气，他顺手摸了一把脸，手掌湿湿的。

这个我们纪委会调查清楚的！即使你没有让女招待按摩，但毕竟是你带他们出去的，而且油子还是村委会成员，你有不可推卸的责任！纪委女书记语气又严肃起来。

李先泽没有再解释，他觉得自己解释再多也是枉然。

五

新翻的地里长出了手指长绿油油的菜秧子，水嫩嫩的，着实惹人喜爱。二憨屁股挨在菜地沟中的小板凳上，拿着栽头沿地边挖下一个个小宕，然后从篮子里拎一个小蒜瓣放进里面，再随手覆平上面的土。

还是二憨勤快！六喜站在二憨斜对面，眯笑着夸起二憨。自从那晚被捉的事情发生后，不知道是六喜忙，还是其他原因，他再也没有上过二憨家来，今天不知道是想起翠萍，还是有别的什么事，他又大老远地跑到二憨家来了。

二憨知道是六喜，本来他不应该抬头的，但他还是因为老实，抬起头来漠视着六喜。

来！歇一会，烧根烟！六喜这家伙赖皮，他明知二憨心里恨死了他，懒得搭理他；也明知二憨不抽烟，但他还是从腰包里掏出一盒玉溪烟，提出一根，不管二憨接不接，隔着菜地就扔了过去。

烟落在了二憨的栽头上蹦了蹦，掉在沟里。

二憨眼角瞄了一下烟，继续挖宕，埋蒜瓣，应该是往日的屈辱袭上心头的缘故，这会他嘴唇颤动，拿着栽头的手不住地抖动，挖宕的力度比先前大得多，像是把宕当成六喜在狠劲挖。

二憨的失礼举动在六喜的预料之中，他并没有生气，相反掏出一根烟放在嘴巴上，然后从腰里掏出打火机，咔嚓一声点上火，嘴巴吧嗒了两下，显得很享受的样子。

二憨虽然没有抬头，但他心里在紧张地琢磨：这狗日的怎么又来了？又来打翠萍的主意！对于六喜的每次到来，二憨除了心里生闷气以外，束手无策。

噗！六喜猛劲地吐了一口烟。你这么勤快干活，恐怕这次白费气力咯！六喜带烟雾的嘴里吐出了这句耐琢磨的话。

二憨了解六喜，清楚他的话忽悠的成分大，但猛听了这句心里还是咯噔了一下：莫非出了什么事情？难道……他瞎猜了下，到底还是出于老实，他抬起头可怜巴巴地望着六喜——六喜瞅中了二憨的这一点，从而成功地诈住了二憨。接下来，即使六喜再与翠萍眉来眼去，二憨也只有再次主动避开，含羞忍辱了。

怎么回事筛？怎么白费力气？你说说来由——假如不是六喜抛出了这句冒诈的话，翠萍即使知道六喜来，碍于上次出的丑，她也不好主动出来迎接六喜。

见翠萍出来与六喜搭话，二憨无奈地望了一眼翠萍，臂膀挥动栽头的幅度变小。翠萍快速地睃一下二憨，她见二憨气劲变小，于是胆子变大，像往常那样对六喜抛了一下眉眼说：别糊弄老实人！快说说是怎么回事？！

嘿嘿！嘿嘿！那好……那好！我说——六喜狡诈，他嘴巴表态说，却不急着说，他先吧了一口烟，然后瞟了一眼二憨，接着问起翠萍：前几天李先泽是不是到你们这来了？是不是让你们招待一个外来的客人？

六喜的话吸引了二憨，他抬起头，想知道这个客人与他的菜地有什么关系。是呀！怎么你什么都晓得？翠萍狐疑地望着六喜，她佩服六喜下台了，信息还这么的灵通。

你不管我怎么知道的？我只问你是不是有这么回事？六喜眯笑着，调两人胃口，这是六喜的一向作为，通过这种方式强取豪夺，这点他与李先泽有着天壤之别。

有！翠萍答。

是有这么回事吧！嘿嘿！嘿嘿！六喜显得很得意。

有这么回事怎么了？翠萍茫然地问。

这就是我说白费力气的原因！六喜把嘴巴对二憨歪了歪，意思是刚才我对二憨没有说假话。

二憨与翠萍同时望着六喜，不明白招待客人与埋蒜瓣二者之间有什么呱嗒。

六喜不急着解释，他又摆起了谱。他再次从腰里掏出玉溪烟，这回他端着，没有扔给二憨，而是自己点着，悠闲地抽了几口。

说筛！不说我走了！翠萍带嗔地做出要回屋的姿势。

好筛！我说！我说！六喜见火候已到，便把李先泽在林场招待来客的用意添油加醋地描述了一番，然后煽动说：一旦你们招待好了，那个园林老板点了头，那么这里就归他了，你们夫妻二人就得滚蛋！六喜说到"滚蛋"二字时，特地瞟了一下二憨与翠萍的表情，他发现二憨与翠萍二人同时傻住了。

二憨与翠萍一家多年来靠着看护林场，村子给予点补助生活。先前是六喜罩着，即使村里欠了一屁股债，也没有少过他们家补助；后来李先泽当上支书，看在二憨残疾失去劳动能力的份上，年年照样给予一定补助，现在无端进来一个外人要妨碍他们的生存，心情自然都不好受。

翠萍呆愣了会儿，缓过神来问：事情确定了吗？

事情确定不确定，关键就在于天把客人来你家，你客气不客气！六喜阴笑着说，眼睛不忘记瞟着翠萍，看她反应。

你这话什么意思？翠萍茫然地问。

这话你都听不懂？嘿嘿！嘿嘿！你自己去琢磨！六喜还是耍他故弄玄虚

那一套，这会他气壮，他不在意二憨生气不生气，眼珠子再次紧盯着翠萍的胸脯，舌条在嘴里轻卷了一下。

翠萍娇羞地白了一眼六喜，她似乎明白了六喜的话意。

好了，不多说了，我回去了！应该是六喜对来交代的这事情特别上心，他不像往常那样恋栈翠萍，说完抬脚就走。这就是当过六年村支书的六喜精明之处，在涉及自身的大事情上不糊涂。

上次水库鱼被偷经济上损失，对于六喜舅老爷来说懊恼不已，可是对于六喜来说更多的是窃喜，油子是村干部，村干部居然涉嫌偷鱼，这是难得捉到的把柄；后来又发生了李先泽带着油子出去按摩的事情，他更是喜不自胜：先前都众口一词骂自己不配当村支书，啧啧！现在怎么样！换李先泽当村支书，德行还不如自己！他还是想官复原职当村支书，盼着这两件事情影响扩大，乡里把李先泽的帽子给撸了，假如真的是那样的话，说不定重新换自己当村支书……他美美地盘算着。

让女招待按摩的事情性质严重，影响恶劣，乡里百分百要处理李先泽与油子，这他凭老经验能猜到，至于乡里如何处理李先泽，他急于知道。于是一天大清早，他撒丝网扯了几条鲫鱼，急驶着摩托车送进钱进朝家。

钱进朝见到活蹦乱跳的鲫鱼，一时口快说：过几天一个园林老板要到你们村考察林场，中午在二憨家吃中饭，你这鲫鱼鲜，到时让李先泽到你那扯几条，也算你对瓦窑村招引外商作出的贡献。

说者无心，听者有意，六喜琢磨上了，他要把李先泽的事情给搅和了，于是提前来到山里布局。

六

一辆帕萨特轿车停在乡政府门口，油子老表快速地从前车门下来，拉开后车门。一个剃着平头、阔脸的人从车子里出来。这个人没有着急着往乡政府办公楼里走，而是站在楼前，目光从左往右扫过去，又从右往左扫过来，最后微仰起头，目光朝向楼上。

书记在二楼的东边！油子老表手指着办公楼提示。

这人整了整西服，然后很有气势地抬脚往办公楼里走。油子老表紧跟在后面。

他是县国土局的局长。为了油子的事情，老表把局长给拉来了，确切说是给请来了！

油子老表在这之前反复权衡，乡书记不打招呼就召开党委会把自己老表的村干部给下了，说明自己在乡书记心中分量不够；再者说老表油子做的事委实不光彩，污点明显，换了其他人做乡书记，也很难再留下他，自己来相求，很有可能失面子，局长分量重，来了乡书记肯定会当回事，于是他犹豫再三，还是请来了局长。

书记，我来还有一个事情！局长把握火候，指着油子老表对书记说：他老表的事情，书记你看可能转圜？

局长这样的问话非常得体，为双方都预留台阶。他深知油子事情的性质，体谅乡书记的为难。

这个……这个……乡书记皱眉并嗒了一下嘴巴。

油子老表沉不住气，有些失望地望了一下局长。局长表情淡定，一来事先估计到乡书记站在他的位子可能会这样回答，二来自己手里有筹码，不急。局长见书记犹豫，开始出招：土地指标的事情不少乡镇都在追着要——说这话的时候，他欠了欠身子，摆出准备走的架势。

这个……这个……你们先坐下，我去与乡长商议一下。乡书记见局长表情不对，不敢怠慢，急忙安抚。乡书记以往很少主动到乡长办公室，假如需要与乡长商议事情他也总是拨电话让乡长过来，现在他急着出门到乡长办公室去了。

过了大约十来分钟，乡书记回来了。局长不急着问，等着他告诉。

乡书记显得有些无奈地说：相信局长也知道，他（油子）的事情影响非常恶劣，我与乡长谁也不能也不敢留他继续当村干部，再说已经召开乡党委会研究了，收不回来！这组织程序局长也清楚。乡书记在说这番话时，局长的脸色由白转黑，最后转成乌黑。这样说，显然是不给局长的面子。乡书记在说这番话的时候，一直瞟着局长的脸色，他察觉到局长脸已经变色。

为缓和气氛，他话锋一转，以商量的语气说：局长，他不顶着村干部的身份，帮着村子里做事情，与以往一样照拿工资，您看这样可行？说完这番话，怕局长仍不满意，乡书记又征询地补了句：您看可行？！

局长舒缓了一口气，他望了望油子老表，油子老表对局长点点头。于是局长站起来轻松地说：那不照就这样！然后对书记拱手：谢谢书记！知道你大书记忙，我们走了！

你大局长到我们这偏远乡下来，是看重我们，无论如何要吃了中饭再走！书记挡着局长。

你还有一大堆人！我就不打扰了！局长笑着摆摆手，显然他对此行非常满意。

三天前，平山乡召开党委会，作出决定：鉴于瓦窑村支书李先泽忘记自己身份，带领村干部进入娱乐场所，为严肃党纪，决定给予瓦窑村支书李先泽党内警告处分，同时建议免去油子的村干部职务。

在上个世纪末，农民纷纷外出前往城市打工挣钱的时候，瓦窑村的油子却恋上了村干部的位子，乡里免去他村干部的职务，他急忙跑到县国土局找他的老表帮忙。

走路头顶无意落下一块大石头砸了自己，李先泽非常的懊恼，他气自己当初行为不慎，更气油子给自己惹下麻烦。乡里虽然免去油子村干部职务，却还让油子在村子做事，他不能不听乡里的；再说油子像黏泥巴一样黏着村子，甩不掉，为此他非常的苦恼。

第六章

一

收割，脱粒，晒干，李先泽与兰花夫妻双双忙了一个多星期，终于把晚稻装进了一楼西边的篾仓里，完成了下半年的一桩大活。

一身轻松，李先泽让兰花晚上弄几个上口的菜，他从程瞎子店里拎回了一瓶沙河王酒，就着菜喝起了小酒。

兰花不会喝，不过她贤惠，坐在桌边看着李先泽喝。李先泽喝着酒，与兰花扯着今年的收成。

门是虚掩着的——经常有村民晚上上门找李先泽，为了方便村民找自己，李先泽一般都在八点半后才将门闩上。门吱呀一声，只见小张文书的父母亲探头。

李先泽赶忙起身。

秋收前组委王新历来过瓦窑村一次，他先询问上次招商的进展情况，然后就直接说明来意，让李先泽瞅瞅可有合适的人选进村班子。李先泽当时想了想说：年纪大的不合适，现在村子里年纪轻的几乎都出去打工了，要找合适的还真难摸。

王新历说：你摸摸看！

李先泽答道：尹发明我了解，能吃苦，有大脑，人也正派，就是有点耿，不知道他愿意不愿意？

王新历说道：尹发明是有脑子，可是据我了解，他一门心思在小家挣钱上；当村干部要有奉献精神，这一点他不一定能做得到，你还是先摸摸其他人再说！王新历的话意，他对尹发明不是太认可！

组委给了一个用人的指导思想。王新历走后，李先泽在脑子里摸起来，他还发动湘绣摸，二人都没有摸出合适人选。在这种情况下，李先泽又捡起了尹发明。他试探着了解尹发明的想法。尹发明没有拒绝，他表态说：我可以在村子里挂名，窑厂的事情我还继续做！

这显然不符合用人指导思想。李先泽摇摇了头，不说组委不同意，就是他自己也不同意，进村子就是要做事，不能私心太重，两头都想得。

后来他又摸了摸，还是没有摸到合适的人选。李先泽向组委汇报，王新历说：不行暂且就这样摆着！因而村子进人的事情就暂时搁置了。

小张文书父母来是为儿子离开村子的事情。小张文书在村子里工资低不说，而且还难拿到手，老两口更担忧的是，小张文书今年二十七八了，还未说到亲，怕在村子里一直待下去，断了香火，想让儿子跟一个搞工程的亲戚后面做事，特来跟书记说一声。

进人的事情一点头绪没有，小张文书又想离开村子，李先泽一下子头大了。他愁闷，假如小张文书再走了，只剩下自己与湘绣两个人，那还叫什么班子？还怎么玩得转？

李先泽喝了点酒，再加上心急血压噌噌地往上升，他感到脑子有点眩晕。

你们看这样行不行？李先泽与小张文书父母商议：让小张文书先在村子里蹲一阵子，等找到替换再走？

这个……这个……小张母亲本想说，人家公司在等着他去，机不可失，现在见支书态度软软地望着她，出于善良本性，她在与憨厚的丈夫交换了一下眼色后答嘴道：既然支书这样说，那就缓一步再走！

二

小妹妹送情郎啊。

送到了大门西。

一抬头看见，

一个卖梨的。

我有心给我的情郎，

买上那几个用。

又一想我的情郎哥，

不爱吃酸东西。

……

　　一层白纱样的冷雾笼罩着水库，三面的山岭以及南面的庄子只能看个大致轮廓。六喜冒着雾气走到内坝下，划开了小船，船后三角状的微亮很快被涌动的雾气覆盖掉。

　　寒露后的清晨已有些冷，六喜蜷缩着身子，扯开丝网。全部撒完后，他脸上有一层很厚的湿霜——他甚至能感觉到湿水往下滴。他用手抹了一把脸，看了看手掌心里的水滴，随即往褂子上抹了两下。

　　前些年当支书时，除了农忙收自家田地里的庄稼，六喜几乎是不干农活的。人到弯腰处，不得不弯腰，受生活所迫，现在无论庄稼活还是水库方面的活，六喜都能放得下架子，拿得下来。

　　起网还有一会，他坐在小船上，惬意地哼起了小调。他已经很长时间未哼唱这小调了，主要是现在没有了先前的权势与优哉游哉的心境。以往哼小调，他大都是在去二憨家的道上或者离开二憨家的道上，他心情畅快，要释放这种感觉，便自在地哼唱起来。

　　不过六喜这次哼唱小调，与翠萍八竿子打不上边。一来上次狮子岭园林老板说来考察，后来有事未来成，让李先泽如意算盘未达成，他心里非常快活；二来他闻听现在村子里急需人手，于是他心眼儿又活络起来——他想再次进村，水库照样承包着，又能与以前一样在村子里说上话，另外还能拿上一份工资，这样一举三得的事情，打着灯笼哪里找，他如何不乐。

　　他在心里盘算，进村再当村支书已经不可能，可以将就着当村主任，村主任也是正职，虽然比村支书地位略低点，可是凭着自己多年的威望，说话分量不一定比李先泽轻；再者说，村主任能批条子，就凭这一点，自己就能掐住李先泽的脖颈子，他就得让自己三分，时间长了说不定自己还能取代李先泽，重新当村支书。

自己想得美，就是不清楚乡里是怎样的考虑。为此，六喜到钱进朝那里去探口气。钱进朝指路子说：我不分管组织人事，这个事情你最好去找组委，目前瓦窑村缺人是事实，你当初也没有犯不可饶恕的错误，考虑到实际情况，是可以进村的。

六喜摸了底子，大喜过望，头伸前，恭敬地征询钱进朝意见：那，钱乡长，我先对组委表示一下，你看如何？

不好！不好！组委不是那样的人，弄不好反坏了事情。不如这样，你送几条鲫鱼到他家去，这不算什么，想必组委不会反对的。

高人！高人！六喜高兴得眼睛眯成一条缝，嘴巴习惯性地张得很开，佩服地对钱进朝竖起大拇指。

连撒了三网，船舱里已经有了大约三十斤鲫鱼。他这鲫鱼养得好，灰鳞中夹杂点黑鳞，灵气足，条条都在七八两以上。

　　　　小妹妹送情郎啊，
　　　　送到了大门北。
　　　　抬头看大雁南飞，
　　　　排呀么排成队。
　　　　那大雁南飞，
　　　　总有那归北日。
　　　　情郎哥你此一去，
　　　　不知你多咱回。
　　　　情郎哥你此一去，
　　　　不知你多咱回。
　　　　……

太阳升起，穿过雾气，折射得水库五彩斑斓，坝下田里近乎枯萎了的稻桩也有了些光泽。六喜骑着摩托，一路哼唱着往组委家送鲫鱼。组委家在乡小学，组委老婆是小学的老师。

意想不到，组委竟收下了鱼。这是好兆头！六喜心里窃喜。他正准备说明来意，不料这时组委掏出了钱让他收下。

给组委尝个鲜！这钱不能收！六喜眯笑着，闪身。

你收下！收下！不然我把鱼带到乡里！组委开始板起脸。六喜瞟了组委一下，见组委态度认真，于是讷讷地说：不值钱的！不值钱的！然后把钱接过来。

组委客气地让他坐。六喜窘迫地说出来意。

你前期的作为在村子里造成了极为不好的影响，进村恐怕有点困难。组委嘴巴嗒了一下，六喜心往下一沉，他想：看来这趟白来了！就在他失望时，王新历又冒出了句：下个星期一，我向书记汇报一下，看书记什么意见。

峰回路转，柳暗花明又一村。六喜像一个沉入水底的人又意外地浮了起来。

现在李先泽还不知道六喜想进村班子，他假如知道了，一定会坚决反对的。六喜把村子搞成了个烂摊子，让村干部在群众中没有了威望，假如再让他进了村班子，今后还怎么向群众做工作？再说，六喜是从支书位子下来的，他进了村班子，一定会与自己唱反调，今后工作还怎么开展？

适合人选不是一下子能够摸得到！李先泽现在心里想的还是如何留住小张文书。要留住小张文书，就得增加他的收入，就得寻思给他找个老婆。晚上躺在床上，他与兰花商量挽留小张文书的事。

李先泽对兰花说：你给帮忙瞅瞅，看村子里谁家有合适的女孩子？

兰花嗒了一下嘴巴说：主要是薪水太低了！要是在外面打工给瞅瞅还差不多，他现在在村里，一个月就那么几个钱，真不好给他说。

那没法给他说合了？李先泽皱着眉头。

村子里没指望！兰花摇着头。

那你托你那几个姨娘给瞅瞅，看怎么样？

现在姑娘眼睛眶都朝天上，哪个看得上他？

不管怎样，你给努力一下！李先泽倔强地要求兰花。

那好！我哪天过去问问。兰花顺从着李先泽。

你明天就去几家跑跑，赶紧把这事情给定下来，要不然小张文书真跑了！我这村支书也没有法子当了！李先泽忧心忡忡地说。

踏破铁鞋无觅处，得来全不费工夫。兰花第二天到几个姨娘家跑了一趟了无所获，李先泽却无意中有斩获。窑厂这几年收入不错！琚三瓢巴结李先泽，请李先泽到窑厂吃饭，闲扯中琚三瓢提到，想找个人给做账，工资高了不划算，工资低了人家恐怕又不干，这人选难找。

李先泽一听，说：你这……不就是想找个代账的？

琚三瓢答道：李支书！是这个意思！

开始时二人闲扯，当扯到这环节时，李先泽开了窍，他心里禁不住一阵狂喜：一个要锅补，一个要补锅，村子里事情说闲不闲，说忙也不忙，不如让小张文书抽空给琚三瓢代代账，收入不就增加了。

解决了代账的问题，又巴结了李支书，琚三瓢自然乐意，于是一口答应。

李先泽酒量大概六两这样，他注意身份，一般场合不喝或者不放开喝。现在他心情一高兴，放开喝起来。他不喝话不多，酒多了话也就多起来，他闲扯农村需要有文化的年轻人，小张文书有文化，将来可以接自己的班当村支书；他还闲扯，说上次组委说了，以后村子的年轻人可以考试当公务员，成为国家的人，端国家的饭碗。尹发明会打小算盘。他也在桌，听李先泽闲扯，心里又打起了小算盘。他有个侄女，在外打工，长得还算漂亮，就是没有读过什么书。他琢磨：小张文书有文化，按李先泽说，将来能当村支书，搞不好还能考公务员，要是把自己侄女嫁给小张文书，以后不仅侄女有出息，而且自己也有靠山。于是他在送李先泽出窑厂地界时，委婉地对李先泽说了意愿。

三

乡会议室门紧闭着，里面正在开党委会。

乡书记与乡长、党委副书记坐在长条桌子的一边，组委王新历、法委、宣委、统委坐在桌子的另一边，纪委女书记别出心裁，坐在长条桌子的侧头。

她第一次这样坐的时候，乡书记招呼她，让她与几个主要成员坐同一边。当时副书记坐在乡书记这侧，那么按理纪委女书记应该坐在乡长那侧了，可是不清楚什么原因，纪委女书记偏要坐在侧头。

纪委女书记脸上略略地不自在，她回书记：我就在这坐！然后脸微红地望着大家。

是怕乡长吃了你吧！乡书记一向严肃，这回也许想松弛一下僵持的气氛，瞅着纪委女书记，又瞅瞅乡长，少有地开了一句玩笑。

哈哈哈！会场顿时引起了一片笑声。乡书记的玩笑起到了巧妙化解尴尬的作用。工作上的事情乡书记可以强求，像这类座位的事情他是不便强求的。

我又没有长吃人的牙齿呀！乡长有点小幽默，他机敏，适时地接过书记的话，也算是为自己化解尴尬。

至于纪委女书记为什么不坐在乡长边上？或者说为什么喜欢坐在桌子侧头？外面猜测说纪委女书记因为提拔的事情心里别扭，所以宁愿坐在侧面，也不愿坐在书记乡长一边。至于原因要追溯到上届，当时乡里缺一个副书记，纪委女书记瞅上了副书记的位子，可是上一届乡书记却推荐法委当了副书记，法委弯道超车排在了她的前面，纪委女书记嘴上不说，心里不愉快，所以开会时宁愿坐侧边，也不愿配合一左一右的座位安排。

气氛活跃了，乡书记迅速进入正题，他收敛了脸上的笑容，面朝组委王新历说：你把瓦窑村的人事说一说。

王新历先介绍了李先泽挽留住小张文书的情况，接着介绍了六喜的想法，他不忌讳，把六喜为此拎鲫鱼到他家，他婉拒付了钱的事情也说了。

大家都诧异地望着王新历，心里都在说：你怎么把这事情也说出来？

乡书记又冒了句玩笑：这说明你这组委的职务是很吃香的嘛！

麻烦事情！哪里是吃香！被书记这么一说，王新历的脸瞬间红起来。

乡长又不失时机地幽默了一句：他都没有送鲫鱼给我，还说不吃香？说明我这个乡长不如你这个组委！乡长边说边自个笑起来。大家也都随之哄笑起来。

想进班子是好事！说明村干部这职务还是有吸引力的！乡书记笑着补了一句。村干部待遇低，村子里留不住人，少数村干部受不了清贫跑出去了，现在听说六喜还钻着想进村，这对乡书记来说，心里是相当欣慰的。

油子情况怎么样？乡书记问，他像刚想起来。

油子倒没有提要求。王新历汇报。

还有其他人，你继续说！乡书记示意王新历。大家目光都看着王新历，都期待他说出新的人选……

小张的事情搞定，李先泽舒了一口气，他想村子暂时可以稳定了。对于六喜想进村子，他很不以为然：吃油饭吃惯了，还想吃油饭，哼！

他打定主意，无论乡里怎么决定，他都不接受，大不了自己离开村子，再到外面去闯荡；他又琢磨，假如自己态度坚决，乡里也无可奈何。

就在李先泽为六喜进村的事情劳神的时候，村小的一个教师来求他。见到李先泽就问：支书，现在都传村子里缺人，可是实情？

你？李先泽了解，这个教师一向不关心村子的事情，现在突然关心起来，他诧异，审视着这个教师的脸，想搞清个中缘由。

是这样……支书，你也清楚，我家女儿王玲在外面打工，现在她婆奶奶生大病，无法带孩子，她只好回来。

这个教师的女儿与女婿都在东莞打工，以前只在逢年过节的时候才回来，孩子让婆奶奶给带着，现在婆奶奶得了食道癌，在化疗。

你是想让王玲？李先泽想搞清楚他的想法。

我是这样想，现在村子里缺人，她一时半会不出去，能否进村子，找一份事情做，也好兼顾着……教师吞吐着道出缘由，后面兼顾着照顾老人、孩子的话不便说，他含在了嘴里。

这个……这个……李先泽清楚了教师的话意，他不便表态，嗒起了嘴巴。

教师的女儿王玲文化程度初中，脸圆溜溜的，说话精炸炸的……人是不错，可是缺憾……她是个女的，要是个男的就好了！李先泽盘算招个男的，男的能帮他顶事情，与他一起出去也方便。

李先泽虽说心里不情愿王玲这个人选，但是他没有掖着这个事情，向组委王新历作了汇报。

你把她带给我看看。组委想面试一下，看看王玲精不精，假如精，可以考虑让她进村，因为吸纳村干部主要考虑的还是德行与能力。

李先泽通知教师让女儿王玲来村子一趟，王新历只瞅了王玲一眼，就在心里赞：精！不弱男的！

组委王新历问了王玲几个问题，其中一个问题是：村子事情多、工资低，你可蹲得下来？

王玲爽快答：蹲得下来！

然后组委王新历对王玲说：你回去等消息！

王新历把王玲的情况大致介绍了一下，末了补充说：王玲精溜溜的，年龄轻，文化程度也还可以……现在村子一时找不到合适的人选，可以考虑……王新历可能觉得继续说不妥，将话打住。

乡书记温和地问王新历：人选就这么多吧？

就这么多！王新历答。

现在人选，一个六喜，一个王玲，你们大家都发表意见！看哪个进村班子合适？乡书记眼睛先瞄向对面，接着瞄向纪委女书记，再接着瞄向副书记，最后瞄着乡长。乡书记这征询方法很有讲究，倒着来，把重量级放在最后面，可能是想让大家充分发表意见，避免主要领导先说了，后面的人不好说了，不能充分表达民意。

乡长想表达自己的意见，他望了一眼大家，嘴巴蠕动了下，然而没有说。他准备说：现在村班子缺人，六喜也还是有能力的，不妨让他进来当个支委！可是他性格谨慎，在乡人事方面一向谨言慎行，他希望最好别人说出，然后他以肯定的方式附和，这样不显山不显水。至于他为六喜说话，倒不是他看中六喜的能力，也不是六喜事前找了他，而是钱进朝找了他，拜托他为六喜说话，鉴于钱进朝与他的关系，他得说句把话。

乡书记了解乡长的个性，他清楚乡长想说什么，他不想让乡长先说，而是望着纪委女书记。

纪委女书记没有留意乡长的表情，她也从来不留意书记与乡长的表情。她想说什么就说什么，从来不多顾及，这就是她特立独行的性格。

纪委女书记开口了：六喜肯定是不行的！即使现在村班子再缺人，也不能让他进村班子！

乡长未料到纪委女书记来这么一句，他有些不满，心里骂：傻八八的女人！

纪委女书记性格粗糙，她仍未留意到乡长不悦，即使留意到了她也不在乎。

王新历心细腻，他留意到了乡长不高兴。

那王玲进村呢？你们什么意见？大家都以为乡书记再一个个地征求意见，未料到他迅速地换了人。大家都清楚，乡书记是通过这种方式表明了不支持六喜进村的态度。

王玲进村大家都未提出反对意见，最后乡书记交代组委王新历：就这么决定了，发一个文件下去！

散会时唯一乡长表情不太松弛，他在想，等下钱进朝问，自己如何回复他呢？

四

王玲刚到村部上班时，李先泽心里还有点别扭，认为她是个女的，扛不起担子；另外李先泽还认为王玲心思在小孩子身上，三心二意。在王玲上班一段时间后，李先泽彻底改变了对王玲的看法，认为她能力叫叫的，不可多得。王玲虽然文化程度不及湘绣与小张文书，但她泼辣，负责的一摊子事情做得光头滑米，无须他过问；另外王玲工作主动性强，碰到湘绣与小张文书家里有事请假，她也会自告奋勇顶上。

村班子力量加强了，几个人又和气，工作开展比先前更顺手，不过李先泽不满足如此。他认为，当支书，村子一定要有发展，不然让村民瞧不起；再者他认为不发展心里也过意不去，因而他时常琢磨村子发展的事情。

还有上次乡里开村支书会，乡书记当着大家伙的面表扬郑三群也给他造成了压力。乡书记夸郑三群有发展的头脑。郑三群所谓的发展就是率先动工建了一栋三底两层的村办公楼，这在平山乡相当稀罕。

村支书们都清楚，郑三群的"发展"是喝酒喝来的。这点郑三群自己也不否认，他常常一手插在裤腰里，一手不停地抚摸着肚皮炫耀：妈的，把老子胃都喝捅了！

李先泽认为郑三群这么死喝不值，不过他还是很佩服郑三群搞到钱的能耐。

村子要发展得找钱，为这个李先泽很是犯难。

村部整修已有些年头，连着下了两个星期的秋雨，屋顶少数地方又开始漏雨，李先泽愁眉，不说学郑三群建村部楼房，就是翻盖屋顶都很困难。

支书，干脆把这老房子推了，也建个小楼！油子现在不是村干部了，但他始终把自己当村干部待，有事无事总往村部里跑，他见李先泽为屋漏的事情犯愁，出主意说。

油子说话从来不动脑子！这是李先泽对油子的评价。油子现在说这无头脑的话，李先泽非常的生气，狠狠地瞪了油子一眼。

即使在县委书记面前油子也敢说，何况李先泽只是个小小的村支书，他根本不把李先泽的白眼当一回事，继续发表高论：建小楼无非是搞点水泥的事情，砖在窑厂赊欠就是，工资也可以先欠着。

说得还真是！油子的话引起了王玲的共鸣，她认为油子的主张可行。

我那不是动脑子想的！油子听王玲夸自己，开始往架子上爬。

诶！这主意不馊！油子的话让李先泽脑子一亮，他觉得油子的话的确可行，于是高兴地夸起油子来。

水泥如何解决？水泥可是一笔不小的钱。湘绣也感兴趣地加入讨论的行列。

也赊欠！这回王玲头脑有些简单了。

水泥现在是紧俏货，哪里能赊欠到？油子对王玲摇摇头，表示他对这方面行情一清二楚。说油子头脑简单还真冤枉了他，他社会知识装了一肚子。

……

在几个人热火朝天讨论的时候，李先泽脑子在想着搞水泥的路子。

这时油子脑子也在转，他想：假如我到县里能找到路子，那么我就是瓦窑村的功臣了，那么我再进班子就理所当然了，他这样一想，被下了干部身份弯了多时的腰板又挺直了起来。

过了三两天，油子带着四只老鳖来到县里，他先去了国土局老表家，放下两只，接着携带另外两只来到了县财政局。

徐主任房间门是掩着的，说明人在，不白跑一趟，油子开心，他礼貌地推开一点门，探头，只见徐主任正埋头在看什么文件。

徐主任！我来看看你！一般人找徐主任会弯着腰，油子不同，他特地挺了挺身子。

哦！徐主任礼貌地应了声。

我给徐主任——您带来了两只老鳖，这老鳖是我大清早在泥里抠的！炖汤特别补身子骨！油子怕徐主任看不到老鳖的大小，特地把老鳖往上提了提。

你太客气了！徐主任面露笑容。

可喝水？徐主任亲切地问。

我自己来！油子像在家里，他走到柜子前，从里面拿出一只杯子，倒进半杯开水。坐定后说：我们李支书，尤其是湘绣主任经常提到徐主任，说：徐主任是好干部，为我们瓦窑村办了好事。

是嘛！他们经常提？湘绣主任经常提？徐主任显得非常有兴致。

当然了！湘绣主任经常提到您！油子开始添油加醋。

湘绣主任现在可好？

湘绣主任好是好，就是这阵子有些烦恼……油子见时机已到，开始往正题上引。

怎么了？徐主任紧张地问。

见徐主任嘴巴到钩子边，油子内心一阵小激动，在来之前的路上，就抛什么饵钓给徐主任，他反复地琢磨，现在看来成功了。

不能急着说！油子本来是急性情的人，现在为了让徐主任咬钩，他按捺着性子，喝起了水。

到底怎么了？徐主任着急地问。

徐主任快咬钩了，油子内心一阵狂喜，他发挥起了表演的才能，摆动起手说：徐主任，前阵子村下了十多天雨，你不知道吧，我们村部的屋顶又漏雨了，这还不算，有一天，一块瓦正好从湘绣主任头顶上方掉下来……说到这关键点，油子又故弄玄虚，不说了，端起杯子喝水。

你等下喝！她头有没有砸破？！徐主任催问道。

好在她正好头一偏，瓦片砸在她颈部……为了达到逼真效果，油子示意地把头一偏。

颈子有没有砸破？徐主任问。

把颈子砸了一个小坑！好在……好在……衣服挡着，颈子没有破！不过把湘绣主任吓了一大跳。油子煞有其事地介绍。

好险！徐主任松了一口气。

你们这村部要翻修了！徐主任说。

前些年翻修过，不顶用，现在又漏……油子瞅着徐主任的脸，见他同情，便再次表演，嗒了一下嘴巴说：要是……要是建个小楼我们湘绣主任也不至于受惊吓。

徐主任先是不作声，过了一会说：建楼房不是一句话的事情。

见徐主任咬钩了，油子放心地说起正题：徐主任，我们村有窑厂，砖不成问题，就是缺水泥，假如能支援点买水泥的钱，建小楼就不成问题了。油子边说眼睛边瞟着徐主任的脸，看他的反应。

缺水泥钱……缺水泥钱……徐主任叨叨了两遍。

见徐主任已经紧咬了钩子，油子不再兜圈子，把话挑明：要是徐主任您支持点钱给我们买水泥，那我们湘绣主任不知道如何感激您！

能讨得湘绣欢心，怎么做都值得，何况还是为基层群众办好事！徐主任松口说：我考虑考虑！

事情就这样轻巧地办成了，油子心里十分的快活，不过继续演戏，脸上保持着少有的平静。

五

早先的村部在岗子的下方，落栏，尽管房子前面开挖了明沟，雨水稍大，还是溅到办公室里，湿湿答答的。这回建新村部办公楼，乡书记强调一定要择高处建。岗子上靠东边有亩把左右的杂树林，林子的外延就是路口，这处的岗子最高，可以望见瓦窑水库以及水库下方的百亩田畴。

呵呵！老李！这里是好地方啊！好地方！钱进朝与李先泽一起选场子来到岗头上，他站在杂树林的外延一边瞭望一边咧嘴赞叹。

就是有几棺坟！李先泽瞅着树林里的几个上面长着稀疏茅草的瘪坟包纠结。

起了就是！

有坟总是不好！李先泽嗒着嘴巴。在农村，受千年风俗影响，此外交杂迷信思想，建宅一般都尽量避开坟包。李先泽尽管是村支书，但他出身农民，文化程度不高，因而多少存在这方面的顾虑。

呵呵，想不到你老李还这么唯心！现在县城里好多单位的新办公楼不都建在坟包上面！钱进朝开解李先泽。

烟草公司的大楼建在坟包上，前不久就起火了！李先泽找出例证。

那是人为的！是装潢工的烟头子引起的，与神灵鬼怪鸟关系没有，你不要信那个！钱进朝说完把手一摆，意思不要理会。

既然乡长你这么说，那就选在这个地方！李先泽还是有些不大情愿。

这个我说了不算，我回去向书记、乡长汇报，由他们定夺。钱进朝回转身，意思地点大致就在这里。

李先泽没有说话。

钱进朝回乡里把选址一汇报，乡书记首先表示赞同，乡长也表示赞同。乡长有情调，主张村部的门向朝着水库的方向，说海子有句话叫面朝大海，春暖花开，瓦窑村是面朝水库，春暖花开。乡长视野历来没有乡书记开阔，乡书记说，还是坐北朝南吧，冬暖夏凉！乡长的话与乡书记的话出入不大，乡书记定了调，乡长不再多说——这是乡长的长处，尽管乡书记的不少做法他不认可，不过为了共事和谐，他大都顺着书记，因而在瓦窑乡几乎未出现过书记一套乡长一套，各唱各的调、各拉各的套的扯皮现象。但不讳言，乡长这样的"一味迁就"也容易造成书记一言堂的情况发生。

选址的事情就这样正式定下了。开工当天，乡书记亲自来到瓦窑村——他有这样的习惯，每逢大事他再忙都事必躬亲，也就是说他会抓大事；当然他参加开工仪式还有一个因素，那就是县财政局的徐主任要出席，徐主任撒钱，他作为接受方，不陪不近人情。

徐主任撒钱冠冕堂皇的理由是支持平山乡的发展，内子里缘由则是讨好女同学湘绣，钱进朝一向喜欢开玩笑，他以玩笑的方式对乡书记与乡长说这事。乡书记心情不错，微微一笑，算是默许他这玩笑；乡长则调侃道：呵呵，呵呵，老情人嘛！

中饭安排在哪儿？在吃饭安排这个问题上，钱进朝特别周到——乡机关职工开玩笑，说钱乡长有一根脑神经专门管这事情。这次是乡书记与徐主任同来，他安排得比平时更加的周到，前一天就问过起这个事情。

中午在我家，李先泽答。李先泽情商低，按照他的打算，到时乡书记与徐主任来，开工仪式一结束，他就把二位接到自己家，他已经交代兰花杀鸡杀鸭，另外还交代兰花到王二姑家捉两只鸽子，此外还烧点山粉圆子，这个大家都喜欢吃。

徐主任不言而喻是冲着湘绣来的，按照李先泽的安排，中餐虽然有湘绣在场，徐主任不一定尽兴。这哪里行！钱进朝叮嘱李先泽：任何地方都不要安排，就安排在湘绣家，人手不够的话，王玲不是精溜溜的嘛，就让王玲去给湘绣帮厨。

钱进朝这么安排，李先泽也不好多说，湘绣也不反对——虽然徐主任对自己有点那个，但毕竟人家是看在自己面子上才给钱的，作为回报，在自己家请徐主任也理所应当。

开工仪式上，徐主任左望右望，未见到湘绣，他表情有些不开朗。钱进朝察言观色，见徐主任不是十分的开心，就凑近徐主任耳边说：湘绣主任在家忙碌，就等仪式结束去她家品尝美——味。在说到"美味"时，他有意拖长了语调。

哦！哦！徐主任知道缘由，眉目舒展。

仪式结束，乡长向徐主任"请假"说回乡里还有事情。乡书记缓颊说：乡长的确有事情，我陪着。然后笑着对徐主任说：走！徐主任，我们上湘绣主任——你老同学家去！

书记，你也知道我们是老同学关系？徐主任脸上露出惊讶的表情，他心里就喜欢听这话。

看在湘绣主任的分上，以后徐主任您还要多支持瓦窑村哦。乡书记很得体地打趣。

书记你说偏了！支持乡村发展，这个是肯定的！徐主任说起了套话。

一行人快到湘绣家，油子冷不丁从山路的分支冒出来，李先泽心里一惊，他就怕油子这时候出现——油子说话太让他担心了。哪个热闹的地方都少不了油子！之前开工仪式油子不请自到，他有些不高兴。怕油子跟着领导乱说话，他特地对油子交代，让他不要到处乱跑，当时油子答应了，现在怎么说话不算数。

油子练达，他喊了一声乡书记后，就亲热地喊起徐主任来。徐主任心情好，见到油子热情地伸出手。油子顺势一边与徐主任说着亲热的话，一边贴着徐主任走，李先泽想上前拽住他，找不到合适的机会。

湘绣主任！快出来！你老同学——徐主任来了！还有乡里书记也来了！在一行人快到湘绣家门口时，油子迈开大步进入湘绣家院子通风报信。

六

小妹妹送情郎呀

送到那大门外。

泪珠啊一行行，

落呀么落下来。

天南地北，

你可要捎封信啊。

别忘了小妹妹，

常把你挂心怀哎。

……

六喜又换调调了。他开心，得来全不费工夫，现在到处都在传，包括县里也在传湘绣与徐主任的花边新闻，这下瓦窑村出大名了！李先泽要倒霉了！

事情出在大大咧咧无头脑的油子身上——

凭着现在的位子与权势能在自己当年追求不到的女人面前显摆，还能在她家喝酒，徐主任自然放得开，只要大家敬喝，他都显示豪爽，显示有酒量地一盏子一盏子地往下倒。尤其在湘绣礼节性地敬他的时候，他显得更加的豪爽，仰起脖子喝；不仅如此，他还自个斟满酒凑到湘绣面前敬老同学喝，湘绣红着脸推托说不能喝，他不管三七二十一，先仰脖倒下去，接着放肆地嚷：喝！喝！不喝怎行？边嚷眼睛边色色地瞅着湘绣起伏的胸脯，手指头技巧地碰着湘绣的手。

这有点占湘绣的便宜了。李先泽瞅着徐主任的眼神与举动，心里说。他不习惯徐主任这样，于是把眼睛瞄向乡书记，看乡书记神态是高兴还是鄙视。他留意到，此刻乡书记只是呵呵地笑着，并没有表现异样的神情，于是他装着开心也呵呵地笑着。

湘绣坚持不喝，徐主任执拗劝酒，相持不下。乡书记有点着急，不能驳了徐主任面子，他用眼神示意李先泽，意思是你出面说句把话，让湘绣喝。

湘绣主任！徐主任——领导把盏子端到你边上了，这是天大的面子，你还不喝，这有点说不过去！一向不多话的李先泽发话，湘绣知道轻重，她装出实在无奈地说了句：支书，我真是不能喝哦！接着装出十分难受地把盏中的酒倒了下去！

好酒量！好酒量！兴奋状态的徐主任伸长胳膊，叫好地拍起掌来！与徐主任同拍，乡书记、李先泽与油子也都跟着拍起了掌。

难得与心心相念的女人在一起喝酒，徐主任怎会放弃这机会，接下来，他又故伎重施敬湘绣喝酒。湘绣开始推托，后来一可能是照顾在桌领导的面子，二可能是觉得老同学徐主任对瓦窑村还不错，她放开了，提出要求：徐主任——老同学，我不能喝，非要我喝，你看这样行不行？我喝一盏子，你喝两盏子！假如你不同意，那我就不喝了！

就这样湘绣与徐主任赌开了。

徐主任最开心湘绣放开的状态了，他有一次端着满盏子酒来到湘绣面前，可能酒多了，也可能假装酒多了，他头歪斜着，脸几乎贴着湘绣的胸脯；湘绣机灵地往后退了几步，徐主任又贴了过去，于是湘绣又机灵地转了两个座位……

喝到后来，徐主任的酒真的多了，只见他醉眼迷蒙，摇晃着身子，团着舌条。湘绣的酒也有点多，她脸像葡萄酒的颜色，十分的娇羞。

好看！好看！徐主任开始放肆地盯着湘绣的脸嚷。

油子开心地笑着。李先泽紧皱着眉头。在他看来，一个领导干部要正派，假如失了风度，尤其是因为女人失了风度，这样的领导干部是不受人尊敬的，也是不适合担任领导干部的。

徐主任酒多了，一时走不了。乡书记有事，提前走了，走时对李先泽交代，要照顾好徐主任。

湘绣家楼下有一张待客的床，铺得干净。湘绣好心，提出让徐主任躺会。应该说，徐主任此时是无意识的，大家搀扶着徐主任躺到床上。

李先泽与油子在床边陪着，等着徐主任酒醒。大约下午两点四十分的时候，李先泽猛地想起一件事，急着要处理，他留意地看了一眼徐主任，见他睡得正酣，便交代油子：我有事，你在这里照应着。临走时叮嘱：千万千万不能离开！

李先泽虽然也喝了不少酒，但是他脑子是清楚的：油子在陪着，村子里没有闲话说；油子假如离开了，尽管村子里人都清楚湘绣正派，但孤男寡女在一个院子里，村子里人还是会乱说的，这样就坏大事了。

支书你先忙！我在这里你一百二十四个放心！油子信誓旦旦地表态。

李先泽离去大约半个小时，油子开始脚底板发痒。他想，徐主任一时半会醒不来，我回去一趟，等下再来，然后就离开了。

七

疙妈妈的！花脚猫！三分钟都待不住！跑得人魂都看不见！

这下好了！出事了！净给老子惹事！疙妈妈的！李先泽在办公室里气恼地来回走着，他脸色赤红，眼珠子圆瞪，吐出的火焰似乎要把油子烧掉。

我确……确实有事……油子低垂着头，怯怯地辩解着。

你什么时候没有事情——啊！李先泽在气头上，油子的这句辩解的话让他积蓄在肚子里的火气瞬间被点燃，他开始失去理智地扯着嗓子喊。油子从未见过李先泽发过这么大的脾气，他吓得身子抖动了一下。

你给老子出去！滚出去！再也不要到村部里来！李先泽觉得刚才的吼叫还不解气，他身子颤抖地指着办公室门口对着油子吼。

湘绣没有来上班，小张文书与王玲也从未见过支书发这么大的火气，他们有些惊讶也有些胆怯地望着李先泽。

油子不再辩解，他对李先泽望了望，然后丧气地出了村部。

油子走后，李先泽不再不停地走动，他坐下来，嘴里噗着气。

大清早，李先泽来到村部，就听见电话铃响，他知道一准是乡里打给自己的。然而很意外，不是分管瓦窑村的钱进朝副乡长打来的，而是组委王新历打来的。王新历以往在电话里总客气地称呼他为李支书，这回直呼他姓名，而且话语很生气：李先泽，你不长脑子啊！不知道油子靠不住啊！把事情委托给他，这回好了，徐主任被打惨了，钱要不到，我们平山乡也出大名了！看你如何收拾？！

组委您批评得对！我脑子是缺根筋！李先泽哭丧着脸检讨。

检讨的事情以后说！书记让你来乡里！你马上过来！王新历撂下了电话。

书记让自己去，说明书记肯定很生气！书记在气头上，去了肯定要挨骂！说不定还要受处分。李先泽心里估摸着。

都是油子这狗日的惹的祸子！李先泽忍不住又骂了一句。

一路揣摩着，分心的原因，有好几次险些与对面的摩托撞到一起，还有一次险些掉进池塘里。来到乡里，他硬着头皮进了乡书记的办公室，发现乡长与组委王新历、副乡长钱进朝都在里面，他们正在谈论着瓦窑村昨天发生的事情，见他进来停止了说话。

李先泽留意到，乡长对他斜视着，意思，办不了好事。

他准备挨书记的骂，然而很意外，乡书记并没有骂他，只让他把昨天下午自己离开后的情况细说一遍，然后轻描淡写地批评道，以后像这种事情要有脑子。

乡书记之所以没有批评李先泽，是因为他考虑到李先泽是本分人。

先前心高悬着，现在听了乡书记的安抚话，他心落了下来，吁了一口气。然而乡长意外冒出的一句话让他心情瞬间转坏：哼！这样的素质还当村支书！根本无法与郑三群比！

客观地说，乡长的这话有一定的道理，在处理外部事务上，郑三群的确比李先泽圆润，徐主任的事情假如放在郑三群村，肯定不会出现昨天这种糟糕的情况——

客人在自己家，而且是县里的领导，又是老同学，睡了两个小时了，现在情况怎么样，湘绣自然关心，于是她前往屋子里看看。

徐主任这时正好醒了，他口渴，见湘绣进来，心里有点麻痒，眼珠子冒火地凑着湘绣说：老同学，我渴死了！说完还配合地嗒了一下嘴巴。

我去倒杯水来！湘绣说着离开。

徐主任很惬意地靠在床头，伸了伸胳膊。湘绣端水进来，递给徐主任，然后准备离开。

你别走！我马上喝好！徐主任说了一声，湘绣便站在原地看着徐主任喝。

徐主任不急着喝，他有滋有味地瞧着湘绣的脸盘子，他心里想，这张脸就是这样的耐看；湘绣被看得有些不好意思，偏过脸。徐主任这时开始放肆说了：老同学真是大美人！

我还有事！徐主任你喝完放在床头板凳上！湘绣精明，清楚假如不离开，徐主任会说出更过分的话，必须立即脱身，于是她不失礼貌地嘱咐徐主任道。

你别走！我马上喝完，你把杯子拿走！徐主任喝一口快活地嗒一下嘴巴。湘绣望着徐主任喝，徐主任也不顾烫，一会就把整杯子水喝完了，然后把杯子往前一伸说：你拿走吧！

这时湘绣丈夫进了院子。

　　湘绣红着脸靠近徐主任。就在湘绣接杯子的一瞬间，徐主任的另一只手把湘绣一拽。湘绣没有防备，卧倒在了床上。

　　湘绣要往起撑，徐主任放掉杯子，两只手把湘绣的头箍住，嘴巴顺势就往湘绣脸上拱……

　　湘绣丈夫在省城打工，有一段日子未回来了，这几天活闲点，他想回家看看，没有打招呼就回来了。湘绣丈夫走进一楼客厅。侧屋里两个人这时正好箍在一起，谁也没有察觉家里进来了人。湘绣丈夫听到侧屋里有异样的声音，连忙探头，正好看到妻子在奋力地挣扎……

　　狗日的！光天化日之下撒野！老子把你送阎王里去！湘绣丈夫本来性格就暴躁，这会他如猛虎下山扑向了徐主任，然后死命地对着徐主任的脸就是一阵"狂轰滥炸"……

　　李先泽一向讲究脸面，乡长讥讽有点像突袭，完全出乎李先泽的意料，他感到脸像被抽打了一样，火烧火燎；他感觉受到了强烈的侮辱，嘴唇抖动着，身体也在抖动。王新历心细，他察觉到李先泽的表情，怕李先泽受不了会做出难以预测的举动，把目光投向乡书记。乡书记也察觉到了李先泽的表情变化，他安抚李先泽道：你回去吧！不要再激化矛盾了。

　　李先泽不知道自己是怎么走出乡书记办公室的。乡长讥讽他，他不能以牙还牙，气憋在肚子里要爆炸，回到村部就急不可耐地让小张文书把油子找来，把气撒到了油子身上。

第七章

一

自从发生了徐主任被殴打的事情，六喜就像乡村的孩子到了年节一样的兴奋，他到处走动，眼睛一天到晚都眯着笑，到哪里还未说话就呵呵地笑起来。

在本村走动还不够，他觉得有必要到钱进朝钱副乡长那里走动走动。到钱副乡长那里总不能空着手，于是他下午撒丝网扯了十几条鲫鱼，挨到天黑送到了钱进朝家。

钱乡长，送点鲫鱼给你尝尝鲜！六喜进门，把网兜子往上提了提，兜子里的鲫鱼动了一下。

这大天黑的，还送鱼来！你这六喜！钱进朝口里怪罪着六喜，脸上却挂着笑。

送给你钱乡长，摸点黑算什么！六喜清楚钱进朝的秉性，他张开嘴巴乐着。

你啊！你啊！你这个六喜！钱进朝手点着六喜乐着。他想起来似的问：六喜，那天村部小楼落成，怎么未见到你？

我又不是村干部，凑那个热闹不适合。六喜收住了笑容。

你是老支书！去，怎么不适合？你多心了！钱进朝也收住了笑容。

我去，你钱乡长高兴，有人肯定不高兴，扫了他颜面，他会高兴？六喜阴阳怪气地说。

你是说李先泽？钱进朝瞟着六喜的脸色问。

六喜阴笑了声算是回答。

你不知道，李先泽他挨乡长训了，乡长训得很重，训这样素质的干部怎么能当村支书！李先泽被训，当时脸漆黑碧绿的。钱进朝为了迎合六喜，夸大那天李先泽在书记办公室的情形。

他真挨乡长训了？脸真漆黑碧绿的？六喜见猎心喜。

那当然！我还会说假话；再者说，我对你说，明天春天就要并村了，他不一定能当得上村支书哩！钱进朝为了让六喜开心，丧失原则向外透露组织上的一些事情。

真的并村？到时村干部安排你钱乡长说了算？六喜像馋久了的猫，瞄到一只老鼠的影子，眸子里立刻闪着光。

怎么是我说了算？你想想看，现在交通发达了，并村管理起来也容易；还有现在村民大多外出了，要不了那么多的村干部，并村减少村干部，能减轻农民负担。喝了一口茶水，钱进朝补充说，并村还有一个好处，可以对土地进行规划，充分发挥土地效益，促进经济发展……

钱进朝提到的土地规划，其实就是提高公共服务利用率的一项，并村还可以避免文化设施、便民设施的重复建设，造成浪费。

六喜头伸得老长地听着，他感觉自己就是比舅老爷有算计，这趟来得及时。

徐主任住进了县医院，李先泽看望徐主任，这时病室里已有一高一矮两个外乡的村支书来看望徐主任，他们带讨好地向徐主任说着新鲜事情。

高个子说：现在县里都在传，说开春要并村了，规模小的村，三个村并成一个村；规模大的村，两个村并成一个村。

徐主任望着高个子。

矮个子接话道：我也听说了！

徐主任像早就预知地说：现在并村并乡都势在必行。

高个子脸转向矮个子：你们村多少人口？左右隔壁村多少人口？

矮个子带有几分自豪地答：我们村两千人口出头，周边两个村都千把人口。

高个子托色道：并村一般是大村的支书继续当支书，你们村是大村，并村后十有八九你还当支书。

矮个子带着几分愁相说：你话是好意，可是到时不清楚乡里领导是不是这样考虑的！

……

两个人的话灌入李先泽耳内，他心情本来就糟糕，现在听到并村的话，又多出一个与己有关的糟糕事，心情更恶劣。

他不清楚自己是怎么稀里糊涂地出病房出县医院的。他一路上烦恼地想着并村的事情，摩托不知不觉到了村。

大老远地看到六喜舅老爷靠在程瞎子柜台前眉飞色舞地说着什么。李先泽心往下一沉，他心想：六喜舅老爷什么事情这样开心！难道是他知道了自己挨了乡长的骂？

这天真是变得快，就像死热天的暴头雨一样，说来就来了！这不，要并村了，以后这村支书谁当还说不准哩！哈哈！六喜舅老爷眼瞄着李先泽，放肆地笑着。

李先泽知道六喜舅老爷是在为姐夫六喜出气，不过他有涵养，未停下摩托与六喜舅老爷计较，在骑了一段路后，他想自己不能这样憋屈地走了，得与六喜舅老爷理论理论：我这么多年当村支书没有游手好闲，当村支书的这几年为村子修了路，还筹款建新村部，做了不少好事，轮不了他嘲笑；再者说，我李先泽不靠当村支书吃饭，我有体力有手艺，即使当不了这村支书又怎的？！

他把摩托停下，回头望了望，又想想，与这样的游吃好闲的人理论没有意思，于是又掉转头，往家里骑去。

现在全村子人都在传你挨乡长骂的事情，你当村支书又未得到什么好处，既然乡领导这么不待见你，你干脆辞职算了，到外面还能搞大钱！李先泽到家的时候，兰花正在屋边的玉米地里拔草，六月初气温升高，几天不拔草就有玉米秆子一半高。兰花听到摩托车响，清楚丈夫回来了，她停止拔草，回到家，有些气恼地把听来的话传给了李先泽。

你听谁说的？李先泽有些恼怒地问。

我听王二姑说的！王二姑说，六喜现在见人就散布说，徐主任被打是你一手造成的，还说你挨了乡长的骂，乡长不把你当人看，既然是这样，你还当这个村支书干么事？！

疙儿子！他支书掉了又不是老子的事情！老子当支书对他放了一马！他现在居然在后面这样贬老子，老子放不过他！李先泽面色赤红，额头上青筋道道鼓起，突突地跳动，像塘中掀起的浪头。李先泽是有涵养的人，一般情况下不生气，假如生气，必定是外人惹了他，而且是无端地惹了他。

老子去找他六喜！让他把话说清楚！李先泽拎起摩托钥匙，准备出门。

算了！你与他那号奸猾之人计较没有意思！兰花虽然书读得不多，但温柔贤淑，知事懂理，赶忙劝阻。

疙儿子！李先泽骂着，放下钥匙。

你炒几个菜！我中午喝点酒！李先泽高声吩咐兰花。当村支书之前，李先泽在家的时候，中餐一般喝两小盅酒；六喜当村支书的时候，中午在窑厂喝得醉醺醺的，下午不是打麻将就是往翠萍家逛，毁了村干部形象，李先泽当村支书后汲取六喜教训，他把中餐酒戒了。

被乡长骂成了丑闻，并村极有可能当不了村支书，还会让六喜与郎舅看笑话，李先泽想到这些，他心烦，想借酒浇愁。

二

腊八一大早，兰花就起来，从上到下套上旧衣裳，头顶扣上一顶颜色已经暗黑的旧草帽，脸用陈旧的围巾扎起来，只露出两只不大的眼睛在外面。

她首先打扫堂屋，用李先泽从村部里带回的报纸将条几与老式笨重的四方桌遮挡起来，然后举起与毛竹篙子捆扎在一起的大条把在天花板上舞动起来，随之灰尘与蜘蛛网纷纷掉落下来。

打扫完堂屋，兰花喊李先泽起床，她准备把里间也打扫了。平时的这个时候李先泽已经起床，这阵子他因为心情不好身子无力，晚起了。

李先泽到后院里扒了两碗粥准备出门，兰花这时已将里间打扫好，她交代李先泽：这几天天放暖，你中午吃早点，去给油菜锄锄草，明后天再给油菜加点肥，明年多打点油。

李先泽对于兰花交代的事情有些厌烦，他冲头冲脑地撂了句：我中午要到几个烈军属家去送门对，还有年画，哪有工夫去锄草？！

你一天到晚过问村子里事，家里油瓶倒了也不扶，你得什么好处？一向温顺体贴的兰花把草帽拽下，围巾抹下，呛起李先泽来！

得不到好处就不做了啊？那现在村子里的事情谁来做？李先泽硬着喉咙反问。

你不做自然有人做！兰花不示弱。

兰花不是不通情达理的人，她平时一向体贴李先泽，家里家外的事情基本上是她一个人包揽了，有时忙，未梳头，披头散发的。这阵子她听了外面一些闲话，肚子里窝着气，因而对李先泽一门心思过问村子里的事情很是恼火。

李先泽那天被乡长挖苦，回到家气得像噗饭汤一样。老子不干这个村支书了！他往床上一倒，拉过被子蒙住头。

怎么了？兰花站到床头询问。

李先泽半天不应声。兰花清楚李先泽的脾性，他生起气来就是一火猛的事情，等会就会像头上磕的包自动消了，于是转背准备出去。

气憋肚子里不出难受，李先泽见兰花要走，一掀被子坐起来诉说：我到乡里，乡书记还好，乡长不是个东西，他当着一屋子人面挖苦我！

乡长挖苦你什么？兰花好奇地问。

他……他……李先泽动了几下嘴巴，话出不来。兰花期待地望着李先泽，他十分不情愿地把乡长挖苦他的话倒了出来。

什么乡长？一点素质都没有！还不如我们小老百姓！兰花听了也有点气愤。

李先泽挨了乡长的挖苦假如不对外传播，过段日子他心情也就平复了，毕竟是上级领导，工作没有做好，挨了批评也属正常。可是李先泽挨乡长挖苦的事情被传，就像夏天的暴头雨落在了村子里，溅起的灰尘很大，几天时间全村上上下下都知道了。李先泽与兰花都是极要面子的人，这下丢了颜面。

冬腊月，指头高的油菜与小麦让空旷与萧瑟的田畈有了些生机，这阵子都是晴暖天气，赶着给油菜小麦锄草施肥，田畈里难得地散落着一些村民。李先泽家承包田与王二姑家承包田紧挨在一起，兰花去田里，正在锄草的王二姑见兰花来了欣喜异常地喊：兰花啊！你来啦！你来了好！你不知道！我早想告诉你，六喜，还有他那个舅老爷现在到处在散布你家支书挨乡长的骂的事情。

嚼舌条就让他嚼去！因为已经听李先泽说过了，兰花对王二姑的通风报信不在意。

他们郎舅二人还到处散布，说乡里要把你家支书的位子给扒了！王二姑希望兰花生气，然后找六喜郎舅二人出气，因而添油加醋、大肆渲染这事情。

他郎舅二人真这样？！兰花上了心，开始生气。

当然是他郎舅二人说的，这全村人都可以作证！王二姑继续煽动。

我家李先泽又没有得罪他六喜，他六喜居然这样处处与我家李先泽作对，我找他算账去！兰花气恼地把锄头往田里一撂，由于撂的力度过大，锄头落地时蹦了一下，锄的头部压了几棵麦苗。

假如王二姑只说"撤支书"的话，兰花也许会随口说，撤了就撤了呗！反正这支书的职位又不是什么宝贝！一天到晚操心，家里事情又不过问，不如不当！不会引起兰花过分上火。可是王二姑添说了"扒了支书位子"的猛话，这强烈地刺激了兰花，一向与人为善的她平息不住怒火要去找六喜算账。

王二姑说得不假，六喜在钱进朝那无意中听到乡长挖苦李先泽的话如获至宝。他寻思，自己把这话在村民中随意地一传播，李先泽在村子里的威望瞬间扫地，自己不又可以嘚瑟了：以前你们都说我六喜的坏话，把我村支书的位子给捅了，现在换了李先泽怎么样？乡长已经说了，他很瞧不起李先泽！

客观地说，李先泽为人处世较公正，没有坏心眼，六喜退下去后，他对六喜还是尊重的；只是六喜被下了支书，心里一直憋着气，他又无法拿村民出气，只好想坏点子损李先泽。换了李先泽怎么样？还不如我呢？这样一散布，等于间接出了气。

六喜就是这样的心态。不仅仅是六喜，不少干不成事情又嫉妒能干成事情的人都是这种心态。这种心态能让他们失衡的心理获得安慰，因而他们不惜违反公德去做。

难道六喜不怕李先泽找他算账？六喜谙熟李先泽的秉性，李先泽是要面子的人，他不好意思因为这事情来找自己对质；此外李先泽是支书，量应该比他这"平头百姓"要大，即使动怒也要隐忍。

还有，六喜也算计好了，即使李先泽找自己，他只要反过来质问李先泽，谁说是我说的？李先泽讲义气，是不会把说的人头子交出来，这样自己就占了上风；退一步说，万一李先泽把人头子交出来，他只要推说，我也是听别人说的，不就金蝉脱壳了。

乡村里有句话，说村支书都是人精，这句话用在李先泽身上不一定合适，但用在曾经当过村支书的六喜身上再合适不过了。

三

春三月，小麦噌噌长到一尺高，早熟的油菜已绽开了黄花，这时候并村的方案也成了形。出乎很多人的意料，裤腰里的瓦窑村并没有与瓦岗村合并在一起，还是与从前一样，独立着；瓦岗村与东面一个村合并在了一起，郑三群仍然当村支书。

当村支书可以到外面逛，吃香的喝辣的，郑三群起初有些担心，现在一颗心落到了肚子里。瓦岗村有办公楼，另外一个村没有，加上郑三群名气大，乡里考虑了这些因素，所以将并村后的新村部仍设在瓦岗村，村名仍叫瓦岗村。也就是说，郑三群没有挪窝，地盘与权力都扩大了。

李先泽一颗悬着的心也落到了肚子里，他仍然担任瓦窑村支书。之前他也像郑三群一样的烦躁。郑三群担心支书位子不保，为此跑乡里，还跑县里，忙活了一场，最后位子保住了。李先泽没有找人，支书位子还在，很是欣慰。

两人都在乎支书位子，不过目的不同。郑三群恋栈支书位子是为了权势，为了吃喝。李先泽担心丢掉支书位子一是为了面子，一旦当不成村支书，六喜肯定会笑话自己；二是一直心挂林场，想把它尽快地盘活，像窑厂一样地生钱，假如这个愿望能实现，到时他不当这个支书也罢。

李先泽不是搞阴谋诡计的人，他虽说对搞阴谋诡计的人痛恨，但却不喜欢与六喜这种搞阴谋诡计的人当面理论。这一方面是因为他嘴笨拙，而六喜巧舌如簧；另外一方面他觉得自己光明正大，六喜要说就让他说去！反正自己又不掉一块肉。

那天兰花气汹汹地去找六喜算账，路上正好撞到与王玲一道收农业税的李先泽。李先泽堵住兰花问：你这么急慌慌地干么事？

我去找那个得人憎的六喜，他那破嘴到处在散布谣言，说你怎么的……我现在去问他，你哪里得罪他了？兰花因为气愤过度，面色有些煞白，嘴唇发乌，手不停地抖动。兰花温柔贤淑，嘴巴里一向不带脏字，包括她骂孩子，也从来不带一个脏字，现在是怄气坏了，话中才带了脏字。

你别怄气了！村子里人谁不晓得他的德行！王玲机灵，她适时地上前，按着兰花的肩膀安慰，一来让兰花的火气有所减退，二来帮助李先泽做了工作。

他说什么了？李先泽疑惑地问。

他说……他说……兰花把王二姑告诉她的话一股脑儿倒了出来。

这狗日的！老子支书位子什么时候被扒了？！李先泽听后也少有地生起气来，他一生气就习惯性地红起脸，圆瞪着眼珠子。

你不好去找他！我去找他！看他那破嘴怎么说！兰花怒气未消，迈脚要走。

算了！跟他那号人说不出名堂！他要说随他说去！李先泽到底还是大气量，他圆瞪的眼珠子恢复正常，不过音量未减。

你算了！我算不了！我找他去！兰花迈开步子。

算了哦！他哪里算人！王玲脸上挂笑，一把拉住兰花。王玲劝人很有技巧，她骂了六喜一下，兰花感到受安慰，气消了不少。

这次并村初始方案如众人所料，郑三群他们瓦岗村与李先泽他们瓦窑村合并成一个村。至于这两个村合并后谁当村支书，方案未定，不过乡长倾向于郑三群来当，主要考虑郑三群具有那几个外在的优势。

客观地说，郑三群在乡长心目中有位置，而李先泽没有。至于缘由，主要是郑三群时不时地到乡长办公室"汇报工作"，汇报之余他嘴巴巧，附带邀请乡长到瓦岗村去指导工作。讨好乡长说：乡长，今天恰巧我们村程老二一大早摸了个老鳖，我买了下来，让食堂中午红烧，乡长是大美食家，过去品尝品尝，看烧得可入味！乡长虽然没有时间过去，但乡长还是喜欢听好话的，他听了郑三群的话，心里很受用，对郑三群印象就好。

而李先泽就不同了，就知道一天到晚在村子里忙，几乎不到乡长办公室去汇报工作，更不曾邀请乡长去他们村，至于去吃饭，就那么一次，还吃出了大问题，把书记给拖了进去，因而乡长对李先泽很不感冒。

党政联席会定并村方案的时候，组委王新历提到合并这两个村以及让郑三群当村支书的设想，大家未多想，众口一词说不错；乡长也未多想，笑着说不错不错。

我也认为这个设想不错，不过我提示大家一下：郑三群能力强，李先泽做事实在……本来大家认为方案大致通过了，这时乡书记开口让大家尤其是乡长感到十分的错愕，大家猜测：看来书记不赞成郑三群当合并后的村支书，想让李先泽当合并后的村支书！

大家先是互相望望，接着忍不住交头接耳起来。书记的话让乡长很是尴尬，他脸色有些不自在，他搞不清楚书记葫芦里卖的是什么药，为什么要来这一曲。

乡书记解释说：李先泽看似默默无闻，工作中也经常出些小错，甚至在我们某些人看来出大错，可是大家有没有留意，李先泽是在什么情况下当瓦窑村村支书的？这些年他怎么把一个破败的窑厂盘活了？把之前村子所有的债务都还清了？还有这些年他搞钱修建了水泥路，修建了办公楼，改善了村子基础设施与办公条件……

乡书记站在李先泽角度说了这么多，大家都以为乡书记属意李先泽来当合并后的村支书，未料到这时乡书记话锋一转说：目前，在我们平山乡村部有办公楼的就郑三群他们瓦岗村与李先泽他们瓦窑村，假如把他们两个村合并在一起，其中一个村的办公楼就浪费了。乡书记停住话，目光温和地望着乡长。乡长是行政一把手，与党委书记平级，乡书记在坚持工作原则的情况下，讲究工作策略，尊重乡长，保持班子团结。

书记说：我看不如瓦窑村不合，让李先泽继续当村支书；把郑三群他们瓦岗村与东面一个村合并，村部就定在郑三群他们瓦岗村，你们看如何？

乡长未表态，他上下嘴唇合在一起咕哝着，不难看出他对书记的意见有看法。其他人没有思想准备，互相望望。这时纪委女书记表态了，她说：假如不从办公楼的角度来考虑，把这两个村并在一起是再好不过的事；假如从办公楼的角度考虑，这种方案可以！

自己的意见得到支持，乡书记显得很高兴，他笑着问乡长：乡长，你看我的意见如何？

乡书记突如其来提出这种方案，乡长内心是不赞同的，他认为原先的方案优于现在的方案。不过就像以前介绍的，乡长一贯的性格——在乡书记拿出主导意见后，他即使内心不同意，或者表情不愉快，但口头上仍会作出"那就这样"的勉强表态，这次也如此。乡书记清楚乡长的态度很勉强，不过他还是很开心的，毕竟乡长没有提出反对，算是支持自己了；假如乡长提出反对，就难形成决定了。

其他的村怎么合并的？组委，你继续说——解决了主要问题，乡书记显得很开心，他端起茶杯抿了一大口，然后舒心地望着王新历。

四

郑三群与六喜是同时期进村班子的，郑三群豪爽，过去隔三岔五地请六喜吃过饭；六喜也邀过郑三群来窑厂吃过饭，酒足饭饱后，六喜咧嘴眯笑，拖开桌子打麻将。并村消息传开后，六喜遇到郑三群，他讨好地嚷起来：郑支书，你不得了了！要当大支书了！

郑三群对六喜的恭维感觉相当舒服，但他含住，手插裤腰里一本正经地说：什么不得了了？没有什么不得了啊！

你郑支书也别太谦虚了，现在都在传我们瓦窑村要与你们瓦岗村合并，两个村并一个村，就李先泽那水平还能当得了大村的支书？肯定是你郑支书来当这个大支书！六喜在提到李先泽名字时不屑地把嘴巴一撇。

那说不好！郑三群把手从裤腰里抽出来，摆摆。

我与我们瓦窑村群众闲扯，他们一致说，愿意你郑支书当合并后的村支书。六喜继续恭维。

你们瓦窑村群众真是这样认为？郑三群认真地审视着六喜的脸，判断这句话的真伪。他喜欢六喜说这样的话，假如这话当真，一来他当合并后的村支书把握大；二来当上支书后，有群众基础，工作容易推动。

那当然了！这还有假！我们瓦窑村群众眼睛珠子雪亮，都清楚你郑支书能耐大！你当并村后的村支书能够为大家办事！六喜眯笑着，眼睛偷瞟着郑三群，观察他的反应。

六喜过去与郑三群平起平坐，现在这样恭维郑三群，似乎有些贬低自己。不过他有他的算计，在他看来，抬高郑三群就是贬低李先泽，只要能贬低李先泽他就快活，他就能争一口气；还有他认为假如郑三群当并村后的村支书，郑三群或许看在先前与自己关系不错的分上，拉自己进村班子，那这样自己的目的不就达到了；此外他还盘算，即使自己进不了村，只要与郑三群搞好关系，以后村子里的事情多少能得到他的关照。

当初村民把六喜拱下去时，郑三群很是得意，他多次在酒桌上贬六喜抬高自己，一手端酒杯子一手比画着说：六喜那家伙不知怎的，当村支书把一个村子搞成烂泥，村民把他拱下去了。

他在酒桌上贬损六喜，但内心里有点同情六喜——毕竟他与六喜对味，在听说瓦岗村与瓦窑村合并的消息后，他就盘算，要把六喜拉进村班子。有人会说，六喜当过村支书，把六喜拉进村班子，他会不会不听话，这个郑三群有绝对自信，他确定自己能镇得住六喜——六喜无非就是点小算计。

六喜投其所好恭维郑三群，郑三群听了非常舒服，他从裤腰里抽出手，对六喜招招手说：我假如当上并村后的村支书，我无论如何也要把你拉进村班子里来！

郑三群的许诺让六喜喜不自禁，他凑上前对着郑三群双手作揖：你郑支书要是把我拉进来，我六喜今后一定鞍前马后地跟随你郑支书，你说一我决不说二！尽管现今村民尤其是年轻村民对当村干部不屑，但六喜作为过去的老村干，出外打工不是太适应，因而他对村干部的位子还是很留恋的，对郑三群意欲拉他的举动带有很大的期盼。

那天晚上六喜送鱼到县城，就是听从郑三群的话献的媚。白天郑三群说，你晚上给我送点鱼过来，我付钱给你！

正是讨好郑三群的好机会，哪能失去这好机会，六喜连忙摆手说：不就是几条混子鱼！要什么钱！

郑三群什么都不说，故意装出欣赏地对六喜笑了笑。这一笑，似乎让六喜心中多了点底数。

后来因为乡书记对李先泽人品与工作的肯定，六喜的如意算盘未打成，混子鱼白送了。

六喜没有如愿进村班子，而一个在外跑合同的中年人却进了村班子。这个中年人叫王天成，他从上个世纪九十年代初就在一家机电厂跑合同，前几年这家机电厂倒闭了，加上得了胃病，不适合继续在外面跑，他便回到瓦窑村。这次村里缺人，机会好，他"天成"进了村班子。

有了王天成，多了一个人手，外围一些譬如收农业税、处理村民吵嘴打架的事情他能为李先泽分担，李先泽肩上的担子轻了不少。以前李先泽趁着中午村民在家，忙着往村民家跑，现在他中午大都能正常回家吃饭了。

这天中午李先泽走到家门口，他惊异地发现自家的门是关着的。怎么关着的？李先泽皱着眉头。他家大门从来都是开着的，可以随进随出，今天关了，兰花这是唱的哪一曲？李先泽纳闷。

他近前双手推门，门吱呀一声开了。他发现堂屋里黑漆漆的——堂屋通往院子的后门被带得很严实，平时这道门一向是开着的。

兰花今天到底怎么了？他满脸疑惑，推开后门。

吱呀——后门榫子干燥，叫了一声。

兰花急急地从后排厨房里出来，小跑着绕过李先泽到李堂屋。李先泽更为不解地望着兰花，不清楚她葫芦里卖什么药。

兰花关上大门，接着带上后门，神色有些慌张。李先泽望着她，不明白她为什么这么紧张。这时，兰花走到李先泽身边，嘴巴对厨房努着，压低声音说：小藕莲来了！

小藕莲是李先泽的表侄女。小藕莲的母亲是李先泽的表姐。表姐家条件比李先泽家好，在他家早些年每年六月尾缺粮的时候，表姐总是接济他家，匀出几十斤米粮送到他家救急。李先泽的娘一提到他表姐就夸是好侄女，嘱咐李先泽以后要对表姐好。

小藕莲脸圆圆的，肤色就像藕一样的白，她出嫁早，十九岁就结了婚。小藕莲也像她的母亲一样对李先泽家好，六月天把嫩玉米掰了送到李先泽家，还嘴甜地说，让表爷表娘尝尝这嫩口，兰花听了眼笑眯成了缝；九月里刚挖山芋就送一大箩山芋过来；腊月里又送山芋粉来。这些东西李先泽家都有，小藕莲总是往他家送，说下辈理应孝敬上辈，不让送还不行。在兰花心里，这个表侄女比自己的亲侄女还要亲，她非常地喜欢小藕莲。

李先泽心里想，小藕莲来了就来了呗！她懂事！孝敬！又不能不让她来！回头像以往那样给点东西让她带回去不就得了，何必关着门，憋着嗓子，搞得这么神秘兮兮的。

兰花凑近李先泽耳朵说：小藕莲三个月肚子了，乡里干部不知道怎么晓得的，跑到他们村要拉小藕莲去流产，还好他们村那个郑矮子大嗓门嚷着要捉拿小藕莲，小藕莲闻听从后门死命跑才逃脱。

第八章

一

小藕莲这肚子里怀的已经是第四个了，前面三个都不是带把的，按政策头胎是女孩，在农村还可以生第二胎，小藕莲接着生，生下来的还不是带把的。这让小藕莲婆家人异常失望，尤其是她婆婆，简直是失望透顶。上几代都是单根独苗，到藕莲这儿，两胎都不是带把的，香火岂不断了，那怎么行？！

在小藕莲看来，三个女儿抵得上儿子，可是她婆婆不行！婆婆咬着牙狠狠地说，就是拆屋讨饭也要生一个带把子的！婆婆这样坚持，小藕莲只好依着。

之前第三胎快要出怀的时候，小藕莲躲到外县一个亲戚家，那个亲戚单独住在田畈里的一个土墩子上，不引人注目，小藕莲悄悄地生下了第三胎，让小藕莲欲哭无泪的是这第三胎又不是带把的。孩子生下的代价是巨大的，乡里计生办四处查找，未查找到小藕莲下落，一气之下把她家一台已经过时的黑白电视给砸了，一个咔咔响的电风扇给踹坏了。生下孩子回来的时候，还挨了罚款。

三个孩子，顾了这个顾不了那个，小藕莲原来饱蘸蘸水滋滋的圆脸现在皮吊吊的，肤色蜡黄，像个病恹恹的人一样。即使这样，婆婆仍催着她生，她不好反抗，只好按照婆婆的旨意继续怀，希望这回怀上的是带把的。

二月末，位于山区的原因，气候比外面稍冷一些，阳光虽说比冬日里好，但还不够强劲，油菜与小麦还缩着身子，这时候庄稼人棉袄都还没有脱去，小藕莲就利用棉袄打着掩护，没有急着出去躲避。

小藕莲家在瓦岗村王家老圩，村口有一个大场子，场子靠北有一棵直径二尺的桦树。一条米把宽的土路直通向庄子里，土路的北面是村民家的房屋，南面是一条弯曲的小河沟。

这天上午九点这样，小藕莲扛着个锄头正准备去给小麦锄草，就听郑三群在村口鬼叫似的破口大骂：就知道下！下！像老母猪一样地一窝一窝地下，上次偷着下算捡了便宜，这次无论如何也要逮着你。

虽然小藕莲家在庄子的最里边，但因为庄里的主路是直的，所以声音笔直地到达庄子最里面。小藕莲听到，她机灵，扔下锄头就往屋后跑。屋后是一片连着的竹林，竹林后面就是河，河沿是还未返青的芦苇。这个地方的河水有尺把深，无法蹚水过河，小藕莲就顺着河沿往上游跑。上游张家嘴那块没有河水，村民为了来往方便，在河泥上方丢了一些小石头，形成了一条像公园里鹅卵石小径那样的跳跃式通道，小藕莲垫着小石头到达河对岸。接着继续往上游跑，然后再过河，来到李先泽家。

小藕莲为什么不直接沿着河岸跑，而要来回折腾呢？主要是她机灵，怕沿着河岸跑，被追上，连累李先泽。

兰花这时正拿着一张大条把在门前场子上扫。小藕莲见到兰花喊了一声：表娘，你在家呀！然后不搭话就慌慌张张地冲进了李先泽家屋里。

兰花精明，瞄见小藕莲的神色，就估摸到了发生的事情，她眼珠子机灵地朝两边睃睃，然后急着进家。

小藕莲把乡里干部来逮她去做人流的事对兰花说了。兰花安慰小藕莲道：跑出来就好！跑出来就好！你先在表娘家躲着，相信乡里干部找不到这儿来！兰花表情镇定，但心里却慌得很，她着急地想：小藕莲的事情怎么办？我一个女人家没有主意，等中午他回家拿主张。接着兰花把堂屋大门后门都掩了，把小藕莲带到厨房里。

吃过中饭，兰花让小藕莲躲在厨房里。夫妻二人来到前面堂屋里，李先泽把大门打开了，光线从外面射进来，有点花眼；兰花眼眯了一下，急忙又要去关门。

别关！关了不是明摆着告诉人家，我们家里有事情！李先泽一向粗嗓门，这会怕声音大了外面听到，压着嗓子说。

我还真没有想到！经李先泽一提示，兰花感到自己考虑的确不周。

在堂屋里说话不方便，夫妻二人来到卧室里。兰花急不可耐地问：小藕莲的事情怎么办？

李先泽没有作声。

你说小藕莲的事情怎么办？李先泽不表态，兰花有些着急。

这个事情不好办！李先泽嗒了一下嘴巴。

你不会不想收留小藕莲吧？小藕莲母女俩对我们家可是恩重如山，不收留说不过去……兰花提醒。

李先泽不表态，脑子却像机器轮子一样地飞转：小藕莲跑到我们家，不收留，说不过去；可是收留的话，大白天的，她来的路上肯定有村民看见，只要有一个村民看见，那就保不住消息，在我们家躲不住。此外他又考虑到，计划生育是国策，小藕莲已经超生了，现在还想生，这是严重违反政策的，收留小藕莲，就是等于与政府对着干，自己身份是村支书，不同于普通百姓，让乡里知道撤职甚至开除党籍都有可能。想到这，他身体抖了两下。

不收留又有什么好法子呢？李先泽脑子继续转。兰花见李先泽皱眉不言语，急得在卧室里打转。

你说小藕莲到底怎么办？兰花开始催起李先泽。

小藕莲在我们家长期住肯定不行，得想长远的法子，目前先在我们家待天把，看风声……李先泽终于拿出主意。

就这样，小藕莲在李先泽家暂时躲避了下来。

小藕莲能够逃脱，她心里清楚，多亏了自己村的支书郑三群，郑三群表面上对她再怀十分恼火，实际上是为她通风报信，让她跑。至于郑三群为什么要帮小藕莲，这里面有个缘由：郑三群打小就喜欢小藕莲的母亲，也就是李先泽的表姐，只是李先泽的表姐嫌郑三群个子矮，皮肤黑糟，看不上他；尽管这样，郑三群心里一直有李先泽表姐，看在李先泽表姐的分上，他暗地里关照着小藕莲。

郑三群难道不怕放走了小藕莲，牵扯上自己？他有考虑，他脑子鬼机灵，通风报信做得圆滑——他当时破口大骂；此外他有手段，能拢得住乡干部，好吃好喝地招待乡干部，让他们心里美美的，他自然就脱了干系。

二

正月初八，风和日暖，平山乡办公楼罩在暖洋洋的阳光里。这天办喜事的人家多，噼里啪啦、噼里啪啦！鞭炮声不时地从街面上传到乡政府办公楼。

按道理，初八日子乡政府里应该是互相道贺，欢声笑语。可是这天乡政府里无丝毫喜气，相反气氛倒十分的凝重，机关干部没有相互串门，都乖巧地待在自己的办公室里小声地谈论着，怕声音大了被领导听见要受批评。

党委班子成员早早地来了，一个个都面色凝重，他们都坐在自己的办公室里，静等着办公室主任小刘来敲门开会，他们昨天下午就接到办公室通知，说今天上午召开党委会，并且告知，一个都不准请假。他们已经知道乡里发生的事情，猜测到会议的内容，即使新春有些亲戚家还未来得及走动，都二话不说，早早地来到了乡里。

开会了！八点多一点，小刘在走廊上一溜小跑，接着党委班子成员一个个快步走出各自的办公室来到会议室，面容严肃地坐等着乡书记的到来。这场景与往年形成鲜明的对比。往年新春第一会，他们一路交谈着到会议室，接着热烈地交谈着新年各种见闻，走动亲戚的情况，还有与亲戚朋友以及家人在一起和麻将的"收成"情况，屋子里烟雾缭绕，气氛融融。即使是在乡书记端着茶杯进来的情况下，他们仍毫无顾忌地谈笑着。乡书记也不生气，笑着搭几句，气氛更加的欢快；乡长的雅兴被乡书记带动，俏皮话一句接一句，这时候的气氛达到了高潮。

乡书记几乎挨着党委成员们的屁股后进了会议室，他照例端了茶杯子。他神情一反常态，未像往年那样亲切随和，而是板着的。平山乡的干部都知道，乡书记是个宠辱不惊的人，不是特别严重的事难从他脸上看出异样的表情，现在书记脸板着的，说明事态严重，他心情恶劣到了极点。

党委班子成员朝他脸上瞟了一下，然后都迅速地低下了头。这个时刻很微妙，书记心情不好，低着头表示自己与书记一起在承担这份责任；而抬着头，表示事不关己，书记肯定不高兴，这样难以怪罪自己。

前一天，也就是正月初七，阳光也像初八这样的强劲。办公楼前平场子上散落着一厚层炸开的鞭炮红屑，这给新春的平山乡政府添加了浓郁的喜气。新年第一天上班的机关干部们聚集在场子上欢声笑语地谈论着，气氛就像场子上的红屑一样热烈。

这时一辆牌照002的车子开到了场子上，大家一见这牌照，立马明白来了县里谁，纷纷往办公楼里移步——初七是上班日子，在外面闲聊，不在工作岗位，不言自明，这是一种失职行为。

在大家快速进办公楼的同时，乡书记、乡长与办公室主任小刘小跑着出门迎接。

来的是县长。乡书记与乡长微笑着上前。县长下车，板着脸，仅对乡书记与乡长二人点了点头，然后就大踏步往办公楼里走。

新春佳节，县长板着一张脸，说明工作出了大问题。乡书记与乡长意识到这一点，他们快速收敛住脸上的笑容，心情忐忑地紧跟在县长后面走。

开水可准备了！乡长有些紧张地询问身后的小刘。

准备好了，都放在会议室里。小刘回答。

据办公室负责摆席卡倒茶水的一个年轻人后来透露，县长刚在会议室坐下就通报了平山乡上一年计划生育考核倒数第一，首次"进笼子"的情况，然后严厉地批评乡书记计划生育工作抓得不力，声言要提请县常委会讨论给乡书记党内警告处分。

可说要给乡长处分？机关干部好奇地打听。

县长好像没有说。年轻人答。

那乡长赚了！机关干部们为乡长庆幸。

乡长当时也吓得不轻，脸上煞白的。年轻人补充。

年轻人还透露，县长临走的时候丢下一句话，说假如今年平山乡再"进笼子"，乡书记就不要当了！

书记当时怎样的反应？书记人厚道，平时极少批评机关干部，机关干部对书记有好感，他们关心起书记来。

书记脸红到脖子根。年轻人透露。

平山乡的干部都清楚，他们乡上一年之所以"进笼子"，主要是郑三群他们村育龄妇女藕莲一再超生造成的。藕莲从瓦岗村逃脱后，在外面躲着生下了第四胎，这回如了她们一家人所愿，生了个带把的，却让平山乡在全县出了大名，而县里又在市里出了大名，也因此"进笼子"。县长在市里立下军令状：新的一年无论如何不再"进笼子"，要是再"进笼子"，请求"削职为民"。

事态严重，凡是与藕莲有牵连的干部都要受处分。

藕莲不是躲在李先泽家生的。那天下午李先泽到村部，他左思右想：藕莲在自己家，路上肯定有人看见，既然有人看见了，就保不住消息，藕莲就不能在自己家躲避。于是他折返回家向藕莲说清不能收留的道理，藕莲是明白人，表示理解。

有情分在，不能收留藕莲，总得为她找条去路。瓦窑村与邻县交界，这个县计划生育搞得没有李先泽他们县严。兰花过去在邻县摘茶认了一个干娘，于是兰花塞了二百元钱给藕莲让她去找自己的干娘，于是藕莲离开李先泽家到邻县去躲避。

正如李先泽所料，藕莲在慌慌张张到他家的路上遇到了油子，油子嘴巴散，他到程瞎子店里买烟时，无意中吐了一句：我来的路上，遇到一个女的，好像支书家亲戚，慌里慌张地往支书家里去！

慌里慌张地？程瞎子来了兴趣。

是慌里慌张的！油子生怕程瞎子不相信他说的话，特地申明了一下。

那这里面就有文章？程瞎子眨巴起了眼睛，他开始琢磨，他开店仿佛不是卖东西的，而是收发大路新闻的。

有什么文章？油子还未反应过来。

搞不好是来躲计划生育！程瞎子不愧是开店的，见多识广。

油子离开不一会，六喜来买烟，六喜买烟比一般的村民档次高些，基本上是买玉溪烟，这样卖一包烟程瞎子就能多赚块把钱，因而程瞎子对六喜要客气些。

接过烟，付了钱，六喜没有急着走，而是眯着眼睛套起程瞎子话来：你这店就像沙家浜阿庆嫂的茶摊子，张三来了李四接着来，今天可有什么新闻，说给我听听！

即使六喜不套话，程瞎子也忍不住会说，六喜一套，程瞎子快慰，就把刚才油子说的话重说了一遍。

还有这事？六喜瞬间被提了神，他异常快活地望着程瞎子，然后嘿嘿！嘿嘿！阴笑了两声。

我走了！六喜对程瞎子摆摆手。

有空再来！程瞎子脸上挤出笑容。

六喜急匆匆地到水库，然后一脚猛踩油门，摩托车就"呜"地往乡里而去。乡计生办搜遍李先泽家也没有搜到藕莲，逼兰花交代藕莲上哪里去了。兰花坚持说藕莲没有来自己家。计生办说你别撒谎了，你们村油子看见了。兰花精明，一口咬定家里没有来任何人，大骂油子栽赃自己。

在兰花这里没有问出什么，他们就找李先泽。李先泽也与兰花一样一口否定。没有证据，计生办只好走了。

没有找到藕莲人影，而油子又说他的确看见了，乡里让李先泽说明，李先泽死活不承认，这事不能了，最后乡里给李先泽一个很轻的党内警告处分，他现在已经受到两次警告处分了。

三

乡书记坐下后，瓮声瓮气地丢了一句话：事情大家都晓得了，免去李先泽的瓦窑村支书职务大家可有意见？说完，目光锐利地扫视着众人。

众人齐刷刷地抬起头，望着乡书记。他们对免去李先泽支书职务的处分很惊诧，他们事先猜测到李先泽要受到很重的处分，却未猜测到要免去他的支书职务。

乡长饶有兴致地望着书记，他察觉到书记颧骨部位悸动了一下，他清楚，这会书记对李先泽恼火至极。他心里有些微的幸灾乐祸：我一直认为李先泽上不了大台面，碰到大事情他拿捏不住，你一直相信他，怎么样，现在给你惹下大祸子了吧！

组委王新历一直认为李先泽是个能做事做实事的村支书，可是出于原则他不能帮李先泽说话，再者书记在气头上，帮李先泽说话摆明了往枪口上撞，因而他只能在心里怜惜李先泽：当了这么多年村支书，怎么这么糊涂？拎不清轻重，搞得现在把支书的帽子都丢掉了！可惜！

没有一个党委成员表态，乡书记颧骨部位又悸动了两下，他委实生李先泽的气，是因为李先泽才把事情搞得这样的被动。自己以前一直看重他的，他怎么不懂得自己的良苦用心，那个藕莲到你家躲避，你作为一个村支书，一个受党培养的干部，怎么就不知轻重，把她截住，然后向乡里汇报，以致造成平山乡首次"进笼子"！连累到一批人，甚至县领导！

乡长你什么意见？乡书记见大家都不发言，便将目光转向乡长。乡长开心乡书记与自己同调，他目光欣赏地望着乡书记，两人的目光不由对碰，乡长察觉到乡书记的眼眶有点红，他猜测是乡书记气火上攻所致。

我没有意见！乡长干脆利落地答。说完他又补了句：我起先就认为李先泽当村干部还可以，当村支书不适合，无法与郑三群比。

提到郑三群，乡书记又来了气：在这件事情上，郑三群也有责任！是他们村的人！他没有管住，他也有责任！乡书记说这话时，党委班子成员侧头目光交流了一下，从他们的目光可以判断出，他们都认同书记的意见。

他……他……是有责任。乡长尽管对郑三群印象好，但在这场合，他只能认同书记的意见。

见乡长附和自己，乡书记的气似乎消了点，他见纪委女书记望着自己，语气和缓地问：你的意见呢？

我同意！纪委女书记语气干脆！

那你们呢？乡书记目光严肃地扫视着剩下的党委成员。

没有意见！大家几乎同声地说。

那就这样定了！免去李先泽的支书职务，让他担任支委！

就在大家喘一口气打算放松一下的时候，乡书记又冒了句：你们说说，谁担任瓦窑村支书比较合适？

气氛开始有些活跃，大家互相望着，然后交头接耳，稍后放声地讨论起瓦窑村几个干部的长短优劣来：小张文书太嫩了！驾驭不住村民！他不行！王玲虽说人精精的，可是资历嫩了，也不行！王天成虽说以前在外跑合同，见多识广，可是他进村班子不久，目前还看不出工作水平，也不行！都不行，那就只有湘绣了！湘绣进村班子时间长，处事稳重老练，群众基础好……

大家热烈地讨论着，乡书记趁机端起厚重的茶杯子，咕了两口水，然后征询大家意见道：你们说说，谁当瓦窑村村支书合适？

相对来说，湘绣比较合适！大家几乎众口一词说。

组委，你说说看？乡书记目光转向组委，这让组委王新历有些始料未及，先前所有人事的问题，乡书记都是事前征询好他的意见，然后在会上征询走个形式。

相比较来说湘绣比较合适！王新历不同于众人，他答话的语调有些勉强。其实在王新历心里湘绣不是最合适的人选，他认为湘绣是个女同志，在有些方面拿不下来。

乡长，你什么意见？乡书记征询乡长。

乡长可能也觉得湘绣不是最合适的人选，略停顿了下，他嗒了一下嘴巴说：人选不大好定。

我也觉得瓦窑本村没有合适的人选！乡书记此话一出，所有人都很惊诧。他们与乡书记在一起相处时间久了，都清楚书记话中的深层含义，看来书记把目光跳出了瓦窑村。

难道乡里下派一个干部去当支书？是派一般的机关干部，还是让钱进朝去代理？包括乡长在内的党委成员都这样猜测，然后大家目光交接，印证彼此的猜测。

你们觉得让郑三群兼职瓦窑村支书合适不合适？乡书记适时地抛出了自己的意见。

出了纰漏子，郑三群难辞其咎，没有受到处理，反而兼职瓦窑村支书，这跳跃性的思维让所有党委成员一时目瞪口呆，大家都不清楚书记为何这样的用人。

其实乡书记在用人上是很用心的。像李先泽这样脚踏实地的干部他欣赏；像郑三群这样工作看上去有些飘浮，但驾驭村级工作能力强的村干部他虽说不欣赏，但在使用上还是很看重的。基层工作不好做，他要发挥好每个人的长处。

也许有人好奇，为什么藕莲是郑三群他们瓦岗村的，出了事，李先泽被免职，而郑三群却屁事没有？这是有缘由的。一来郑三群通风报信是暗子里的事，藕莲家人又没有泄露出去；二来像藕莲这样超计划生育的情况各村都有，郑三群村又不稀奇，况且发生了超生的事情，郑三群的态度相当积极，他主动配合乡计生办的干部前去捉拿；三来藕莲逃脱后，郑三群向计生办提供了藕莲家所有可能前往的亲戚家地址，并且不辞辛苦陪着计生办的干部四处追逃；四来郑三群与县里有关部门的领导关系铁，打狗看主人，没有要害被捏着，要处分郑三群，乡书记也得掂量掂量。这些因素累积在一起，决定了出了这样大的事情，别人受牵连，而他郑三群毫发无损。

特殊时期，乡书记重用郑三群，还有另外考虑：最初的并村方案，瓦窑村就是要与郑三群他们瓦岗村往一块合，现在出了这样的事情，让郑三群去兼管顺理成章，目前暂兼着，等后期找到合适的人选再说。

郑三群一个人管两个村可管得过来？过去乡书记拿定主意，乡长一般不在里面杠牙。现在乡长出于担忧考虑，提出意见。

好几个党委成员赞赏地望着乡长，目光中传递着共同的担忧。

这个没有问题！大家都清楚，郑三群他们村的日常工作一向由村主任具体过问，郑三群只是拿大盘子，他现在过问瓦窑村的事情，让村主任多担当点就是！乡书记点拨。

你们有没有意见？乡书记望着众人。

组委王新历想说郑三群过去不是太合适，他望望众人，希望有人共鸣；可是众人都表态说没有意见，他不便表示异议，便附和说，没有意见。

那就这样！乡书记手伸向瓷茶杯子，起身。

四

六喜这几天特别的神气，走路仿佛能飘起来，他满面红光，逢人就打招呼。遇到手里夹香烟的，他大方地掏出烟，递给人家一支，自己也含上一支，然后无话找话说，这情况，就像他家要办喜事似的。

郑三群兼职瓦窑村支书，六喜就像亲家当了支书一样，他以前很少到村部里走动，现在走动勤了，隔三岔五地来村部里逛逛。

小张文书、王玲、还有湘绣的办公室在一楼。小张文书一个人一个办公室，王玲与湘绣两个人在一个办公室。六喜来时，他一般先到小张文书办公室逛一下。小张文书是他带进村的，虽然老支书人品不咋的，但他对老支书还是尊重的，因而六喜就喜欢在小张文书面前摆老资格。他故意问：文书，你可清楚我与郑支书的关系？不等小张文书答，他马上眼睛眯笑着吹嘘起来：我与郑支书那可是拜把子，亲兄弟一样！小张文书清楚他在自己面前摆谱子，出于对老支书的尊重，不戳穿，敷衍地笑一下。

在小张文书办公室摆谱够了，六喜接着逛到王玲与湘绣办公室。王玲清楚他的德行，不搭理他；湘绣礼貌地与他搭句把话话，然后就不言语了。待下去无趣，他只好讪讪地离开。

他逛楼下办公室有两个目的：一是卖弄一下他与郑三群郑支书的关系；二是顺便打听一下郑三群有没有过来。他清楚，郑三群过来的可能性小，毕竟郑三群待在自家瓦岗村部都少。假若听说郑三群过来了，他就会噔噔噔地上楼，与郑三群亲热地叙谈一番。郑三群初到瓦窑村来，能说上话的人少，六喜能陪他说话，求之不得。

郑三群新官上任来到瓦窑村时，没有急着进村部里，而是站在村部前面的场子上，手插在裤腰里，踮着脚审视着瓦窑村的办公楼。外人不清楚他的内心感受，之前他们瓦岗村建了办公楼，全乡各村的支书都羡慕他，夸他有能耐，乡里干部到他们村也都恭维他，夸他能耐大。自从李先泽这家伙也建了办公楼后，大家对他的恭维无形中少了。李先泽抢了自己的风头，他有些嫉恨李先泽，在乡里遇到李先泽就说起了风凉话：你老李这一阵子不见，怕又是上县里讨钱去了吧。为了损李先泽，他特地用了一个"讨"字，意思你就像个讨饭的一样。

换上一个脾气暴躁的村支书，容不得郑三群如此地羞辱，以牙还牙地还回去：你老郑一年三百六十五天，天天上县里讨钱，还好意思说我？李先泽人老实，不计较他的话，只是憨厚地一笑。

郑三群板着脸望瓦窑村办公楼，望了一会，竟掩饰不住地笑了：三十年河东，三十年河西，想不到，现在这办公楼的主人是我！

二楼两边，把走廊箍进屋里去了，这样一来房间要比其他几个房间长些，也宽敞些。左边的一间做了李先泽的办公室，右边的一间做了会议室。李先泽是个很内敛的人，在村支书的职务被免后，他自觉把办公室换到隔壁的小间，把大间让给了郑三群。

郑三群手插在裤腰里步到楼上，见李先泽已经在小办公室里，他自鸣得意，但面上在装，假惺惺地对李先泽谦让：先泽支书，你这样做让我难做人啊！我不常在这里蹲，有个小办公室就行，用不了这么大的办公室，我们还是换了！

经受了被免职务的打击，李先泽憔悴了不少，他以前出门前喜欢叉开手指理顺额前头发，现在没有心思理了，额前头发有些散乱；脸色也不像以前红赤，有些发黄。以前走路喜欢迈大步，现在腿子像是没劲，抬不起来；以前粗嗓门说话，现在喉咙有些沙哑。

嗓子哑是在家与兰花争吵弄的。李先泽是把面子看得重于一切的人，村支书职务被免在他看来好比做了偷盗的事情，他感觉脸上无光，羞于见人。他心情低沉而且狂躁，可是他好面子，不愿让外人看出他心情不好，于是只好向兰花发脾气，倾泄狂躁，他僵着颈子瞪着眼珠子对兰花嚷：就是你做好人，要留小藕莲，不然也没有这破事！

兰花平时看上去柔弱温顺，可是一旦生起气来也不是好惹的，她也瞪着李先泽嚷：你说清楚啊！是我留了小藕莲啊？

你没有留小藕莲，总留她吃饭了吧！

来了不留吃饭，说得过去吗？她平时对我们家怎样？你也不想想！

反正……反正……你不留她吃饭就好了！李先泽说不过兰花，犟着脖子说起了蛮理！

你这么说，还是人吗？兰花鄙视地对李先泽翘了一下下嘴唇。

李先泽说不过兰花，坐在椅子上生闷气。

吵过嘴的人都清楚，吵嘴是很伤精气神的，与兰花吵了一顿后，李先泽嗓子哑了，人也蔫了，走路打不起精神。

李先泽明白郑三群是假说，有取笑自己的意思。虎落平阳被犬欺，李先泽气量大，他沙哑着嗓子对郑三群说：你是支书，找你的人多，办公室大些，办事方便些！

李先泽在说这话时，脸色泛红，他是个要面子的人，以前与郑三群平起平坐，现在郑三群领导他，他心里相当痛苦。

这天，李先泽在办公室，郑三群也少有的在办公室，六喜在底下逛了一圈后，上了二楼，他见两个人的房间门都开着，生出刺激李先泽的念头，于是故意高声嚷道：郑大支书在哪个房间啦？

嚷……嚷什么呢！郑三群假骂着出门迎接。

我来找你郑大支书有事情！嘿嘿！六喜照旧高声高调。

进来坐！进来坐！郑三群热情地招呼。

六喜经过李先泽办公室时故意停顿，假装着与李先泽打招呼：李支书现在搬在这个办公室办公呀？

李先泽知道他在挖苦自己，他不便应答，也不便回击，但心里愤怒，涨红着脸。六喜继续刺激李先泽，他又高声高调地嚷起来：郑支书，我来是请你吃饭的！

五

翠萍大清早就起来，洗脸，梳头，描眉，搽口红，对着镜子左照右照。她今天穿了一套蓝碎花的时尚衣裳，腰间系了一条红绿相间的围裙。有人说，越是漂亮的女人越是喜欢打扮，越是会打扮，这话一点不假，翠萍并不年轻的脸庞在明艳色彩的映照下显得有些白嫩。

她装扮好了后，指手画脚地让二憨去捉鸽子。她舀了大半桶水，二憨捉来鸽子，她接过来把鸽子头强按进水里，鸽子温顺，翅膀略动了下后便不动了。

中午翠萍家里要来领导，领导吃得满意不满意，或者说招待得好不好，很大程度上决定她与二憨夫妻俩能否继续留在林场，因而翠萍既兴奋又有点紧张。

二憨今天也一反常态，很配合翠萍。以往二憨听翠萍的话不是太顺溜。这么说吧，他不敢不听翠萍的话，但每回翠萍让他做什么他都阴着张脸，鼓着嘴巴，也就是不高兴。他不高兴，不是对事情本身，而是怄气翠萍与六喜勾搭，未顾及他作为一个男人的尊严。

> 小妹妹送情郎啊，
> 送到那村外边。
> 秋风吹来，
> 阵呀么阵阵寒。
> 情郎哥在外边，
> 你要注意别受凉。
> ……

六喜这次接着上次的调调，不过词有了些微变化。

上午十点多，六喜与郑三群走在去林场的路上。六喜在前面带路，郑三群跟在后面，六喜抑制不住快活的心情，哼唱起了有点荤的小调。

想起翠萍的那两片唇了吧，哈哈！六喜与翠萍的事情传得四乡八里都知道，郑三群自然也知道，他开起六喜玩笑。

郑支书你想不想嗭？想嗭的话，等下就找个机会让你上手。嘿嘿！六喜了解郑三群，因而他在郑三群面前无所顾忌。

你上手翠萍，不怕你家那母老虎？郑三群逗弄六喜。

她又不是挂在我屁股后。六喜不知羞耻地答。

怪不得你胆大妄为！郑三群随口说。其实郑三群与六喜在这方面差不离，郑三群说六喜，就好比一百步笑五十步。

胆子没有什么大不大的问题，就像牛啃草，趁现在牙口好就多啃点，将来牙口不行了只有看的份！老郑……郑支书，你说对不对？六喜一高兴，就有些轻狂，忘记了自己身份，当"老郑"称谓一出口，他立即意识到自己说走了口，于是迅速收口，改成"郑支书"称谓。六喜今天请求郑三群办事，求人办事，对人得尊重，这道理一般人都懂，何况一天到晚都在琢磨事情的六喜。

怪不得乡里三天两头传你与翠萍的那些花花事！原来你狗日的是这样想的。郑三群嘲讽六喜，算是对他喊自己"老郑"的报复。

那都是以前的事情了，我现在很少与翠萍来往了。六喜申明。

六喜惯于说假话，不过他现在这话倒是真的，自从那次他老婆撕了他脸后，他与翠萍几乎没有勾搭了。

郑三群兼职瓦窑村支书后，六喜裤裆里的东西又有些不安分，他又打起了翠萍的主意，于是又跑林场来了。

二憨在家，对于六喜到来，他照旧呱嗒着个脸，眼中放射出憎恨的光。六喜心里想，你对老子露凶光，等会老子把你眼里的凶光给灭了，让你恭敬地看老子，不信等着瞧！

二憨照旧在门外，翠萍在屋里，六喜与翠萍对坐，有一段时间未见翠萍了，他就像要饭的见到饭馆蒸笼里的热馒头，贪婪地盯着翠萍微微起伏的胸脯。翠萍留意到六喜的贪婪眼神，娇嗔地对六喜飞了一眼。

六喜受到挑逗，嘴巴难忍地对翠萍的胸脯做了个嗭的动作，接着他故作正经，大声吓唬起他们：你们夫妻俩可听说了，新来的郑支书可不像李先泽心肠软，这么多年让你们一家赖在林场，我可听说了，郑支书打算换人看林场，你们夫妻俩以后吃不成这闲饭了！

你说得可是真的？翠萍一听脸变了色。

千真万确！六喜眼睛瞟着翠萍，观察她的反应，他发现翠萍脸上瞬间没有了神采，他心中自鸣得意，他想要的效果达到了。

不过我与郑支书关系铁！以前我经常请他到窑厂来喝酒，后来我不当这个村支书了，他倒过来请我喝酒。六喜显示能耐，他把翠萍往自己身上引，让翠萍有求于自己。

既然你与郑支书关系这么铁，拜托你为我们夫妻俩说说好话，我们夫妻俩看林场这么多年了，让他还让我们夫妻俩继续看行不行？翠萍被吓到了，可怜巴巴地乞求着六喜。

六喜见效果达到，他抬起按在桌子上的手，不失时机地捏了一把翠萍的胸脯。他感觉自家老婆的胸脯就像藤蔓上垂着的丝瓜，而翠萍的胸脯就像香瓜，圆润饱满得很。

六喜捏第一下的时候，翠萍没有拒绝，再捏的时候，翠萍手挡了一下，嘴巴对外嚷嚷。

六喜冒诈的话二憨全听到了，他垂头丧气地走进来，倒了一杯水，递给六喜，然后走出去。

六喜大喜过望，他开始肆无忌惮，伸手摸向翠萍的裤裆……

趁火打劫，快活了一番后，六喜假惺惺地说：我哪天把郑支书请到你们家，你们要好吃好喝地招待好，然后我从旁替你们说说，让你们继续看林场。翠萍一听，乐坏了，她老支书老支书地喊上了，把六喜喊得骨头都发酥。

六喜狡猾，上次他去翠萍家的真实意图是假借翠萍来办自己的事情。他想自己与郑三群关系不错，假如能把郑三群哄好了，把他的水库承包金少上三五千元。

郑三群走了一个多小时山路到了翠萍家，他对六喜抱怨说：这路也太难走了！

六喜眯笑着说：郑支书，路是难走，不过这里的野味难得，等下你尝尝就知道了。

尝过翠萍烧的菜后，郑三群感觉的确不错！郑三群瞟瞟翠萍，再瞟瞟有些憨呆的二憨，心里感触道：怪不得六喜这狗日的敢放肆。

酒桌上，六喜不时地对翠萍挤眼睛，意思是你要陪郑支书喝；翠萍也不时地对六喜挤眼睛，意思是你对郑支书说，林场仍让我们夫妻俩看。郑三群以为他们二人在调情，感觉很有意思，就这样瞟来瞟去，瞟了一会后，加上酒精作用，他感觉体内的液体都往某一处奔涌，不一会他感觉这个部位肿胀得十分的厉害，似乎要崩开……

回来的路上，两个人都摇摇晃晃的，六喜眯着眼问郑三群：郑支书，今天我带你来林场，感觉美妙吧？

美妙个屁！就见你狗日的与翠萍眉来眼去，把老子放一旁！郑三群从裤腰里抽出手划了一下。

我那是让她陪你喝！你难道没有看出来？六喜狡诈地说。

我不知道你狗日的什么意思！郑三群喜欢听这样的话，但嘴巴还是假意地骂。

六喜就势托了一把郑三群的胳膊，趁机说：郑支书，我承包的那个小水库年年亏本！你看能否高抬贵手，给减免三两千元，让我也松口气。

这个……这个不是我一个人能做……做主的！郑三群又从裤腰里抽出手划了一下。

六喜以为这事情黄了，没想到郑三群又咕噜了一句：哪天村里开会研究一下。

第九章

一

油子现在转行了！

他不知道是受高人指点还是脑袋瓜开窍，在离平山乡政府百把米远的街面上开了家狗肉店，名字叫"旺旺"。有两层意思，一层是本义，谐狗叫音，"汪汪！"；还有一层是寓意，暗喻狗肉店生意兴旺。

油子一向头脑简单，这样既谐音又带寓意的店名，乡里人大都认为是他老表给起的，其实猜错了，还真是他自个起的。开店前几天他抓耳挠腮，琢磨给狗肉店起个吉利的名字，为了启发自己，他嘴里不停地发出"汪汪"声，发了一会后，他脑瓜一亮，汪汪！汪汪！旺旺！旺旺！店名字有了，就叫"旺旺"，寓意狗肉店兴旺！

油子狗肉店开张后一段时间很是兴旺，一来是食材好，狗是他晚上套的；二来他厨艺好，狗肉是他亲自下厨烹烧的。

财政局徐主任被打，造成恶劣影响，李先泽异常恼怒，发誓打死人都不会再用油子了。油子没有了招，他只好重操旧业，白天捅黄鳝、捉鳖，晚上偶尔出去套狗。狗肉不卖，送人或烹烧了自家吃。怎样烹烧，狗肉才烂，狗肉皮子才脆，狗肉既不膻又喷香？油子介绍，他很钻研了一番，买书学习，请教高人指点，还一次次地试烹，添加佐料，经过不断地探索，最后他烹烧的狗肉完全符合了以上几项要求。

夸他这手艺可以到乡里开狗肉店的人，是琚三瓢。油子闲着无事逛到窑厂，他对琚三瓢吹嘘，说他闲着无事研究烹烧狗肉，现在烹烧的狗肉一流的好吃。琚三瓢不信，讥讽说，你油子的老底子我还不知道，满嘴跑火车。油子跷起小手指信誓旦旦地说：真的一流好吃，扯谎是儿子！

既然油子说到这个份上，琚三瓢为了验证，真到了油子家。油子拿出看家本领烹烧狗肉，结果满屋子飘香，馋得琚三瓢口水直流。狗肉烹烧好，为了体现原汁原味，油子不用大碗装，直接把大铁锅端到桌子上。香气萦绕，色泽又好，琚三瓢迫不及待地拿起筷子插向锅里，一口咬着，满嘴流油。好吃！好吃！你狗儿子烧的狗肉真好吃！琚三瓢跷起大拇指连声称赞。

好吃吧！我没有吹吧！手艺被证实，人品获得赞许，油子有种满足感。

没有！没有！琚三瓢嘴里正咬着一块狗肉，一说话，狗肉掉到了锅里，溅起了深红色的汁液，这是辣椒与酱油反复搅和形成的混合色，这好比历经磨炼后的人生色彩。

琚三瓢夸油子的手艺可以开狗肉店，油子听了飘飘然。他异想天开打算到城里开狗肉店，兴冲冲地跑到老表那里说了自己的想法。老表清楚他没有耐性，也没有本钱，于是泼冷水说，现在城里门面贵，装潢不上档次没有生意，上档次成本太高，没有万把块钱拿不下来。油子听了老表的话，泄了气。为了安抚油子，老表说：你不如在乡里开个狗肉店，等有了名气再来县城。

于是油子就在乡里开起了狗肉店。

旺旺狗肉店选址在乡政府边，来来往往人多。油子烹烧狗肉的厨艺好，一时间狗肉店生意异常火爆。

立冬后吃狗肉最来劲，油子的狗肉烹烧得好，到油子狗肉店来的食客一个个吃得酣畅淋漓，通体发热。他们在外面一宣传，一时间县城里的人，还有周边县的人都跑来旺旺狗肉店品尝油子的厨艺。

来的人多了，就得排队了，中午排不上，就往晚上排，晚上排不上，就往第二日排，第三日排……

有一种营销方式叫饥饿式营销，源于孟子的"君子引而不发，越如也"。意思是指商人为了制造供不应求的"假象"、有意调低商品产量。

油子每天只接待几拨客人，与饥饿式营销无关——他头脑简单，也不懂得饥饿式营销方式，一来店面太小了，二来狗肉严重供应不上。得想法子，扩大店面，办狗场……油子心里揣摩。

二

郑三群在会议桌的抬头位置坐定，李先泽与湘绣，王天成、王玲与小张文书在两边围坐。

李先泽进入会议室，他犹豫要不要靠里边坐，这时湘绣做了个里边坐的手势，李先泽就势到里边挨着郑三群坐下。

李先泽的局促被郑三群瞄在眼里，他不免有些得意：这说明李先泽清楚自己现在的身份，他短期内应该不会与自己唱反调，今天的事情能办成！

郑三群想办的事，也就是今天会议的主要议程，就是讨论给六喜减免水库承包金的事情。

这事情假如放在郑三群自己的村，他顶多与村主任打个招呼，然后就给减免了。初来乍到瓦窑村，他还没有摸透这几个村干部的秉性，尤其碍着李先泽，他不好独断专行。

郑三群是精明人，他清楚六喜说的是假话，更清楚给六喜减免承包金意味着村子损失一笔经费。他非要这样做，是借此还六喜一个人情，这年把他送县里那些头头脑脑的鱼大都是六喜进贡的。

以往李先泽主持会议，他红赤着脸，望着大家，然后开始说议题。今天是郑三群主持，李先泽照旧红赤着脸，不过他今天的脸红赤与以往不同，以往脸红赤是要说话之前的一种习惯，而今天脸红赤是因为难堪与不自在。以前二人平起平坐，现在李先泽要听从郑三群的号令，这对于常人来说，多少有些不习惯，何况李先泽是要面子的人。

郑三群照旧未扣褂子扣子，大家坐定，他未宣布议程，而是先甩一颗烟给李先泽，接着朝向湘绣问，你要不要？

对于郑三群的突然举动，湘绣老练，她没有表现丝毫的窘迫，礼貌地对郑三群摆手说不要。

李先泽不抽烟，见他甩烟给自己，不理他吧，不礼貌；理他吧，明知他新来乍到，多少有些心虚，与自己套近乎。于是略微犹豫了一下，说了句：我不抽烟的，然后把烟放在郑三群笔记本边。

郑三群甩了一颗烟给王天成后，开起了王玲玩笑：王玲，昨天你"老板"回来了吧？

郑三群这话问得太突兀，到底什么意思，王玲一时难反应过来，又是刚与郑三群共事，不好随意，她红着脸答：没有啊！郑支书怎么这么说？

你今天打扮得特别漂亮！说完，郑三群自个笑了起来。

这话听起来似乎没有恶意，王玲不好意思，满脸通红。

郑三群的玩笑话把李先泽以外的几个人全逗乐了，会议气氛比先前有所放松。

要说在开玩笑笼络人心方面，李先泽远比不上郑三群。李先泽实打实的，他主持会议一般是这样的：今天有这么几件事情，我们商议一下！然后直奔主题，会议气氛不紧张也不随意。

嘿嘿！嘿嘿！大家被逗乐了，郑三群有些得意，他开心地笑着。

李先泽没有笑。他笑不出来。郑三群的得意愈加凸显他的失意，他感觉浑身上下就像长满了刺，脸色由红色转变成绛紫色，呼吸有些接不上。

郑三群嘿嘿笑了一阵后，收起笑容一本正经地说：现在开始说正事！大家都望着郑三群。只见郑三群打开笔记本，瞄了一下里面的内容，然后目光朝李先泽扫过去，再一一扫过众人，最后目光落回到李先泽。

李先泽是老支书，他有影响力，他的态度最关键，只要他闭住嘴，事情就能办成。郑三群在心里琢磨。

六喜老支书反映他承包水库年年亏本，要求减免点承包金，考虑到他是村子老支书，大家讨论一下，是否可以给他减免点承包金？

郑三群两次提到"老支书"是有其用意的，他是想借"老支书"这么一个充满乡情的称谓打动在座的各位干部。一般人意识里，"老支书"都曾对村子作过贡献，都德高望重，"老支书"有什么要求大家都不好反对，此外李先泽也是"老支书"，他把李先泽套进去，让李先泽于情于理都不便反对。

然而郑三群的话未起到预定的效果。几乎所有的人都惊讶地望着郑三群，他们都未曾想到新支书会提这个议题。虽然六喜一天到晚嚷嚷着说承包金贵了，可是他们清楚六喜这些年是赚了钱的。他们心里嘀咕，新支书是不知情，还是被六喜念的经给蒙骗了？还是与六喜在一起"做盒子"？

李先泽脸上肌肉突突地跳动着，身子往起抬了几次又都落了下去，他想发言，然而一想到自己下台的身份，强忍着没有爆发。

王天成是刚进村的，根基浅，逼着他先表态，等他表了态，再一个个地来！郑三群当了多年村支书，在化解僵局方面有他的一套手腕，于是他单独甩了一颗烟给王天成，亲切地征询道：老王，你同意减免老支书的承包金吧！

这个……这个……王天成一时不知道如何表态，话语含糊。

你同意还是不同意表个态？郑三群催促。郑三群足智多谋，有时候强攻之下，防线会松动。

村子怎么决定就怎么的……王天成态度果然松动。

郑三群很开心，他不失时机地表扬王天成道：你听村里的，你这态度很好！有你这态度，村子里以后事情容易推动！

村子运转，还有村干部可怜巴巴的几个工资都来源于承包金，承包是有协议的，怎么能随便减免！李先泽实在忍不住了，只见他脖子僵硬，额头上青筋像条条蚯蚓在扭动。

瞬间，郑三群脸上的笑容像天上的白云被一阵大风给刮跑了，他脸紫黑紫黑的。他料想到今天的会议没有那么顺利，但未料想到李先泽这落魄的干部竟然敢与他对着干。

他在想着如何应付李先泽时，又冒出来一个反对的。

我也不同意减免六喜老支书的承包金！起初，快言快语的王玲就想表明态度，只是出于对新支书与李先泽的尊重她未作声，现在她见李先泽开了头，于是急忙接上去。在正直的王玲看来，给六喜减免水库承包金太不合理了！再说，这么多村干部的工资都靠承包金养活着哩！减免了，工资谁给发！因而她不得不发言。

我也不同意！湘绣表态。湘绣的发言声音不大，但从简短的声调里能够听出力量与分量。

已经有三个成员不赞成了，再问小张文书已毫无意义，在这种情况下，郑三群不愧是场面上的老手，他知道如何给自己台阶下，于是装笑地说：我其实也不想给六喜减免承包金，只是六喜缠着我，我让大家讨论一下，就是借此堵住六喜的口，既然大家都不同意，那我回复六喜就是啦。

说完，他站起来，拎起笔记本往外走，走了几步，他想起来似的对李先泽说：老李，你在瓦窑村威望高，我哪天向乡党委打报告，请求回去，还是让你继续当瓦窑村的村支书。

……李先泽没有接话。气氛一下子凝固。

郑三群借嘲笑李先泽来出一口恶气。他阴坏：李先泽被撤支书职务，我就拿支书职务来说事，让李先泽受伤滴血的心再滴血一回。

事实上郑三群的攻击达到了极佳的效果。自尊心十分强烈的李先泽受不了郑三群的嘲弄，只见他脸色乌黑，牙齿紧咬，眼珠圆瞪，几乎所有气愤的表情全部在脸上显露。可是他又不便发作，只好气呼呼地往会议室外走。

他迟早要"走"的！湘绣与李先泽走在最后面，她见郑三群走远，轻声安抚李先泽。

三

农历十月底，晚稻都收进了各家各户的仓里，田里除了一指长的稻茬子外，再难看到其他的东西，显得空落落的。这以后对于农民来说比较闲，而对于乡、村两级干部来说是"忙季"。一年一度的农业税征收又开始了，乡里开大会，将任务下达给各村、各位干部。紧接着村干部包片，一户一户地踏门槛，要是交不齐，得村干部先垫上，因而对村干部来说，压力非常大，而对于乡干部压力稍小些。

大虎在老婆死了三年后，又讨了个老婆。这个老婆身子就像过年豆腐坊里装豆浆的木桶，十分壮实，与原先他那个病快快瘦得只剩一把筋的老婆形成鲜明对比。这个老婆还有一个特点，嗓门大，蛮横，不讲道理，村子里收农业税一到她就在这挡道。

这个女人之前有两个女儿与一个儿子，年龄都在 15 岁以下，此外她还有一个瞎子母亲，结婚时一起拖过来了。

先前大虎家的农业税归小张文书收，小张文书脸皮子薄，收不到她家的农业税。后来李先泽想把她家调整给湘绣与王玲，两个人都一口回绝，李先泽没有办法只好自己去收。王天成进村后，李先泽考虑他跑过合同，会花言巧语，便把大虎家这片划给了王天成。

现在轮到王天成去收大虎家农业税，王天成感觉头毛皮子发麻，他向郑三群诉苦说：郑支书诶，你不是瓦窑村人不清楚，大虎的这个老婆是耍狠撒泼什么都带，正儿八经的厉害，她家的农业税我收不到。

她厉害，能吃了你？郑三群手插在裤腰里，凸着眼珠问。

我主要怕她撒泼，不顾羞，到时有千张嘴也说不清。王天成皱着眉头说。

怎么撒泼，你说给我听听，看我可有法子治她。郑三群在他们村说话就像盖印，没有几个村民敢违逆他，因而他对王天成的话颇不以为然。

郑支书，你可听说老李到大虎家收农业税的事情了？郑三群听说过李先泽收农业税的事情，不过不是太清楚，现在见王天成提起，他很感兴趣，于是提示王天成说。

去年的这个时候，小张文书跑了大虎家三次，都被大虎老婆撒泼给撒回来，小张文书很丧气，李先泽安慰小张文书说，没事，没事，煞黑我去大虎家。

李先泽选择煞黑去是考虑大虎这时辰在家，好说话点。在去大虎家的路上，李先泽琢磨，假如大虎松口，他老婆不松口，事情僵着，我就拿大虎在窑厂做工的事情来吓她，她怕村子串通琚三瓢，不让大虎在窑厂做事，从而乖乖答应上交农业税。

然而李先泽把事情想得太简单了。

他来到大虎家屋场子上，只见大门开着的，堂屋里黑漆漆的。咦，怎么现在还不开灯？难道大虎还没有回家？大虎老婆也不在家？他嘀咕着走进堂屋，只见侧屋里有微弱的光亮。他们夫妻二人都在这屋里？李先泽迈步进去。

屋子里很杂乱，一个桃红色的大塑料盆放在地上，盆里放着一块砧板，已有不少切碎的萝卜菜，盆外放着一筐洗好的萝卜菜。只见大虎老婆坐在一张小板凳上，袖子挽得很高，嚓嚓！猛劲地切着萝卜菜。

咦！大虎怎么还没有回来？李先泽朝屋里瞄了个遍，没有发现大虎，他心往下一沉，感觉今天来得不巧。

大虎老婆注意力在干活上，未留意李先泽进来。

大虎不在，李先泽只好硬着头皮面对这个泼女人了，咳咳！咳咳！李先泽咳嗽了几声以提示大虎老婆，自己来她家了。

大虎老婆听到咳嗽声，抬了一下头。换成其他妇女，即使猜出李先泽是来催收农业税的，也会礼貌地站起来打个招呼，然而大虎老婆不仅没有打招呼，而且头一撇，嚓嚓嚓！嚓嚓嚓！发泄怒气似的猛劲切起菜。

缓和气氛，李先泽问了句，大虎还没有回来啊？

没回来！女人瓮声瓮气地答。

你这萝卜菜嫩！李先泽走近，瞄了瞄萝卜菜，套近乎地夸了一句。

嫩，卖不到钱，管屁用！女人这句极不文明的话把李先泽噎住了——他不好发火，也不好接着往下说。

犹豫了分把钟后，李先泽硬着脖子向女人摊牌：小张文书跑你家多次了，你爽爽快快地把农业税交了不就得了！

我没有钱交！女人放下刀子。

挤挤！李先泽提示。

我家难，这么多口子吃饭，你们村干部又不是不知道？！这本是一句软话，很能获得人同情，可是出于女人个性，从她口中出来硬邦邦的，有些呛人。

自古种粮要交税，你又不是不知道！女人不讲理，李先泽来了气，他嗓门硬了起来，脸色有些红涨。

我没有钱交！女人低头猛劲地切菜。

假如你真不交农业税，你家大虎在窑厂做工的事情恐怕有点够呛！李先泽见女人耍皮赖，于是把在路上琢磨的招数拿出来，想看看女人的反应。

你想拿做工的事情来吓唬我是不是？李先泽的话刺激这女人，只见她猛劲地把刀子往砧板上一戳，刀子立住了；她站起身，挽着袖子，怒目圆瞪，指着李先泽吼道：你给我滚出去！

即使一般人都受不了这种撒泼式的侮辱，何况李先泽还是瓦窑村的村支书。你这叫什么话！李先泽被大虎老婆的无理激怒了，他脸色涨红，大吼了一声。他心里说：我是支书，我要用正气压住她，决不能让她撒泼惯了，搞坏了坯子，不仅她家农业税收不起来，还影响收其他家农业税上交。

女人愣怔了秒把钟后反应过来，开始撒泼，大喊：支书耍流氓啦！支书耍流氓啦！叫喊的同时，被萝卜菜汁液染成藏青色的手快速伸向领口，随即拽掉上面扣子，这样两个肥奶的一小部分跳了出来。

女人这一招来得的确狠，李先泽未曾料想到，他一时有些惊慌失措。边说着你这女人怎么能这样，边往门外急退。李先泽清楚：在山村，发生了这方面的事情是有嘴说不清；何况自己又跑到人家家里。这时他在心里怨怪自己，考虑问题也太简单了，没有想到这女人来这一套。

李先泽狼狈不堪地退到门外，女人追出门，不顾一切地叫喊：你们大家快来看哦，支书跑到我家来耍流氓咯！声音在夜色里打转，周围邻居出于好奇，都聚集到大虎家门口看究竟。

事情传遍了全瓦窑村，尽管大家都不相信李先泽会到大虎家耍流氓，但乡村恶俗，都喜欢谈论这方面事情，而且还添油加醋，编派出很多版本。

农业税必须交！只要种田天王老子就必须交！李先泽虽然受到诬陷，但他不畏缩，坚持征收。他想了个点子，找了琚三瓢，经过大虎同意，从工资里直接扣了她家的农业税。

四

这女人还真泼！哈哈！老子倒想会会她！看她在老子面前可露露，让老子也开开眼！郑三群在听了王天成关于李先泽被纠缠事情的描述后放肆地笑起来。在他看来，没有他制服不了的村民，即使再撒泼，他都能想到法子制服。

郑三群这样想，完全是把瓦窑村当成瓦岗村来对待。他在瓦岗村当村支书多年，已经在村民中形成了威望，准确地说，是形成了威势——你不听话，我总能找到法子治你；今天治不了你，明天总治得了你；这件事情治不了你，肯定有另外的事情能治得了你！

而瓦窑村的民风民情与瓦岗村完全不同，郑三群初来乍到，把瓦窑村当成瓦岗村来治理，碰壁是必然的——先前给六喜减免承包金的事情就已经碰了壁。

郑三群的豪气给王天成壮了胆，之前王天成一直愁眉如何将大虎家的农业税收上来，现在见新支书这样泼辣，他眉头松开，恭维郑三群道：这泼女人只有你郑支书能收拾！

郑三群被恭维自然开心，豪气又上来。走！今天看老子如何收拾这泼货！迈开大步走了几步，他反应过来，自己不清楚大虎家在哪个村民组，不知道往哪里走，于是手从裤腰里抽出来，对王天成挥道：你上前！带我去见识见识！

于是王天成走在了郑三群的前面。

你说这泼货见到我会是什么反应？来到大虎家所在的庄子，郑三群猛不丁地冒出一句话。他想，自己平日里厉害，声名在外，一物降一物，大虎老婆见到自己泼性应该会有所收敛。

见到……见到郑支书，嘿嘿！嘿嘿……王天成笑而不语，他不是不想说，而是觉得不好说，郑三群的厉害他是知道的，大虎老婆的泼性他也是知道的，郑三群能否制服大虎老婆他心里有些生疑。

你狗儿子耍滑！郑三群不满地骂起王天成。

不是我耍滑，是这泼女人委实不好对付，等下郑支书你就知道她厉害了！王天成假装老实地说。

还那么难对付？郑三群不相信地望着王天成。

的确难对付！王天成郑重地答。

等下你看老子的！郑三群抬头望了一下天空，然后往地上吐了一口痰，仿佛大虎撒泼的老婆就是这口痰，为了表示狠劲，他用脚使劲地踏了踏，然后指令王天成道：你在前面带路！

那个就是大虎老婆！王天成指了指前面屋场子上一个挎腰箩的妇女道。

郑三群瞟了一眼这个妇女，只见她上身穿着一件脏旧的蓝色褂子，下身穿着一件同样脏旧的黑色裤子，头发散乱得像鸡窝，脸皮子有些像田里的蝲蝲咕，看了让人生厌，想呕吐。

这么一个丑女人，还这么作怪！郑三群心里有些鄙视。在他看来，有些姿色的女人撒泼才说得过去，他也才有耐心做说服工作。

这丑女人也看见了他们，知道他们是来讨要农业税的，急忙往屋里走，然后准备关大门。

你快快上前！郑三群反应机敏，知道假如这泼女人关上了大门，无法说话，这趟等于白跑了，于是急忙提示王天成。

郑支书来了！王天成小跑着到了大虎家大门口，女人见此，不好再关门。

王天成与郑三群进了屋。你是大虎老婆？郑三群凸着眼珠子问。大虎老婆急忙进里屋。她不是选择对抗，而是选择躲避，应该是知道自己的厉害，自己就应该对她保持震慑，眼神不能带丝毫温和，让她怕自己，从而乖乖地把农业税交了！郑三群心中盘算。

大虎老婆不哼声。

你知道我们的来意！自古以来种田交粮，天经地义！郑三群继续凸着眼珠子。

我家里嘴巴多！这个一向撒泼的女人果然被郑三群的威势震慑住，她说起了软话。

嘴巴多，就不交？说不过去吧！郑三群厉声地吼着，然后在几间屋子转开了。他走进一个侧屋，看见一个红漆已经剥落的大柜，他很有经验地掀开大柜盖子，只见里面装着籽粒饱满的晚稻，他抄起一把，说了句，这成色不错嘛！

女人大概猜到了郑三群的用意，从脸色上看，她有些紧张。

郑三群目光在屋子里打转，他瞟见了屋脚摆放着一堆橙色的罐子。他走上前，摸了一下罐外壁上的油渍，然后手指捻了一下，像是获得重大发现，得意地望着大虎老婆，接着摇了摇罐子点拨道，这油罐蛮实沉的嘛！

像是被人家捉到了短处，大虎老婆头上开始冒汗。

你家很富足！你有什么理由不交农业税！郑三群出人意料地猛吼了一句，不仅把大虎老婆吓了一跳，而且把王天成也吓了一跳。他吃惊地看着郑三群，心里说，原来人家说郑三群厉害，现在看，果然名不虚传！

郑三群这是心理攻势，他利用大虎老婆耳闻自己厉害这点，迅速击垮她的防线。

女人身体抖动了下，没有答话。

你今天交不交农业税？！郑三群瞅着大虎老婆的脸问。他想，必须趁热打铁，在这个女人心虚的情况下，立马让她降服。

我交不起！交不起！两人都以为已经降服了大虎老婆，没有想到，大虎老婆往地上一仰，手抓地面撒起泼来。

哎哟！痛死我了！只听郑三群一声哀嚎。

郑三群惨叫，是因为大虎老婆捏了他的下体。这个女人撒起泼来没有底线。大意失荆州，一向威严无人敢惹的郑三群显然忽略了这一点。

五

田畈里空荡荡的，风带着寒意，毫无阻挡地荡来荡去。山冈上的松树叶子掉落了大半，剩下的几片叶子像孩童一样，尽管恋恋不舍母体，但还是经受不住寒风肆虐，时不时地旋转着落下。

这样的时令，无论田畈还是山冈都难得见到人。这天的九点时辰，往大虎家方向的路上走着一长串人，一个个缩着颈子。走在最前面的是郑三群，他手依旧插在裤腰里，眼珠子依旧凸着，不过面色有些憔悴，人看上去不是太精神，也许是前几天受到惊吓，还有身体亏空的缘由。紧跟在郑三群后面的是王天成，他箍了一顶带紫绒的帽子，两个耳朵被罩在里面。王天成与小张文书轮流拉着一辆大板车。王天成与郑三群不同，他精神头十足，一路上自说自笑着，像是去办喜事一般。王玲、湘绣与李先泽在后面。王玲与湘绣表情淡然；李先泽与郑三群一样表情严肃。

郑三群前几天未防备被大虎老婆捏了卵子，还好大虎老婆下手留了点劲，他在疼痛了几天后感觉有所好转。被捏卵子这事对于任何男人都是一种羞辱，更何况是当村支书威风很足的郑三群；此外还关乎郑三群在瓦窑村的威望。试想亲自出马，农业税未收到反被捏了卵子，这以后如何让瓦窑村民服帖，如何把村支书当长久？郑三群一想到这些心里就恼火，他在心里发誓：一定要把这女的给治住，让她晓得老子的厉害！郑三群所想到的法子就是硬来：你不交农业税，我就破你家粮仓！于是他带着一帮干部前往大虎家去拉粮食。

王天成心情欢快，一是出于他对做这类事情的热衷；二是他与郑三群走得近，郑三群把他当成了在瓦窑村的依靠与培养对象。郑三群背后向他许诺说：我在瓦窑村是临时过渡，你假如表现得好的话，我可以向乡里推荐让你当村支书。有奔头，因而王天成屁颠屁颠地跟在郑三群屁股后面跑。

李先泽把郑三群与王天成二人心里的小九九看得一清二楚，他不想在王天成面前说郑三群不靠谱，你紧跟着郑三群到时候什么也捞不到的话。一来考虑王天成正在兴头上，听不进他的话；二来他顾全大局，不愿意破坏班子团结。

对于今天硬闯大虎家破粮仓，李先泽心里是有抵触的，觉得这样硬来不是个办法。他本想劝郑三群去窑厂找大虎协商，但一想到郑三群上次被捏了卵子，这次去是报复，假如自己劝说，郑三群不仅听不进去，反而认为自己坏他的事情，两个人的关系势必搞僵，今后难在一起工作，因而也就放弃了劝说的念头。

除了王天成外，李先泽在其他几个人中还是有威望的。当郑三群提出去大虎家破粮仓的主张时，小张文书、王玲与湘绣的目光同时望向他，意思征求他意见：乡里乡亲的，这种做法可合适？李先泽涨红着脸，未对他们做出任何表情暗示，这某种程度等于默许了他们最终附和了郑三群的主张。

寒风舔着大虎家屋场子。很意外，大门敞开着。

郑三群开心地回头望了一眼众人，然后从裤腰里抽出了手，他甩开手迈步进了堂屋，堂屋里没有一个人。他接着快步走进侧屋，看见粮仓，眼睛像猫瞄见老鼠一样闪亮起来；然后上前，像是对粮仓有深仇大恨似的用力一扒拉，只听哗啦一声，上面的稻谷像决堤的洪水一样倾泻而下，瞬间铺满了地面。

稻谷有些滑，他退到侧屋拐。

装！装！把这里的稻谷全部装走！郑三群对着跟进来的王天成划着手。

王天成笑呵呵地拎着稻箩进屋，小张文书与王玲紧跟在后面。

湘绣望了一下李先泽，意思这样硬来可妥？李先泽轻哼了一声，意思这样干要出大问题，湘绣点点头。他们两个人在一起搭伙久了，谁的一个眼神对方都能读懂。

大虎老婆不知道到哪里去了，直至王天成拉着装满了稻谷的大板车出了屋场子她也未出现。就在大板车即将出村庄，郑三群自鸣得意的时候，大虎老婆疯了一般地追了过来。

你们这群土匪！这群断子绝孙的强盗！趁我不在家来抢稻子！不想让我们小老百姓活！我要到乡里、县里去告你们！大虎老婆边追赶边骂着。

王天成刚才还喜笑颜开，现在见大虎老婆凶凶地撵来，他神色有些慌张；小张文书未见过世面，神色更为慌张。

郑三群镇定自若，甚至从他脸上还能看出报复的快意，他朝王天成喊：慌什么？有什么可慌的？！

李先泽的神色倒有些紧张，他预感到接下来将要发生严重地拽扯，甚至出人命。他目光与湘绣对视了一下，湘绣示意他的判断是对的。

大虎老婆披头散发地撵上来。反了你了！郑三群凸着眼珠子，试图拦截她；大虎老婆绕着弯子奔跑，试图躲过郑三群，两个人就这样反复地拉锯。

这过程中，王天成机灵，他拉着大板车一路小跑，其他人紧跟后面，李先泽也跟在后面，未参与拦截。

郑三群拦截住了大虎老婆。大虎老婆故技重演，手伸向郑三群裤裆；郑三群这回有经验，他往侧面一躲，大虎老婆机灵，趁机冲了过去。

当当！当当！大板车在山路上，发出一阵紧似一阵的颠簸声。

大虎老婆跑得急，一只鞋撇了，她不顾一切地继续跑，结果这只鞋的前半部分朝下面对折，她被绊了一下，险些跌倒。她站住，脱了这只鞋子，只穿了一只鞋子，这样一来身体缺乏平衡，另外落地的脚冰冷，她不顾这些，拼命地往前追赶。

大虎老婆一路狂奔，终于冲到了大板车前面，死命地拖住了把手。王天成无可奈何地望着大虎老婆。

把这死女人拉开！把这死女人拉开！郑三群在后边喊。

这时候，王玲与湘绣不好无所作为，两个人遂上前拉起了大虎老婆。大虎老婆拽着大板车把手死死不放。郑三群追了上来，他用尽力气扳开大虎老婆的手，大板车又重新跑了起来。

大虎老婆横冲直撞，无奈被三个人拽扯着挣脱不开，在原地打转。她发疯地抓挠着郑三群、王玲与湘绣，三个人在躲闪的同时继续拽扯。

拦截不好，不拦截也不好，之前李先泽一直在观望，这会怕郑三群对自己恼火，他只好加入劝解行列。

纠缠了大约半个时辰，大板车跑远了，几个人放开了大虎老婆。大虎老婆继续奔撵，又拽扯了半个时辰，大板车跑得无影无踪。

郑三群见此，放开大虎老婆。大虎老婆左右一瞄，见右边上有口池塘，便不顾一切地往塘口方向跑。郑三群没有明白大虎老婆用意，李先泽猜到了，他试图撵上并堵住大虎老婆。

然而迟了，只听扑通一声，大虎老婆已经跳入冰冷的塘中。

六

李先泽这阵子特别的烧心。

郑三群接管了瓦窑村，依赖王天成，对李先泽是排斥的。他说话不是，不说话也不是，浑身上下不自在；当村干部有些年头了，他对瓦窑村是有感情的，离开村子吧，他又有点不舍得；不离开村子吧，觉得再待下去委实憋闷……

李先泽兄弟三个，他是老大，念到初二辍学；老二与老小更不如他，都只念到小学毕业。起初的时候，老二与老小都羡慕老大，说老大念的书比我们多，将来肯定比我们有出息，可到后来，老二与老小都比李先泽有出息。他们在外闯，现在都成了包工头，老二在江西九江承包楼盘工程，老小更有出息，承包高速路段工程。

国庆的时候，老小回了趟老家，听嫂子兰花诉说哥哥的支书位子被扒了，另外还受郑三群郑矮子的排斥，便建议大哥跟他出去干。说，我最近承接了一段高速工程，正缺管理，大哥当过干部，正好帮我管理！我每个月给你开3000元工资！

3000元工资在当时来说委实不少，是当村干部工资的五六倍；此外给自家弟弟干，工资能及时兑现，不像在村里干工资时常拖着。兰花一听，感觉非常不错，便鼓动起李先泽：这样的待遇打着灯笼无处找，干脆跟老小出去，别再受郑矮子的气了！

高工资的诱惑，加上兰花的劝说，李先泽内心有些波动。他想，与其在村子里受郑矮子的鸟气，不如出去！

一切都准备就绪，李先泽人实在，他琢磨，郑矮子我就不打招呼了，乡里我得说一声，有个交代。乡里对谁说呢？钱进朝？他花言巧语，说了说不定走不了。那对组委说？组委王新历人不错，他确定还是对王新历说。

李先泽来到村部里，郑三群照例不在，李先泽悄悄地告诉了湘绣。湘绣听了很惊讶，然而湘绣清楚李先泽的处境与心境，没有挽留他。他拨通了组委办公室电话，未想到王新历严厉批评起他来。王新历批评说：李先泽，组织上这么信任你，你怎么分不清，还要往出跑？

我……我……李先泽想说我现在不是村支书了，待在村部里很憋屈。可话在喉咙里一打转，就说不出来了。

王新历听出了李先泽声调里的压抑成分，理解李先泽的心境，他安慰李先泽道：任何人的人生都不会一帆风顺的，都会受到挫折，不能受到一点小挫折就气馁，就逃避！你要相信组织，相信组织上会重用你！

王新历还补充道：国家现在形势越来越好，以后村干部也会有养老保险，工资也会有保障，这就看你李先泽有没有定性，能守得住还是守不住！

　　王新历最后提醒李先泽道：离开这个村就没有这个店，你想好了，一旦你离开现在的位置，再想进来就难了！随即挂上电话。

第十章

一

　　并村后一年紧接着是并乡。并乡的好处是，精简机构和人员，提高办事效率，减少财政支出，减轻农民负担。

　　平山乡与周边一个叫澄瑶的小乡合并，乡政府仍设在老平山乡，不过乡名字改了，改成了平瑶乡。这种改法兼顾了早前两个乡的名称，容易被两个乡的百姓接受；此外新乡名颇富诗意，而且与山西平遥地名相近，平遥近年来在旅游观光方面有不小的名气，起"平瑶"的名字，无形中沾了山西平遥的光。

　　并乡后的乡大了，权力也就大了，有些人保住了早前的职位，某种程度就是提拔了。老平山乡的书记就是这样，他保住了乡书记的位子。关于这点，外面有两种传言：一种传言说，他能当上合并后的乡书记，多亏了县人大常委会的倪主任，倪主任欣赏他，夸他思路阔，年纪相对来说又比较轻，可以让他在重要岗位上多历练。关于他思路阔这点无论老平山乡的干部还是老澄瑶乡的干部都认同，这条传言，是他仍当合并后的乡书记的一个正当理由。还有一条传言说，倪主任曾经当过教师，他是倪主任的学生，而且还是班长，那时的倪老师就很欣赏他，所以这次并乡倪主任为他说了话。

　　早前的平山乡乡长职务安排不太如意，成了平瑶乡政协工委主任。他早前有三种打算，第一种，也是最理想的一种，是继续当合并后的乡长，毕竟平山乡比澄瑶乡大，他当合并后的乡长理所当然；第二种，调到县里去搞个职务，他家在城里，用不着每周往乡下跑；第三种，也是最不济的一种，当合并后的乡人大主席。在这过程中，他不断地跑组织部探消息，结果出来很不理想，连人大主席都没有当上。后来传言有两种，一种传言说上头考虑到两个乡干部的安排要大致平衡，好处不能全给了老平山乡，否则老澄瑶乡的干部心理不平衡；另一种传言说，上头认为他格局不够大，让他任主要职务不利于合并后的平瑶乡发展。

也许是对职务安排的不满意，老乡长转岗政协工委主任后，就开始生起病来，三天两头上市里医院与省里医院。

早前的澄瑶乡书记当上了平瑶乡的乡长，早前的澄瑶乡乡长当上了平瑶乡的人大主席，比早前平山乡的乡长安排要好些。

早前的平山乡组委王新历因为组织工作稳重踏实，现在升为平瑶乡党委副书记，分管组织人事工作。另外要介绍的是，纪委女书记虽然未升为副书记，但是上调到县科技局任副局长，也算是不错的安排。

王新历升任党委副书记，对于李先泽来说是福音。在平瑶乡各项工作进入正轨后，他来到书记办公室，提议恢复李先泽的村支书职务。

书记正好也有这个想法。郑三群到大虎家拖粮食逼得大虎老婆跳塘的事情传遍了全县，弄得书记脸上很不光彩。为此书记在全乡干部大会上严厉地批评了郑三群，说：我让你收农业税，你要动脑子，想巧法子收；没想到你猪脑子，蛮来！险些出了人命！接着他顺口表扬起李先泽，就善于动脑子，早前一年通过迂回的法子把大虎家的农业税给征收了。书记这么一批评一表扬，让起了心思离开村子的李先泽有些回心转意，同时让郑三群有些丧气，他打定主意，不再吃力不讨好，坚决不再兼任瓦窑村的支书职务。

上次大虎老婆跳入冰冷的塘水中，李先泽疾跑几步，毫不迟疑，也跳入冰冷的塘水中。这个池塘是前年李先泽找水利站站长要指标兴修过，虽说现在是下半年，水位浅，但塘中央水还是比较深的。大虎老婆跳下塘，不顾一切地往塘中央扑，然后身体往下一沉，接着头冲出水面，再接着一上一下，双手在水里扑腾。

人命关天，李先泽不顾寒冷，奋力扑到了大虎老婆的边上。只见大虎老婆被水呛得够呛，手不停地划拉——这是求生的本能。

农村中有不少妇女因为读书少的原因、近亲结婚智力低下的原因，还有家境差、家风不好等多方面的原因，喜欢撒泼，不讲理。这类妇女李先泽见过不少，但像大虎老婆这样的少见，他对这女人有点厌恶。在手一伸出就能够得住这女人衣袖的瞬间，李先泽心里是清楚的，即使再呛秒把钟大虎老婆的生命一点问题也没有，让她再呛会对于胡搅撒泼的她多少有点教训。李先泽在略微犹豫了下后，出于善良，他还是毅然地伸出手臂，一把拽住大虎老婆的手臂往浅处拉。

愣的怕横的，横的怕不要命的。在大虎老婆往池塘狂奔的瞬间，郑三群有些呆愣，到大虎老婆真的扑入池塘时，他被吓到了，他未想到大虎老婆竟如此的刚烈。本来天冷，他脸上就乌啾啾的，现在被吓，脸色更加的乌紫。他心想，坏事了！要出人命案了！真出人命案，不仅他这支书算当到头了，而且还会惹上说不清的麻烦。

冷，加上被呛得够呛，大虎老婆被拉起来后，身体打着哆嗦，失去了先前的泼劲。郑三群站在一边发呆，不知道如何是好。

赶紧把她送回家换衣裳，不然感冒了生病！李先泽招呼在一旁不知所措的湘绣与王玲。

李先泽浑身上下淌着水，站立的地方全都被淌湿了。他身体也打着哆嗦，见大虎老婆被两个女干部架着走了，便准备动脚回家换衣裳。

没想到这女人这么的刚烈！今天多亏李支书了！要不然……李先泽帮郑三群解了困，要不然无法收场，这会郑三群打心里感激李先泽，他放下架子，不再像往常那样称呼李先泽为老李，而是敬重地称呼起李支书来，试图与李先泽亲近。

要想巧法子！蛮来要出人命的！我身上衣裳湿了，我得赶紧回去换衣裳！李先泽不失礼貌地搭话，然后急促地往回走，水顺着他的裤脚淌到地上，一路上都是水迹。

稻谷是大虎夫妻抠泥巴抠出来的劳动果实，被郑三群抢走，一向泼出了名的大虎老婆岂会善罢甘休。第二天上午这女人就拖着一辆大板车来到村部。郑三群大大嗨嗨，他从未想到大虎老婆会来村部回抢稻谷，因而未将稻谷转移，就放在院子后面的平房里，起初选址建新村部时，在后面建了一排平房，箍了院墙。

郑三群照旧不在村部里。

大虎老婆像猎犬一样，一番查找，终于找到了放稻谷的屋子。她拿起一块石头要砸门锁，王天成上前制止。大虎老婆捋起袖子，拿起扁担对王天成喊：你今天要敢上前，老娘就把你的软头给削了，不信你上前看看！

王天成被大虎老婆的架势吓到了！站在原地不动。李先泽上前规劝大虎老婆道：这粮食你一个人也难拉得回去，郑支书现在又不在，你看这样如何，等郑支书回来，我们开个村委会，看如何处置，到时给你一个交代！

大虎老婆犹豫了一下。她犹豫不是因为李先泽说的这番话，而是考虑到李先泽前一天扑到水里救了她，她觉得假如不听李先泽的劝，有点对不起李先泽。

你就听他的话！王天成见大虎老婆态度有些松动，不失时机地规劝。

不行！大虎老婆把扁担立起来，朝地面一戳。王天成拉走了她家粮食，大虎老婆对王天成存有怨气，王天成的话激怒了她，她态度又强硬起来。

赶紧打郑支书电话！李先泽见劝说不成，于是对身边的王玲吩咐。王玲打郑三群手机，关机；再拨瓦岗村电话，那边说郑三群不在村里。

怎么办？李先泽脑子急速地转着，几秒后他想出了一个办法，于是开口劝起大虎老婆：这粮食你一个人也拉不动，你看这样行不行？等郑支书回来，给你一个交代；假如你觉得不合理，你相信我李先泽的为人，我把我家粮食赔给你，这总行了吧！李先泽温和地说。

李先泽说这番话，不仅湘绣与王玲，就连王天成都有些呆愣。他们熟悉李先泽，李先泽从来说到做到，到时极大可能说服不了大虎老婆，那么李先泽就亏大了！

我就相信你李支书一回！大虎老婆放下扁担。

二

李先泽是硬着头皮劝说大虎老婆的，至于如何收场他心里没有数。他清楚这泼女人明天会来，来了的话，郑三群十有八九不在，到时她百分百会赖上自己。

碰上这种事情，李先泽一向不硬来，也不躲避。他面对村民，态度和善、真诚，就凭这一点，村民的怒火不会升高到哪里去；其次他尽己所能地解决，即使解决不了也耐心地解释，大多数村民还是通情达理的。李先泽能这样对待群众，这是他作为一个优秀村支书的品质。假如这泼女人赖上自己，泼出去的水难收回来，就得把自家粮仓里的稻子赔给她，到时兰花百分百反对，百分百哭着骂他，但他了解兰花，她哭归哭、骂归骂，是不会阻止自己的。不过他考虑周全，万一到时兰花阻止，他会使出狠劲，推开兰花，别看他脾气一向很好，如若真的发起脾气来，兰花是会害怕的。

按惯例，郑三群要歇三四天才会来瓦窑村，何况这次他受到惊吓，平复心境，起码要一个星期才会来瓦窑村，然而出乎大家意料的是，郑三群仅仅歇了一个日子就来到瓦窑村，这让村干部们都异常惊讶。不过李先泽很是惊喜，他心里快活地想：小老子！你终于来了！来了就好！就把老子给解脱了！下面就看你如何唱戏了！

郑三群到来的第一件事就是急慌慌地看抢来的粮食可还在？他把摩托车停好，就直奔后面的平房，透过玻璃窗看到粮食还在，他吁了一口气。歇了一天没来，他心里七上八下，思忖：粮食该不会被那泼女人又拉回去了？那泼女人该不会又寻死了？他心里有点怕！他指望着村干部给他打电话，可是没有任何村干部给他打电话；他想主动给村干部打电话，可是几次拿起电话又放下了。

他就这样心神不宁地过了一天，然后来到了瓦窑村。见粮食还在，他心里估摸：难道这泼女人被镇住了？要是真被镇住了，说明硬法子管用！这次拿住了这泼女人，自己在瓦窑村就立了威！嘿嘿！其他村的支书会更加地佩服老子！书记、乡长也会高看老子。

郑三群很是得意。他即使没有得意事，头都习惯朝上仰；他一得意，头朝上仰得更厉害。他在上楼梯的时候，李先泽在急急地下楼梯，他头朝上仰，正好看见李先泽愁着双眉，满脸的苦相，他心猛地往下一沉，心想，那泼女人十有八九在楼上等着自己！

李先泽急着下楼梯，不是别的事，是肚子里在呼隆，要拉稀，楼上没有厕所，假如下去迟了，恐怕要拉到裤裆里，所以急着跑。

假如不是内急，根据李先泽的品行，他是会与郑三群打个招呼的，即使不打招呼也会点个头。现在内急，他顾不了许多，噔噔噔地往楼下跑。

老——李！郑三群回头喊了李先泽一声，李先泽未理会他，继续小跑。他肯定被那泼货逼了，所以才急忙下去躲避！现在郑三群百分百确定大虎老婆在楼上恭等自己了。

他一只脚搭在上面台阶，一只脚在下面台阶，犹豫了，要不要上去？上去了肯定要被这泼女人缠住，到时脱不了身。

他略微犹豫了下后，朝上望了望，然后头朝下，又略微犹豫了下，准备下楼梯。他心想，我先下去，搞清楚情况，假如这泼女人真的在楼上，我回避。

他把上面台阶上的一只脚收放到下面台阶，现在两只脚在同一级台阶上，他接着往下走，把一只脚放到下面台阶，正当他抬起另一只脚往下放的时候，他看见泼女人堵住了楼梯下口。

不能下了，这样另一只脚悬着了。

他有些惊讶这泼女人竟然在楼下，这是他万万没有想到的。郑三群作为农村基层的一个强势的村支书，在这会，在这泼女人面前一下子变得有些手足无措。

只见这泼女人头发散乱，上身穿了件松垮还破了几个洞的毛线褂子，下身穿了件破旧的蓝布裤子。另外郑三群还瞄见这泼女人插在裤腰里的手里似乎捏着一个铁家伙。

是剪刀！

郑三群顿时头皮一麻。他一直保持手插裤腰的习惯，即使上下楼梯也是这样，现在见这泼女人裤腰里揣着剪刀，危险情况！他下意识地把裤腰里的手往裆处移动了一下。

郑三群的这一细微动作被大虎老婆看成是示弱，这女人虽然带了剪刀，但因为这是行凶的行为，她心里是虚的，现在见郑三群在怕自己，于是胆子立马壮起来。吓唬郑三群，她冷笑了声，把揣在裤腰里的剪刀往外抽了点。

郑三群身体轻微地抖动了下。

双方短暂僵持。在这个考验双方意志的微妙时刻李先泽恰好回来了。他见大虎老婆堵在楼梯口，就猜到了大致情况。于是对大虎老婆说：你来了正好，郑支书今天正好在，你上来，有话与郑支书好好说！

李先泽的话极为妥帖，既安抚了大虎老婆动怒的情绪，同时又给郑三群一个台阶下。

李先泽的出现如同救星降临，郑三群摆脱了尴尬。他不失支书身份地对大虎老婆说：你上来！

之前他的一只脚一直悬着，现在他把这只脚收回到上面台阶上，把已放在下面台阶上的另一只脚抽上来，然后转过身，噔噔地往上走。

大虎老婆跟在后面。

回转的过程中郑三群脑子在快速地转动着：这泼女人今天看来是玩命的，怎么对付她呢？气势一定不能弱，气势一弱，局面将无法收拾！转而又想，自己这方绷着，泼女人这方要泼，弄不好剑拔弩张，矛盾激化，那样说不定自己要吃亏。

这女人少有的泼辣，弄得不好极容易出现过激事件，到时自己吃不了兜着走！郑三群这样一想，态度软了：要么就让她把稻子拉回去！可是转而一想，这样一来，自己在瓦窑村颜面尽失，今后还怎么做工作？

郑三群与大虎老婆往楼上去的时候，李先泽脑子反应快，他预料今天搞不好要出大事情，于是他立马回身，让小张文书赶紧到窑厂去找大虎。办妥这个，他噔噔地上楼，脑子急速地转着，今天无论如何不能出人命！真不行就劝说郑三群，让她把稻子拉回去，相信郑三群会知道轻重的。

上到楼上，郑三群往里面办公室迈步的过程中，尽管他强装镇定，但自己能感觉到，腿肚子部位不住地打战，心里也噗噗地跳个不停，今天的局面如何收场，他无法确定。

这女人会抽出剪子刺杀自己？她会抽出剪子自杀？他在推开办公室门的时候脑子紧张地思索。

无论如何要稳住这个女人！必要时妥协！拖交农业税的事情不要说在全国，即使在本地也是家常便饭，自己犯不着为了农业税的事情断送前程，郑三群尽管平时一向威风，但识时务者为俊杰，这会他学会了聪明，想好了退路。

大虎老婆紧捏着剪刀说：我把稻谷拉回去！

一开始不能妥协，郑三群瞄着大虎老婆捉剪刀的手说：你没有交农业税，不能把稻谷拉回去！

你不让我把稻谷拉回去我就死给你看！大虎老婆唰地从裤腰里抽出剪刀，叉住了自己的喉咙。无论如何不能出人命案子！郑三群脑子急速地思索着，没有好法子，干脆妥协！于是挥手说：你拉回去吧！然后颓然地坐在椅子上。

其实今天大虎老婆是来妥协的，她清楚郑三群厉害，她想先吓唬吓唬郑三群，假如郑三群不为所吓，她再提只交自家几亩好地的农业税，不交几亩孬地的农业税。万万没有想到，郑三群被她一吓，先尿了。

郑三群这样不经吓，让跟进来的李先泽很是诧异！这样轻易妥协，以后村子里的农业税还如何征收？

<h2 style="text-align:center">三</h2>

十来年未见，你这些年搞发达了，成大老板了！真的得对你刮目相看了！

哪有什么发达，不就是到处包田，地道的一个农民哦！这人像验证自己似的抖了抖衣裳。只见他穿了件半新不旧的褂子，上面两粒扣子未扣。

你别这么说！要说农民！我才是农民！

你是村支书！怎么能说是农民？

村支书也是农民！

近旁的几块田里晚稻苗细瘦，像营养不良似的，应该是化肥施得不足的缘故；田里那些长过稻苗且比稻苗粗壮的是稗子苗，也应该是除草不够导致的。早前狭窄的田埂上都种有黄豆稞，现在不少地都荒了，村民们再也不稀罕这些田埂了，像排排守卫一样的黄豆稞已经成为脑海中的记忆了。

李先泽与一个人在靠近河道的田畈里蹚，这人就是当年在皖北与他滚被笼的那个"补锅匠"。十多年未见变化太大，李先泽当了村支书，"补锅匠"摇身一变成了田地承包大户。

那次大虎老婆带剪子进村部吓着了郑三群，他认为瓦窑村是是非之地，得赶早离开，一刻也不能停留。于是当天下午就来到乡政府，找到乡书记苦苦哀求说：书记，瓦窑村我是真——真干不下去了，你还是让别人去干吧！

乡书记审视着他的脸，不说话。书记在想，郑三群从来都是吊刮刮什么都不怕的主，现在到瓦窑村收农业税就让他怕了！说明瓦窑村的村支书还是李先泽来当适合。

郑三群见乡书记不说话，心里有点忧，他生怕书记认为自己说的话是假的，不答应，那自己就脱不了瓦窑村这个箍。

郑三群料想不到，乡书记也料想不到，就在这年的农历年年底（2006年1月1日），中央为了把农民负担切实减下来，废止了《中华人民共和国农业税条例》，从此中国农民告别了绵延2600年的"皇粮国税"。这一重大决策让无数农民激动万分，同时也让乡村两级干部长吁了一口气，今后不再因为征收农业税的事情头皮发麻了。在废止农业税的文件下来后，郑三群比一般的村干部多了一番感慨。

你都不能在瓦窑村干？那谁能在瓦窑村干？乡书记知道郑三群一向刁，故意逗起他来。

能干的多着呢！郑三群语调软绵绵的。

你说谁能干？你能说出个子丑寅卯来，我就放你走！书记心里其实已经有了谱子，不说，故意考问他，看他心里是什么小九九。

王……王……天成。一向说话利索的郑三群因为心虚，因而在提出名单时有些口吃。王天成是无法与李先泽论长短的，这点大家都清楚，书记虽说在乡里，应该也清楚，郑三群不愿意提李先泽，可是在提王天成时底气明显不足。

其实郑三群除了不愿意提名李先泽外，心里还有盘算，自己把王天成扶上村支书位子，王天成不就成了自己的代理人，这样自己不惹麻烦，以后还能到瓦窑村伸脚！

王天成能扛这担子？乡书记提高了嗓音。从乡书记的语气不难判断出他对自己提的人选不满意，对王天成的能力是质疑的，只要能脱身管谁当瓦窑村支书，郑三群在心里略微权衡下后说：不行的话，还是让李先泽来当？

这就对了嘛！乡书记舒展着眉宇说。郑三群瞟了一眼乡书记的脸，心想，看来，李先泽在书记心目中还是有位置的。

李先泽刚恢复村支书职务，乡里就开始刮起了土地流转的风。土地流转其实是一种通俗和省略的说法，全称应该称为农村土地承包经营权流转。也就是说，在土地承包权不变的基础上，农户把自己承包村集体的部分或全部土地，以一定的条件流转给第三方经营。

流转土地的好处多，按照报纸上说的好处有：把农民从土地上解放出来，另外解决了农民外出土地抛荒的问题。报纸上没有说的好处还有，流转土地村集体有提留，日子比以前要好过不少。

　　假如把土地流转比喻为海潮，那么到平瑶乡就等于是海潮的末梢了。其实土地流转的政策2004年就有了，当年国务院明确了关于"农民集体所有建设用地使用权可以依法流转"的规定，之后土地流转便在全国掀起，到平瑶乡算姗姗来迟了。

　　山外有好几个村都已经开始流转土地。郑三群在瓦窑村玩不转，可是在他们村，随便说什么话都像夺印。流转土地难度大，可是在他们村，轻而易举地已经流转了六百亩土地。

　　郑三群他们瓦岗村与瓦窑村紧隔壁，郑三群的大动作显然对李先泽造成了压力。李先泽又是刚接任，心气高，怎么也要干出点成绩来让乡里瞧瞧，同时让郑三群瞧瞧，于是七打听八打听，打听到了当年与自己一起滚被笼的"补锅匠"现在正在承包田地。

　　你是哪年开始包田的？李先泽抬手划了一下眼前的田畈。过去这时候的田畈里满满地摇曳着绿茵茵的晚稻苗，现在这里闲置了几亩田，那里闲置了几亩田，田畈就像瘌痢头。

　　你回去后我接着补了三年锅，后来活儿清淡了不少，我寻思着另外找活儿干；这时候听说家里有人在包田，于是我回家尝试着包了一些抛荒的田，开始雇人干，后来政府鼓励给农机补贴，我就买农机干，这样包的田亩数越来越多；再后来出来承包田。"补锅匠"对李先泽说起分手后的情况。

　　我们这一片田还不错吧！李先泽抬手再次划了一下田畈。

　　还好，还平坦！"补锅匠"满意地点着头。

　　不光平坦，还靠近河，取水方便！李先泽点出这片地的优势。承包田最头疼的事是用水，山区田高高低低，用水头疼，而瓦窑村的这片田有百把亩，西面靠近外河，南面靠近村子内河，用水一流的方便。

　　好是好！就是你李支书有没有法子给流转过来！"补锅匠"有些不放心地提醒李先泽。

　　现在这片田有一部分抛荒着，这部分人家流转田等于在路上捡钱，肯定没有问题。对于在种的大部分人家，现在他们大都在外揽工，不把种田当主要收入，况且这几年化肥农药都在涨价，纯种田没有什么收益，弄不好灾年还要倒贴，只要你出价好，他们应该也同意流转。李先泽打消"补锅匠"的顾虑。

可有难剃头的？"补锅匠"担忧地问。

现在说不来，即使有，也只会有个把，做做工作应该不成问题。李先泽边说，边在心里琢磨起这些户数来。王二姑家有一亩三分田，程瞎子家有一亩七分田，尹发明家有两亩田……王二姑家现在精力都放在养鸽子上，对种田不怎么上心思，流转土地她肯定愿意；程瞎子小店现在发展成了超市，巴不得早一点把土地盘出去，不用交农业税外，还能进几个钞，他百分百同意；至于尹发明嘛，他自古以来把田当作宝，砖厂活儿那么忙，他都不嫌累，不让地闲着，不仅把自己家的田种了，还把出外打工的兄弟家田也代种了，要流转他家的田地恐怕有点难度，不过他与自己关系还不错，多与他磨磨应该没有问题……

第十一章

一

沿河的田地涉及两个村民小组四十户人家，而村部的会议室只能容纳二三十人，考虑到尹发明与自己对昧，李先泽把开会的地点定在了尹发明家的屋场子上。

白天大家都忙，把人凑齐比较困难，李先泽选择在晚上开会。中秋过后，月亮瘦了不少，光线自然差些。坐在场子上，虽然面部凹下去的部位看得不是太清楚，但高起的鼻梁还是能瞅得见的。

在屋场子上开会，月亮、星星照着，草窠里各种虫儿唱和着，边上还有已经枯黄的玉米秆子陪着，这在上世纪六七十年代大集体时代司空见惯的场景，这些年再难得见到了。传统农耕向现代农业过渡，在解放了农民的同时也带来了乡间习俗的改变，一些好的习俗与带有乡愁的乡村场景逐渐消失。

李先泽搬了把椅子坐在屋场中央，他把流转土地的好处一条条掰给大家听，然后让大家发表意见。流转土地是新鲜事，再者不少人家早想摆脱土地的束缚，现在见凭空来钱，因而显得特别的兴奋，李先泽一让说，便七嘴八舌地讨论开来。

大家以往很难碰到一起，肚子里的话非常多，因而在发表了一番流转土地的见解后，便开始谈论起往日那些闷在肚子里的话。李先泽对于大家集体跑题并不介意，他甚至还掺和进去，其实他也很在意这样的场景，也有很多闲话想与大家唠叨。

不过开始讨论的时候，李先泽还是有些紧张，两个耳朵竖着，生怕有人出幺蛾子，怕有几个轴性子的家伙跑出来搅和。结果大家热火朝天地讨论，没有谁站出来反对，他大松了一口气。在心里与郑三群较上了劲：你郑矮子在你们村能办成事，老子不比你郑矮子差，在瓦窑村同样能办成事！嘿嘿！

李先泽是个做事细心周到的人，散场的时候，他带歉意地对尹发明说：发明，不好意思，浪费了你不少茶水，这凳子、椅子还要你费心往回搬！

没事！没事！直到这时候，尹发明对流转土地的议题未表示丝毫的异议。

没有想到的效果，李先泽心情大好，他手握着本子迈步回家。

又是没有想到，到实质测算田亩的时候，还是出了幺蛾子，程瞎子声言田租低了，划不来，要加钱！

不知情的人认为是程瞎子本性，他历来看重钱，现在想趁机多捞几个，其实内子里原因是六喜在后面捣鬼，六喜清楚程瞎子的秉性，在一天清早装着买烟晃到了程瞎子店里。

听说最近你老瞎子生意红火得不得了嘛！六喜一向这样与程瞎子打招呼，他从不怕程瞎子不高兴；程瞎子被六喜这样称呼惯了，还有看在钱的分上，坦然接受。

一般化！一般化！程瞎子笑着递过来一支平皖烟。程瞎子是算小的人，一般人他是舍不得递的，六喜隔三岔五来买烟，而且买的烟档次比别人高，因而程瞎子对他高看一眼。

六喜低下头朝玻璃橱里瞄了瞄，然后指着里面一包硬中华烟问程瞎子：可有整条的？给我来一条！

有！有！前几天正好进了两条！程瞎子见六喜要整条中华烟，眼笑眯成了一条缝。

醉翁之意不在酒，六喜接过来，未仔细看上面条码就夹到胳膊窝底下，然后瞄了瞄店门口，见周边无人，于是神秘兮兮地对程瞎子说：老瞎子你不知道吧，现在外面田租都涨了，你那块田谁不知道，正好在涵闸边，取水方便，随便撒点种子都不止"补锅匠"的那个钱，你说是不是？六喜察言观色程瞎子的反应。

程瞎子本来对能把田租出去非常的满意，现在听六喜这么一分析，迫不及待地问：你说不划算？

划算不划算，你可以在心里估摸！六喜眼睛瞟了瞟周边说。

程瞎子不说话，他真在心里估摸开了。

我还有事！走啦！六喜见话达到了预期效果，怕被人家看到，急忙离开。

世界上有这样的几类人：一类人，把心思专在做事上，努力把事情做好；一类人乐于把心思放在戳事上，戳成功了他心里乐乐的；还有一类人，耳朵根子软，一受到挑拨就容易上当，喜欢戳事的人就利用了这类人的弱点。李先泽无疑属于第一类人，六喜属于第二类人，程瞎子属于第三类人了。

六喜就利用了程瞎子贪小便宜的弱点来戳事，给李先泽流转土地的工作找麻烦。

尹发明在钱财方面是个特别精明的人，前些年他只听说窑厂要关，脑子就转开了：光靠插田种点稻子不行，得搞点活钱，他脑子转着转着就转到了水库上，琢磨着等六喜的合同到期就夺过来。事有凑巧，等窑厂停歇，水库承包合同也到了期，村里重新发标，参与竞标的就六喜郎舅与尹发明，六喜郎舅早年承包水库搞了钱，这两年搞水产养殖的多了，再加上两个人分成，收益已大不如从前，在竞标时有些畏缩，不敢加价，而尹发明志在必得，把价码提得比他们高，因而成功中标。

尹发明算盘打得咔咔响，他原先盘算，水库鱼照养，田租照得，另外到乡里街上打份工，可以同时得三份钱。那晚上在李先泽走后，他打了盆洗脚水，两只脚放水里揉搓，心里想着这美事。

嘭啦！他一只脚揉搓的幅度大了点，挤撞了盆沿，盆往一侧倒过去，水泼了不少到地面上。这时候他的脑子一激灵，外乡人到我们这来承包田地赚钱，自己不也可以承包田地赚钱？现在把这几亩好田守着，等时机合适了我也来包田！

于是尹发明反悔了。

二

晚秋时节，松树、枫树、乌桕树……以及说不出来名字的树几乎都被黄粉染了，石头、山地也都成了黄色彩。

对于油子要来办狗场，二憨反应平淡，既没喜形于色，也没表现恶感。而翠萍就不同了，她就像灌了几两烧酒似的兴奋，不停地叨叨：油子要来我们这办狗场了！油子要来我们这办狗场了！

本来山里就渲染着浓厚的黄色氛围，加上太过兴奋，翠萍脸上的黄色油彩更加的明显，也更加的清亮。猜测狗场选择地点，她在自家屋子一带转悠开来，心情好，步伐带跳跃，衣裳里面的胸罩不太紧，胸部一上一下地抖动着。

二憨朝不远处的翠萍瞄了一眼，见她乐成那样，心里不由得生起闷气：油子还没来哩！就骚成这样，哼！

油子来了翠萍高兴，假如把翠萍往那方面想，就想歪了。在瓦窑村，翠萍除了与六喜有一腿外，她与别的男人还真没有什么瓜葛，她对油子也从未上心，不是她看不上油子，而是她压根就没有往那方面想。现在听说油子要来乐成这样，原因主要有二：一是山里寂寞，油子来办狗场，多了一个人，热闹；二是油子现在成了阔老板，与油子沾搭多少能得到些好处，她在心里盘算好了，这山里谁都不愿意来，油子需要人给管理狗场，二憨尽管木讷，但照看狗场还是行的。

李先泽主张油子在山里办狗场，建议油子雇用二憨翠萍夫妻俩给管理，这样一来油子可少点开支，二来也给二憨夫妻增加点收入。他虽然对翠萍与六喜勾搭不顺眼，但他心慈，喜欢站在别人的角度考虑问题，因而内心里还是向着翠萍一家的。他想，别看翠萍一天到晚嘻嘻哈哈的，其实内心里也很压抑，就二憨那撇脚撇腿样，换上其他的女人难免也会出格。

油子听从了李先泽的话，决定把狗场办在山里，这事情总要向家里"大掌柜"通报一声，然而油子性情就是憨，上午去山里踩的点，中午没有通报，晚上客人走了他照样没有通报。

油子老婆做大厨，活累，晚上上床一般不想那个事；天天在一起，油子现在晚上上床也懒得想那个事。

直到上床油子都没有把在山里办狗场的事情告诉老婆。他躺在床上，眯着眼，想着上午见翠萍的情形。

哟！大老板到我们这山里来啦！油子满头大汗地走到翠萍家屋场子上，翠萍嬉笑着开起玩笑。

油子注意到翠萍穿着一件宽松的红绸子褂子。他礼貌地回应道：我不是什么大老板哦！

你不是大老板？谁是大老板？翠萍娇嗔地把手臂一甩，身体随之抖动，奶尖子在胸部晃悠了一下。

假如翠萍的奶尖子仅晃悠这一下，也许在油子眼里就过去了。然而翠萍由于激动，手臂继续甩了一把，身体的抖动幅度更大，奶尖子晃悠的幅度更大，也更撩人，这下油子的眼珠子有点受不了，眼睛痴呆着盯住了晃动的部位，连带效应，他的身体下部有了反应……

油子回味着这一曼妙的情景，身体竟然像白天一样有了反应，然后加码有了焦渴感。白天老婆在狗肉馆够不上，现在老婆就在身旁，他干渴地舔了一下嘴巴，然后手伸到了老婆胸部抚摸起来。

累死了！把手拿掉！

不拿！

拿掉！

不拿！

油子像赖皮的孩子不停地抚弄。

你今天怎么了？

没有怎么！

你肯定有什么！说！

油子就是油子，脑子缺根筋，在这种情形下是决不能提到山里去的事情，一提就必然引起他老婆联想——事实上他身体的反应就是回味撩起的。

今天狗场地址终于选好了！油子快慰地捏了老婆一把奶。

哟！死鬼！你把我捏痛了！

哎——哟！哟哟！你也把我捏痛了！油子老婆报复地捏了一下油子的下面，引起油子一阵杀猪似的尖叫。

狗场地址选在哪？说！

选在山里二憨家那附近！

怪不得！怪不得你今天这欲火焚心的样子！原来是那骚女人给你撩拨起来的！去！油子老婆厌恶地拽开他的手。

你瞎猜什么？

我瞎猜？！在山里办狗场不正好把你喂了她，我又不是孬子！我不同意！坚决不同意！

……两个人起始的热度消失得干干净净。

我家油子是什么样的人，我还不知道！外面人喊油子，有意思的是，油子老婆也喊自家男人油子。平时别人逗弄油子老婆说，你家油子与某某女人好了，油子老婆都会高声回应，以显示对油子的信任。

油子老婆信任他也是有理由的。以前油子穿着不讲究，裤腰里也没有钱，还有油子人长得也不咋的，另外村子人都把油子当猴耍，因而油子老婆也不太看重他这方面。现在油子不同了，有实业了，开着个响当当的狗肉馆，天天到信用社去存款，在瓦窑村人看来是大款了。村里人对油子刮目相看，翠萍也自然高看油子，以前见油子要理不理，现在老远就高喊油子大老板——油子老婆在狗肉馆足不出户，都听说了这事。

这些年变了，城里乡下的人，山里山外的人都盯着钱，一旦有了钱，平时一无是处的男人都有女人喜欢，都有女人盯上，因而油子老婆开始不自信了，再加上油子现在的身体反应，油子老婆对油子不放心了。

油子老婆清楚，在山外寻不到合适的场子办狗场，不让油子在山里办狗场，就没有狗肉上砧板，狗肉馆就红火不下去。尽管她明白这个道理，可是在心里就是过不去那个坎，因而办狗场的事情就这么挂了。

你不让办，过阵子就没有狗肉了，看是你急还是我急！油子摆起了谱。油子不急，李先泽有些急。他希望油子尽快在山里把狗场办起来，这样对于瓦窑村来说也算发展了个产业。

当他搞清楚事情原委后，哈哈笑着，逗弄起油子老婆来：你放心，就你家油子长得那样，是入不了翠萍眼的；即使入了翠萍眼，没有这个不行——他蘸口水然后推了一下手指。接着说：你把钱包扣紧了，保准油子上不了翠萍的床，你说是吧？

油子老婆红着脸笑了。

三

这个六喜，老狗日的！不做好事，尽做背后捣鬼的事！总有一天要被雷劈！程瞎子不同意流转，李先泽得知是六喜在后面捣的鬼，他少有的暴怒，赤红着脸，仰着脖子，高声地叫骂。

六喜多次在背后捣鬼，他尽管十分的生气，但出于善良本性，一直未去找六喜理论，另外也未在大众场合揭六喜的丑。

不过有些村民认为李先泽一味地忍让，反而助长了六喜的嚣张气焰，得整点颜色给他看看，让他感觉李先泽不是好惹的，从而收敛些。

李先泽对尹发明的秉性摸得熟，他不担心尹发明的问题，程瞎子性格有点轴，他担心一旦这老瞎子工作做不通，那么瓦窑村土地流转的事情就撂了，就会在全乡垫底。对于李先泽来说，钱不钱的倒不十分的重要，人活脸树活皮，面子是一定要顾的。

李先泽在二楼办公室里焦躁地走过来走过去，在怒骂了六喜一阵后，他脸上的紫红色逐渐褪去，不过眼珠子还突着。

程瞎子工作实在做不通的话，支书，你找郑三群试试，让他劝说，也许老瞎子会转弯。王天成给李先泽支招。

诶！我怎么没有想到这一点！灯不点不亮，火不拨不旺，王天成的提醒让李先泽眉头瞬间舒展开来。

王天成之前紧跟郑三群，是有点私心，想依靠郑三群往前进一步，没想到郑三群在瓦窑村立不住脚，他也就死心塌地地跟着李先泽后面走了。王天成与六喜本质上不同，不是什么坏人，这点李先泽心里清楚。现在王天成给他支招，他觉得王天成的主意从理论上说是行得通的。

老古话，人往高处走，水往低处流，程瞎子这些年开小店积攒了些钱，他就盘算着到乡里街上买块地皮做栋小楼，一来体面些，二来开个小超市，赚更多的钱。可是程瞎子在乡里没有人脉，不认识国土所干部，划拨不了土地，也就建不成小楼。正好前段时间郑三群驻点瓦窑村，程瞎子清楚郑三群能耐大，于是他攀附郑三群，塞了条玉溪烟给郑三群作为好处费，帮助他把土地划拨的事情搞定。郑三群正好想在瓦窑村显摆一下自己的人脉关系，于是顺水推舟帮老瞎子在乡里街上划拨了一块地皮，老瞎子也因此欠下郑三群一份人情。

拜托郑三群做程瞎子工作，应该是能做得通的！可是郑三群与自己不是太对付，自己去找郑三群，他会不会不甩自己面子呢？李先泽有些拿捏不住。

李先泽现在有手机了，小巧，翻盖像山里的天空颜色。他这手机是老小换新手机后不要送给他的，之前李先泽一直没有手机，老小送给他时说，你是一村的头，联系的事情多，有个手机方便。

之前在乡里开会时，郑三群，还有一些村支书紧跟潮流，经常拿出手机神气十足地吆喝，李先泽在一旁就显得有些土气。李先泽也想有手机，不是他买不起，而是心不在这上面，他在乡里受触动有买手机的念头，可是回到村里脑子里就抹了，觉得村子里有电话，那个东西可有可无。

老小把淘汰的手机给了他，而且还是翻盖的，李先泽像捡到宝贝似的，乐呵着。他不急于打开盖子，用五个手头轻柔地抚摸着手机的玉滑表面，这有点像他当年与兰花恋爱时，心怦怦地跳着。

李先泽的手机尽管是旧的，但从款式上看，不亚于郑三群的手机，这点李先泽很自信。

一个数字一个数字地按，每按一下李先泽都使出很大的劲。李先泽清楚，拨打郑三群村子的电话没有用处，他不在村子，村子里接了也不一定知道他的去处，找郑三群的话，还是拨打他的手机管用。

郑三群的手机号码是王天成提供的。他有郑三群的手机号码。王天成有心机，他觉得郑三群神通广大，存储郑三群的手机号码有用处，而且还把郑三群的手机号码设置在前面，便于找到。

打郑三群的手机不一定能打得通，假如下午打，出现"你拨打的电话无人接听"这样的提示语是常事。郑三群把手机设置成这样，是方便一门心思地玩牌，他下午的日子大都泡在牌桌上，电话来了会吵扰他，烦！不过郑三群偶尔也会拿起手机瞄一眼，怕漏接了上头电话。他有一次就因未及时接听乡书记的电话被狠狠地批评了一顿，乡书记质问他到底做什么事情去了，他支支吾吾的，弄出了一身汗。

其实郑三群的这个癖好乡书记是清楚的，乡书记不仅清楚郑三群下午泡在牌桌上，而且清楚乡政府边上几个村的支书下午也都泡在牌桌上。乡书记清楚而没有动他们，是领导艺术，乡书记考虑他们分量重，乡里工作要依靠他们，因而捉一把放一把，电话打不通，真的要找他们还是能找得到的。

这天，李先泽很幸运，他拨打郑三群电话居然拨通了。郑三群没有李先泽的手机号码，听到手机响，接起来高声喝问：你哪个？！

李先泽尽管生来就不怕人，包括上级领导，但这会毕竟是求人办事，心里还是有点慌张，他镇定了下，高声告诉郑三群：是郑支书吧！我是李先泽！

咦！李先泽这家伙也有手机了？他找我，有什么事情求我？郑三群听说对方是李先泽，感到新奇，于是有点揶揄地问：你李大支书，找我有什么事情？

郑支书你在哪里？我现在过去！李先泽不卑不亢地询问。李先泽清楚，手机里是说不清楚事情的，只有见面说。

咦！李先泽这狗日的，在老子面前卖起关子！郑三群心里骂道。出于好奇，还有出于前期李先泽替他解围欠了李先泽一个人情的考虑，他在犹豫了秒把钟后答：你到杏仁酒楼来！

四

油子自从开了狗肉馆，办了养狗场以后，两点一线，很少绕弯来村部闲逛。这天下午他飞骑着摩托车来到村部，生怕别人不知道他来似的还按了一阵喇叭。他到楼下办公室，未像往常那样先闲扯一会，而是直截了当问，支书可在？得知支书在，便噔噔地上了楼。

今天怎么有空？李先泽在看乡里下发的几个文件，见他进来，诧异地问。

油子喜形于色，脸上甚至带有点小激动。

没有空就不能来看看你这大支书呀？油子假装生气，歪着脖子，眼皮上下翻了翻。

你又有什么喜事？李先泽了解油子，他有喜事，在肚子里搁不住的，想方设法向别人炫耀。

哪有什么喜事哦，就是我老表现在当上了交通局局长！交通局局长喂！油子生怕李先泽不清楚交通局局长的位子大，权势大，特地强调了一下。接着卖弄：支书，你说，我老表升得是不是太快了？

你老表真当上交通局局长？可别是道听途说！听油子话，李先泽坐直身体，颇感兴趣地问。

经过村西边的那条河并不宽，平时河里也没有多少水，在冬腊月里，站高处看，河水细瘦得就像一条粗麻绳，到边上看，最细处只有一尺多宽，两边垫上些石块，一跃也就过去了。

　　河对过的村子叫平畈村，顾名思义，土地平坦得就像平原一样，上个世纪"农业学大寨"治理农田，拿平畈村当试点，把平畈的那些弯里曲绕的田全都弄成了方块田。除此之外，还把平畈村境内一个不知道延续了多少个朝代的繁华老集市，整治得就像田地一样的规范。

　　这个老集市繁华缘由在于它位于三县交界，集市的北边也就是平畈村与瓦窑村的北部是一个县，集市的西边是一个县，三县的百姓每遇农历一、四、七这三个日子便拉着平板车，骑着自行车，或者肩挑背扛手提货物，络绎不绝地来到集市交易。外县的百姓都上平畈集市，一河之隔的瓦窑村百姓自然也上平畈集市，冬腊月穿河过来，水大的季节绕路或者坐渡船过来。

　　因为好政策的原因，平畈集市这几年繁华到不仅"集日"水泄不通，而且星期六、星期日也照样人头攒动。要是能在河上架座桥，瓦窑村民赶集就不费周折了，还能把山里货变现钱，李先泽在心里盘算。此外他还盘算，瓦窑村山清、水秀、洞奇，耍的地方多；假如再种起果树，再把农家乐搞起来，耍的名堂更多。有了桥，到瓦窑村来旅游就方便多了，不愁瓦窑村民不富。

　　李先泽算盘打得精！可是修一座桥不是一两个钱的事，他找人估算了下，即使修一座米把宽的水泥桥，也要十几万二十万元。一次到乡里开会，他与平畈村的徐支书坐在一起，徐支书不像李先泽壮实，他瘦得风都能吹倒，这倒不是因为他家境不好，而是他身体不吸收好吃好喝的。徐支书与李先泽都是实在人，李先泽把想法对徐支书说了，徐支书说，你这想法是不错！我们村也能沾光！假如你能搞到钱，我怎么也要想法子给你老李凑个小头！李先泽听了徐支书的表态很是振奋，可是回到家就泄气了，他想到哪弄十几万二十万元啊？弄两万元都不是容易的事情！

　　交通局局长管修路，肯定也管修桥！所以当油子显摆他老表当上了交通局局长，李先泽像打了强心针一样的兴奋。李先泽了解油子说话经常不靠谱，为了验证他话的成色，于是盘问起油子：你怎么知道你老表当上交通局局长的？

　　搞口水喝下，嘴巴焦干的！油子本来就大大咧咧的，现在认为自己有了资本，于是便在李先泽面前摆起谱来。

　　李先泽找茶杯子，他找了两个茶杯子里面似乎都不干净。

　　你把杯子给我！油子拎起水瓶倒了点水进去，用手指抹了抹杯壁，把水倒掉；又倒进去一些水，晃晃，再倒掉；接着再倒进去一些水，然后对着嘴巴咕噜起来。

李先泽焦急地望着油子，油子似乎并不焦急着证实。他在咕噜了几口水后，开始歪着脖子考问起李先泽来：支书，你猜我是怎么知道的？

假如是以前，李先泽会不耐烦地骂油子：你有话就说！有屁就放！假如没有话就走！骂完就不理会油子了，现在李先泽尽管知道油子在故弄玄虚，还是耐着性子等他说。

我昨天晚上到城里我老表家送狗腿子，我老表不在家，我表嫂带歉意地对我解释：自从你老表当上了交通局局长，现在晚上喊他吃饭的人比以前还多！我表嫂亲口对我说的，我老表当上了交通局局长，支书你说，这话难道还有假？

你老表当上交通局局长了，好！好！好！李先泽听罢相当的陶醉。

五

从乡政府往西拐个里把路，有一个叉点，一边往西南，一边往西北。杏仁酒楼在西北边。杏仁酒楼的老板是郑三群的胞弟。郑三群关照胞弟生意，他请人家吃饭基本定在这里，别人请他吃饭他也点名要在这里，因此到饭店找郑三群，大家都往这里跑。

李支书好！李先泽走进杏仁酒楼，郑三群胞弟急忙上前递烟，李先泽是村支书，他也想李先泽关照一点，自然对李先泽殷勤。俗语云，一娘养九种，九种不像娘，郑三群胞弟一点不矮，相反倒魁蛮蛮的；身板挺直，也不像郑三群喜欢把身子往后倒。

我找郑支书！李先泽说明来意。

我大哥在楼上！我带你去！郑三群胞弟引着李先泽。

楼梯上口有一个厅堂，里面有吧台，还有音响，这在平瑶乡的饭店、酒楼中已不算什么稀罕。厅堂的两侧是走廊，一侧长，一侧短，就在李先泽稍稍愣怔往哪边去的瞬间，郑三群胞弟向短的那侧迈开腿。

四万！

五万！

碰！

磕麻将声，得一张中意的牌就兴奋至极的叫喊声，肆无忌惮地传到走廊上，进入李先泽的耳中。李先泽不打麻将，换作平时他厌恶至极这种声音，会皱着眉头；现在他听到这种声音，反倒有一种少有的快慰。

终于找到这尊菩萨了！

郑三群胞弟小心翼翼地推开门，屋里烟雾缭绕，几乎看不清面孔；他同样小心翼翼地告诉其中一个说：大哥！李支书来找你！

李先泽走进屋里的瞬间，只看见一堆模糊的面孔，分不清具体的人。他眨了眨眼睛，屋里似乎清晰一点，他看见了一个面容姣好的女人。烟雾就像一层有机玻璃，或者像现在很多有钱女人敷的保湿面乳，让这个本就俊俏的女人面部显得更加的水嫩。

这女人抬起头望向李先泽，脸上现出浅浅的笑。本来打麻将的女人，尤其在这种环境下打麻将的女人是李先泽十分鄙视的，这女人分寸把握得极好地一笑让李先泽对她有了一种好感。认为她是一个上乘的女人，就像雨雾里的一朵荷花一样。

这女人不仅笑得好看，而且头发也极柔顺，从后面披到前面的肩膀上，为其平添了些许雅致。见这女人，肚子里少描绘的词汇没关系，只要晓得会唱柔歌的杨钰莹，就能描述她。

她就是平瑶人传遍的与郑三群相好的私家车司机李小红了！在平瑶乡开私家车的女司机就李小红一个，能长期雇用李小红的村支书也就郑三群一个，因而李小红要想有一碗饭吃，就得仰仗着郑三群；换句话说，郑三群可以对李小红任意叫唤，还可以在众人面前对李小红随意调戏。每回郑三群放肆，李小红都不恼，只低头浅浅地笑，偶尔红着脸提示道：郑支书你喝多了，快别说了！郑三群是明白人，知道再说下去李小红会生气了，这时他就会识趣地嘿嘿笑两声道：还没有怎么说就生气！老子不说了！不说了！

乡里不少人传言李小红是郑三群的情人，长期陪郑三群睡觉；也有人不认可这种说法，说，李小红精明得很，与郑三群周旋，就他那矮子相，要想睡到她恐怕没有那么容易。至于郑三群到底有没有睡过李小红，只有当事人清楚。

虽然李小红也是平瑶乡人，因为李先泽从未雇过她的车辆，因而并不认识李小红，平时听说李小红长相好，气质好，现在看来，果然名不虚传。

就在李先泽注意力集中在李小红身上时，烟雾里的郑三群开始说话了：李大支书你稀客啊！坐！坐！并对外面招呼：快给李大支书泡茶！

茶来了！郑三群胞弟将一杯热茶放在边上的圆桌上。

喝茶！喝茶！郑三群指着茶水对李先泽示意。随后目光转向面前的麻将。轮到他摸麻将的时候，他一只手伸到牌墩上，大拇指捏住麻将牌正面，中指与食指一搓底面。众人都瞧着他的手，李小红也瞧着他的手。他把麻将牌翻过来往"河中"一磕，然后目光轻佻地朝李小红望过去，嘴巴张开故意撇音叫喊着：二吊（条）！无聊！李先泽来求郑三群办事的，为了讨好郑三群，他装着感兴趣地站在一旁观看，见郑三群放肆，皱了一下眉头；然后朝李小红瞟过去，他想观察一下李小红的表情，见李小红并不反感，不过先前的浅笑收了点。

轮到李小红摸麻将牌的时候，只见她纤细的手指伸到麻将墩子上，摸出一张麻将牌，看了看，便放进"河中"。郑三群一见是红中，乐坏了！大声地嚷：红中都不要，大孬子！留在"家里"，正好戳你！

这话明显带有戏弄的成分！只见李小红的脸微微地红了，不过她像没有听见一样，目光收回到家里的麻将牌上。

李先泽憎恶郑三群的放荡行径，同时心里暗暗地佩服起李小红来：这女人真不简单，能分寸得当地应付郑三群这有些痞样的村支书！

耳听为虚，眼见为实，李先泽想通过自己的现场观察来验证外面的传言。郑三群的眼神是不用验证的，每隔几秒不是盯着李小红的脸蛋就是盯着李小红的胸脯；而李小红的眼神自始至终都在麻将牌上。李先泽在心里预设下了一个答案，假如李小红抬起头，目光瞄着郑三群，这就确定无疑地证实了外面的传言。然而自进屋起，李小红的目光从未瞄着郑三群，李先泽心里想，郑三群可能仅仅得到一些口惠，假如不是这样的话，那这女人实在是太能装了！

有标致优雅的李小红陪着打麻将，郑三群兴致极高，屋里的烟雾更重，将几个人包裹得只剩下了轮廓，同样李先泽也被浓浓的烟雾包裹得只剩下了轮廓。郑三群似乎忘记了李先泽的存在，李先泽在一旁站着有些焦急。

在来之前他曾思忖带几斤狗肉给郑三群，求人办事不能寡手这是农村人的朴素品德，也是不成文的乡村规矩。李先泽来到油子的狗肉馆，说，你给我搞几斤精巴子！

支书送人？油子问。

你不要问那么多！李先泽知道油子嘴巴里囤不住话，便不耐烦地封住油子的嘴。

支书肯定是送给郑矮子！油子望着李先泽，想证实自己猜对与否。

李先泽不想搭理油子。

支书，虽说现在是霜降，狗肉放哪都能囤得住，可是支书你想想，郑矮子现在在麻将桌上，你带着狗肉过去是不是不妥当！停了下，油子说：不如哪天请他到我这来吃狗肉锅子，你再顺便送点狗肉给他。

平时大家都说油子没有大脑子！现在来看，油子有时还是有大脑子的！李先泽敬佩地望着油子。

六

李先泽琢磨，我不如先到老组委——现在的副书记王新历那里坐坐，把流转土地的进度向他汇报，新历书记人不错，或许能帮得上忙。王新历早前当组委时，与两个组干在二楼的一个办公室，现在当上副书记，办公室换到三楼西边的第二间，相对清静一点。

李先泽走到王书记门口发现门是关着的，他敲了下门，没有动静。他转而下楼到钱进朝的办公室去。这人虽说喜欢吃点喝点，但脑子一向灵活，去了，他或许能给自己出出点子。

钱进朝年龄比较大，两个乡合并时人头较多，组织上就给他安排了一个"主任科员"的职务，级别升了，另外还分管点事，钱进朝乐意。

呵呵！什么风把你李大支书给吹来了！钱进朝见到李先泽，嘴巴咧开笑呵着，显然异常的热情。

郑三群打麻将正在兴头上，没有时间理会李先泽，加上有几个人在场，李先泽不便说明来意。他说不得也走不得，只好一会站着，一会坐着。被烟呛得难受，他望了一眼郑三群，发现郑三群由于过度兴奋脸上有些发泡，额头上也渗出了细密的汗。他心里想，看来不是一时半会儿的事，自己还是回去，等天把再找郑三群。

老李！李支书！你难得来！走就看不起我老郑了，是吧！郑三群抬起头，对着被重重烟雾包裹着的李先泽说客气话。

郑支书你现在忙……李先泽说半句打住，下面话他不好说了，意思你现在没有功夫理我，我蹲着也是枉然。

老李你看这样可好——你先去办事！等到五点半的时候来喝"3+6"，有话我们在酒桌上说，反正这几个都不是外人……郑三群把手对李小红还有另外两个划了一下。

李先泽不懂"3+6"的意思，他走出屋子，脑子里琢磨着。

钱进朝手指着两张单人沙发连声地说：快坐！快坐！接着又热情地问李先泽要不要喝水。

先前有茶水的，李先泽无心喝，这会钱进朝提起，他感到有些渴了，于是不推辞，说：搞点水喝！

钱进朝抓茶叶泡茶，然后递到李先泽手上，他在另外一张单人沙发上坐下，关切地询问李先泽：我了解你！无事不登三宝殿！你来肯定有事情！什么事情？看我能不能帮上忙？

李先泽把这趟来平瑶街的缘由说了。钱进朝笑骂起来：这个郑矮子！肯定又与李小红那妖精在一起吧！

李先泽不便应和，笑笑。

李小红可穿裙子了？钱进朝笑中带有玩味的成分。他如此发问把李先泽给诈住了，李先泽不知道他话的意思，愣怔地望着不知道如何回答。老实说，李先泽从来不注意女性的下部穿着；何况李小红是坐着的，屋里又烟雾缭绕，即使想看也看不清。

呵呵，你不知道吧，是这样的！那个李小红穿着筒裙特别的有气质，完全不像个司机。钱进朝解释。李先泽想，看来钱进朝很欣赏李小红。

这回不能再不搭话了，李先泽赶忙说：没有注意！

我知道你没有注意！你李支书是正人君子！

见钱进朝兴趣在李小红身上，李先泽想，看来他帮不上忙了，于是站起来告辞说：李主任，我还要到油子狗肉馆去一下。

你那么急着走干吗？钱进朝装着有些不高兴。随即他换了语气说：那你去办你的事，办好了再去找那个郑矮子！

到五点半转回饭店时，麻将已经停了，几个人在打扑克。不过这会钱进朝在，他手里抓着一把扑克。李先泽琢磨，钱进朝怎么来了？难道他是郑矮子打手机来的？郑矮子怎么想到打手机给钱进朝？

其实是钱进朝先打郑三群手机的，打了好几个郑三群都没有接，后来到厕所尿尿看见来电显示赶忙拨了过去。

开饭，郑三群往上盘的位置对钱进朝做了个请的手势。

你是东家，那个位置是你的！钱进朝假装谦让。

别装模作样的筛！你是乡里大领导，管我们这些小卒子，你不坐谁敢坐？！郑三群右手往下压了压，示意钱进朝你先坐定了。郑三群开玩笑说钱进朝装模作样，这话似乎过分了，不过李先泽一点也不觉得稀奇，他清楚，郑三群与少数乡领导一起吃喝惯了，彼此说话不介意；另外钱进朝现在退到"二线"，郑三群还把他供着，算是看得起他了；再者郑三群老资格，乡里除了书记、乡长，他一般都不放在眼里。

钱进朝坐定，边上人都在望着，看郑三群如何安排。李先泽以为这时候郑三群会招呼李小红在钱进朝边上入座，钱进朝也期待着。没想到郑三群先招呼起李先泽来，他右手五指张开，客气地招呼李先泽说：李支书，你就挨我们钱大领导坐！

你郑支书先坐！李先泽谦让了下，郑三群坚持让李先泽坐，钱进朝同时招呼李先泽，于是李先泽挨着钱进朝坐下。这时候的李先泽对郑三群的印象有点改变，他觉得郑三群虽然草，但场合上还是懂礼节的。

安排好李先泽，郑三群在另外一边挨着钱进朝坐下。片刻，他像突然发现似的，急忙起身，自嘲：嘿！看我晕了头！把美女给忽略了！然后对李小红招呼道：你过来！你过来！挨着我们钱主任坐！以后说不定钱主任能关照你生意！

嘿嘿！嘿嘿！你这个郑矮子！钱进朝很开心地咧开嘴巴，脸上笑得像朵花。

李先泽朝李小红脸上瞟了一眼，只见李小红脸色绯红。

李小红出于娇羞，站在原地没有挪位，郑三群嗒了一下嘴巴，要动手拉，李小红见状红着脸挨着钱进朝坐下。

你们都随便坐！坐！郑三群挨着李小红坐下。

李先泽此趟是来找郑三群帮忙的，他心思在程瞎子事情上，对喝酒起哄一点不上心。

而郑三群则不然，他的那张烂嘴自始至终绕不开李小红，仿佛拿李小红取乐成为他人生的一大乐趣。

郑三群能喝，他在喝了三大盏子白酒后，假装醉了，眼睛瞟着李小红，开起钱进朝的玩笑：钱主任，你在乡里是领导，在家里不一定是领导，我们大家都跪过搓衣板，领导你也应该跪过搓衣板吧！哈哈！

钱进朝混的场子多，机灵，转守为攻地开起郑三群玩笑：看来你郑矮子三天两头在家跪搓衣板！钱进朝借着酒意称呼郑三群为郑矮子，换上一般人如此称呼，郑三群会认为是侮辱，会立马攻击；但钱进朝毕竟是乡领导，他要如此称呼，只得忍着，况且他们彼此玩笑惯了，不太介意。

领导你说对了！我的确三天两头在家跪搓衣板，不过不是跪在地上，而是跪在我老婆身上，而且我们还打架，打得整个床摇摇晃晃。说完他眼睛猥琐地望向李小红，想看李小红如何反应，李小红满脸绯红，他最得意。

现场的人除了李先泽一个个都开怀大笑，眼神都盯着李小红，看她什么反应，只见李小红脸像红绸布一样红起来。

接下来调笑升级……

太放肆了！李先泽恶心地皱了一下眉头，随着眼睛瞟向李小红，这时候的李先泽有点同情李小红，为了能跑车子，忍受着这家伙的放荡。

郑支书你再这么瞎说我走了！李小红起身，她假装真生气了。

李先泽抓紧瞟了一眼李小红，见她脸红中有白，显然难堪造成的。

好！好！我不说了！不说了！郑三群借机按了一下李小红的肩膀。

七

人间四月芳菲尽，山寺桃花始盛开，这句诗用来描述四月瓦窑村的油菜花最合适不过了。四月中，山外油菜花呈现衰败之势，这时候瓦窑村的油菜花盛大开放，热烈之势犹如炉灶里的火苗。

"补锅匠"承包了瓦窑村二百亩田地，种植的油菜长势喜人。李先泽家的田也流转给了"补锅匠"，要吃香油，只好把屋边的一部分菜地用来种植油菜。

李先泽一贯有早起的习惯，四月的日子早，他五点钟就起来，先在自家的油菜地里转转，接着到"补锅匠"的油菜田地转转，看看油菜的长势，然后习惯性地转到了渡口边。

他朝对过的集市望望，再望望河水，然后用眼目测起河的宽度来。

他从河边回到家已经是七点。兰花嚷：出去也不带手机，刚才手机响了半天，我朝上面瞄了一眼，好像是乡里书记打来的！

哟！李先泽小声叫了一下，然后急忙拿起手机，一看，上面有一个未接电话，还有一条信息。未接电话是书记打来的，手机信息也是书记发来的，书记提示他，上午县里分管交通的何副县长，还有交通局局长一道来瓦窑村，让李先泽准备准备。

何副县长来瓦窑村，这规格还真不低，李先泽从未想过，也不敢想，他就是那些年批判的"只晓得埋头拉车，不晓得抬头看路"类型的干部。何副县长来了是个千载难逢的机会，可不能出岔子，一定要接待好，他在激动之余有些紧张。他有个习惯，只要上面来领导，总喜欢把村部里收拾得干干净净的。理由是，干净，人家看着舒服，对瓦窑村的印象就好。

他立马推摩托出门。

兰花喊，你喝一碗粥去村部不迟！

李先泽头也不回说，等下饿了在程瞎子小店里买点东西吃。

李先泽不像郑三群，他见识大场子不多，也可以说没在大场子上混过，对项目的事情更是一窍不通。他让油子陪他去找交通局局长，他以为凭油子的面子就能说动局长给钱，不料到了交通局，油子老表解释说这是一笔不少的钱，是要立项的，至于立项那要费很多周折的。李先泽听了立马头大，然后悻悻地回到村里。

要是别人去了没有办成事，是不会轻易往外说的，说了没有面子，油子不同于别人，他不顾及这些，照说。村子里人嘲笑他：你三天两头往老表家送老鳖，老表当了交通局局长都不理睬你，他是什么老表？！以后别往他家跑了！

油子不以为然，说：修桥又不是小钱，自然得慎重；要是小钱，我老表大方，二话不说掏了！

李先泽未办成事，六喜听说了，他喜形于色，说起风凉话：嘿嘿！就凭他去也能讨到钱？

起初的时候李先泽在心里盘算：油子与他老表关系好，修桥这是大好事，他老表一定会支持；交通局给大头，到时把湘绣抬出来，找财政局徐主任要点；不够，大伙儿再捐点，相信大家都愿意。现在首先交通局不支持，事情算打了水漂。

李先泽回来阴着张脸，王天成猜出了怎么回事，他不问李先泽；湘绣清楚李先泽心里不好受，来到二楼李先泽办公室，安慰说：数额太大了，他老表没有答应正常。然后提示李先泽道：官场上的事情讲究对等，你不如去找找书记，拜托书记出面，也许有希望。

湘绣真是个聪慧的女人！是这么回事！经湘绣一点，李先泽就像被拨亮的油灯，豁然开朗。他想起一次在乡里开会，会议结束，大家急着回去，郑三群不急，他紧跟在乡书记后面。郑三群向书记恳求：书记，听我同学说，今年县里有村道建设指标，我同学说他帮忙给疏通，不过我同学交代，这事最好你们书记出一下面！

李先泽记得当时书记回头横了一眼郑三群说：一天到晚不在村子蹲，专往县里钻！郑三群头伸前瘩笑说：我这不是为了村子多拿项目，为百姓好！

书记转怒为笑说：好！好！哪天我去走一遭！后来郑三群他们村修路的指标还真要下来了，说明乡书记出面还是很起作用的。

郑三群能把关系搞活络了，自己怎么就不会呢？瓦窑村要发展，以后在这方面得多像郑三群学习！以前李先泽认为郑三群搞的都是歪门邪道，现在他在心里佩服起郑三群来。

李先泽听从湘绣的指点到乡里找书记，书记听说是修桥的事情，表扬李先泽说，你这想法我早年就有了，只是事情忙耽搁了……然后表态说：过几天我找个空闲去！

书记在心里盘算，假如能化缘来钱，桥修成了，利百姓出行，也利于村子发展，这对于乡里来说也是一项政绩。

乡书记带着李先泽去找交通局局长，陈述百姓心愿，恳求局长无论如何要拔刀相助。局长暗示乡书记：钱不是问题，给张三给李四给王二麻子反正都是给，只要用在正道上，为老百姓办实事；问题是数额大、责任大、风险大，要有一个县领导给扛杠子。

乡书记是明白人，经这么一点拨，立马起身道：谢了！然后带着李先泽前往县政府去找何副县长。

县长是大官，李先泽从未打过交道，他不免有些畏缩，吞吐着向乡书记请求：书——记，我就——不去了！

是你们村的事情，你做缩头乌龟怎么行！书记骂起李先泽。李先泽只好硬着头皮跟着乡书记后面走。

到了县政府，乡书记向何副县长介绍了李先泽，然后说明来意。他先渲染了一番平畈集市的繁华程度，然后又渲染了一番两岸群众对修桥的迫切期盼。

看来修桥的事情还真有紧迫性！过两天我得闲抽空去你们乡看看。何副县长被书记说动了。

何副县长上午要来，本来应该提前一天通知，可是何副县长忙，没有考虑到这个事情。今天一早起来，他起意到瓦窑村来看看，于是拨了交通局局长的电话，然后又拨了平瑶乡书记的电话。

县里不少领导到过郑三群他们村，但脚步贵重，都止住郑三群他们村，不曾迈进相邻的瓦窑村。现在何副县长要来瓦窑村，这对于瓦窑村来说是莫大的荣誉，李先泽不免有些激动。他在心里想，油子与交通局局长是老表关系，钱的事情主要还是靠交通局局长，交通局局长来了，最好要让油子出场；可是他转而又想，这次何副县长来，级别高，万一到时油子乱说话，不是坏了修桥的事？

喊不喊油子呢？李先泽思来想去，未拿定主意。

八

李先泽早早地来到村部，他烧了开水，把自己的办公室、会议室与楼道都清扫了一遍，还特地用湿抹布把楼梯扶手也抹了。这一切都弄好，除王天成还没有到，其他的村干部都到了。

从县城到乡里起码要四十来分钟，从乡里到瓦窑村少说也要小二十分钟，县长到瓦窑村最早也要在九点钟才会到。到了的话，带县长去看看架桥的位置，再去看看水库，县长假如感兴趣，再带他去看看奇洞，站山顶上看看里面的林场……李先泽脑子在不停地谋划着。

要不要喊油子来？李先泽纠结。喊他吧，不好；不喊他吧，怕他不在，他老表——交通局局长不高兴，认为不把油子当回事……就在李先泽难拿捏的时候，支书，我来了！一句苍哑声无预警地响起——这声音不像是横着过来的，而像是从空中垂下来的，这让李先泽吃了一惊。

你来怎么一点动静没有？李先泽因为被惊吓，脸色稍稍有点不悦。

等着支书喊！哪晓得从昨天晚上等到现在都没有等到你一个电话，还好是我老表来电话，让我到村子里等，我才晓得这件事！李先泽对油子语气不好，油子来了性子，他话有点冲。

来了就好！但愿今天的事情有眉目！李先泽清楚油子有点小个性，还清楚油子不是太计较的人，因而未解释不喊他的缘由。

估计最早要九点才到！油子看了一下手机提示李先泽。李先泽未搭理油子。

县长大老远来我们瓦窑村，而且是为修桥的事情，支书，最好搞点狗肉让县长回去时带着？油子好意提醒。

李先泽没有吭声，过了会他从嘴里吐了一句：到时再说。他考虑问题一向周到，而且有人情味，至于要不要搞点土特产让何副县长带着，他已经作了安排。只不过他不想告诉油子，至于原因还是担心油子的嘴巴，怕他乱说出去，影响领导名声。

李先泽与油子就这样等着，一直等到十点半县长还未露头，中间李先泽想给乡书记打电话询问一下，几次拿起手机都放下了。他想县长事情千头万绪，迟来是正常的事。油子想在支书面前显示一下自己的特殊身份，他给交通局局长的老表拨了几次手机，都无人接听。

这是怎么回事？这是怎么回事？油子烦躁地嗒着嘴巴。

何副县长是临时有事不来了还是有其他原因？要是不来了，修桥的事情恐怕要泡汤……李先泽心如火燎地想着。

何副县长其实在八点半多一点就来到了平瑶乡，何副县长本来想直接到瓦窑村，可是他在车子上听交通局局长说，瓦窑村对过的平畈集市今天正好是集日，特别热闹，他就动了心想去看看，于是乡书记就带着一行先去逛集市。

平瑶集市形状有点像庄稼人叉稻草用的羊叉，叉把是一条正街，过去是瓦房，现在大都拆旧建新成了楼房，门面阔亮。正街上有两家大点的超市，好几家小超市；五六家卖衣裳的门店；至于什么日杂店、早点铺、饭店、理发店、雕匠铺、篾匠铺、铁匠铺等数不胜数，街上摩肩接踵，店铺里人川流不息，构成了集市的繁华与热闹。叉头的一边是大小两个院落，大的是牛市，小的是猪市，里面牲畜与人挤满了院落，呈现了集市的另外一种繁华；叉头的另外一边是随意形成的一个小集市，农具以及农产品一应俱全，摊位前也都挤满了前来购买的乡民。

乡书记虽说到这个乡有十来年了，但他从未在集日上这个集市来调研，因而当他引着何副县长与交通局局长来到集市时，惊叹的表情与县里两位领导完全一样。

果然繁华！何副县长认可了乡书记对集市热闹的渲染。

何副县长似乎对农产品小集市尤为感兴趣，他走得很慢，目光扫着一个个农产品摊位，有时候还停下来，看看农产品，问问价格。几个卖排子面（米面，竹排形状）的摊位吸引了他，他停下来，拿起排子面、正反看看，然后询问是不是自家加工的，还是不是老工序……然后何副县长抬起头，若有所思地望了一下远处——排子面似乎勾起了何副县长对过往岁月的记忆。

到达河岸，一行人目测了河宽，何副县长望着河对过询问乡书记，瓦窑村有哪些资源？

乡书记一一数着，最后数到了林场。何副县长问，林场有哪些果树？

乡书记答，只有些桃树，他接着介绍道，瓦窑村的村支书李先泽早年动脑筋，想招引外面的园林老板进来种植果树，后来事情未谈成。

假如把林场利用起来，前景还是不错的……何副县长脸上显出神采。

乡书记与交通局局长二人都纳闷，何副县长是为修桥的事情来的，为什么他不直接去瓦窑村，为什么他要问一些与修桥无关的事情。其实何副县长是有盘算的，他要在解决过河民生问题的同时，考虑修桥带给两个村甚至多个村发展机遇——位置不同，高度就不同，目光也就不同，此所谓站得高望得远。

李先泽心急火燎地等着，直到十一点，他才等来何副县长一行。何副县长没有去看河，也没有去看水库，他来到瓦窑村部，在楼前与院内站了一下，然后朝远处的山岚眺望了一下，就对乡书记与交通局局长说，我们来开个会，商议一下修桥的费用问题。

李先泽见何副县长说到正题，乐开了花，他在心里说：老天保佑！老天保佑！修桥的事情终于有谱了！

何副县长询问李先泽：你们村在发展方面有哪些考虑？

李先泽利索地答：假如桥修成了，我们村与外面通道又多了一条，把山水资源利用起来，再把果木种起来，乡村旅游不愁搞不起来……

何副县长连点了两次头。何副县长不仅分工交通而且还分工文化旅游，他听了李先泽的打算，很是满意——他心里想的就是平畈到瓦窑的旅游线路。

事情初步确定，何副县长要走，李先泽急忙招呼湘绣、王玲、还有小张文书，三人会意地拎来装在蛇皮袋里的排子面。

何副县长，还有局长……这是我们山里人自家打的排子面，不值钱，你们捎带着！回去可以就着鸡汤下着吃，味道鲜美！李先泽从湘绣与王玲手里接过袋子，油子这时机灵地从小张文书手里接过袋子，拎到车子屁股后面。

是排子面？何副县长惊喜地问。

是排子面！是我家老婆前几天打的！何县长——能闻到米香哩！不信县长闻闻——李先泽兴奋至极地打开袋口。

好！好！我带着！不过要付钱！何副县长边说边掏腰包。

自家打的！要什么钱？！李先泽摆着手。

是他自家打的，就算了！乡书记也摆手。

县里司机机灵地掏出一张百元钞票塞到李先泽手里。不能要！不能要！李先泽挥舞着手。

不要钱，那我们就不能带排子面！何副县长语气变得严厉起来。乡书记见此，对李先泽示意：还是把钱收了！

第十二章

一

九月下旬的一个夜晚，天上一颗星星都没有，外面黑咕隆咚的，派出所接到举报，要到山里林场去抓赌。

进山时派出所为了避免有人滑到山崖下，开了小手电，等进到山里就把手电筒关了。王天成要在前面带路，李先泽说，这一带我熟，还是我来，他把王天成招到自己身后，派出所民警与辅警紧跟在后面。

一般山里人家都看条把狗，怪异的是二憨家没有看狗，可能是翠萍爱干净，嫌狗邋遢。这帮了李先泽他们大忙，以至摸到了二憨家门前时都未出现任何的响动。他们朝屋子里望，发现里面没有任何的光亮。

窑厂停止生产，油子找了李先泽，把狗场移到窑厂，这里的狗场就废弃了。赌徒们便把这里当成了据点。

没有引起注意更好，以免通风报信。派出所民警在感到欣慰的同时迅速朝那边围了过去，到了近前朝里面瞄，发现里面就像二憨家一样没有任何的光亮。咦！难道又像上次一样？

你过来！派出所所长把王天成招到面前，压低声音问：怎么又是这样？

上次抓赌白跑了一趟。王天成未料到现在又是这种情况，他一时愣住了。前几天他到山里摸情况，翠萍正好出山，经过做工作，二憨透露了底子，六喜他们今天晚上要在这里设场子，现在怎么没有人？难道走漏消息了？不过王天成在愣怔了几秒钟后转过脑子，他对所长说，我们到后面去看看！

所长办事稳妥，他让副所长带两个民警在前面看着，自己往后面去。之前王天成来探过路，清楚站在远离狗场的地方才能看清后门情况，他小心翼翼地走在前面，把所长与李先泽带到了与后墙成大约40°角的一个坡崖上。

在里面！狗日的！这回你再也溜不掉了吧！李先泽压低声音道。李先泽太激动了，以至于声音竟有些颤抖！

一丝微弱的亮光从后门缝及屋檐缝隙处泄露出来。狐狸狡猾，最终还是露出了尾巴。

二

小妹妹送情郎呀，

送到那大桥上。

难舍难分，

情呀么情义长。

送上我亲手做的

……

嗟！士别三日当刮目相待，你现在发达了！都当政协委员了！六喜哼着小调子往程瞎子店蹚，他嘴巴顺溜，小调子总有点变化。

油子正好骑着摩托从乡里回来，二人相见，六喜恭维起油子来。

油子回来找小张文书帮忙给写"提案"，见六喜恭维，停下摩托车，与六喜搭话说：我是滥竽充数哦！

你当政协委员不能一天到晚显摆，要懂得发挥作用哦！六喜明地提示油子，暗里贬损油子，意思，油子没有文化，当政协委员不够格。油子当政协委员，他吃醋，瞧不起。

油子傻嗒嗒，没有听出六喜话中的损意，反而认为六喜是好意提醒自己，于是把找小张文书写提案的事情告知了六喜。油子单纯，他假如能预知六喜会借此害自己，是怎么也不会对六喜说的。

　　油子这几年开狗肉馆赚了钱，人家买手机最多花千把元，他买手机花了两千多元，是人家的两倍价钱。

　　琚三瓢离开瓦窑村后，揽了建设乡村道路、桥梁的活儿，赚了些钱，他受高人点拨，隔三岔五做点公益活动，当上了政协委员。

　　油子买了新手机，他忍不住逢人便炫耀，这天他在乡街上遇到琚三瓢，忍不住又掏出新手机炫耀起来。

　　你那手机算个吊，你看我的！苹果的！五千！五千！琚三瓢从腰里摸出手机，神气十足地翻给油子看。

　　油子羡慕，要拿琚三瓢的手机看，正在这时，他自己的手机响了。他一看号码，没有储存，犹豫要不要接。

　　琚三瓢瞟了一眼说：我晓得，你这是乡政协鲍副主任的号码！鲍副主任的号码我知道！琚三瓢边说边在自己的手机上翻找号码，以此来显示自己认识乡里领导多。

　　鲍副主任？鲍副主任找我干吗？油子纳闷：他与鲍副主任从未打过交道，鲍副主任找自己，难道是买狗肉。

　　那天何副县长与油子老表来瓦窑村，李先泽生怕油子嘴巴漏下不当的话，一直担心着。还好油子懂得分寸，没有抢走在前面，也没有多话。

　　回到村部，何副县长内急上了趟厕所，还好李先泽考虑周全，头天就把厕所打扫得干干净净。油子老表趁李先泽引何副县长上厕所的空当，抓住时机向乡书记推介油子，先夸油子办狗场有一定的规模，开狗肉馆县内闻名，在山村起到了致富带头作用，也算是一个能人，然后话锋一转说：书记看看，能否安排他当政协委员，也让他也发挥发挥参政议政作用。

　　油子老表的分量摆在那，修桥要依靠他；油子这几年的发展也摆在那，乡书记当下委婉说：这事情问题不大。

　　对于当县政协委员的事情，完全是油子老表的主张，对于油子来说，他清楚自己几斤几两，从未想过要在政治上有一番作为，他也不懂得如何参政议政。

　　他脑子，只知道当政协委员能上电视，神气，当他听到乡书记表态，忍不住朝周围瞟了瞟，他希望李先泽也在场，知道他以后也能上场子。然而李先泽陪何副县长上厕所去了，油子没有瞟到，他不免有些失望。

县政协委员对于油子来说，不像套到狗来得实际，所以他很快就忘记了这事……

果如琚三瓢所说，电话是鲍副主任打来的。鲍副主任话很短，却很威严。鲍副主任在证实他是油子后，语气严肃地说：你到乡政府来一趟！

找我买狗肉，有求于我，应该客气才对，他这样严肃，不知道到底什么事情？油子更加的纳闷。

他狐疑地到乡政府。

鲍副主任的办公室在前楼三层靠西边第二间。鲍副主任体魄很阔。油子进去，鲍副主任没有油子想象的那样严肃，相反倒十分和蔼，摊开手请他坐，询问他喝不喝茶。

油子见鲍副主任如此热情，受宠若惊，连忙摆手说：不喝！不喝！

鲍副主任先夸了一番油子这几年的狗肉馆发展，接着话题转到政协委员事情上来。鲍副主任说，县政协即将换届，鉴于你在乡村致富方面的带头作用，乡里准备推荐你为下届县政协委员。边说边拿出一张表格，询问油子：你是在这里填还是回家填？

油子望了一眼表格，里面的事项他一抹黑，于是慌张地说：我带……带回去填！油子心想，我回去，让小张文书给看看，他懂，让他代我填，不就行了。

鲍副主任交代他，到街面上打印社多复印几份表格，填坏了还可以换！

鲍副主任，你住哪个宿舍？晚上我送条狗腿子给你！油子机灵，他要报答鲍副主任。

不要！不要的！要买的话到时我打电话给你！鲍副主任对油子摆手。

一个月后，鲍副主任通知油子，县里马上要开政协会了，作为政协委员要积极提案，可以一个人提，也可以与其他委员合提。

提——案？油子只知道养狗杀狗烹饪狗，政治方面的事情他哪里知道！他挠着头怯怯地问鲍副主任：领导！什么是提……提案？

提案——简单说就是提交政协会议的建议，你可以针对自己的情况提，也可以针对我们乡的情况提，建议采纳了对你的发展、对乡里的发展都有好处。鲍副主任解释提案。

离开鲍副主任办公室，油子听说，琚三瓢也是政协委员。于是他想：我去找琚三瓢商议，与他合伙搞个"提案"，便去找琚三瓢。

我搞国家建设！你开狗肉馆！我们俩做的不是一码事，怎么合弄？琚三瓢尽管与油子一样也只是小学文化，但是他以自己搞工程为傲，瞧不起油子这"土老帽"。

琚三瓢瞧不起油子，油子不生气。他想，我到村部去找小张文书弄，小张文书高中毕业，文化高，弄这不在话下。

油子告知。六喜眼睛眯笑，嘴巴张开说：嘿嘿！我早年当过政协委员，写这个东西对于我来说，一二三！

老支书能写！那敢情好！那这个事情就拜托老支书了！油子欣喜异常，对六喜拱手。

帮忙可以，不过要请客！六喜照旧眯笑着，张着嘴巴；不过他没有再理睬油子，径直朝程瞎子店里蹿。

这是六喜的心计！叫欲擒故纵。

拿一盒中华烟！六喜对程瞎子高声嚷着。

怎么今天提档啦！六喜平时来买的大都是玉溪烟，今天要中华烟，程瞎子察觉有些意外。

我一贯都吃的中华烟！怎么是提档了？六喜有些不高兴地白了程瞎子一眼。

程瞎子没有明白过来，不过他是生意人，反应快，立马道歉：不好意思！不好意思，我说错了！

油子随六喜进入店内，程瞎子问站在一旁的油子，你要买——

我不买！油子实话实说。

你不买……程瞎子撇了油子一眼，意思，你不买，进店干什么？

嘿嘿！他提案写不来，找我帮忙！六喜漏话给程瞎子。六喜想油子孝敬自己，不好明着说，他要心眼，故意把话往这上面引，让程瞎子把他的意思给说出来——他实际上设了一个计策。

程瞎子也不懂提案是何物，不过他精明，想着正好为自己多销点烟，于是点拨油子道：写提——那个什么案是辛苦事，老支书抽烟，你干脆来条中华烟——

油子有求六喜，现在又被程瞎子暗逼着，只好充大方地答应道：那，就来条中华的！

油子上了钩，程瞎子讨好地对六喜眨了下眼皮子。六喜趁油子朝柜台望，在衣拐处对程瞎子竖了下大拇指。

三

上次抓赌还是四个月前，当时李先泽兴奋地拎起话筒，打给派出所。

有你狗儿好果子吃了！就知道在后面捣鬼！李先泽放下电话，长吁了一口气。他感觉特别的痛快，这些天乃至这些年积压的闷气都一下子烟消云散了。

自从当上村支书，六喜就没有消停过，他阴险，从不出面，都是戳着别人给自己添麻烦，然后在后面阴笑。这次河湾边土地流转，程瞎子开始同意，被他在后面一戳，结果反悔了；后来还是自己找郑矮子帮忙，好不容易才把程瞎子给搞定，可是没想到六喜这狗儿子又在后面捣鬼，让程瞎子再提价。

六喜给出的主意！程瞎子向李先泽提价时说漏了嘴。又是六喜这个狗儿子在后面捣鬼！李先泽当时牙齿紧咬。我日他娘！嘴里冒出粗话。

李先泽很少说粗话，说粗话表明六喜真的把他给惹毛了。

得想法子治治他！否则他得寸进尺！李先泽心里在活动。

也真太不像话，太出格了！得想个法子治他！让他晓得厉害，不然老是造反索（捣乱）！王天成现在也有些反感六喜，他给李先泽出主意。

两个人想法不谋而合。

王天成支持自己，李先泽很感激。对于王天成，李先泽起初是不信任的，不喜欢的。现在在急需要安慰的时候，王天成能站在村子立场，帮着自己，他还是有些感动。

自己是党员，是村支书，即使想"敲打"对方，也要合乎情理，这点李先泽还是有分寸的，不同于郑三群胡来。

王天成感受到李先泽目光中的信赖，他心里涌起正义感：支书，你要整治他，我有法子！

王天成喜欢喝茶，一天到晚茶杯不离手。李先泽没有催着王天成说，他朝王天成茶杯瞄了一眼，见茶水不多，拎起水瓶要给王天成倒水。

哪能让支书你给我倒水！王天成急忙起身，要抢过李先泽手中水瓶。李先泽把水瓶往外围一挪，手臂一摆，示意不要争了，然后给王天成茶杯续满水。

李先泽给王天成倒水，一表明他不摆架子，二也表明他诚心团结班子成员。王天成受宠若惊，为了表达感激，他显得很谦卑，弓着腰，双手抚着茶杯。

茶水倒好，李先泽仍旧没有催问王天成。王天成抿了一口茶水后，身子凑近李先泽，神秘地说：支书，你不清楚吧，六喜与他舅老爷这几天都在林场里耍这个——用手指做了一个推扑克牌的动作。

六喜与他舅老爷"诈鸡"的事情，李先泽以前并不是不清楚，只是他未放在心上。他总觉得这是他们的喜好，农村人缺乏娱乐，乡里乡亲的，他们要玩就给他们玩去，自己犯不着干涉，更犯不着去做得罪乡亲的事情，向派出所举报。

瓦窑村与平畈村都位于三县交界，也就是鸡鸣三县的地方，相对偏僻，在治安管辖方面自然也就松懈些，或者说难管。在清末民国时这里曾出过土匪；这些年生活相对好了，一些玩性大的人便爱上了赌博，而且赌注越下越大。

派出所接举报来过多次，但逮到的次数甚微，主要原因是这里离乡里远，等派出所到了，他们已经转移到邻县去了，受限管辖权，又不好到邻县去缉拿；还有山高林密，也不好搜查，因而这些人胆子更肥，把这里变为了赌博的避风港，影响极其恶劣，为此李先泽还受过乡里的批评，说宣传禁赌与制止赌博不力。

禁赌的事情不能再睁一只眼闭一只眼了，获得线索一定要及时向派出所报告，现在王天成提供了线索，李先泽便迫不及待地报告给了派出所。

王天成为什么要把六喜赌博的事情告知李先泽呢？在他进村子的时候，六喜想拉拢他坏李先泽的事，对他还算客气，见面总主动递烟给他吃，还客气地喊他王主任。

郑三群灰溜溜地离开瓦窑村，王天成没有了依靠，要想在村子里干，就得归顺李先泽；加上李先泽为人厚道，对王天成还较尊重，王天成也就听话了。六喜不乐意了，他见到王天成，眯着眼，说起风凉话：你这么一天到晚积极，看来李先泽要让你当村主任！另外说不定哪天把支书的位子让给你！说完还阴阳怪气地嘿嘿两声，加重嘲讽。王天成虽然能说，但清楚在这方面自己不是六喜的对手，只好生闷气，他早就想报复一下六喜了。

放下电话，李先泽想起来，问：你怎么知道六喜他们在林场赌博。

我判断的。王天成喜欢抽烟，他弹了一下烟灰说。

王天成说了句滑头的话，李先泽望着他，希望他把事情的来龙去脉说清楚。

这几天，翠萍频频出山到程瞎子店里称肉。程瞎子问她称多少，她一口答，四斤！她与二憨两个人，称那么多肉干吗？还有翠萍让程瞎子给拿整条的中华烟。想想，假如不是六喜在林场"诈鸡"，翠萍会舍得买这么贵重的烟？

李先泽琢磨王天成的话，认为他的判断有道理。

当时可还有人在场？李先泽不放心地问。

当时没有人在场，就我从店边过，翠萍见我，立马把脸撇过去。王天成答。

那这事情十拿九稳了！李先泽满意地点了点头。他十分的开心，在心里盘算：假如事情属实，等下派出所的人来了，把六喜捉住，看他那老脸往哪搁；假如派出所再关他三两天，看他以后怎么在村子里嘚瑟。

四

每天下午四点钟的时候，假如没有什么特别的事，王天成、湘绣与王玲都会先走一步。小张文书稍后。这天他在他们几个走了后，在电脑里百度提案的写法。

紧跟上时代，瓦窑村现在已经有了一新一旧两台大屁股电脑。新电脑是乡劳保所刚配备的，确切地说是县劳动就业局下发的，不过钱是乡政府掏的；旧电脑是前几天交通局赠送的。前阵子油子老表随何副县长来瓦窑村，瞟了一眼瓦窑村的办公条件，见办公室里搞得干净归干净，就是少了台电脑，于是一发慈悲，便把交通局里的旧电脑送了一台给瓦窑村。

交通局赠送的电脑王玲在使用，小张文书使用的是乡劳保所配备的电脑。其他三个老家伙即使配备电脑也不会用，因而他们三个谁也不提出来要。

小张文书要写的提案正是油子要的提案。昨晚上擦黑，小张文书一家刚吃过晚饭，小张老婆在堂屋里忙着剥毛豆米，准备来天早晨上平畈集市上卖，小张文书在逗三岁的女儿玩，六喜蹚到了小张文书家。

老支书稀客！六喜下台后，很多人不搭理六喜，小张文书依旧。小张文书搬椅子让六喜坐；小张文书老婆也还贤淑，她站起身准备去泡茶，被六喜制止，继续剥毛豆米。

小家伙养得真好！六喜喜爱地抚摸了一下小张文书女儿鼓鼓的脸蛋。

叫爹爹！小张文书示意女儿喊。

爹爹！小张文书女儿瞅着笑眯眯的六喜，甜甜地喊了一声。

真乖！啦！六喜从腰里掏出一把包装得很精致的糖果。小张文书女儿馋巴巴地望着，又望望小张文书。

你这家教真严！六喜眯笑着开着玩笑。

接着！小张文书对女儿点了点头，被许可，小女孩一把抓过糖果。

小张文书性格温厚，他对任何人都极尽尊重，当然包括老支书六喜在内，见到六喜仍老支书老支书地喊着；即使六喜被村民们指指戳戳，他也从不在背后说六喜的一句坏话，因而六喜认为他可靠。

老支书来……可有什么事情让办？小张文书熟悉六喜，猜测他来有事。

还是你了解我！六喜开心地咧开嘴巴，说出来意。是这么回事——你知道的，油子——那油子最近靠他老表当上了政协委员，政协委员不是好当的，要提交一份提案。你想，就凭他那小学文化，凭他那捉泥鳅捉鳖的能耐就能写出提案？他自问自答，不能！然后接着说：他知道我当过政协委员，以前写过提案，就摸到我门头子来，你清楚，我多年没有捉过笔了，所以我想到你，想请你给帮个忙。

六喜死要面子，找小张文书帮忙，还不忘把自己吹嘘一番，同时贬损油子。

我不知道提案格式啊！再者写什么内容我也不清楚。小张文书苦恼地笑着。

网上有！网上什么都有！你明天在网上找找！至于提案内容嘛，你就写离职村干部从前对村子发展作过贡献，现在境遇很不好，希望上级体恤，给予一定的生活补助。说完，他还不忘补一句：比如我。

把你也写进去？小张文书疑惑地问。

这个不写！这个不写！我是打个比方！嘿嘿！嘿嘿！六喜眯笑着摆手。

小张文书毕竟是高中生，他在网上百度了几个提案格式，就搞清了提案的基本写法无外乎案由与建议两个部分。所谓案由顾名思义也就是提案的缘由，说具体点就是提案要解决某项问题的理由；所谓建议，说具体点就是自己提出解决问题的办法。

搞清楚了提案格式，小张文书开始写提案。他习惯在纸上写，他拿出信纸，《关于给予离职村干部一定生活补助的提案》，他刚起了个头，就见李先泽站在身边。

李先泽有个习惯，每天下午快下班时，他只要有空，总喜欢到小张文书办公室坐坐，问问小张文书一天的情况，督促小张文书把该做的事情都尽快做了。在李先泽看来，瓦窑村是山区村，在发展方面难超过其他村，那么在软件方面就要尽力做好点，不然瓦窑村就一无是处了。

你在写什么？李先泽随便问，眼睛并未朝纸上看，换上其他年轻人会机智地把信纸一推，就遮掩过去了。

在写……在写一个东西……小张文书是实诚人，他觉得让李支书知道了不好，可又不会撒谎，于是回答的声音就有点慌乱，引起了李先泽疑心。

写什么东西？给我看看！李先泽拿起一瞄，就猜测这事十有八九与六喜有关。于是他询问小张文书：是六喜那狗日的找你写的吧？

小张文书一听支书开骂了，知道不能瞒，于是竹筒倒豆子，把六喜昨天晚上到他家的前后经过叙述了一遍。李先泽听后骂起油子来：这大孬子，就喜欢受六喜骗，说不定被骗了一条烟，也许被骗了一条狗腿子！说完，嘿嘿地冷笑了两声。

小张文书脸窘得通红，一双手拘束地垂着，不知道如何做才好。

李先泽瞅了一会标题，突然冒出了一个主意：现在平畈到瓦窑村的桥正在修建，待主体工程完工，附属工程还需要一些资金，可否提案来解决？于是他安慰小张文书道：你继续写，不过要按照我的想法来写，写好后我通知油子来拿。

李先泽的标题是《关于请求解决平畈至瓦窑桥梁附属工程资金的提案》，油子提交上去后，鲍副主任给改成《关于请求解决瓦窑桥梁配套工程资金，助力山村旅游发展的提案》，提案人由油子一人变成包括鲍副主任在内的多人，鲍副主任在首位。

五

等下派出所来了！你与我一起去！在稍稍思忖后，李先泽招呼王天成。李先泽心里是这样考虑的：假如自己一人去陪派出所抓赌，那六喜肯定怀疑是自己报警的，村民们也会这样认为，会觉得自己不地道；拉了王天成一起去，给大家一个错觉，认为是村民报的警。

山区的村民很淳朴，尽管他们反感六喜，同时也认为赌博不是好事情，但假如谁去举报，他们又觉得你过分了。

我……我……去……恐怕不好。王天成微弯着腰，无力地摆着手。这姿势表明他没有勇气去，同时也没有勇气拒绝支书。

你个没骨气的……李先泽怕伤了和气，话到嘴边又吞回去了。

王天成生怕李先泽骂自己，他侧过身子，低着头，不朝李先泽看。

李先泽清楚王天成的个性，知道骂也没有用，他心里已经拿好主意：等派出所来了，自己一个人陪着去！他给自己鼓气：老子做得端！行得正！为瓦窑村乡风好，不怕乡亲们责骂。

李先泽的豪气出来了，他在手上使了劲，见边上一个茶杯子，提起来，然后往桌上一蹾，只听嘭一声响。

大家都瞄着李先泽，都认为支书生气了，他们像对不起支书似的，一个个低着头。

支书！等下我陪你去！在静默分把钟后，王玲从座位上唰地站起，硬气地对李先泽表示。

不仅大家惊异于王玲的举动，就连王玲本人在表过态后也惊异自己的举动。她是一时意气说出这话的。她是个直条子的人，进村子这几年，她感受到李先泽的正派；她对六喜搞的一些小动作相当反感，现在李先泽急需要支持，于是她勇敢地站出来。

不行我也去！湘绣随后表态。湘绣也是有正义感的干部，她从来不招惹谁，也从来不怕谁。在王天成推托不去的情况下，她就在考虑要不要陪李先泽一起去，就在她反复琢磨的时候，王玲站出来表态，于是她跟着表态。

那……我也去！王天成见势头转变态度。

你不是说去不好吗？李先泽红着脸嘲讽王天成。

我不是说不去，是在考虑！王天成给自己台阶下。

大家都不去了！还是我陪支书去！王玲嘴巴像打机关枪似的说。大家见王玲这样说，便不再言语。

在进山人的眼里，二憨除了与柴打交道，似乎就无事可干了。以往他习惯背对着来人的方向，闷头发狠地劈柴，这天他一反常态，面对着来人方向，弓着腰在屋场子上收拾砍下来的树枝。只见他一手拿着树枝，一手拿着砍刀，手起刀落，小的枝丫从四五公分粗的主干上掉落下来。

二憨在做这些事情的时候，头不时地抬起，瞄着进山的路。

翠萍穿着一件大红褂子，从先前油子箍的狗场那边过来。翠萍很会穿，这大红褂子把她的两边脸颊映得红艳艳的，让她比以往还俏丽。

二憨听见后面声响，清楚是翠萍，他懒得回头，像有些生闷气，使砍刀的气力更大。

别总低着头闷砍！也看看前面路！等外人到跟前就来不及了！翠萍轻蔑地望着二憨，交代。

啪！砍刀指向主干，被猛地弹了一下。

你个大老爷们儿，不能挣钞！还喜欢生闷气！你把哨放好了！人家不会亏待我们！怕二憨不尽职，出事，翠萍边数落边哄起二憨。

六喜与翠萍有两年没瓜葛了，这段时间，二憨心放下了，睡觉踏实，也很少做梦。他不求日子有多富贵，只求安稳。先前他一躺下就做梦，梦见翠萍与六喜在他床上浪，而且他也在床上。翠萍与六喜肆无忌惮，他气得牙齿咬得嘣嘣响，试图把六喜一脚踹到床下，可是他的脚就像被什么压住了似的抬不起来。他气，他急，他急，他气……可就是对身边狂浪的二人没有丝毫办法，他感到极大的羞辱……他还有一次做梦，梦见翠萍嫌他在床上碍事，居然一脚把他踹到床底下，他可怜巴巴地在床下坐着，听着他们在床上浪，心里如刀划似的难受。

你们怎……怎么到林场来了！翠萍与二憨说话背对着路，二憨因为生闷气，也没有朝路上瞟；等翠萍转过身，李先泽、王玲以及派出所民警已经站在她面前，翠萍显得有些惊慌。

二憨毫无表情地瞟了一眼派出所民警，然后继续砍枝丫。

在进山的路上，李先泽预料到六喜老谋深算会有所防范，让翠萍夫妻俩放哨，提醒派出所要悄悄地摸进去，不让他们发现。

李先泽与王玲原地不动。派出所民警向翠萍屋里扑过去。

我又没有犯什么事？你们到我家里干什么？！翠萍泼辣，跟在后面大声喊——其实是给不远处的赌徒通风报信。

你喊什么喊？！所长意识到翠萍在提醒赌徒，立马制止。

翠萍朝先前狗场的方向偷瞄了一下。李先泽精明，他立马意识到六喜他们可能在狗场里赌博。待派出所民警一无所获地从屋里出来，他走到所长边上，对所长耳语。

翠萍脸色由红赤变得有些煞白。

狗场前面一排房子，后面一排房子，其余两面是围墙。民警们朝前排大门一看，只见门紧闭，一把锈烛的锁套在两只同样锈烛的铁圈上。——里面不可能有人！

到后面看看！王玲机灵，她提醒。

民警们于是绕向后排屋脚，只见这排房子坐落在断壁处，断壁荒草丛生，有三层楼多高。

没有人呀？难道误报？还是事先知道转移了？民警们显得有些失望。

六

李先泽到乡里开会，到达四楼大会议室门前时，就听见郑三群的放荡声，大言不惭地声称村妇联是他的相好。他走进里面，只见大会议室里散坐着七八个村的支书，郑三群的手正伸向一个村支书的头。

你这矮子手臭！这村支书把郑三群的手捶了一下。

老郑真有能耐！又是女司机！又是村妇联！另外一个村支书先假意恭维了一下郑三群，接着嘲讽起他来：就是你身垓子一小把把，可能应付得过来？别搞残了！

你别小瞧着老郑身垓子一小把把，十个八个他都不在话下！先前那个村支书也反守为攻，乘机嘲讽起郑三群来。

不管照不照！那是老子的事情！哈哈！郑三群再次无耻地笑着。

要是以前郑三群这样的放肆，李先泽会极其反感的，自从上次郑三群在土地流转的事情上帮自己说了话，他现在对郑三群的行为不是太反感了。他清楚，郑三群即使搞女人，也只是搞了女司机，村妇联主任他恐怕没有下手。主要原因是妇联主任太没有长相了，矮不说，身子还圆滚，还满脸雀斑，分不清鼻子、眼，很难让男人产生欲望。郑三群或许因为与村妇联没有瓜葛，所以他才敢放肆地把自己与妇联主任扯在一起，而女司机他一般不往身上扯。

这还不算太放肆，有时妇联主任也在桌，郑三群在灌了半斤酒后，开始失态，他觍着脸问妇联主任：你说你是不是我相好的？妇联主任顾及他脸面，不生气，只红着脸提示：郑支书你喝多了，瞎说什么哩！

郑三群见妇联主任不否认，开怀地笑着。

李先泽有时想，妇联主任不驳村支书面子，既是精明之举，同时也是一种无奈，她们要与郑三群长期共事，把关系弄僵了总不是什么好事。

在乡村，确有极少数品行不端的村支书打妇联主任的主意，加之有些妇联主任随意，这样二者就搞在了一起，在社会上引起风言风语，传播开来，殃及了所有的村支书与妇联主任，以至于成为了民间的段子。其实在乡村，绝大多数的村支书与妇联主任都是本分的。

郑支书还是很有本事的！最起码搞了好几个女人都平安无事，不像平畈村的老徐，不知道搞没搞到女人，倒惹了一身……后来的那个村支书"骚"字正准备出口，就在这时，平畈村的徐支书拎了只包走进会议室。徐支书以往进会议室，面色总是很好，大跨步，这天他无精打采，相比较平时憔悴了不少。

大家目光都投向徐支书。徐支书在签到簿上签了字后，走向后排坐了下来。

大会议室里一阵静默。

郑三群眉飞色舞地夸耀自己与女村干部有关系，反倒丁点事情没有。而徐支书与村妇联主任其实丁点关系没有，倒被外界传得一团漆黑。

事情的经过是这样的。

平畈村有一个生性风流的青年妇女，她丈夫在遥远的非洲打工，两年回来一次，她守不住。丈夫"孬"，寄钱回国让她考驾照，结果她与教练眉来眼去好上了，在外勾搭也就罢了，她还胆大妄为，把教练带回家留宿，结果这丑事很快在村子里传播开。

徐支书不想这女人坏了村子名声，就出面管，把这女人狠狠地训斥了一顿。这女人便对徐支书怀恨在心。

一次一户婆媳吵架，那户的媳妇是不好对付的角儿，徐支书让妇联主任去处理。妇联主任说，我去不管用，还是支书陪我一起去。

徐支书未多想，说，好！不过我坐你的小车子去。

妇联主任大方地说，行！

她丈夫在内蒙古搞矿产开发，这几年挣了大钱，给在家的她买了辆小车子，有显摆的原因，还有不在乎油钱的原因，这妇联主任去村民组大都开着小车子。

乡村路不好，大都是砂石路，有的地方还是土路，小车子开着颠来簸去。徐支书坐在副驾驶位置上，车子开到一座石板桥旁时，这时那个青年妇女正好在桥那边的棉花地里摘棉花。她听见车响抬头望，见徐支书在妇联主任车子里，心里骂开了：无耻的东西！还说我无耻！

她目光闪亮，睃着车子的两个人，希望能看到点名堂。就有那么巧，这时车轮胎杠到一个土包子上，车子猛烈地颠了一下，徐支书身子朝妇联主任那边歪了一下。从车外面看，徐支书的身子似乎倒在了妇联主任怀里。

这过程其实一刹那，可是被那个青年妇女瞅到了，于是她在村子里大肆添油加醋，说妇联主任车子停在了离桥有一段路的一个稻床边，徐支书把妇联主任搂在怀里亲。

乡村里的女人淳朴归淳朴，但是不少都有猎奇心理与喜欢传播的习性，于是这件事被当成了偷情的新闻传得整乡都晓得。

七

村支书们在一起，最喜欢开花花草草的玩笑，不管是开玩笑的人，还是听的人，都乐呵。李先泽是村支书中的另类，不加入，也不笑。

村支书们在开心地扯徐支书时，李先泽却杞人忧天，为老徐焦心起来：

徐支书这下麻烦了！这个事情没有三五个月都消不了声，这么一扯徐支书的名声也就毁了。

李先泽不相信这鬼扯的事情——徐支书跟他一样是本分人，不会做出格的事情，更何况在白天。他估猜，老徐一定是得罪了某个阴险的小人。

李先泽在替老徐心焦的同时产生联想——村支书难免要与妇联主任在一起，假如轻易都被说成有关系，那是多可怕的事情！他这样想，只是空泛的，是站在所有村支书角度想的，并没有把自己也联系上。因而他尽管为老徐焦虑，但心情是轻松的，他甚至在心里想，这事太荒诞了，等会回家把它当作新闻告诉兰花。

李先泽不是在这方面上心的人，会议结束，他也就立马忘记了这件事情，骑着摩托愉快地回到村，准备立马传达乡会议精神。李先泽是个急性子的人，他不像有些村支书，屁隆屁隆，乡里布置的工作总等天把才传达；他只要一回到村子立马就传达，并要求在最短的时间内完成。

王玲与湘绣在楼下拐的大办公室，桌子靠外窗面对面地摆着。李先泽尊重湘绣，每次开会他都先通知湘绣，这次照例先来到二人办公室。

他个子矮，胖墩，走路动静大。以往来二人办公室，听出是他来了，王玲总笑问一声，支书来了，又有什么事情？李先泽笑着反问：我就不能来坐坐，非要有事！王玲机灵，见支书这么说，她立马转换语气说，那支书请坐！

这回他进来，王玲一反常态，没有抬头；湘绣抬了一下头，然后立即低下。

李先泽觉得有些不对劲，他琢磨，难道发生了什么事情？他留意了下王玲的表情，发现她嘴巴翘鼓鼓的，脸色像被人捆了一样的赤红。

么事这样气鼓鼓的！你家"大老板"把你得罪了？下次回来不理他就是了！李先泽少有地开起玩笑。他是不开玩笑的人，王玲活泼，性格有时像小孩子一样的随性，因而李先泽偶尔逗一逗她。

湘绣是个贤淑的女人，总能替他人着想，她担心李先泽继续开玩笑惹得王玲更加的不愉快，于是抬头对李先泽示意了一下，意思，王玲不开心，你不要再逗她了。

李先泽明白了湘绣的意思，准备说正事。这时候王玲忍不住向李先泽道起心中冤屈：好耍的事……说我与支书你有关系，支书你说，我什么时候与你有关系了？！

李先泽一听，立马头大了。刚才自己还在替老徐焦心，现在没有想到自己也被扯上了。

什么事情？你慢慢说。李先泽平复心情问。

还有什么事情？支书你到乡里开会不知道，现在村子里人都在乱传，说我与支书你有关系？我什么时候与支书你有关系了？！笑话！

你听谁说的？李先泽问。

我听谁说的……我……王玲在略停顿后道出缘由：我家孩子奶奶从外面回来说的。

……听王玲这样一说，李先泽彻底蒙了，他意识到事情不是一般的严重。

在农村，对付一个人，或者说把一个人的名声搞臭，最管用的法子就是散布这个人有男女关系问题。因为在乡村，大部分群众不懂法，也不把这事与法挂钩，因而有些人就肆无忌惮，造谣生事，败坏人家名声，造谣徐支书的人就利用了这一点，同样，造谣李先泽的人也恰恰利用了这点。

你可知道是谁传出来的？李先泽木着头问。

还有谁？不用猜都知道，除了六喜那老狗，还会有谁？李先泽问话是盲目的，当他话一出口就猜到了，一定又是六喜那狗日的在背后捣鬼，目的把他与王玲的名声都搞臭。至于六喜为什么在这个时候散布，他猜测，很有可能与抓赌的事有关联。

六喜最近腿子瘸了，村子里人好奇地问他怎么瘸的，他支吾说上水库转，一不小心，从坝上滑下来把腿子折了。其实内里情况是，那天派出所到林场去抓堵，六喜从狗场后门慌急逃离，一不小心，摔了下来，还好那个地方不像两边笔陡，否则不摔死也会摔成重伤。

那天抓赌是王玲主动陪李先泽去的，王天成嘴欠，把这事给说了出去，因而六喜不仅怀恨李先泽，也怀恨上了王玲，要报复两个人。于是到处散布说，李先泽与王玲经常跑到山里躲着做"那个"事情，村子里某些人就喜欢听这方面的事情，因而尽管不相信，但还是喜欢传，就这样传着传着在全村传开了。

李先泽把会议精神草草传达就回到家里。以往他回家，兰花都笑盈盈地等待他；这天他回到家，兰花呱嗒着张脸。李先泽明白，兰花也听到了传言。

我带派出所去抓赌，六喜那狗日的计较上了，散布老子谣言，企图败坏老子名声！你不仁我不义，这回老子一定要把他抓到！让他坐班房！他才晓得老子厉害！李先泽红赤着脸，紧咬着嘴唇。

你怎么能把他抓到？兰花瞅着李先泽的脸问。兰花是个有气量的女人，以往六喜在后面捣蛋，李先泽回家告诉兰花，兰花总宽解李先泽，说六喜退下来面子过不去，换上你，搞不好也那样。这次兰花也恨上了六喜，希望丈夫好好地治治六喜。

怎么能把他抓到呢？怎么能把他抓到呢？李先泽在屋子里来回地走。

八

一年后的一天上午，油子在狗肉店里忙活，一个长相漂亮的女人走进店里找他。这女人脸色戚戚的，像是有什么烦心事。因为以前琚三瓢带这女人来过店里，因而油子老婆并未起疑心，照常配菜炒菜。

漂亮女人单独来店里，油子开始也未意识到什么，他以为她是正常来店里逛逛。

你过来一下！漂亮女人往一个包间走，目光对油子示意了一下。油子老婆瞅了两个人一眼。油子注意到老婆在瞅着，心里有点发毛，还好他老婆迅速调转了目光，这样油子的心才稍稍安定了点。

平时漂亮女人看油子的眼神里带有热盼，像是十分仰慕；这天油子注意到，漂亮女人的眼神黯淡无光。

她有什么事情要找自己帮忙呢？为什么不找琚三瓢呢？油子傻乎乎地想。

平时漂亮女人到了包间会卸下乳白色的小包，今天她到了房间仍挎着小包，眼睛哀怨地望着油子一言不语。

找自己怎么不说话？到底有什么事？油子心里嘀咕。

两个人互相望了分把钟后，油子忍不住问：你来有什么事？

我……我……漂亮女人目光移向自己的肚子。

油子目光也移向漂亮女人的肚子，只见漂亮女人黑色外套里面显现乳黄色的套衫。这种搭配的确雅致！她特地来该不会让自己欣赏这穿搭吧？直到这时油子还孬孬地往这方面想。

你来一下！油子老婆在外面招呼。大概是让油子去帮忙，也可能担心油子与漂亮女人在一起蹲长了会生事，油子老婆想出了这一招。

来了！油子要抽身。

我有……你孩子……了！漂亮女人手摸着肚子吞吐地说出了来意。

有我……油子在惊了一下后镇定起来，他生硬地提醒漂亮女人：你别瞎说！我老婆在！油子这会还像平时一样大大咧咧，未意识到自己之前干了不妥的事。

你想想！四个月前我们从温泉出来……后来……后来到宾馆……漂亮女人的话像一盆凉水泼向油子，他浑身开始战栗。

九

早前，油子忙完好了狗肉馆的事情，骑着摩托准备回村子喂狗食，经过一家超市门口时，遇到了手指夹着烟、胳膊下夹着皮包的琚三瓢。

琚三瓢见油子急慌慌样，颇有点瞧不起油子，把胳膊下的手提起，对油子点着说：你现在是政协委员了，有身份的人了，别一天到晚只晓得喂狗、喂狗，也雇一个人来帮忙，腾出手来，好好享受享受生活。

你说得有道理！油子认可琚三瓢的话。油子单纯，不清楚琚三瓢在下套。

见开导起了作用，琚三瓢心中一阵窃喜，他不失时机，引诱油子说：今天我带你去开开眼界，上北边县的龙池去泡温泉！把身上的老皮子泡去了，也好匹配个嫩的！琚三瓢在说到"嫩"字时，好色地对油子眨了眨眼睛。

北边县有个龙池温泉，油子早听说过，也想过去泡，就是没有机会去。现在琚三瓢邀请，他心里有些活动，不过考虑家里的狗还没有喂，他有些犹豫。

别像个娘们儿似的，犹豫不决！我搞部车子，坐车子去，一会就到了，洗了就回来，不耽误喂狗！琚三瓢劝导油子。

从这会开始，油子上贼船了！

十来分钟后，一辆夏利车子到了。车子上除了司机，副驾驶位置还坐着一个三十来岁的女人。这女人嘴巴小巧，鼻子也小巧，而且肤色很白，很光滑，她一见琚三瓢就咧了下嘴，带有调情的味道。

下来！下来！坐后面去！让老子坐前面！你陪我这兄弟坐会！琚三瓢把手里的包对漂亮女人点了点。

切！漂亮女人瞥了琚三瓢一眼，表示不满。

你可知道，我这兄弟是什么人？他是新科政协委员，乡里政协主任见到他都客气三分。琚三瓢向漂亮女人介绍起油子。油子第一眼见到漂亮女人有些惊诧，他想自己难得与漂亮女人坐在一个车子上，能闻着这个漂亮女人身上的香气；当漂亮女人坐到后排时，他感觉自己不配与漂亮女人坐一起，不免有些局促。

漂亮女人对油子第一眼印象就不好，她瞅了瞅衣着不整的油子，有些不相信琚三瓢说的话，不过她在屁股落下后出于礼貌还是对油子笑了笑。

一股清香飘向油子，太好闻了，油子忍不住吸了一下鼻子，他感觉整个上呼吸道都少有的舒畅。

等下到了龙池温泉，好好陪我的兄弟！让我的兄弟也晓得人间还有这享乐事！琚三瓢回头逗弄起后排漂亮女人。

你瞎说什么！漂亮女人娇嗔地望了一眼琚三瓢。

哈哈！哈哈！琚三瓢得意地笑起来。

第十三章

一

　　水泥桥两头都用松树枝扎了彩门，上面插满了小红旗；桥扶栏上也披挂了红幅，红幅与小红旗倒映在河中，把河水映照得就像搽了红胭脂。

　　李先泽爱喜庆，他还特地请了邻县的锣鼓班子来。七八个人，路两边排开，相互对擂，一阵比一阵激越，一阵比一阵欢快。

　　李先泽脸上漾着幸福的红润。也许因为心情太过畅快的原因，他像孩子似的跑到敲大鼓的面前，抡起鼓棒，咚咚咚！咚咚咚！敲将了起来，张开大嘴乐着。

　　细心的话会留意到此时李先泽的眼角溢出了泪水，这是欢乐的泪，激动的泪，幸福的泪啊！

　　多少辈人，多少乡亲的心愿终于实现了，以后瓦窑村的乡村旅游、经济发展就可以起步了，试想，李先泽如何……如何能不乐哩！

　　群众从四面八方向桥涌来。这种场景就像人海。

　　盛况于瓦窑村来说史无前例。

　　上午八点半钟的时候，一溜小车子从平畈那边过桥来到瓦窑村。

　　何副县长等县里领导与乡书记满面春风地走下车来。群众涌了过去。派出所民警怕群众失序冲撞了县领导，急忙挡在了何副县长前面；何副县长不在意，他笑容可掬地向群众招手致意……

连接平畈村与瓦窑村的水泥桥于五一开工，国庆节前完工。主桥全长二百米，宽三米，可以容纳一辆卡车通过。河中立有六个梯形状的水泥墩子，岸边各立有一个梯形状的水泥墩子，共八个水泥墩子。桥的两边建有一米高的扶栏，行人一般不会掉进河里。

外人不清楚，当初在设计水泥桥时，李先泽就特别请求，两边扶栏要高些，以防狂风把人掀到桥下或者赶集人多挤到桥下。

水泥桥的建成大大方便了两岸百姓的往来，尤其是便于瓦窑村与外面的连通，是平瑶乡政府的一大政绩，同时也是李先泽为瓦窑村做的一件功德事。

通了车，李先泽在想，要借助通车的机遇尽快把乡村旅游搞起来，让村民不出门就能挣到钞票。为此，他把几个村干部召集在一起商议办法。王天成抽着烟，皱着眉头。李先泽点将王天成说：你先说说，可有什么好法子？

王天成嗒了一下嘴巴说，这个还真难搞！

李先泽清楚王天成说的不是敷衍话，在山村要搞旅游，没有值得看的景点，没有配套设施，等于是一句空话。

自从第二次把六喜成功抓获，让六喜在拘留所里坐了几天"班房"后，李先泽开始信任王天成了。

二

那天晚上，见到后屋里透出光亮，众人都异常的兴奋。

怎么过去？所长问。

怎么过去？李先泽事先没有具体勘察，他也不清楚过去有没有路径，于是询问王天成。

从这摸着下去！然后再蹚着草慢慢上到后门，不过要小心！王天成提醒。他蹲下身子，脚下是嶙峋的石头。众人手抠在石头尖上，脚往下面的石头缝子放，这样一个个下到崖底。

咚咚！最后一个民警是小伙子，他认为到底下了，没事了，一跳，谁知跌到了边上的草窠里，弄出了响声。

一时间静默。大家都屏住了呼吸，朝屋子望着，看里面人可有反应。

望了几秒钟，见里面没有响动，于是心稍稍定下来。

借着微弱光亮，众人朝周边瞅，发现崖下没有石头，也没有路，只有大片的荒草。怎么过去？众人疑惑间，只见王天成双手拂着青草往前面蹚，同时轻声告诉大家，到后门后的崖下，草窠底下有台阶，大家一步一步地慢慢上就是了。

为了逃避抓赌，这伙赌徒还真花心思了！众人感叹。

他们不清楚，为了逃避抓赌，赌徒们在屋前面也花了心思，他们把屋的前面砌了一方壁子，这样灯光就被这方壁子给挡住了，因而从前面看不到。

赌徒们做梦也想不到，派出所会摸到后门，他们只有这一个出口，当派出所堵死了后门，他们就插翅难逃了。

可能为瓮中捉鳖的原因，赌徒们没有一个顽抗。六喜偏头望了李先泽一眼，李先泽没有回避，他目光与六喜对峙，告诉六喜：我李先泽不是好惹的！

先前由于李先泽心胸宽广，不与六喜计较，六喜在李先泽面前倚老卖老，步步进逼。现在李先泽露出锋芒，六喜胆怯了，目光在短暂的对视后还是偏了过去。

三

琚三瓢推开一个包间的门，把包往桌子上一掼，对油子发话：来一个狗肉锅子，再炒三个菜。油子吩咐下去，不一会锅子与菜都送上来了。油子要出去招呼其他客人，琚三瓢对油子说：你别走！我们喝两盅！

在乡村集镇上有一种人，靠痞吃饭，顺手牵羊。琚三瓢就是这种人，油子的狗肉店这几年赚了不少钱，他眼热，打上了油子狗肉店的主意，精心谋划，一步步地实现吞并的计划。

喝到身子发热脑子晕乎时，琚三瓢见火候已到，便拍着油子的肩膀说：兄弟，我们要把事业做大，就得把你的狗肉馆开到县城里去！先开个一般的狗肉店，等场面拉开了，再开个大排场的狗肉店，这样你——就不是今天的你了，你就是县城里鼎鼎大名的狗肉店董事长、总经理了，到时县委书记、县长都对你刮目相看。

喝了酒本来脑瓜子就发热，经琚三瓢这么一描画，油子不知道自己几斤几两了，他身子轻飘飘的，眼睛饥渴地看着琚三瓢。

要把事业做大，光凭你一个人不行！还得靠我！我们成立一个股份公司，我做董事长！你做总经理！这样人家喊着多好听！你说是吧？琚三瓢见火候已到，便说出了自己策划已久的计谋。

瓦窑村出名的山除了清风寨外，还有一座桐藻山，满山的油桐树，山顶部有一块藻青色的巨型石头。早些年这块巨石的前面立着一座气势不凡的大雄宝殿，后来年代动荡，大雄宝殿被毁，不过近些年它又重建了起来，现在香火特别的旺盛。

从平畈村过桥往北走里把路便到桐藻山脚下，自从有了桥，桐藻山这边大殿的香火比先前更旺。

支书，旅游能不能搞起来不知道，但是我们可以靠山吃山，桐藻山的香火旺，清风寨的洞穴奇特，我们可以在这条线路上建一些毛竹长廊，提供给村民们摆摊位、卖香火，还有卖我们瓦窑村的山货，你说怎么样？王玲亮着嗓子说出自己的主张。

敢说！敢做！王玲的性格就是这样。其实她也很有头脑子。

你这主意不错！开始大家伙垂头丧气，现在听王玲拿出的主张，认为可行，一个个地振作起来。

你怎么想到这主意的？小张文书轻轻地询问王玲。

王玲早些年在东莞的一家电子厂打工，这个镇靠近一个旅游区，镇领导头脑活络，在与旅游区交界的地方，用毛竹搭建起了一条里把路的长廊，村民在里面摆摊赚钱，现在听说毛竹长廊已经扩展成了繁华的商业街了。

这主意是不错！只是，建毛竹长廊要砍毛竹、运毛竹，还要修毛竹、搭架子，这些都要人工，恐怕要一些钱。王天成点燃一根烟焦虑地说。

这都不是问题！有些事情我们完全可以自己来！像砍毛竹、修毛竹，我们就可以自己来！李先泽爽气地说。他虽然个头不高，但体魄壮，更重要的是他从小到大吃苦惯了，对于出苦力的事情从来不怕。

还是要花不少钱的？王天成在外跑过，精于计算，另外他对村子里的米罐还是清楚的，因而好意地提醒李先泽，别为一时冲昏了头脑。

李先泽就怕大家说不出思路，现在路子有了，对于钱的问题他心中有底：他老小这几年时运济，搞工程挣了大钱，过年的时候回家对他夸下了海口，说哥哥既然你死心塌地地当这个吃力不讨好的村支书，那弟弟我全力支持你！村里花销三五万元的对我说，一句话，支持！有了弟弟这句有情有义的话，李先泽的心踏实。只不过他为人做事一向低调，从来没有把弟弟说的话在村班子里传播。

毛竹长廊建好后，可以把翠萍与二憨动员出山，摆摆摊，这样他们家也有一份固定收入，以免翠萍又与六喜搅和在一起，除了败坏她自己名声不说，还败坏村里名声。王玲说出搭建毛竹长廊的又一个好处。

王玲的主意正对李先泽的心坎，他老早就有把翠萍、二憨夫妻动员出山的打算，只是苦于一时难为他们找到合适的营生而耽搁，现在王玲想到了这招，李先泽不禁对王玲肃然起敬起来。他以前只觉得湘绣稳重大方，能出主张，现在来看，王玲虽然在稳重方面差了点，但也能像湘绣一样出主意，此外还泼辣，能主动扛担子，这是湘绣所不具备的。

王玲已经具备了基层干部的基本素质，假如日后有机会让她出去学习学习、培训培训，或者鼓动她去报考成人高等学院，那么她今后定能担起村子主要工作。这些，李先泽现在还未考虑。

李先泽顺着王玲的思路在想：翠萍、二憨在老村部边有三间瓦屋，他们夫妻进山多年，现在屋顶有多处垮塌，侧壁也有几处裂缝，已经成为危房，可以把他们家的情况向乡里反映，争取申报危房改造资金，把房子维修一下，这样他们出山有屋子住。李先泽这样想着，就觉得村子今后的工作像太阳起山一样会越来越有希望。

李先泽头脑尽管发热，但他按照惯例，还是征求湘绣的意见。王玲虽然有主见，但有些主张只是一时口快，未必细琢磨；而湘绣说出来的，都是在头脑里过了又过的，假如她也说行，那十有八九能行得通。

问湘绣，她只婉转地说可以试试看。

既然她这么说，李先泽心里就踏实了。

建毛竹旅游长廊，这在平瑶乡来说，是大姑娘坐轿子——头一回。先不论它到底建起来能不能带动旅游发展，就论这秀气的毛竹长廊本身来说，就是个景点，也会让游客看了目光一亮。

事情虽还在酝酿中，李先泽的脑子里就已经矗立起了一座座雅致的毛竹长廊，眼前浮现翠萍热情地招呼过往游客的场景。

不仅如此，李先泽还想到这件事情假如办好了，乡里干部肯定会夸自己，其他村，还有瓦岗村郑矮子也会佩服自己。一想到郑矮子佩服自己，李先泽心里不免有些快意。

村干部是中国农村最基层的干部，他们出身农民，保持农民本色，对农民持有朴素的情感。他们中的绝大多数人，长期拿着很低甚至很难兑现到手的工资，但极少抱怨，默默地在为中国农村的发展竭尽心力地工作。

四

村支书李先泽稳重，遇到大事，油子在心理上还是很倚重李先泽的，他尽管对"总经理""董事长"这两个琚三瓢撩拨他的名头想入非非，但真的迈步他还是诚惶诚恐的，生怕一步迈错造成终生悔恨，因而在第二天来到村部请李先泽给拿主意。

他鬼点子多，搞得不好就把你绕到圈套里去，到时候你哭爹喊娘都没有用！李先泽提醒油子。

我们是股份制，有账目的，不怕他算计！油子还是对那两个虚幻的名头十分的渴望，他想象着自己坐在胖老板桌前神气地吆喝着下面的员工。

账那个东西是人做的，可以造假的，你别死脑筋！见劝说无效，李先泽开始生气：我今天把话撂在这，你假如不听我话，跟他搞在一起，要不了多少时间你就会后悔的！

那不跟他合伙了？李先泽的话镇住了油子。他尽管觉得支书的分析有道理，可是还有些舍不得即将到手的名头。

跟不跟他合伙你自己决定！我只是提点建议供你参考！停顿了会李先泽说：不过我提醒你！你能有今天不容易！

李先泽心里通亮，就油子自身素质来说，他达不到今天这样的一个成就；他能有今天，除了自身的一点小技能外，更重要的是靠他老表的帮助，另外还有贤内助。他老婆人既精明，又扎干，把一个狗肉店打理得红红火火，平瑶街上的人都说，油子福气，讨了一个"旺夫"的女人。

这时候油子的心理是极其矛盾的，他一方面觉得李先泽的确为他好，说的话有道理，但另一方面又鬼迷心窍，贪恋着总经理与董事长的虚幻头衔。二者在他的心里就像放在天平两端的物件，一会儿这重，一会儿那重，不过在总体上还是觉得合伙这边重。

合伙无论如何绕不过他老婆，油子心里清楚，他老婆与他一样，在这个事情上是没底的。对于绝大多数女人来说，她们都把守住自己难得创立的小家小业当成正道，不愿意承受大风大浪，在合伙这件事情上肯定是反对的。果如油子所料，当他把想法告诉老婆时，老婆立马反对，说的话如李先泽一样——你搞不好就会入了琚三瓢的圈套！可这玩货已经走火入魔，征求意见只是一种心理安慰，他打定主意要与琚三瓢合伙，把生意做得名响县城，不仅让平瑶的父老乡亲对他刮目相看，而且要让整个县的人都对他刮目相看。

油子的老婆贤惠，一般不逆着他，况且油子把合伙的好处说得天花乱坠。这女人在呱嗒了几天脸后放行油子，不过再三叮嘱他要小心谨慎；女人在心里盘算即使油子糊涂还有她给把关。

这样琚三瓢满意地实现了合伙的愿望，他占股60%，成为董事长；油子占股40%，成为总经理，这样油子虚荣心得到了满足，享受到了总经理的虚幻名头。

琚三瓢利用合作机会在城里给自己弄了个董事长室，里面摆放着棕红色十分阔气的老板桌，他坐在老板椅上，神气十足地把双脚架在老板桌上，叼着细烟。

油子虽说是总经理，可是琚三瓢不把他当回事，没有给他配办公室——油子散漫惯了，也不习惯坐办公室，因而也未提出异议。他还是与先前一样，来往于平瑶的旺旺狗肉店与狗场之间。说穿了，他是为琚三瓢做了嫁衣，自己只是多了个总经理的虚幻名头而已。

经漂亮女人提醒，油子记起了四个月前与琚三瓢，还有漂亮女人一起去泡温泉，出来后，琚三瓢要在宾馆开房间，他未拒绝。这时候的他已经是总经理了，总经理在外面总得有些应酬，他老婆在心理上也接受了，他在外耍得也踏实。

漂亮女人一个房间，他与琚三瓢一个房间。夜半三更时迷迷糊糊，他感觉有一个细长滑爽的东西像泥鳅一样缠绕着自己，一种特殊的气息一阵接一阵地冲击他的鼻孔，他迷幻了。这时，一个纤细得像蛇信子一样火热发烫的东西极度挑逗地伸向他的口腔内……油子尽管意识蒙眬，但出于本能，身子还是被撩拨了起来。他不顾一切地按住了这个滑爽的东西，接着掀起了一波一波的巨浪……

完事后一看，原来是那个漂亮女人。快活了就快活了，油子头脑简单，未意识到这事有后遗症。

琚三瓢耍了鬼点子，与漂亮女人换了房间。此外漂亮女人也耍了鬼点子，她吃了避孕药，她这回来是谎称怀孕讹诈油子的！

五

霜降时节，棉桃全部裂开，田野里就像落下了繁星，眼花缭乱。

从瓦岗村通往瓦窑村主干道两侧的棉田里，"补锅匠"雇用的农民工腰缠布袋，在麻利地掏着棉球里面的花絮。他们远远地望见一群干部模样的人在桥边商议着什么。

乡书记亲自带着县规划局的人来到了瓦窑村，随同的有王新历副书记、分管副乡长，还有乡里规划部门的负责人与一个小伙子。

乡书记找来规划局的人为瓦窑村的乡村旅游发展作一个全面的规划。这说明乡书记现在把发展乡村旅游当成平瑶发展的一个突破口，把瓦窑村当成了平瑶乡村旅游发展的龙头。

早几年乡村旅游还只是个概念，这几年乡村旅游已呈蓬勃发展之势，成为了助力脱贫攻坚，带动乡村致富的重要引擎。乡书记本来就在思考这个问题，正好李先泽前几天去向他汇报这方面的一个情况，这等于为乡书记的思路开了塞。

建毛竹长廊卖货的主意烧着李先泽的头，他急着向乡书记汇报，想看看领导对这个事情见解如何。你这主意不错嘛！符合当前脱贫攻坚的思路！乡书记欣赏地赞扬他。不过要综合利用好毛竹长廊，在里面搞一些展板，宣传文化＋旅游。

还是书记站位高！思路阔！李先泽由衷地赞美起乡书记来！李先泽脑子没有乡书记考虑得那么全面。其实这就是不同层级干部的差别之处。当然有些干部的层级比较高，思想却不一定能达到相应的高度。最主要的是，要站在人民的角度，为人民谋求最大的利益。

不要拍马屁！你李先泽怎么也像郑矮子一样地喜欢拍马屁！乡书记手指着李先泽批评道。乡书记在批评自己，不过李先泽留意到，书记脸上流露出来的表情却是愉悦的、舒心的，于是他大胆接话道：本来就是嘛！怎么是拍马屁？

好了！不说这个了！乡书记对李先泽摆摆手。接着问他可喝水，李先泽说不喝。乡书记端起瓷茶杯，掀开盖子，抿了一口。

李先泽把头脑里一些凌乱的想法向乡书记作了汇报，乡书记对他说，要结合你们瓦窑村的村情与能力，更重要的是要拟定一个发展规划，按照规划，你们瓦窑村在乡村旅游方面弄出点成绩来，我们也好在整个平瑶乡推广。

拟一个规划是不错！不能乱着来！李先泽心里暗暗佩服乡书记比自己考虑周到。

过几天我带规划部门到你们村去！李先泽从乡书记的这句话里感受到了乡领导对瓦窑村的支持，同时也感受到了乡领导对瓦窑村发展想法的认可。他浑身绷足了劲，以至于下楼时脚力大弄得楼道噔噔地响。

相对于郑三群他们瓦岗村来说，瓦窑村相对封闭，是个世外桃源。境内有本地名气不小的桐藻山、带有神秘色彩的清风寨洞穴、秀美的水库，还有美丽的农田风光。初进去是个世外桃源，进到山里，又是个世外桃源，假如规划得好、打造得好，完全可以成为平瑶乡乡村旅游方面的一个样板，到那时自己也有不小的成就感。乡书记在心里开心地想。

矮壮的李先泽腿肚子本来就有劲，现在乡书记带着县里人来做规划，他带路走得疾，后脚攒着前脚。

先从桥处开始！乡书记指示。桥是在乡书记手上建的，他认为游客要到瓦窑村来，大部分人会走桥，因而他让规划部门从桥开始规划。

听取了李先泽关于利用桐藻山、清风寨建商贸走廊的想法，规划部门瞄着河岸以及滩田，建议开挖滩田种植莲藕，他们认为种植莲藕比种植水稻划算，此外，莲藕是夺目的风景，能一下子带火瓦窑村的乡村旅游。

这想法不错！乡书记不住地点头。妙笔生花，他认为这就是瓦窑村发展乡村旅游的一个妙笔，能一下子把瓦窑村的乡村旅游弄亮堂。

可是不清楚这河滩田能不能开挖？可违反国土政策？李先泽虽然文化程度不高，但他不像郑矮子不喜欢学习，他闲着无事就喜欢琢磨政策，他担心这是基本农田。

这河滩地属于一般农田，不属于基本农田，是可以开挖的！随同的分管副乡长懂这方面政策，他释疑。

今天忘记喊国土部门来！这个你负责！让国土部门认真核实一下，这河滩地的性质。假如不属于基本农田，再好不过了！乡书记做事稳妥，他对副乡长郑重交代。

那边可以种些草莓与蓝莓之类的水果，这样莲花有了，稻花香有了，一年还可以有几季采摘，吸引更多的游客！规划局的人指着东南边说。

这个要有人来投资！李先泽你要好好动动脑筋！乡书记指示李先泽，停了下他考问李先泽：你家是儿子还是女儿？李先泽不明白书记问话的意思，老实地答：我一个儿子、一个女儿。

你要只有一个女儿的话，有没有招婿进门的想法？乡书记瞅着李先泽的脸问。

这个……这个……李先泽被书记的话问蒙了，他不清楚书记问话的目的，摸着脑袋对书记做了个怪表情：书记！我思想封建！有！

有吧！也要像招女婿那样把项目招进瓦窑村，为你们村的发展，为脱贫攻坚助一臂之力！

书记原来是这么个意思啊！李先泽终于明白书记风趣话背后的深层含义。

李先泽带着一行人上了桐藻山，在桐藻山上登高望远，小河弯弯曲曲就像一条白练；望见平瑶乡政府的大楼，另外还能望见另外两个县。接着又带着众人上了清风寨，摸进石洞，众人感觉这石洞果然如外界传的精巧奇特。出了石洞，书记望着水库说，这一带规划好、开发好，完全可以成为一个不错的景点。大家都赞同书记的看法。

能做的即刻就做，李先泽从来做事都是雷厉风行。他心里琢磨，过几天就找几个小工，把洞穴里面给清理干净，把登山的步道给搞好；他还琢磨，安全、美观都重要，本月内就把进洞口的扶栏给安好。

后来进山，李先泽劝乡书记不进去了，乡书记仍坚持进去。

规划部门建议在山里种植油茶，理由是山里的土质适合种植油茶，而且现在油茶的经济价值高。

规划部门还给瓦窑村规划了农家乐的两处适宜地点，一处是水库南边王二姑住的小村庄，一处是离桥 600 米的一个凹进去的村庄——王玲与小张文书家就在那个村庄。第一处选点，主要考虑到那里是进山口，同时还考虑到了水库与神秘洞穴的因素；第二处选点，主要考虑到那里离集市近，客流量大，同时还考虑了幽静的因素。

六

这件事情发生后，油子夫妻二人都没有心思经营，狗肉馆临时关门。这事情就像马桶盖子被揭开瞬间臭遍了整个平瑶乡。有的人同情油子，说他不小心上了琚三瓢的圈套；有的人嘲笑油子，说他管不住自己的裤带子，弄得身败名裂。这件事情还把乡政协鲍副主任给牵扯上了，说他怎么让这样没素质的人也当政协委员，这简直污了政协委员的名声。

李先泽知道这件事情后，摇头，他当初就料到这是琚三瓢设的局；他还猜到，琚三瓢想通过这手段侵吞玩货这么多年积攒的家产。

李先泽当了多年的村支书，他对社会上形形色色的人有一定的辨别能力。哪些人能交往，哪些人不能交往，他大体上能分得清。有些人在他面前说了什么话，他就能猜出这人的动机。他清楚琚三瓢的德行，因而当初他善意地提醒油子，只是油子不听他的话，他也没有办法。

还是要生活，在关门两个星期后，旺旺狗肉馆重新开门。

在这期间，漂亮女人没有来找油子。

这事情就此算了，绝不可能的！在油子重新开门的第二天上午，琚三瓢就夹着个包摇头晃脑地进了狗肉店。他道出了蓄谋已久的计谋，要油子让出占有股份的三分之二给漂亮女人，此外还要油子支付漂亮女人打胎的费用。让出股份的三分之二，等于把这些年辛辛苦苦攒的钱整包扔进了水里，油子十分不甘。要是不让出的话，琚三瓢威胁了，让漂亮女人整天跟着他，让他没有好日子过，此外还声称，漂亮女人身子出了问题要他负责。

油子回头吞吞缩缩，把琚三瓢的意思转述给了老婆。这日子没有法子过了！她老婆披头散发，捶着自己的身体，然后又抓挠油子。破财免灾，最终，夫妻二人还是答应了琚三瓢的条件，同时提出退出剩下的股份。琚三瓢乐乐地答应了，不过拖着不给。油子等于花了多年积攒的财产买了一夜欢愉。

出了这件轰动的事，油子的政协委员资格被撤销。所以做人，不能起贪念，起贪欲，要安守本职、安守本分。

七

一条小河的半个水面漂浮着菱角菜，菱角菜将河水染成了藏青色，就像徽州茶楼里小姐姐的服饰。小河埂的内侧是形似高高矮矮旗帜的青色芦柴。

河埂外，是一块面积百亩三角形状的荷田，高高低低的荷花争奇斗艳，映红了荷田，也映红了荷田的上空。初夏阳光下的这一美景，恰好地验证了"映日荷花别样红"的古诗句。

太美了！太美了！小车子经过这段，众人从车窗里看到了红得妖艳的荷花，都齐声称赞。

我舅舅就在这里面！王玲手指着娇艳的荷田，兴奋地叫嚷。

李先泽、"补锅匠"，还有湘绣一起到王玲舅舅藕田来参观，学习莲藕种植。

李先泽喊湘绣来，还是考虑她持重，关键时刻能够给自己提示。

那天乡书记带县规划局来瓦窑村，李先泽把"补锅匠"喊了，目的让他也听听，看看在瓦窑村可还能发展点什么。当时县规划局指着河滩地说种植莲藕有划算，盈利起码是水稻的两三倍。李先泽一听乐开了，他把眼睛对"补锅匠"挤挤，意思，你尝试这个看看，肯定能赚钱！"补锅匠"会意地笑了笑，心里说，我试试看！

不过"补锅匠"多年来只包田种水稻，种植水稻对他来说可谓驾轻就熟，对于重起炉灶种植莲藕，他虽然有些心动，但不敢轻易起势子。

调整农业种植结构，这是上面一再号召的。种水稻改种植莲藕，承包人可以获得丰厚利润，村里还借机打造了难得的观光景点，李先泽自然希望"补锅匠"立刻动作。不过李先泽与"补锅匠"一样，对莲藕种植也是门外汉，他心里希望归希望，但明白这事情得一步步来。

不管怎样，李先泽的思路是清晰的，就是一确定种植莲藕；二带大家出去参观学习，三请人家来指导。

至于到哪里去参观学习，没有目的地，他想过阵子去打听打听。

就有那么巧，不用他去打听，有人送上门。他在村干部会上把种植莲藕的好处绘声绘色地讲了一大通，大家都被他描绘的美好前景所打动，一个个眸子里闪耀着晶亮的光。

就是不知道哪里种植莲藕？李先泽嗒了一下嘴巴。

这个呀，支书你不用愁……王玲有点小得意地说：支书你不知道吧，我舅舅就种植莲藕，他种植莲藕起码有七八年了，面积有七八百亩，每年这时候荷花开放，都有许多城里人去游玩、拍照，还有人采摘莲蓬带回去。

原来知情人就在身边，李先泽一听乐坏了，他询问王玲：那……那个地方旅游观光是不是搞了起来？

早就搞了起来！边上还有一家农家乐饭店，旺季的时候，都难吃上饭！要候着桌子！李先泽听王玲这样介绍，他更开心了，眼前立马浮现一批批的游客在瓦窑村的莲藕田里游玩，在农家乐排队吃饭的场景……

你舅舅莲藕可有销路？李先泽回过神来，询问。他是个把握人，劝"补锅匠"转换经营思路，得为人家销路考虑。

我舅舅的莲藕都运往江苏、浙江，每天都是那边的车子过来装运，销路绝对不成问题！王玲语气肯定地说。

就是不知道你舅舅可愿意向我们传授种植莲藕技术？还有他愿不愿意帮忙销售？李先泽试探着问。

这个……这个……王玲没有底气了，不过她转圜说：我问问我舅舅。停顿了下她补充说：我舅舅很大气。

几个人朝着荷田里望了一会，荷田里一个人头也没有看到。

我来打电话给我舅舅！王玲拨了半天电话，都显示无人接听。我舅舅肯定在忙，手机放在田埂上，不如我们下去看看！王玲领头，几个人跟在后面，走进了荷田。

荷叶层层叠叠，高过人头，荷花有的已经开败；有的正在开放，叶片像少女粉红的脸蛋；还有的像小皮球一样紧紧地包裹着。几乎每个撑开的荷叶边都有个像托举的手一样的莲蓬。

这个可以吃！王玲摘下一个莲蓬，剥出青色的莲子，再剥去莲子的外衣，露出嫩白色的肉，递给李先泽说：支书，你尝尝看！有点微甜！

李先泽把莲子送到嘴里嚼嚼，咧嘴笑了，说，是甜！然后摘了一个莲蓬，递给"补锅匠"说，你也尝尝！

王玲趁机把莲子的功效以及城里人对莲蓬的青睐描述了一番，李先泽有些欣赏地望着王玲，他佩服王玲聪明，像知道自己心思似的配合着自己，让"补锅匠"能够拿定主意，这样瓦窑村的旅游才能搞得起来。

几个人在荷田里转了一会，也未见到王玲舅舅的影子，王玲又打起电话，这时候，电话接通了。那头说：你到这边藕田来，县里的记者正在这边采访哩！

走！我们上那边藕田去！那边还有记者！记者在采访我舅舅哩！王玲无不得意地说，她脸色兴奋得有些潮红。

还有记者啊？李先泽一听有记者，更来劲了，记者来采访，说明王玲舅舅在莲藕种植方面产生了相当大影响，他带"补锅匠"来，不虚此行。

车子沿着小河埂，开了约三分钟，王玲指着河埂下面绿汪汪的荷田得意地叫喊：你们看哦！好大的一片荷田哦！

"接天荷叶无穷碧"，李先泽听人家说过这样的诗句，他说不全，但也想附庸风雅，复述这诗句，来表达一下此刻的欣喜。接……接……接……口里连说了几个"接"字，后面的"天"他"接"不出来。他在心里说，还是多读点书好，碰到这样的场面，也能像文人一样口吐莲花。

八

油子虚荣心作祟，被琚三瓢耍弄，还好留下了平瑶街上的狗肉馆。

留下这份家业多亏了他老婆。当初在合股时，琚三瓢暗藏祸心，提出把这个狗肉馆也合股进去，油子脑瓜子似乎筑了屎，竟一口应承。可是他老婆死活不答应，说万一被骗，还有条活路，结果证明他老婆的坚持是对的。

油子老婆心疼这么多年积攒的家产打了水漂，她咽不下心口的气，提出与油子分开，狗肉馆由她独自打理，两个孩子也由她独自抚养。油子理亏，不多说，回到了村子，继续干起了掏黄鳝捉鳖的营生。

油子就是不用脑子，还有管不住嘴，其他方面都还好，李先泽对他知根知底。油子回村子后，本来就蔫嗒嗒的，抬不起头，这时还有不少村民嘴巴欠，取笑油子，弄得油子更加的自卑。这时候，李先泽不仅没有鄙视他、嫌弃他，反而伸出手拉他。他把油子召到村部，对油子说：现在村子里在发展乡村旅游，人手不够，你人精精的，来村子凑把手，可愿意？油子见书记还信任自己，连忙点头。李先泽瞟了油子一眼，发现他眼眶边有些湿湿的。落难时有人挽救，油子显然被感动了。

李先泽对他交代，以后只管做事情，不要乱说话，也不要乱搭话，更不要乱跑。这些话，油子统统答应了。李先泽这样交代是针对油子秉性的，一来防止他不知深浅，在有领导的场合喧宾夺主，抢了自己的话；二来防止他被有心人利用，坏了村子的事情。

建毛竹长廊，李先泽让儿子帮忙，在网上下载了不少毛竹长廊的图片，然后他反复比较这些图片，最终确定了一种式样。动工时，他请了一个木匠与一个篾匠，村干部也都挽起胳膊配合。李先泽虽未学过木匠与篾匠手艺，但他聪明，瞟一眼大致也能下手。油子反正无家可归，李先泽就指定他买材料，给两个手艺人打下手，另外看护工地。油子也乐于做这些事情，这样他又精神起来。

五座毛竹长廊相继在往桐藻山与清风寨的路上竖了起来。

河滩百亩地被国土部门认定属于一般农田，可以开挖，很快被挖成一个月牙形的湖；接着"补锅匠"根据王玲舅舅的指导，在来年开春将育好的莲藕苗栽插到开挖的湖里。五月的时候，水面上浮现出一朵朵圆形的绿叶片；八月的时候，绿叶片全部变成了硕大的如舞女裙的荷叶，荷花娇艳绽放。

在平畈集市就能远眺这边的荷花景观，每天都有不少游客与摄影爱好者前来瓦窑村观赏荷花，采摘莲蓬。

有了人气，不用做工作，原先平畈集市上的一些商户以及桐藻山上那些在露天卖香火、食品的小贩也都纷纷进驻毛竹长廊。二憨与翠萍夫妻也进驻了长廊，卖些遮阳、拍照的小花伞，还有丝巾、饮料之类的物品，翠萍嘴巴像抹了蜜，她的东西最抢手。

乡村旅游在自己手上初步搞了起来，李先泽心里嘚瑟，有成就感。这时他想到了电视台那个玩小飞机的记者，想他们来给瓦窑村作宣传，这下人气更旺。他找到了那个记者的手机号码，把瓦窑村的乡村旅游进展情况形象地描述了一番。记者说，我过几天到你们瓦窑村去走一趟。

那天王玲带着李先泽在齐人高的荷田间穿行了好一会，才到了她舅舅所在的藕田。主要是范围太大，又是荷田深处，就像迷宫似的。好在荷田间是机耕路，卡车可以开进来，走起来并不是太费力。

王玲舅舅身着一套皮衣，看上面泥巴湿润程度，应该是刚从荷田里上来。一个记者把摄像机镜头对着王玲舅舅；另一个记者手里端着一个黑色的仪器，在遥控着荷田上方一个形似小飞机样的东西。李先泽目光落向这块荷田，发现四周荷叶立着，中央已经成了空白，他感觉这藕田就像一个谢了顶的人。为什么采藕不是从四周开始，李先泽想，王玲舅舅能说出个一、二、三。

事先未联系，突然来到，王玲舅舅有些意外。

见舅舅在接待记者，王玲精明，她没有向舅舅介绍支书一行，只是对舅舅说：您忙，我们先看看！于是李先泽一行站在边上听记者问话。

二十分钟时间这样，两条装满菜藕的小木船被推拽着从密密的荷叶间出来，记者于是把摄像机镜头对准了小木船。

这么近距离地观看记者采访对于李先泽来说还是第一次，他感到非常的好奇。他从记者与王玲舅舅的问答中了解到一亩田藕的产量大约三千市斤，每市斤批发价大约六元。得到这两个数字，他脑子里立马拨动起来，一算，惊叹：啊唷！每亩藕田毛收入竟有小两万元。他在脑子运算的时候，"补锅匠"的脑子也在运算，最后两个人答案一样：种藕比种稻子划算！

玩小飞机的记者很和善，临走时除要了王玲舅舅的手机号码，还把自己的手机号码报给王玲舅舅。李先泽机灵，他记下了这个记者的手机号码，不仅如此，他还留了个心眼，主动向这个记者推介起瓦窑村，说瓦窑村山清水秀，就像桃花源一样。至于什么是桃花源，李先泽读书不多，并不清楚，他只听人家说过，好像是仙境的地方。

玩小飞机的记者或许出于礼貌，也或许出于记者本能，对新闻素材感兴趣，因而当李先泽与他套近乎时，玩笑着说：下次我们去你那桃花源看看！

那敢情好！与记者打上了交道，李先泽少有的高兴。

第十四章

一

下午三点钟，王新历副书记来到瓦窑村。李先泽不在，王玲机灵，谎称支书家有事，来迟点，并立马掏手机打电话给李先泽。王新历制止，说，没有什么大事，就是来看看。

王玲接着给王新历泡了茶。王新历对王玲摆摆手说，你忙你的，我在小张文书这坐会。王玲不好再陪，对领导笑了笑转背走了。

小张文书拘谨地把自己的椅子让给王新历坐，他自己搬过一把椅子，身子笔直地坐着。

你别紧张！我们随便聊聊！王新历让小张文书放松。接后他询问小张文书是哪年进村的，现在可在就读高一级文凭，并且询问了小张文书家里人以及收入，还询问了村里其他干部一些情况。

小张文书告诉王新历副书记，报了成人大专，正在读。王新历很高兴，说，好！年轻人就应该有上进心！要在基层多历练！为乡村发展多作贡献！

小张文书听出了王副书记在关心自己，可他并未听出王副书记的话外之音，不清楚领导话的深层含义。

小张文书就是个老老实实的人，他在村班子里从不多发言，除非支书点名让他发言；他也从不多事，只认真地做好文书一摊子事，还有支书临时交办的一些事。

王新历早已留意到了小张文书，这些年不少年轻人进村班子然后又像鸟儿一样地飞离了，他们受不了当村干部的清汤寡水，但是小张文书并未离开，这是他对小张文书的好感之一；还有他觉得这个年轻人不漂浮，说话办事都稳重，是可造之才，需要提供一个平台给他，不然在乡村长久地待下去可惜了。

前阵子，他从组织部听说，现在组织上为了激励村干部，留住乡土人才，拟发文，凡是大专文凭在正职岗位上历练三年的年轻人均可参加公务员考试。他认为这是留住乡村优秀年轻干部的好举措，他立马想到了小张文书。他考虑一把提拔小张文书担任村主任职务不太合适，一来这年轻人不一定能担当下这职务，二来村子里其他干部也不一定服。他在心里谋划先让小张文书在副书记的岗位上历练年把，然后再让他担任村主任或者……于是他来到瓦窑村，一来摸摸小张文书的具体情况，了解一下他的想法；二来与村支书李先泽通通气，了解一下李先泽的想法。

其实李先泽对小张文书印象很不错，觉得村子有这样做事认真踏实的年轻人非常难得，同时也觉得这样的年轻人假如有一个更高的平台更好，不然可惜了。不过他头脑里更高的平台是外面的平台，他从未想过村里提供一个更高的平台给小张文书，这主要是他考虑小张文书平时话语不多；另外形象又有些文弱，给他的印象"嫩了点"；此外王玲活泼，主意多，能干的印象盖过了小张文书。

那天参观回来，听小张文书介绍，李先泽才知道天上飞的那个东西叫无人机，无人机在天上飞是航拍。

这回前来瓦窑村的就是那个操控无人机的记者，他是主任记者。

记者是上午九点到达瓦窑村的，还是从郑三群他们瓦岗村那条老路进来的。在穿过两山狭缝到达瓦窑村境内时，记者感觉进入了一个既封闭又新奇的世界。说封闭，是他看到除西面河之外另外三面都是山；说新奇，是他看到了对面山上连片的寺庙建筑、高出稻田很多的水库大坝、还有新打造的毛竹长廊景观以及一大片荷田。

李先泽带着记者从外口到林场，一路上不停地介绍。油子参与陪同，他勤快，给记者拎包，上山时搀扶记者。他说话做事比先前谨慎多了，遇到记者提问，他先瞄瞄，见支书不在才搭话，而且知道适可而止。

李先泽把记者带到自己家吃中饭，他这样做是有自己考虑的，主要是想在饮食上也给记者一个好印象。兰花虽然不是厨师，但还是能烧出几道让李先泽赞赏有加的菜肴，譬如炖鸡蛋、竹笋烧肉、辣椒烧山涧小鱼，味道都非常的鲜美。

兰花还做了一个银鱼海带汤，记者心口热得慌，连喝了两碗，连声赞清凉！开胃！

饭后记者给李先泽提了两条建议。这位记者很喜欢用手势表达意思。这……这……还有那……他手指点着从瓦岗村进来的那个山口、进林场的山口，还有南面的山坡说，你们可以在这几个地方种植一些桃树、杏树，春天的时候游客一进来，桃红杏白，那你们这里真的是世外桃源了！接着他又摊开双手，手掌朝下，在空间画起了圆圈，说：我清楚，现在村里转移支付就那么几个钱，正好管了你们几个干部的人头工资，你们要想把乡村旅游搞起来，一要积极争取项目；二要把本村的能人资源都利用起来！

记者临离开时，李先泽让兰花拎来一包竹笋非让记者带了。记者死活不要，说不能拿村民家东西。李先泽强调是自家山上挖的，不值什么钱，假如记者不带，就是看不起我们山里人。记者有些犹豫，油子接过去，对李先泽眨眨眼，意思我放车子上。

二

上午陪记者跑太累了，送走了记者，李先泽往竹榻子上一躺就眯着了。他身体壮实，能干能吃也能睡，睡着了打着很响的呼噜。

他睡觉一般时间不长，但能很快入睡，也能很快醒，醒了后双手急速地搓脸算是洗了脸，然后就出门上村部。

路上他在想，记者提的栽种桃花杏花的主意还真不错，到时候桃花杏花全部盛开，那瓦窑村就成为名副其实的世外桃源了。想到此，他心里有些美美的。

种几十棵桃树杏树要不了几个钱，假如按记者说的，搞桃园杏园，那恐怕要不少钱，这就得找有钱的主赞助才行……李先泽一路走一路琢磨。

找人家赞助种植桃树杏树，李先泽开始想到自家兄弟，不过他觉得说不出口，虽然自家兄弟这几年挣了几个钱，可是上次建毛竹长廊他已经大方捐了两万元，现在不能再找他了。他接着绞尽脑汁地想，也没有想出一个合适的赞助商。

还是找琚三瓢！他脑子突地蹦出这个他现在十分生厌的人。琚三瓢侵占了油子在县城的狗肉馆，同时侵占了油子在瓦窑村的狗场，现在比先前更风光，也更富有，让他投点资，博取名利，他或许愿意；更为关键的是，琚三瓢的狗场在瓦窑村，地皮是村子的，自己说句话也许好使。他在心里反复琢磨。

八月末，田野里一片碧绿，稻苗正在抽穗，抽得早的已经在灌浆。农户地里的芝麻、花生都已经成熟，妇女们蹲在地里割芝麻，拔花生秸子，花生秸子一拔，一大串子花生随土出来。

李先泽远远听见两个妇女在争吵。他走近，见其中一个是那个胖胖的妇女，另外一个一张嘴特别利索，她们两家的地贴在一起，二人都在拔花生秸子。

胖胖的妇女在叫：你不讲理！我对李支书说，让李支书给评评理！

嘴厉害的妇女叫：你以为李支书向着你啊！我不怕你知道，昨天晚上李支书还在我家吃了饭！这妇女狡诈，她说话纯粹瞎诌。她比胖胖的妇女精明，拉大旗当虎皮，扯上村支书，又不会让人家抓到与村支书有瓜葛的把柄。

胖胖的妇女傻嗒嗒的，她为了风头盖过嘴巴利索的妇女，不过脑子，随口说：李支书昨晚上在你家吃饭算什么？他昨晚上还在我家睡觉哩！

这话等于泼了自己一身脏水，同时也泼了李先泽一身脏水，胖胖的妇女说完还没有反应过来。

哦，我知道了！我知道了！原来李支书上过你的床，怪不得你仗着李支书的势子！嘴巴利索的妇女趁机抓住对方的小辫子。

……

上次被六喜造谣，说自己与王玲有瓜葛，吃了个暗亏，李先泽至今想起还恼气；现在又被这两个女人拽着扯，李先泽怒发冲冠。他颈子上筋本来就粗，现在根根鼓胀得像拧满了劲的绳索，透着猪肝色的令人可怕的红赤；脸上与额头也都透着赤红，眼珠子圆瞪，这是"暴风雨"来临的前奏，谁见了都害怕。

你们两个在胡扯什么？！李先泽一声断喝！他牙齿紧咬在一起，同时眼珠子放射出熊熊怒火，像是要把这两个女人都烧化了。

李先泽的断喝还是起作用，两个女人随即一起心虚地支吾：支书，不好意思，我们是气昏了头，随便说的。

这事情能够随便说啊？！李先泽眼珠子继续圆瞪，他气未消，脖子上的筋与额头上的筋继续跳动。

……两个女人默默地拔花生秧子，拔起时都不敢用劲甩秧子上的土。

就是你们把我们瓦窑村的风气搞坏了！像这样谁敢到我们村来旅游？！李先泽继续训斥。

到村部，李先泽脸色稍稍好点，不过表情还僵着。王新历还在，李先泽见乡里副书记来村，急忙眨了眨眼松弛表情，表示歉意：书记，什么时候到的？不好意思，路上遇到了点小纠纷，现在才来！

哦！没有关系！没有关系！王新历笑着缓颊。他来瓦窑村是为小张文书的事情，等下还要听取李先泽的意见，因而对李先泽迟来不计较。

来的路上遇到两个妇女在吵嘴，什么话都说，严重影响我们瓦窑村的形象！李先泽还陷在刚才的情绪里。

要赶紧把村规民约搞起来！让村民自己讨论，自己定，什么事情可以做，什么事情不能做！定了自我约束！这样效果比较好！王新历指点。上次在乡里乡风文明大会上，王新历就提出：在乡风文明上，要敢破敢立，要把好的乡风民俗保留下来，同时一定要把那些陋习狠刹下去。王新历还提出：要净化乡风，一定要把群众发动起来，把村规民约立起来，用起来！用好！

每一处乡村都有它的精神内核，不同的乡村有不同的精神内核，村规民约就是对这种精神内核的高度凝练与概括。不仅如此，村规民约还有着特殊的乡村价值，对于村民的行为起着良好的规范作用。往高的层面说，是乡村灵魂的坐标，是点亮乡村精神的明灯。关于村规民约的这些带哲理的话，王新历副书记不一定能说出，李先泽肯定说不出，但他们对村规民约的重要性都明白。

王新历很有工作策略，他不急着与李先泽谈小张文书的事情，而且先与李先泽扯了一些美丽村庄建设方面的事情。李先泽认真听着，希望乡里能多放一些项目下来，王新历表示尽量争取。李先泽顺便汇报了办幼儿园的想法，王新历夸奖这想法不错。

李先泽情绪完全放缓，见状，王新历说明来意。李先泽也认为小张文书不错，要提供一个平台给他，同时也夸奖了王玲，说王玲活络，适合做基层工作。王新历问了下王玲的学历，李先泽回答说初中。

三

琚三瓢原来的狗肉馆在县城的东边，也就是靠平瑶乡这头，现在很多人都热衷吃狗肉，他脑子灵光，在县城的北面、南面又各开了一家狗肉馆。生意忙，他现在基本不回平瑶乡了，找他说事要么在电话里说，要么上县城去。找琚三瓢投资种桃树，李先泽觉得还是上一趟县城比较妥当。

假如话说出去，他不理睬自己，面子往哪搁？李先泽不是没考虑到这点。琚三瓢用歪点子占有了油子的家财，这点是琚三瓢的弱点，他想，要琚三瓢答应，就得抓住琚三瓢的弱点，旁敲侧击，相信他多少有点顾忌。

然而李先泽多虑了，当他委婉地说出来意时，可能琚三瓢现在财大气粗，也可能琚三瓢畏惧李先泽掌握着他巧取豪夺的把柄，还有可能他对李先泽描述的世外桃源很感兴趣，琚三瓢在听后连口称颂道：这想法妙！妙！并爽快地表示：我投资！放心！我一定投资！

说违心的话李先泽一向感觉别扭，但这次李先泽想实现世外桃源的梦想，他竟违心了，把琚三瓢大夸特夸了一番，夸琚三瓢发展得好，夸琚三瓢有社会担当。

又出乎李先泽意料，琚三瓢还把李先泽带到了县城里一家相当有名气的酒店，酒店的名字也很有意思，就叫桃花源，暗合了双方的默契。

临离开时，琚三瓢塞给李先泽一条徽商牌子的扁盒子烟，李先泽推说自己不抽烟，无论如何不收。

琚三瓢没有办法，只好把拉烟换成了拉酒，他假装诚恳，对李先泽说：李支书，我知道你晚上喜欢喝点小酒，这样，我后备箱子里还有两瓶"海之蓝"酒，你带回去品品！

李先泽急忙摆手：我喝不习惯这么好的酒！

琚三瓢很会说话，他假装失落地说：李支书，你这也推，那也推，说明不信任我！既然这样，那桃园的事情我们也就不合作了！

不能把事情搞僵了！李先泽转换表情，他假装嗔怪琚三瓢，笑说：你啊！

你啊！李先泽在心里说，还是收了，等以后找个机会退给他。

事情办成出乎李先泽的意料，他极其的开心，感觉自己现在越来越有信心搞好瓦窑村的乡村旅游。他在回村的路上又琢磨开了：得赶紧找投资商把杨梅与草莓的种植也搞起来，到时采摘花样多，乡村旅游才气候大。

之前，李先泽已经动了一番脑筋，可是都没有找到合适的投资商。现在他琢磨，自己接触的人有限，记者到处采访认识的人多，想打个电话求记者给帮忙。可是在他拿出手机准备拨时，尹发明像一个调皮的猴子蹦到他前脑来。

几年前，在流转土地给"补锅匠"时，尹发明与程瞎子是极力反对的，程瞎子是受人挑拨，而尹发明是舍不得土地。他如中国很多老式农民一样，对土地有着极深的感情，觉得种几亩田地用不了多少力气，还能收些谷物与稻草，很划算；此外，假如把土地流转了出去，作为一个农民，自家吃的粮食还要买，是很没有脸面、很堵心的事，因而不答应。

当时程瞎子受六喜挑拨，事情反复，李先泽很是愁眉；可是尹发明不答应流转，李先泽不放在心上。他认为尹发明心里有梗很正常，过段时间就会消除，因而他不急着找尹发明做工作。

在通过郑矮子把程瞎子疏通后，李先泽开始做尹发明工作了，他认为尹发明对土地的心梗消失得差不多了，还有他认为程瞎子的事情对尹发明有影响，尹发明答应只差一个台阶下。

于是在一个晚上，李先泽在喝了两盅酒后来到尹发明家，这时候尹发明正在堂屋里喝着小酒。桌子上有一碗虾米，一碗炒黄豆，另外一碗腌芥菜。尹发明是粗人，有意思的是，桌子上的酒瓶却很雅致，带着兰花彩绘，底座稍粗口面极细，酒盅也很小，三钱一个这样，上面也带有兰花彩绘。

尹发明喝酒有一个特点，他喝慢酒，像这样的小酒盅喝酒，别人一干而尽，他端起来，只抿一小口，然后放下，再夹虾米或黄豆吃。像李先泽夹菜，一筷头夹起一把虾米或者一把黄豆，他一次只夹两三只虾米或者粒把黄豆。李先泽也喜欢喝酒，以前与尹发明在窑厂做工，尽管很投缘，但他不习惯尹发明喝酒的慢条斯理，从不与尹发明在一起喝酒。

李先泽在家里喝了酒再到尹发明家就是这个缘由。

尹发明清楚李先泽来是为了流转田地的事，他不提这事，李先泽也不提这事。尹发明拿了一个酒盅子给李先泽倒了一盅，李先泽敬他，翘起嘴巴一干而今，尹发明望望李先泽，照样抿一小口。

李先泽决心陪尹发明打持久战。二人一直喝到半夜，尹发明最后无奈地对李先泽说了句：我同意流转田地，你可以走了吧！

四

土地流转后，"补锅匠"需要人，尹发明就给他打工。后来，尹发明经人介绍到北边的县里去做事，那边离省城近，省城里人周末喜欢到乡下玩，那边的乡村旅游搞得相当的红火。

去过那边的人都知道，那里几乎每个乡都搞起了乡村旅游，每个乡都有好几个种植园，草莓、杨梅、琵琶、樱桃、葡萄、石榴……应有尽有。尹发明起初去的时候，未固定在哪里，他能吃苦，只要哪里工资高就往哪里钻。一个姓刘的种植园老板见他干活卖力，另外技术活也不错，便聘请他做管理，这样他便在刘老板处歇下脚。

李先泽想到尹发明，主要考虑他在那边人头子熟，想他给引荐几个种植园老板认识，邀请他们来瓦窑村看看，可愿意在这边投资。

在七八年前，郑三群上县城或者上别的地方去溜达，就已经开始雇用小车，主要是雇用那个漂亮女司机的车子。雇用外面车辆，李先泽不是不敢，也不是担心无钱结账，主要是考虑花费大，没有必要，因而他外出都骑着那辆外壳漆脱落严重的摩托车。

对于郑三群等少数村支书出外雇用小车子，李先泽颇不以为然，他嘲笑说：这是烧包！声明：我不做烧包！

上县城找琚三瓢，李先泽先骑摩托车上乡里，接着坐公交上县城——现在城乡公交通了，上县城方便多了。等回到村里，已经是下午两点多钟。想到找尹发明，他开始猴急起来，想干脆直接骑车到尹发明那里去，大不了一个小时，先去摸摸情况，然后再骑回来。

李先泽的性格急，前些年村里还未搞旅游，他性格急不明显，现在他想起一件事就急着办。从县城返回来，多少有些累，况且他也应该清楚，办任何事情都不像跨田缺那样简单，完全可以隔天把去，这样也有充足的时间在那里观摩，结识一些种植园老板。

想到的事情立刻办！他把摩托开到最大挡。计划赶不上变化，就听见裤腰里手机响，他想我不理会，可是手机声缠上他了，跑了有四五里路，继续在响。

谁这么烦人！李先泽嗒了一下嘴巴。他停下摩托，皱着眉头，打开手机，一看是乡办公室主任小刘打来的。

这半下午了，小刘还打电话来有什么特别事？李先泽嘴里嘀咕。基层工作有个习惯，开会或者交代事情，一般都是上午；假如下午交代的话，肯定有特别重要的事情，要么是乡里有紧急工作要布置，要么是县里来了紧急通知。至于电话直接打给村支书，那更说明这事情的紧急性，非要村支书知道不可。

李先泽急匆匆赶到乡政府三楼小会议室，他进去的时候，发现已经来了几个村支书。与以往不同的是乡书记没有像往常那样让大家等候，他已经提前坐在里面了，他面前摆放着图纸，而且开朗着脸，看来他今天的心情相当的不错。

坐！坐！乡书记指着一个座位，热情地招呼李先泽。

今天乡书记心情为啥这么好？他为啥对自己这么客气？李先泽很诧异。会议室里坐着好几个不认识的人，其中有两个面前也摆放着图纸，他们的手指在图纸上不停地划动，他们这是干什么？李先泽心里嘀咕。

开会也不通知开什么？跑得我两个卵子都丢掉了！郑三群夹着个包匆匆地进了会议室。应该是反光的缘故，他未看到乡书记已经坐在里面了，见来的人不多，以为主要领导还未到，发起了牢骚。

就你老郑话多！乡书记打趣地批评起郑三群。

郑三群见乡书记已坐在里面，急忙为自己的冒失道歉，他鬼怪似的吐了下舌条说：大人不记小人过，书记见谅！见谅！

快坐下来！书记把手按了按。

陌生人目光齐望向郑三群，他们肯定在心里说：这村支书怪油气的！应该是个不一般的村支书！

郑三群坐定，乡书记开始介绍起陌生人来，大家这才明白，这几个人是矿产勘测队员，他们估测平瑶乡等几个山区村有铁矿。

乡书记介绍时，李先泽心思还在尹发明身上，他对这件后来造成他人生重大变故的事情无丝毫感觉。而郑三群不同，一听乐不可支地嚷起来：这下要发财了！要发大财了！我们村要发财！平瑶乡更要发大财了！

郑三群就是不一般，他会借机讨好领导。乡书记一般情况下不喜形于色，这会听了郑三群的好话，也禁不住心花怒放起来，假意批评郑三群道：就晓得发财！不知道发展！

发财发展不是一回事嘛！郑三群喜欢察言观色，他这会察觉乡书记高兴，与乡书记瘩起来。

矿产勘测队来，乡书记为啥如此的高兴呢？主要是近几年，其他的乡镇工业发展突飞猛进，腰包鼓鼓囊囊的，而平瑶乡受制于地理位置，工业基本无起色。乡书记与乡长尽管四处招商，但效果不佳，每年度财政收入都在全县垫底，他们面子上挂不住。现在矿产勘测队来，乡书记非常希望他们能勘测出一个大矿，这样平瑶乡的财政收入肯定能翻身。

来参加会议的几个村都是山区村，乡书记召集他们来，是希望他们积极配合勘测队工作。此外乡书记还宣布，为了配合勘测队，乡里还专门抽调钱进朝负责协调工作。

五

李先泽心情急，第二天一大早就骑摩托去尹发明那里，他不清楚尹发明的具体位置，一路打听才找到尹发明。

尹发明对李先泽的到来非常诧异，尽管之前李先泽说过要来，但他没想到李先泽未提前告知就直接杀过来了。种植园刘老板不在，尹发明对李先泽说，我带你转转，等会打电话给我们老板。

老板不在种植园？李先泽诧异地问。他习惯在村部蹲，因而把种植园当成了村部。现在是农历十月，对种植园来说属农闲季节，老板把园子交由管理人员看管，自己悠闲去了。

老板的事情我们不好过问。尹发明委婉地答。李先泽没有再问。

前面有一口椭圆形比塘大比湖小的水面，两侧的水中各立有一座八角亭，通过小巧别致的拱桥可以上到八角亭上。岸边的芦苇本来略带枯色，但经早晨阳光的映照闪着金属般的光泽，几只小鸟在芦苇尖上跳来跳去，给枯萎的生物添了不少生机。

这风景不错！李先泽虽然文化水平低，但他还是能感觉到湖面的美。

尹发明引着李先泽从水面南埂走向一片山冈，边走边不停地介绍：这边是枇杷园，这边是杨梅园；这边是桃园，这边是樱花园；这边是石榴园，这边是梨园……

一个个水果园像电影镜头一样闪入李先泽的眼眶，李先泽惊诧、激动。他感觉太开眼界了！太长见识了！随着闪入眼眶的水果园不断增多，李先泽眼睛开始模糊，已听不清尹发明在讲些什么了。

他在想，这么多的水果园，要是放在瓦窑村该有多好！该吸引来多少游客！瓦窑村该多富足！他脑子出现幻觉，进山口的地方桃花、梨花、杏花、李花开满了坡上，树底下穿梭着城里来的花枝招展的女人；山里盆底的园子果实挂满枝头，游客们有说有笑地采摘着，同时不停地把果实往嘴里塞……

尹发明打了刘老板电话，刘老板很给尹发明面子，回来面见了李先泽。李先泽首先把刘老板的种植园狠夸了一番，这种见面方式无形中拉近了二人之间的距离；接着李先泽很策略地把瓦窑村的旅游优势描述了一番，让刘老板对瓦窑村有个好印象；再接着过度到诚挚邀请环节了。

一番话听下来，刘老板感觉李先泽这个村支书不简单，他对瓦窑村有了兴趣，答应有空过去看看。既然刘老板答应了，不管是真话还是敷衍话，李先泽都认为这趟没有白跑。至于刘老板什么时间过去，他想，只要把尹发明督紧了，刘老板就会过去的。

老李啊！你不知道吧？勘测队在郑矮子村探出了大铁矿！你们两村串在一起，这回你老李要发大财了！钱进朝一村瓦窑村，就很有技巧地嚷开了，目的是让李先泽开心，这样他的工作才好展开。

钱进朝说话与动作都一如既往，主动热情，不摆架子。

他现在几乎不来瓦窑村了，主要是他现在"退二线"，再者李先泽有些古板，不像有的村支书奉承他，让他有座上宾的感觉。

钱进朝这次来瓦窑村，是协调勘测队员进驻以后吃住的事情，因为勘测要一段时间。现在勘测队在郑三群村快收尾了，他得打前站，来瓦窑村把进驻的工作部署好。钱进朝这人虽说有些不良习气，但工作能力还是有口皆碑的。

熟悉钱进朝的秉性，李先泽对他的话不以为然，不过钱进朝毕竟是乡领导，因而他还是客气地问：真勘测有矿？

千真万确哦！我说的话你还不信？我的老兄！钱进朝亲热地拍了一下李先泽的肩膀。

钱进朝询问李先泽如何安排勘测队员的生活。李先泽是做事妥帖的人，在从乡里回来后，就把勘测队吃住的事情都安排顺妥了。对于住的问题，本来村部院子里有几间空着的平房，他为了让勘测队员住着舒服，特地腾出二楼上面三间屋给勘测队员住；吃饭的事情他把安排在翠萍家，给些补贴，也算是帮扶。翠萍现在已经改好，她家收拾得又干净，人又热情，此外做的饭菜又还可口。

李先泽与郑三群比，他比郑三群做事踏实，但在先知先觉方面客观地说，不如郑三群。郑三群瞄到一个东西，能立刻想到东西后面的情况，而李先泽在这方面迟钝。勘测矿产的事情对于瓦窑村目前正在实施的乡村旅游有无影响，影响多大，他麻木到没有知觉。

李先泽当时要了刘老板的电话，之后他就打电话催促刘老板来瓦窑村看。刘老板每次都信誓旦旦地表示天把过来，可就是没有过来。李先泽焦急，他又不停地打尹发明电话，弄得尹发明有些为难。

立冬那天，天气并不冷，刘老板终于在尹发明的陪同下来到了瓦窑村。刘老板是自己开着车子来的。李先泽没有急着带刘老板上林场看，而是先把他带到新建的水泥桥边，连带介绍这一带的旅游资源。对过平畈村的荷田也一并收入眼底——平畈村在瓦窑村的带动下，也种植起莲藕，搞起了乡村旅游。

刘老板赞赏瓦窑村是发展乡村旅游的好地方，不过他嗒了一下嘴巴说：这地方好是好！就是离我们那里有些远。

李先泽以为刘老板说不方便管理，急忙指着尹发明说：老尹是我们瓦窑村人，你就让他在这边代管理！

刘老板笑笑。李先泽错误地以为刘老板同意了，很高兴。边上的尹发明听出了刘老板的话外音，刘老板的意思是这里离省城远了，不能吸引足够的游客。

六

郑三群有个习惯，他喜欢有事没事往乡领导办公桌里钻，上面下来个项目他能及时晓得，然后打通有关部门把这个项目拿到，这几年他在林木补贴、土地复垦补贴方面捞到了不少好处。

李先泽讨厌郑三群这种品行，但自从上次记者提示后，他在这方面有所改变，学着到乡书记、乡长办公室坐坐，叫叫。好在瓦窑村搞乡村旅游，乡书记、乡长都是支持的；即使他不叫，乡里也会政策倾斜。

李先泽到乡里有关部门走动，打听到上面下给乡里一个美丽乡村示范点建设指标，而且还是省级的，资金两三百万元，吓人。他一听，心里激动得像揣了个小兔子一样怦怦直跳，生怕被其他村给抢去了，急忙跑到书记、乡长那里叫唤，申述理由说：我们瓦窑村正在搞乡村旅游，乡里把这个项目给我们，环境搞好了，可以吸引更多游客来！

乡书记有点喜爱地骂他：你李先泽怎么也学起了郑矮子，一天到晚叫？然后转"怒"为笑说：我与乡长已经碰过头，即使你不叫，这个项目也给你们瓦窑村！

"那太好！""太好了！"李先泽高兴时，外观有两个反应：一是上下眼皮子合成一条缝；二是张大嘴巴。他一听乡书记表态，眼睛立马成了一条缝，嘴巴咧开。

乡书记询问李先泽打算把项目放在哪里。李先泽答放在规划的那个凹进去的村庄。那里环境本身不错，假如有这项目资金，把村庄搞漂亮了，再把农家乐搞起来，瓦窑村的乡村旅游就有了初步模样。

李先泽那天在尹发明那里看到了八角亭，他觉得这东西很美观，便向书记说出心中的谋划，他想在村庄后山顶建个八角亭，方便游客登高远眺。

乡书记很赞赏李先泽的想法，提示道，可以请县里旅游协会来，看看能否把八角亭定为县里的一个最佳摄影点，这样摄影家云集，瓦窑村的名气不就更大了。

李先泽对乡书记的思路非常佩服，他嘴里没有说奉承的话，但心里叹服：书记看问题就是有高度，目光就是比自己开阔。

一个领导者的思路与目光往往与这几个要素有关，一是与领导者所处的位置有关，所谓站得高望得远；二是与领导者的学识与胸襟有关；再者与领导者的情怀有关。

李先泽把项目点放在山凹村庄，除了考虑位置与环境因素外，还有一个因素他未对乡书记说。那就是小张文书与王玲都在这个村庄，项目容易推动；还有他认为搞农家乐要清爽，而小张文书家就符合条件。小张文书的爱人，也就是尹发明的侄女长得秀气，家里也收拾得干净，此外她厨艺也不错。这年把养孩子没有出去，现在正好可以发挥专长，带头搞农家乐。

美丽乡村建设的事情忙了一个段落，李先泽想我应该上书记那汇报汇报进展情况，邀请书记来村指导指导。他到书记办公室，见门关着，便转向乡长办公室，见门也关着，他转而来到乡政府办公室。见里面几个人在窃窃私语，尽管未听清，还是隐约听出他们好像在说郑三群的事情，而且还是不好的事情。

老郑出了什么事情呢？他们这么神神秘秘的？难道是老郑与那个漂亮女司机的事情，可那个事情在平瑶乡已经是旧闻了，犯不着这样遮着掩着？

李先泽没有打听别人隐私的喜好，也没有谈论别人隐私的喜好，他觉得那都是无聊的事情。他仅仅想了秒把钟后便把这事忘掉了。他出了办公室的门，在经过一个部门的门口时，听到里面在高声谈论郑三群的事情。

看来老郑的确出了事情，而且是大事情！该不是他与女司机相好，女司机的丈夫气不过，喝了农药，她丈夫的家人闹到乡里来，把事情搞大了？李先泽猜测。

李先泽猜错了！

有人实名举报郑三群在十年前，连续数年侵吞了低保户的生活补助，上面下来人查这个事情，他态度不好，相当不配合，说代领的所有钱都给了低保户，不信可以一户一户地去核实。举报他的人是这个低保户的妹妹。这个低保户死了多年，这事情死无对证，郑三群一口咬定钱全部及时给了低保户。而上面下来的人指出郑三群本身存在问题：一是不能提供自己的存折；二是即使自己领了，作为村支书，也应该及时交给村里另外一个干部；三是发放低保金，也应该让低保户签字或按手箩。在早年，乡村财务制度不规范，随意提供账户，随意领钱，随意发放，打白纸条都是司空见惯的现象。郑三群不服气，认为都是当时的财务制度过错，他自己没有错，语气强硬地呛上面来人，结果被上面认定严重违反财经纪律，被带走了。

乡里不少人替郑三群惋惜，说，郑矮子真是聪明一世糊涂一时，即使真的未侵吞低保金，态度上也要放软，调查上也要积极配合，毕竟不符合财经纪律。现在这样一狂傲，被带走，附带村支书的帽子。

也有不少人看不惯他的做派，这会他出了事，这部分人看笑话，损他说：揩女司机的油不算，还揩低保户的油，这回报应来了！

举报郑三群的那个女人，恰巧是李小红的妯娌。据她说，早些年郑三群拖着她哥哥的钱不给，她曾找郑三群要过。郑三群以她哥哥脑子不好，记不清账为由推说所有钱都给了她哥哥。这女人当时考虑她哥哥在村里看病等很多事情还要郑三群关照，因而未纠缠他。

以前漂亮女司机与郑三群有一腿，外面传得沸沸扬扬，女司机的丈夫弱势，忍了。最近女司机坚决要与丈夫离婚，丈夫气不过，寻短见吊死了，他嫂子气不过，就以她哥哥的事情实名举报郑三群。

李先泽搞清楚情况后，心中感慨：当干部也好，做人也好，还是规规矩矩、本本分分的好！

第十五章

一

立冬后，天黑得更早。在瓦窑村，四点半以后天色就开始暗下来。

李先泽在乡里开完会，就飞骑着他那辆细瘦的旧摩托回村。他到达村部的时候天完全黑下来，一楼的几个办公室里都亮着灯。大家听到摩托车响，都清楚是支书回来了，都站起来活动。

王玲站在办公室门口。

下午可有什么事情？李先泽习惯性地问。他做事周全，生怕自己不在村子，群众来了事情没有办成。

二憨来了！脸上带有哭相！王玲性子急，她见到李先泽急忙汇报。

二憨是老实人，笨嘴拙舌的，以往从不来村部，他们家有事情都是翠萍来村部，这回二憨来村部，而且神情不对，李先泽觉得诧异。

他有什么事情？可说了？李先泽着急地问。

他吞吞吐吐的，只说找李支书，不愿意对我们说，我们也不好多问。王玲把当时情况简单描述了一下。

二憨独自来找自己，肯定有事情！该不是六喜那老家伙老毛病又犯了，李先泽心里揣测。二憨这会肯定在焦急地等待着自己！李先泽未进办公室，他掉转摩托车头，准备去二憨家。

支书！天黑了，骑慢点！王玲提醒。

好在二憨现在家就在老村部边上，离新村部不远，李先泽两分钟就到了二憨家门口，只见二憨家大门敞开着，灯火照着门前屋场子。二憨听到了摩托车响，走到门口。

立冬时节，荷田里只剩下一些枯秆子与倒垂的不成形的枯叶子；少数棉田里还残存着一些棉花的枯秆子；小麦、油菜刚露头，还未达到观赏的尺寸；风中的寒意一天比一天强。这时候瓦窑村的旅游步入了一年之中的最淡季，毛竹长廊里一天见不到几个游客，翠萍失去了守摊位的耐心，留下二憨无聊地守着摊子。

这天上午大约九点钟，翠萍的弟弟，也就是二憨的妻弟，满脸愁容地来到了姐姐家。翠萍一看弟弟的脸色不对劲，急忙询问是怎么回事。

翠萍与二憨两家是换亲的。翠萍嫁给二憨，二憨妹妹嫁给翠萍弟弟。翠萍长得好看，二憨的妹妹长得比翠萍还好看。二憨的妹妹与翠萍一样，嫁过去都觉得憋屈，都瞧不上自己的丈夫。

相比较二憨妹妹来说，翠萍算认命，算能忍耐的了。翠萍虽瞧不上二憨，心里有挣扎，但也只是与本村的六喜有些勾搭，还没有走到踢掉二憨那一步；而且这几年随着瓦窑村乡村旅游的兴起，他们两口子日子过得风生水起，翠萍也规矩起来。

而二憨妹妹不同，她心里无时无刻不在想着摆脱这桩婚姻，过自己想要的日子。她借口出去打工挣钱跑到远离家乡的南方，而且过年都不回家，这样无形中与离婚没有多大差异。以前二憨妹妹尽管很少回来，但毕竟未提出离婚要求，这桩名存实亡的婚姻毕竟还维持着。这次二憨妹妹回来，直截了当地提出离婚诉求，而且所述理由正当。

眼看名义上的夫妻也做不成了，翠萍弟弟没有办法，只好来求助姐姐翠萍，让翠萍威胁二憨，然后通过二憨让她妹妹回心转意。

为了成全弟弟，翠萍一直相忍，现在二憨的妹妹居然提出离婚，这下翠萍家亏大了！翠萍一听，气得身体发抖。本来可以让二憨先劝说她妹妹，实在劝不动，自己再离开二憨不迟，可是这会翠萍失去理智，她对弟弟高声嚷着：走！我们也走！

去劝她？怎么不喊二憨？翠萍弟弟胆怯地问。

去劝她……笑话！她既然要离婚！不跟你了！那我也离开二憨！给他们家看看！在外人眼里，翠萍无时不是欢乐的、浪荡的。可是对于翠萍来说，她的内心是孤苦的，甚至是痛不欲生的，多少个夜晚她都眼睁着到天亮。她曾无数次起出走念头，想要个幸福的后半生，可是一想到自己解脱了，弟弟就陷入绝望之中，于是她就像漏气的皮球，瘪了。

翠萍除了为弟弟着想这现实的考虑外，她某种程度上还受着乡村道德的束缚，所以一直未迈出那一步。现在二憨妹妹领了头，她也不管不顾，坚决离开瓦窑村了！

至于出走到哪里存身，翠萍未想那么多。

二憨中午回家，见翠萍不在家，他未多生疑，烧了点吃的，准备下午再去守摊子。正要出门的时候，家里电话响了。听到翠萍的声音，他一阵惊喜，过会身体歪倒在桌子底下。

翠萍在电话里通知二憨：你妹妹无情无义，要与我弟弟离婚，我们也没有必要继续在一起，今后你好自为之吧！

二憨家这几年做生意，赚了一些钱，安了电话，缺了货，不需要出去进，一个电话，货物就送到了他家。

现在这电话等于是翠萍向二憨传递了出走的信息。

二

李先泽打电话给尹发明，催问他刘老板什么时候再来。尹发明料想不到支书还在等着，赶紧把刘老板的意思表达清楚了。

李先泽开始还兴高采烈的，听尹发明说刘老板没有来投资的意愿，他整个人立马冰凉冰凉的，像进了冰库。尹发明是老实人，不会说谎，这李先泽清楚，但他思想一时转不过来，仍固执地问尹发明，是不是你听错了？你再去问问刘老板！看他什么意思？

尹发明解释了一通，李先泽还执拗地要求他询问刘老板的真实意思，尹发明不好违逆支书的要求，只好允诺再去询问。其实他心里清楚，即使再问也是白问，因而允诺李先泽实际上是一种敷衍。但通过这件事，尹发明真切地感受到，李先泽，他当年烧窑的伙伴，是费尽心力地为瓦窑村好，为瓦窑村的乡亲好，他作为瓦窑村人，不能让支书太失望，于是安慰支书说，我再问问周围其他老板，看他们可有愿意的。

李先泽尽管固执地要求尹发明，但他心里清楚，这事是没有指望的。可种植园的事情必须搞起来，不然瓦窑村的旅游难得红火。

怎么办？怎么办？他焦躁地想。

再出去跑跑，看可还有其他老板愿意来瓦窑村投资？这个想法刚冒头，就被他给否决了，认为这样盲目出去太莽撞。他搜肠刮肚地理人脉，理了一番后，终于理到了上次来的那个记者——记者临走时丢下一句话：我观察，你李支书是乡村支书里最朴实最想干事的支书，以后你遇到什么困难尽可找我，我一定力所能及地帮助你！

李先泽拨通记者电话，把事情的前前后后对记者说了。记者思忖了一会表态说，过阵我带个把种植园老板到你那参观，看看他们可有意愿；此外提示说，你可以换个思路，鼓励本村人搞。

灯芯一拨就亮堂。对呀，怎么没有想到本村的尹发明呢？他家底子厚实，最重要的他懂得全套的水果种植技术呀，拽他回来搞这个最妥当啊！李先泽如此一想，心就像堵塞的管道被疏通了般的畅快。

上次王新历副书记来，了解李先泽对年轻人进步的看法，两个人谈得不错。李先泽比有的村支书气度大，有的村支书一听乡里干部了解这方面情况，立马表现得异常的敏感，生硬地把手下的年轻人说得一无是处。在日常工作中，不少老支书在年轻干部培养方面消极，少数村支书甚至对村里出色的年轻干部还存在压制现象。这主要是他们对自己没有信心，这些老支书基层经验足，但在吃透政策方面以及发展方面确实与年轻干部存在落差，他们生怕年轻人出色被组织上发现，到时候把自己给拱下。

不久换届，经组织上提名，小张文书当选为村副书记，出于平衡考虑，王玲也被村民选为村委会副主任。湘绣与王天成退休。为了锻炼小张副书记，李先泽把他们村民组美丽乡村建设的后续事宜，以及发展农家乐的事宜统统交给了小张副书记。

小张副书记带头搞起了农家乐。他有大脑子，首先对自家院子进行了改造，把旧厨房拆了建成宽敞明亮的后厨操作间，为了满足游客对于乡愁的怀想以及品尝柴火灶锅巴的渴望，在改造时仍保留了土锅灶；其次在院墙的两头各搭建了两间平房，刷得雪亮，作为包间，避免旺季时游客接待不下；此外在院中建了两个六角形的花池，撒了花种，在院外四周种了桃树、杏树、石榴树、枣树，方便游客采摘。

小张副书记家的农家乐开张时，正好六月映日荷花别样红，来瓦窑村游玩的人都想品尝农家乐土锅灶的菜肴，而瓦窑村农家乐就他一家，因而游客都涌向了他家。接待不下，小张副书记就在院子里摆开了桌子，游客不仅不在意，反而喜欢这种农家风味。

见小张副书记家每天大把钞票的进，周边人家眼馋，不等动员，纷纷办起了农家乐。

李先泽还是急着种植园的事情，他找尹发明，尹发明推托说，我没有钱投资。李先泽与尹发明商量说，我知道你没有那么多钱投资，你看这样可好，草莓见效快，你先把草莓园搞起来，好不好？

搞草莓园也不是一个钱两个钱，起码也要四五十万元。尹发明叫苦。不过他说的是实话，光支撑起三四个大棚就要不少钱。

看来尹发明这条路也走不通了！就在李先泽极其失望时，村里从天而降四十万元的资金，说从天而降不对，是李先泽三天两头上乡里叫穷叫来的。

这笔资金名称叫村集体经济专项发展资金，是上面用来资助瓦窑村集体经济发展的，经确认，政策允许这笔资金发展种植园。

尹发明听说把这笔钱用来支持他，爽快地答应了。

塑料大棚撑了起来，而且一撑就是四个，草莓苗在棚子里噌噌地长，两个月后红红的草莓就像红灯笼挂满了藤子。随即每到星期六、星期日他的草莓大棚前都停满了小车子。

大部分是县城里来的，也有少部分是周边乡来的。

小张副书记见了不满足，他说：光县城里人来还不够，还要把省城里人吸引到我们瓦窑村来！

把省城里人吸引来当然不错！李先泽对小张副书记的话很赞赏，他心里也是这样想的！可是他清楚这仅仅是个愿望，把省城里人吸引来不是一句话两句话的事。

李先泽不懂什么公众号。小张副书记悄悄地动作了起来，很快搞起了一个公众号，名字叫作"瓦窑小桃园"，他每个星期都在公众号上发布一篇关于瓦窑村的乡村旅游文章，而且图文并茂，公众号发布后迅速吸引来了一些省城的游客。

这东西宣传作用这么大啊？李先泽暗自佩服起小张副书记。还是年轻人有头脑，自己喝的那点墨水看来跟不上这时代发展了，李先泽第一次认识到在某些方面，自己明显不如身边的年轻人了。

三

李先泽与王玲到翠萍娘家寻她，未见到翠萍，可是从翠萍弟弟嘴中得知翠萍在县城里做事，这是条重要线索，于是二人又紧急赶往县城。

县城虽然不大，但是也不小，翠萍在哪里做事呢？依据她的能力又能做什么事呢？李先泽在脑子里过筛子。

支书！琚三瓢认识的人多，我们不妨让琚三瓢给打听打听！王玲脑子灵光，她提示李先泽。

这是个办法！李先泽夸王玲。

翠萍这次走怕不会回来了！二憨也怪可怜的！刚刚家里稳定些，现在又出了这事情！翠萍的出走，一时成为瓦窑村村民的谈资。翠萍出走，非常不可思议的是，并没有遭到村民们的辱骂，相反村民们倒能理解她的出走。他们判断翠萍不会回来的依据是，二憨妹妹离婚的决心非常的坚定——这很早他们已经耳闻了，既然二憨妹妹坚决要离开翠萍的弟弟，那么翠萍如果不离开二憨，就有点吃亏了，于情于理也都说不过去。

站在乡里乡亲的角度，站在维护乡村稳定的角度，李先泽与村妇联似乎都应该出面，帮助二憨一把，至于能帮到什么程度，另当别论。

帮二憨，首先要把翠萍找到，要找翠萍，最简单的法子就是到翠萍的娘家去，也就是翠萍弟弟的家去。

李先泽以往没有雇过外面小车子，这回路途远，而且王玲也过去，他破天荒地雇了一辆小车子，为了节省车费，李先泽就像菜市场买菜的妇女一样，反复与车主讲价钱。

在翠萍娘家，李先泽见到了翠萍的弟弟，他一见翠萍的弟弟，就明白他与二憨为什么只得走换亲这条路。翠萍的弟弟四方脸，中等个子，表情比二憨还木讷，脚像受过伤，走起路来一脚高、一脚矮，有点像缝纫机扎线，一上一下。

李先泽急着到县城里去寻找翠萍。王玲提醒支书，这是双方面的事情，最好到这边的村子去对接一下，看看他们可有解决的办法，如果有，自然更好，李先泽采纳了王玲的建议。结果去了感觉对方态度不是很积极，他们认为换亲本身就是违反婚姻法行为，不值得支持；其次他们介绍，据村民传说，二憨妹妹从结婚至今都未让丈夫碰过身子，属于意志坚定型，工作不可能做通，因而他们不招惹这事情，同时也劝李先泽最好不要招惹这事情。

可是李先泽认死理，他认为翠萍与二憨还是有感情的，他心里想着，尽可能地把翠萍找到，然后试着做工作，让翠萍尽快回到瓦窑村。

上次动员琚三瓢来瓦窑村投资，李先泽到过琚三瓢在城里的办公地点，这次二人轻车熟路找到琚三瓢。琚三瓢见王玲跟着来，开起玩笑：李支书，你当支书时间长了，也开始学着外面，带秘书了！说完哈哈笑起来。

你琚总别胡言乱语哈！我陪支书来有事情！李先泽不适应这类玩笑，脸上有些尴尬，但王玲对这类玩笑能扛得住，她轻巧地绕开，把对方带入自己设定的话题。

什么事情？琚三瓢询问。

那天翠萍与弟弟一起离开瓦窑村，她并没有回娘家，她是个精明的女人，清楚回娘家一来不能改变事态，二来反而引起乡亲议论，坏了娘家名声，倒不如先到城里落脚，看对方态度然后再决定自己态度。

到城里哪里合适呢？翠萍与王玲一样，也想到了琚三瓢。翠萍的到来让琚三瓢感到非常意外，不过琚三瓢未多想，也未多问。翠萍长相可以，此外还能见风挂牌，于是琚三瓢就让翠萍到他城南的狗肉店站吧台，负责招呼客人。

李先泽说明来意。

琚三瓢一听二人是在找翠萍的，吃了一惊，难道翠萍犯事情了？他心里嘀咕。李先泽见琚三瓢脸色不正常，急忙解释原委。琚三瓢清楚了翠萍出走原因，于是告诉二人，翠萍在自己的狗肉店。

人轻巧就被找到了，李先泽与王玲非常的高兴。二人赶到翠萍所在的狗肉店，劝说翠萍回去。翠萍说话非常得体，让二人无话可说。

翠萍说：支书！是二憨妹妹先反悔的，如果我回去，我家弟弟就吃了亏，我现在暂在这里候着，假如他妹妹回心转意，那么即使支书你不劝说，我也会回去！

四

与王玲回到瓦窑村，李先泽想，二憨还在等着我消息，我赶紧去安慰他一下。可是刚进村部，手机就响了，一看号码，是平畈村徐支书打来的。

徐支书与李先泽走得近，他有什么消息都抢着告诉李先泽，乡里以及其他村一些奇闻异事都是徐支书告诉他的。徐支书告诉李先泽：郑三群被撞伤住进了县医院，而且听说伤势很严重。

按常理李先泽应该好奇地询问郑三群怎么撞了？在哪里撞的？怎么撞得那么严重？可是以李先泽一贯的性格，他不喜欢打听别人的事，因而第一反应是：我得马上去县医院看望他。

郑三群喜欢在其他村支书面前显摆，有时候还拿其他村支书的短处开玩笑，因而大部分的村支书都对他有意见。郑三群出事后，一部分村支书看他的笑话，李先泽没有，他照常忙自己的事。

郑三群也曾经瞧不起李先泽，但李先泽没有把这事放心里，在流转田地的事情上郑三群帮过自己，这份情他一直记在心里，现在郑三群伤势严重，他无论如何会去看望的；还有李先泽有着朴素的情感，他向来同情贫苦与落难之人，现在郑三群落难，作为过去的同僚，李先泽也会去看望的。

李支书你要去看望郑三群吧！徐支书猜测到了李先泽的心思，随口问道。于是徐支书与李先泽一起去看望郑三群。徐支书家庭条件好，他现在已经有了桑塔纳小车子，李先泽坐徐支书的小车子来到县医院，然而未见到郑三群。

郑三群伤势严重，在 ICU 观察。

郑三群被举报后，态度恶劣，被组织上带到县里交代问题，两天后回到村子。组织上处理决定未出来，郑三群为了减轻责任，落得好的处理结果，他四处找人帮忙。先找乡书记，想让乡书记帮他说话，处理轻些。乡书记把手一摊说：事情到这个程度了，还是听从组织上决定！下面关节打不通，他想在上面打通关节。现在包车子太显眼，他把堆在柴屋里多年的摩托车找出来，擦擦，然后上县里去找人。哪知道一个个地推托，郑三群那个气哦！

以往逢年过节都上县城来孝敬你们！平时也隔三岔五来孝敬你们，现在自己出事了，一个个的竟这副嘴脸！

人情冷漠，郑三群丧气地回平瑶。在路上，他满脑子都是这些人的丑恶嘴脸，车速过快，加上他思想不集中，车子撞到路旁的一堆砂石上，然后就像中弹的马匹倒转过来……

五

李先泽未曾想到，先前不理自己的那个刘老板，现在居然让尹发明代话，他想到瓦窑村来投资。

这刘老板脑筋转得快，一是见尹发明现在搞得不错，二是看到了小张副书记的公众号宣传，他认为瓦窑村现在的乡村旅游搞得很不错，来投资是划算的，因而动了心思。

这次刘老板过来谈，李先泽直接把他带到山里盆底，这块风水宝地种植杨梅、枇杷、樱桃没话说。刘老板上次看了就美滋滋的，只是脸上未流露出来，这次为了在租金方面讨到便宜，他故意装出不满意的样子，苦着个脸说：这里面风景好是好，就是土质不大好，有些硬板，苗下去难成活！

这土质还是不错的啊！发明，你说是不是？李先泽清楚尹发明懂土质，而且之前他还询问了尹发明，尹发明答说土质不错，现在他希望尹发明凑句把话，以改变刘老板的看法。

尹发明家底子薄，不然这块地轮不到刘老板，但他不能拆刘老板的台，于是假装未听见。

你看能否在租金方面优惠点？刘老板没有说"便宜"，而是说"优惠"，"优惠"有"便宜"的意思在里面，但又不等同"便宜"，李先泽尽管文化不高，但他还是听出了刘老板的话意。

杨梅、枇杷与樱桃都要三四年才挂果，也就是说搞种植园，头几年都是往里塞钱，而刘老板又看出李先泽急于把他箍住，因而他想狠压瓦窑村一下。

李先泽是直爽人，他不喜欢刘老板说话隐晦，直接问刘老板：怎么个优惠法？你直接说！我们能优惠，一定优惠，不能让你来瓦窑村吃亏！李先泽说这话，有急迫的成分，当然更多的是以诚待客。

最好头三年免租金！刘老板亮出了底子。尹发明清楚李先泽的直脾气，担心刘老板狮子大开口，李先泽会生气。可是李先泽并未生气，反而心平气和地与刘老板商量：这事情我一个人不能做主，得与村"两委"商议商议，商议好了再答复你，你看好不好？

李先泽没有生气的原因，与刘老板心里想的竟完全吻合——都想把这个事情落实。

他说回去商议，实际上是与王玲通气，因为小张副书记参加函授学习不在家，无法通气。小张副书记现在就读市党校函授本科，这既是王新历鼓励的，也是李先泽鼓励的。李先泽尽管书读得不多，但是毛主席的话：世界是你们的，也是我们的，但归根结底是你们！他背得透熟，也掌握精髓。现在三天两头提醒小张副书记：你们年轻人容易接受新事物，脑子也开窍，这个村的家迟早是你来当，你赶紧趁现在事情少，多学点东西！小张副书记尽管现在职务不一样了，但还是一如既往地低调，一如既往地尊敬老支书，因而李先泽并不担心小张副书记风头盖过自己。

王玲现在也在读市党校函授大专，不过现在不轮她去上课。李先泽知道王玲有主意、有主见，他对王玲说了刘老板的话意，王玲听后立即喳喳地说起自己的意见。王玲说：可以客气免年把租金，但不能免三年！支书，你对刘老板说，看他可愿意？假如不愿意，就说村里其他干部不同意，他假如真想包，最后肯定会同意！说完，她笑着开起李先泽玩笑：支书，你脸就是读卡器，人家提出免三年租金，就是从你脸上读出了你的焦急。

王玲接着"传授"道：支书，你有时候也"装"一下不行啊？

李先泽腼腆地说：我装不来！

王玲带嗔意地斜了李先泽一眼——可以看出她对支书真性情的喜欢。

李先泽是善良的，他生怕人家大老远来投资赔了本，可是这种善良并不一定适合生意场。随后，李先泽按照王玲的"点拨"，故作随意，最后刘老板答应，免一年租金也干，事情就这样谈拢了。

不知道是谁提醒了，刘老板想起来问：支书，你们这里不会开矿吧？要是开矿，那我的老本岂不是都被赔光了？

刘老板提出这个问题，一时间难住了李先泽。前年勘测队来勘测，说这一带有铁矿，不过他们又说，储藏量不是很大。在他们走后，县里以及乡里都没有再传说什么。李先泽猜想，这事情可能就过去了。现在刘老板提出，他还真不知道如何回答。说不开采吧，假如以后一旦开采，他对刘老板无法交代；说开采吧，现在一点动静都没有。

假如换王玲在场，她会说模棱两可的话：上次勘测队来勘测，说这里量不大，你也可以看出，这里也就七八华里的山岭，量大不到哪里去；再者说开采要成本，摊子铺开了，还未开采一阵就见底了，划不来！这样说，让刘老板自己去判断，免得到时把自己套上。

但是李先泽还是心急了，他一急，就把王玲传授的"太极法"丢到了脑后。他对刘老板保证今后不会开采，这就为他后来的人生悲情埋下了伏笔。

第十六章

一

三月底的一个星期六。

太阳格外得明媚，瓦窑村的天空少有的蔚蓝，一些细小的白云点缀在其间。

油菜花黄艳，铺展了瓦窑村的田亩。

这天瓦窑村少有的喜庆。

南北两山口各伫立一个鼓胀胀的大红拱门，大红气球高高悬浮在拱门的正上方，飘带子落下来，"平瑶乡瓦窑村首届桃花节"几个字分外的耀眼。此外，琚三瓢桃园外的场子上也伫立了一个鼓胀胀的大红拱门。拱门前立着一个大展板，上方书写"桃花满山村，产业振兴旺"，背景是桃花满园的画面，一看就能让人热血沸腾、精神昂扬。

场子上挤满了前来看热闹的村民以及在公众号看到桃花节消息自驾而来的游客，还有不少县城里来的摄影爱好者。

公众号的作用大！小张副书记现在尽管比先前忙，但一直坚持打理公众号，每个星期都更新一次，发布瓦窑村旅游信息，有时也写些乡村旅游方面的随笔，吸了不少"粉"。

桃园是封闭的，四周篱有竹篱笆。当初在篱桃园时，琚三瓢主张拉铁丝网，他说铁丝网结实，外人难翻进去。李先泽建议箍竹篱笆，他说竹篱笆有乡土味，与乡村旅游搭。最终琚三瓢还是听取了李先泽的建议。

前来出席桃花节的嘉宾有何副县长、旅游局局长、交通局局长（也就是油子的老表），还有县国土局、规划局的一众领导，本乡本土的领导有乡书记、乡长、王新历、钱进朝等。

一个个都春风满面，像来乡村人家喝喜酒一样。

举办桃花节，李先泽、小张副书记、王玲忙得屁股打锣转。油子也忙得满场子转。退下来的湘绣、王天成也被李先泽请回来，帮助布置会场，维持秩序，防止出现踩踏，当然现场还有乡里执法办干部在维持秩序。

开幕仪式还未开始，李先泽忙着与县里领导打招呼，向小张副书记、王玲询问仪式开始前的一些程序准备情况，询问仪式开始后的一些程序安排情况……他来来回回地跑，生怕哪一个领导招待得不周，哪一个程序有闪失。

当他再次来到一大堆领导面前时，乡长打趣道：老李，有些事情你让小张副书记去办就行了，你在这里陪陪县领导说说话！

我怕他们有些事情疏忽了！李先泽红着脸解释。

有些事情要放手让他们去办，你不要事无巨细，都自己去做！乡长面带微笑地提示。

那……李先泽有些犹豫，不知道是离开好还是不离开好。

你让他忙去！乡书记了解李先泽个性，给李先泽解除了尴尬。李先泽局促地望着乡长，他怕离开了得罪乡长。

书记让你去！还不快去！乡长笑着对李先泽眨眨眼。

这样的隆重场合自然少不了琚三瓢。他今天精心打扮了自己，穿了套大红色的西装，打了条天蓝色的领带，头发往后面梳着，油光光的，一丝不乱。样子本来不错，可是他为了炫富，在脖子上吊了根很粗的金链子，阳光下格外得刺眼。不少人都好奇地望着他，有的羡慕，有的撇着嘴巴！

李先泽看到了，他认为假如在平时，琚三瓢戴着这粗链子并无不可，但今天有这么多领导在，脖子上吊着个这玩意儿委实不妥，于是他调侃琚三瓢道：烧包一个！

琚三瓢误以为支书在夸自己，得意地对支书做了个胜利的手势。

不妥哦！你看那么多领导在，快把它扯掉！琚三瓢没有领会自己的意思，李先泽只好明说。

那有什么？琚三瓢不以为然。

你要认为没有关系就算了！李先泽急着走了。琚三瓢虽然嘴硬，但在李先泽离开后，他左思右想，还是觉得李先泽的话有些道理的，于是把链子取下来，揣进腰里。

古语云，人间四月芳菲尽，山寺桃花始盛开，或许河道开阔，瓦窑村并不完全封闭；因而惊蛰一过，桃园就已经上色了，又过了十来天，桃色逐渐加重，浓密，最后春色满园了。

李先泽钻到桃园里，手像女人一样地爱抚着桃花，这还不够，他还把鼻子凑向桃花，猛劲地吮着。浓烈而好闻的花香沁入心脾，他有点像喝了烧酒似的晕眩。

桃花娇嫩，随便一碰桃汁就擦到他褂子上、裤子上，弄得他全身衣裳红红点点的。

李先泽容易激动，诗人一激动就喜欢赋诗，他一激动就想要对外炫耀。他极其兴奋地打电话邀请记者过来。记者同样极其兴奋，提醒李先泽：这是个极好的宣传机会，赶紧抓住这时节办个桃花节，并表示，过几天过来看看。

办桃花节主意不错！李先泽这时脑子高度亢奋，他侧着身子从桃花园出来，发现浑身斑斑点点，就像妇女的碎花衣裳。他两只大手在身上扑，然后骑着摩托就往乡政府奔！

办桃花节是大事情，得向乡里领导汇报！看乡里领导什么意见！在尊重领导这点上，李先泽从来头脑不发昏。

他先到乡书记办公室，接着到乡长办公室，二位领导都非常支持他的想法。李先泽还向二位领导汇报，现在正好是草莓成熟季节，想把办桃花节与草莓采摘结合在一起，一来让桃花节不寡淡；二来可以助尹发明促销草莓，一举两得！

乡书记、乡长听了都夸李先泽精明。

乡书记主持桃花节的开幕仪式，这次节俭，没有搞剪彩。何副县长宣布首届平瑶乡瓦窑村桃花节开幕，接着县旅游局局长宣布桃园与草莓园开园，就算仪式结束。

众人涌向桃园，琚三瓢神气十足地打开桃园。

记者兑现承诺，来到了瓦窑村，扛着摄像机拍摄游园与采摘的热闹画面。记者询问一个游客：你们对这里印象如何？游客红着脸说：这里青山绿水、桃红柳绿，是个世外桃源，非常不错！记者追问：你们认为这里还有什么需要完善的？游客思考了下答：好像未看到有民宿，假如有民宿，我们周末还可以来这里小住！

记者把摄像机对准李先泽，询问李先泽今后的发展设想。李先泽有点怵镜头，他在抓了下头后说：我们瓦窑村旅游资源充足，今后我们将按照游客要求，尽力完善配套设施，尽快把民宿搞起来，把瓦窑村打造成游客向往的世外桃源。

瓦窑村举办桃花节的新闻，通过电视台以及小张副书记的公众号，还有摄影爱好者，产生了轰动效应，之后的两个星期，大批游客络绎不绝地来到瓦窑村。

刘老板见桃花节的宣传效应引发山村游热潮，便在山里加种起了40亩的樱花，他还想办个樱花节，到时带动樱桃、杨梅的观光采摘。

二

菜市场买菜有个很有意思的现象，就是大家见哪里人多便往哪里挤，似乎那里菜的品相与价格都已经被证实了，无须再细挑。

到瓦窑村来投资的老板们也是这种心理，他们见前几个老板产业搞得很兴旺，便纷纷前来瓦窑村落户。一个老板看中了水库大坝下的一块沙土地，种起了生姜，一个老板搞起了大棚蔬菜种植，一个老板搞起了葡萄种植，还有一个老板承包了山岗地搞起了油茶种植，荒山开始变成"金元宝"。

刘老板在山里的杨梅、樱桃、石榴都先后挂果，为了便于运输以及游客进山采摘，李先泽向乡里要了道路建设指标，把进山的坡削了，铺上了水泥路。春天有草莓、桃子、杏子；初夏有杨梅、樱桃；盛夏有葡萄；秋天有石榴、梨子。现在瓦窑村一年七八个月都有采摘，即使冬天没有采摘还有雪景观赏。

瓦窑村现在搞起了民宿。小张副书记这些年搞农家乐赚了票子，他带头搞起了民宿，把院墙两边临时搭建的平房全都改建成了楼房，上面用来住宿，下面用来做饭厅。

王二姑所在的小村庄依傍风景秀丽的水库，庄内流水潺潺，春天的时候桃李杏树开花，整个村庄灿若繁星。只是农家乐与民宿的环境还有点差强人意。李先泽又动起了脑筋，他跑乡里，又跑县里，讨要到了一个农村环境综合整治项目，把村庄环境大大改善了一番，此外还把几家的旱厕都改成了可以冲水的卫生间。

王二姑会做饭，她家又养鸽子，菜在园子里随手摘，在村庄治理后，她也搞起了农家乐与民宿。

小张副书记拿到了本科文凭，王玲也拿到了专科文凭。

李先泽在发展乡村旅游方面带了个好头，他当上了县党代表。为了在文化水平与理论水平上紧跟上时代步伐，他也报了党校函授大专班，定期到县党校参加面授学习。

平畈村的徐支书受李先泽的影响，也搞起了乡村旅游，两个村的景点连成了一片。李先泽当上了县党代表，徐支书当上了县人大代表，也报考了党校函授大专班，与李先泽是同班学员。

瓦窑村现在呈现出少有的繁荣景象。李先泽的人生达到了巅峰。

心情大好了一段时间，接着李先泽的心情就像滑滑梯一样迅速地滑到了谷底，他隐约感到瓦窑村将要面临一场空前的困难。

这天他清早起床后就发现右眼皮跳个不停，他以为是暂时现象，想着等洗了脸后眼皮就会消停，未料到洗脸后眼皮跳得更厉害。他用手抹了抹，症状并未消失，他有些恐慌。兰花说，我来看看，她扒了扒丈夫眼皮，发现的确跳得厉害，于是提醒李先泽道，你这几天说话做事都要尽量注意，避免祸子上身。

李先泽到村部，眼皮仍然跳个不停，他相当的烦躁。上午八点半刚过，乡里新书记就带着一大帮子人来到了瓦窑村村部。

以往乡书记来村前，总是让办公室提前告知，这次新书记一反常态，直接来了，这让李先泽很是惊讶。李先泽看到其中有几个人早年来瓦窑村勘测过矿产，他心情瞬间低落。

怪事，李先泽的眼皮瞬间不跳了。

李先泽！我邀请了矿产专家来你们村看矿！新书记大大咧咧地喊。先前乡书记喊他时，要么喊李支书，要么喊老李，现在新书记这样直呼其名地喊下属，体现了非同寻常的做派。

前段时间乡镇换届，原来的乡书记、乡长全部调往了县里，王新历副书记被提拔到一个乡当乡长。周边一个乡的副乡长到平瑶乡接任乡书记一职。这个人瘦精精的，平头，顶上少毛——是天生的少毛，他走路急匆匆的，说话精喳喳的，且喜欢撸袖子。

副乡长直接担任乡的一把手，这种提拔有些不合常规，但他的提拔还是有迹可循的。他个性泼辣，敢想敢做，提拔前分管那个乡的工业，他在任上利用亲戚招商以及以商招商方式，先后招进了一家出口家纺企业，一家出口机械企业，实现了年利税1个亿的目标，深得县主要领导赏识。

现在各级都在搞考核，工业经济占比都偏大，市里看县里工作实绩主要看工业经济指标完成情况，同样县里看乡里工作实绩也这样看，这种考核方法，对于山区乡的平瑶乡来说就很不公平。

平瑶乡这几年在发展乡村旅游方面可圈可点，但是工业经济乏善可陈，因而县里领导对平瑶乡相当不满意，他们早就有意调换乡主要领导，这次大胆调配就是想借此把平瑶乡的工业经济提一把。

到瓦窑村跑了一趟后仅仅一个星期，新书记就召开了全乡村支书大会。参加会议前，李先泽就在担心这次会议会不会提开矿的事情，他心里想，假如真要开矿，那事情将糟透了！瓦窑村的山、水、村庄、树木将遭一场大劫难！瓦窑村这么多年辛辛苦苦搞起来的乡村旅游将毁于一旦！

会议开始前，新书记大概因为高兴的缘故，他好动地与两边的乡长与人大主席说说笑笑。会议开始，新书记按照他一贯的说话风格，直奔工业经济主题。他先把这些年平瑶乡的工业经济数落了一番；接着撸起袖子表决心，这届班子一定要让平瑶乡的工业经济有起色；此时，瞳仁因为激动剧烈放大，只见他质问道：早前勘测队就说我们平瑶乡有铁矿，放着铁矿不开采，是不是没有大脑？！

这种说话方式很容易传到已经调走的领导耳朵里，造成彼此的心结；不过新书记不怕，他这样气势逼人地说，使在场的村支书都感受到了巨大的压力！

新书记提到"铁矿"二字，李先泽的脑壳子像是被谁的手臂砍了一下，新书记继续滔滔不绝地往下说，李先泽感觉脑壳子在被不停地砍。

李先泽脑子里胡思乱想，视线开始模糊，新书记在他的视网膜里成了一个糊掉了的影像。

新书记说着说着，激动得站了起来，他挥舞着手臂宣布：下个星期开始，我们将正式进军瓦岗、瓦窑山岭，提速我乡工业经济！这句在其他乡干部与村干部听来振奋人心的话，对于李先泽来说，好似一个榔头重重地砸在了他脑壳上。

三

仅仅两个星期时间，东南边界的山岭被开采的模样，就像被掏空的半边西瓜，外壳也由青色变成了灰黑色，十分的难看。

王二姑家虽然离开采的地方有几华里路，但炸药引爆时的爆轰波把她家墙壁震得裂了缝。自家都没法住，更谈不上搞民宿了。往外拉铁矿石的大货车钻到钱眼里，像被鞭子抽打了似的狂奔，溅起的混合灰尘呛得村民们无法行走；路旁的桃林、杏林，以及罩着草莓的白色塑料大棚都灰色蒙蒙。

瓦窑村现在的污染情况与之前的自然清新形成了极大的反差。

琚三瓢的桃林、杏林交给瓦窑村的一个村民打理，每年付给这个村民四五千块钱工资，到了采摘季节，桃子与杏子的收入正好与工资持平，他等于投资瓦窑村买了名声。他几乎不上瓦窑村，负责打理的村民打电话告知他现在桃园与杏园被污染得不成样子，他急忙来到瓦窑村，一看，果不其然。他愤愤然，来到村部质问李先泽为何不过问，为何不找对方理论。

李先泽对琚三瓢诉苦，说自己不是不过问，而是使不上力。那天乡里会议后，他心情懊恼地紧随新书记屁股来到新书记办公室，哀求新书记，能不能不在瓦窑村开矿？他解释说瓦窑村乡村旅游刚搞得有点样子，假如开矿的话，这些年的努力全白费了。

是搞乡村旅游来钱多？还是开矿来钱多？你怎么这么简单的账都不会算？新书记语气严厉地质问他。

以前到乡书记办公室，乡书记都客气地让他坐，询问他喝不喝水；现在的新书记见他唱反调异常地生气。

李先泽只好干杵着。

可是一开矿，瓦窑村这些年辛辛苦苦搞起来的旅游不就前功尽弃了！李先泽脾气犟，他一根筋地申述不能开矿的理由。

平瑶乡这些年工业经济不景气，就是因为有你们这些死脑瓜的干部！新书记开始斥责李先泽。

王新历换届到另一个乡任乡长，临离开时，他特地打电话把李先泽召到乡里，泡了一杯茶递给李先泽，然后温和地对李先泽说：我清楚你的性格，现在乡里老领导几乎都调走了，新领导不熟悉你的性格，以后做事情不能太着急，要顺应时势，千万不能逆着，逆着是要吃亏的。最后叮嘱：遇大事的话，可以到我那里坐坐！

王新历是了解李先泽性格的。现在看来，王新历在临离开时对李先泽的叮嘱并不多余，只是李先泽性格使然，把老领导的叮嘱未当回事，这样新书记一来就惹得他不高兴。

李先泽见新书记这样态度，知道多说没用，便以退为进，试探着问：书记，从哪个地方下钻？最好不能从外围下钻。

新书记闷声说：这个我不专业！还是要听人家开采公司的！

李先泽清楚新书记现在极不高兴，再说下去新书记更不高兴，但他性格倔，还是坚持说下去：书记，我希望不从外围下钻，这样可以最大限度地减少对旅游的影响。新书记望着李先泽，没有继续训斥，算是听取了李先泽的意见。

李先泽离去。

李先泽向琚三瓢解释了事情的前后，琚三瓢清楚胳膊拧不过大腿，况且他也不在乎瓦窑村的种植园收入，于是打道回府。李先泽开始还担心他纠缠，脑子在紧张地转动，想用什么法子把他对付过去，现在见他多话不说离去，心里宽松了不少。

琚三瓢前脚刚离开，后脚王二姑与她那个村庄的人大呼小叫地进了村部。王玲清楚支书为难，上前想截住王二姑，喊王二姑到她办公室里去坐。王二姑不理会王玲，直奔楼上。李先泽听到叫喊声，刚松弛一点的头皮立马像孙猴子被唐僧念了紧箍咒一样剧烈地收缩。

支书呢？支书呢？王二姑脚跨到楼上喊。支书，你不能坐在办公室里不问事！现在瓦窑村被搞成了什么样子！我想请支书到我家去看看！王二姑对着从座位起立的李先泽大叫。

李先泽红着脸，他一时不知道该如何安抚这些村民。他像做了亏心事地招呼村民：大家到会议室里去，我们商讨看如何办？

今天，支书你不拿出个办法来，我们就不走了！王二姑继续嚷。

小张副书记与王玲上来，赔着笑脸，把大家往会议室里引。李先泽准备到会议室里去。这时候尹发明与刘老板也噔噔地上楼来了，刘老板见李先泽的第一句话就是：李支书，你可把我害惨了！

开矿造成了他果园地皮开裂，已经导致一些果树枯死，还有开矿破坏了环境，瓦窑村就像个大灰缸，谁还愿意来瓦窑村旅游、采摘？

李先泽就像个罪人似的，红着脸。他觉得自己太无能了，太对不起瓦窑村村民以及对他信任的外来老板们了。

李先泽血性上来！他拳头紧攥，目光怒射，额头上的筋像一条条蚯蚓隆起、扭动。

李先泽决心豁出去，制止在瓦窑村继续开矿的行动！

他想到那个记者，于是他把瓦窑村的现状诉说了一番，记者很老成，开矿的事情对不对，人家未下结论，而是询问这一带山脉的情况以及已经探明的储矿量。李先泽答说山脉很小，储矿量也很小。记者回复说：像这样的小铁矿不仅没有开采价值，反而破坏了环境，同时还影响了好不容易发展起来的乡村旅游，这种情况要向上反映，引起有关部门高度重视。

他安慰李先泽说，你先别急，我天把过去，看看情况。

记者来后，看了现场，进行了一番走访，还上了平瑶乡政府，与新书记对谈。新书记不把记者当根葱。记者不与新书记多理论，他回去写了篇文章，名字叫《"小"铁矿毁掉"大"桃源》在报纸与公众号上先后刊发，引发轰动，平瑶乡开矿破坏生态环境的事情立刻成了全省的特大新闻。县里受到巨大压力，通知平瑶乡暂停开矿，等待调查。

平瑶乡新书记也因此成了轰动全县的新闻人物，他大怒，让乡里调查是谁招来了记者。当得知是李先泽时，他眼珠喷火，咬牙切齿：看你能？！老子要罢你的村支书！就这样他把李先泽的村支书职务给下了。

小张副支书代理瓦窑村村支书职务。

王玲代理瓦窑村村主任职务。

李先泽被罢免在家，小张与王玲一起来他家看望。兰花眼眶里湿湿的，她搬椅子让二人坐，当着二人面责怪起李先泽：就你能！喜欢管闲事，这下好了，把自己管回家来了！

兰花是个善解人意的女人，她心里清楚，丈夫是为了瓦窑村好，为了瓦窑村的百年千年，不过她心里憋着气。

支书，你又没有犯错误，你去找找新书记，看事情可还有转圜余地？假如实在不行，你就到县里，找县领导！王玲为李先泽鸣不平，她提醒李先泽。

李先泽嘴里不说，他心里默认王玲的话，他认定自己没有过错，即使有过错也是乡里的过错，于是他往上找有关部门申诉委屈。

县里让乡里重新调查，结果乡里又给了李先泽一个处分。

半年后，据传开采的事情已整改结束，轰鸣声虽照旧，不过拉铁矿石的车辆速度放慢了，路面每天也有人清扫、喷水。

一年后，开采地点移到了离南面石门不远的山头，在这个地方开采某种程度破了瓦窑村的"面相"，这对于李先泽来说是不能接受的。

现场几十名工人在忙忙碌碌。

你们不准在这儿开采！李先泽出人意料地出现在现场，他站在工人与山头之间，摆动着双手，试图阻拦工人作业。

工人撇开他。他跑动着阻拦。双方开始拉拉扯扯。几个工人上来，抓住他的胳膊就往外拉。李先泽甩动着手臂，奋力摆脱，然后继续阻拦。

就这样反反复复了几个回合。

把这个疯子给我送去派出所！这时，一个黝黑皮肤、圆脸庞貌似工头模样的人出现在现场，他对着工人狂叫。工人听到指令，一齐上前想把李先泽架离。李先泽像牯牛一样奋力挣脱，弄得工人一个个东倒西歪，有一个工人像醉酒似地摔倒在地上。

李先泽牛劲不小，他左冲右撞竟脱离了控制，这回他改变策略，不再阻拦工人作业，而是冲向了山头，噌噌地就爬到了山顶，站在了一块凸起的巨石上。

下来！下来！底下的人叫喊，他们生怕把李先泽给震下来，出人命可是谁也担不起的事情。

不会下来的！除非你们停止在这儿开采！李先泽像英雄一样地耸立在上方。

再不下来，我们就真的作业了！下面人提醒。

你们敢？！李先泽凝视着前方，目光坚毅。他为了瓦窑村的现在与未来，豁出去了。

这群人在心里揣测：谁不顾及自己的小命？等下作业，这胖墩子肯定会自己下来的！于是继续作业起来。

可能是上面不稳，也可能是石头震动的原因，还有可能是李先泽脑子一刻不停地思想一时失了神……只见他朝前一倒，像一块飞石一样从上面飘落了下来……

尾　声

两年后，又是人间四月天。

石门内一侧立起了一块褐黄色的文化石，上方镌刻着"绿水青山就是金山银山"十个隶书大字；另一侧立起了一块展板，上面是瓦窑村旅游景点分布图。

与此同时，被破成葫芦瓢状的山体覆上了一层草绿色的纱网，视觉比先前舒服多了。山脚缝中的位置立起了一座李先泽的半身石头雕像，正深情地望着瓦窑村的山水草木。

在立李先泽的雕像时，小张支书、王玲主任、湘绣、王天成、油子等悉数到场，琚三瓢与来瓦窑村投资的老板们也都一个不少地到场了，尹发明、程瞎子、大虎、王二姑也来了，六喜与他舅老爷竟然也来了，还有翠萍也悄无声息地从城里回来了。

大家呈扇形围着，目光凝重地望着李先泽的雕像，不言语。

那天李先泽从山顶上滑下来，在场的人全都惊呆了，仿佛时间凝滞，他们的目光全都定格在时空的某一个点上，然后又仿佛时间解封，他们的目光全朝向地面。众人注意到，李先泽在落地时，就像自拍乒乓球一样，咚一声落地，接着往起弹了一下，然后又重重地落地。

在场的人因为受到惊吓，眼珠子、嘴巴以及面部肌肉都呈现少有的失态状况。在片刻的呆愣过后，大家便蜂拥过去，李先泽惨状不忍描述。

有人试了试李先泽鼻息，发现他已经没了气息。

李先泽以命相搏，开采的事情终于停止了。县里考虑新书记已不适合在平瑶乡工作，把他调离，另外根据平瑶乡特点，选调旅游局一个副局长来担任平瑶乡书记。

雕像立稳妥，接下来就是凭吊了。从小张支书开始大家依次在雕像前鞠躬。轮到王玲时，她不是象征性上前一鞠躬，而是抬起头，深情地凝视着李先泽的面部与眼睛，像是与李先泽的在天之灵对话。就在她低头的瞬间，应该是想到了与李先泽在一起工作的点点滴滴，泪水竟不住地在眼眶里涌动，在让位给其他人时，她眼眶湿热，怕人看见，急忙穿过人群，一滴感怀的泪水在脸上淌成了弯曲的线条……

湘绣也像王玲一样，深情地注视着李先泽的眼睛，似乎灵魂在与李先泽触碰、交流：我们在一起工作的感情是永远不变的，你为瓦窑村所做的一切，瓦窑人无论何时都会铭记在心！

开采没多久瓦窑村就被弄得"蓬头垢面"，李先泽非常恼怒，他不停地与开采方交涉，让他们注意环境，但效果甚微；他接着又向乡里反映，遭到新书记严厉批评，说他无事找事。

当村支书总要给瓦窑村一个交代，总要对信任他的村民有个交代，李先泽很苦恼。王玲心思细腻，她能感受到支书的痛苦，她给李先泽支招说：支书，不行的话，我陪你去找新书记！再不行的话，我陪你上县里去！上省里去！反映他们肆意破坏环境！

小张提示说：开矿的事情只要手续齐全，到哪里去反映可能都没有效果。

王玲红着脸辩驳：不行的话，我们去找旅游局，旅游局总应该维护我们！

……

王玲与小张各说各的理，李先泽脑子一锅糨糊。此时，他已六神无主，忘记了当初王新历离开平瑶乡时对他的嘱咐——有事情的话可以去找他……

轮到六喜凭吊，大家目光都齐刷刷地瞄着他，观察着他的表情。

六喜上前，出人意料地往地上一跪，大家都惊讶地望着他，不清楚他为何要弄这个动作。只见六喜抬起头，面带愧色地望着李先泽雕像面部，嘴里开始念念有词：李支书，我六喜先前总是与你较劲，今天当着众乡亲的面我向你赔罪！接着继续念念有词：李支书，你为了我们瓦窑村不惜舍命！这一点我特别敬佩你！李支书，你安息！我们一定要协助小张支书，团结一心，把瓦窑村的乡村旅游打造成一块响当当的品牌！

在场的人都知道，给李先泽立雕像是六喜提议的。他在村子里四处游说，说李支书这些年为我们瓦窑村做了不少好事，他是为了我们瓦窑村死的，我们应该为他塑个雕像！让瓦窑村的子子孙孙都记着他。

瓦窑村人本来是厌恶六喜的，但大家对李先泽是有感情的，因而六喜的提议获得广泛的认同。

六喜带头捐了2000元钱，他舅老爷捐了1000元钱。

李先泽先前想点子让他蹲了拘留所，吃了苦，另外还让他折了面子，按道理他应该记恨李先泽才是，李先泽死了他应该畅怀大笑才是，可他为什么要为李先泽立雕像的事情卖力呢？难道他是"两面人"，以这件事情博得村子里人好感？非也！

李先泽人品端庄，这些年在他的带领下，瓦窑村的发展有目共睹，六喜也认可李先泽的功绩；再说六喜毕竟是瓦窑村人，还要在村子里生存，他先前当过村支书，在环保方面还是有一定觉悟的，他也不希望因为开矿的短期行为把瓦窑村弄得"面目全非"。李先泽竟然舍命阻止开矿，他打从心底敬佩李先泽是条汉子，是个为民的好支书。

半年前的一个夜晚，六喜突发急性阑尾炎，疼痛难忍，他老婆打弟弟电话显示关机。那再求助谁呢？她老婆一时没有了主张，六喜龇牙咧嘴地提示打村干部电话，于是他老婆打给了小张副书记。小张副书记告知了李先泽。李先泽不计前嫌，一面紧急联系本村车辆，一面赶往六喜家，尽管夜深，他还是亲自把六喜送往县医院，这件事情打动了六喜。

往年中稻成熟要到国庆节后，这年就像有喜事一般，未过国庆节门槛，中稻就提前成熟了，金黄的色彩浸染了瓦窑村的山岭与村庄。

两台收割机在田野里忙碌穿梭，鸟儿们凑热闹似的，在收割机上方盘旋嬉闹。摄影爱好者纷纷赶来，他们以远山为背景，以颗粒归仓为主题，抓拍山区独特的丰收场景。

村部前场子上少有的热闹。小张主任微笑着与王玲、湘绣、王天成以及尹发明等村民们一一握手。王玲不失一贯的俏皮，对小张主任打趣道：张主任到乡里高就，可别忘了我们瓦窑村！

小张腼腆地说：只是换一个岗位而已，谈不上高就！接着他少有的幽默起来，指着东边林场的方向俏皮地说：王支书泼辣……呵呵！我望到了瓦窑村光辉灿烂的前景了——

哈哈！托张主任吉言！王玲咧开嘴笑起来。

小张参加公务员考试被录取，上调乡里乡村振兴办工作，国家乡村振兴战略规划勾画了新时代"三农"蓝图，他到乡村振兴办可以更好地发挥才干；王玲接替小张担任了瓦窑村村支书，可以在乡村振兴的主场泼辣地干一场。

发展壮大特色产业，再联合瓦岗村与徐支书的平畈村搞乡村旅游联合体……一系列乡村振兴的谋划在王玲的脑子里酝酿。